10
18

12, AVENUE D'ITALIE. PARIS XIIIᵉ

Sur l'auteur

Khaled Hosseini est né à Kaboul, en Afghanistan, en 1965. Fils de diplomate, il a obtenu avec sa famille le droit d'asile aux États-Unis en 1980. Son premier roman, *Les Cerfs-Volants de Kaboul*, est devenu un livre culte et *Mille soleils splendides* connaît à son tour un succès international. Khaled Hosseini vit aujourd'hui en Californie.

KHALED HOSSEINI

MILLE SOLEILS
SPLENDIDES

Traduit de l'anglais (États-Unis)
par Valérie Bourgeois

**10
18**

BELFOND

Du même auteur
aux Éditions 10/18

LES CERFS-VOLANTS DE KABOUL, n° 3939
▶ MILLE SOLEILS SPLENDIDES, n° 4187

Titre original :
A Thousand Splendid Suns
(publié par Riverhead Books,
a member of Penguin Group (USA) Inc., New York)

Ce livre est dédié à Haris et Farah,
qui sont tous deux le noor *de mes yeux,*
ainsi qu'aux femmes afghanes.

PREMIÈRE PARTIE

1

Mariam avait cinq ans lorsqu'elle entendit le mot *harami* pour la première fois.

Cela se passa un jeudi. Il n'y avait presque aucun doute là-dessus, parce qu'elle se souvenait qu'elle avait été agitée et préoccupée juste avant – comme tous les jeudis, jour où Jalil lui rendait visite à la *kolba*. Afin de s'occuper en attendant le moment où elle le verrait enfin s'avancer dans les herbes hautes de la clairière, une main levée en guise de salut, Mariam avait grimpé sur une chaise pour attraper sur une étagère le service à thé chinois en porcelaine bleu et blanc. C'était tout ce que ta grand-mère avait laissé à sa mère Nana avant de mourir quand celle-ci avait deux ans. Nana en chérissait toutes les pièces et s'extasiait aussi bien devant la courbe gracieuse du bec de la théière que devant les pinsons et les chrysanthèmes peints à la main, ou encore le dragon sur le sucrier, destiné à écarter le mauvais œil.

Ce fut ce dernier que Mariam laissa échapper, et qui se brisa sur le plancher de la *kolba*.

Nana devint toute rouge. Sa lèvre supérieure tremblota et ses yeux – le bon comme celui qui voyait mal – fixèrent sa fille sans ciller. Elle avait l'air si folle de rage que Mariam craignit que le djinn ne s'empare de nouveau d'elle. Mais il ne vint pas. Pas cette fois en tout cas. À la place, Nana l'attrapa par les poignets pour l'attirer vers elle.

— Espèce d'empotée ! C'est ça, ma récompense pour tout ce que j'ai enduré ? Une sale petite *harami* qui me casse tout ce que j'ai de précieux ?

Sur le coup, Mariam ne comprit pas. Elle ignorait alors que *harami* signifiait bâtarde. De même, elle était encore trop petite pour éprouver l'injustice d'une telle injure et pour objecter que ce sont les parents d'un enfant illégitime qui sont à blâmer, et non l'enfant lui-même – lui dont le seul tort est d'être né. Pour autant, elle devina sans peine qu'une *harami* était quelque chose de répugnant, de laid. Un peu à l'image des cafards que sa mère jetait sans cesse hors de la *kolba* en pestant.

Ce n'est que plus tard, lorsqu'elle fut devenue grande, que Mariam comprit. La manière dont Nana lui crachait parfois cette insulte à la figure lui en faisait ressentir toute la cruauté, et elle finit par saisir qu'une *harami* était quelqu'un de non désiré, qui n'aurait jamais droit comme les autres à une famille, une maison, et à l'amour et à l'approbation des gens.

Jalil, lui, ne la traitait jamais ainsi. Il la surnommait sa petite fleur et aimait l'asseoir sur ses genoux pour lui raconter des histoires, par exemple celle d'Herat, la ville où elle était née en 1959, et qui avait été le berceau de la culture persane, abritant nombre d'écrivains, de peintres et de maîtres soufis.

— Là-bas, on ne pouvait pas étendre une jambe sans risquer de botter les fesses à un poète, plaisantait-il.

Il lui parla aussi de la reine Gauhar Shad, celle qui avait fait construire les célèbres minarets d'Herat au xv⁰ siècle. Il lui décrivit les champs de blé vert qui entouraient la ville, les vergers, les vignes lourdes de grappes juteuses, les bazars bondés de monde.

— Il y a aussi un pistachier, lui dit-il un jour, au pied duquel est enterré le grand poète Jami. (Puis, se penchant vers elle, il poursuivit à voix basse :) Jami a vécu là il y a plus de cinq cents ans, Mariam *jo*. Je t'assure. Je t'ai emmenée voir cet arbre une fois. Mais tu étais toute petite, tu ne t'en souviens pas.

C'était vrai. Elle ne s'en souvenait pas du tout. Et alors même qu'elle devait passer ses quinze premières années juste à côté d'Herat, Mariam ne vit jamais ce fameux pistachier – pas plus qu'elle ne vit de près les célèbres minarets, qu'elle ne cueillit de fruits dans les vergers ou qu'elle ne se promena dans les champs de blé. Mais chaque fois que Jalil s'adressait à elle sur ce ton, elle buvait ses paroles avec émerveillement, admirative devant l'étendue de ses connaissances. Elle éprouvait alors un frisson de fierté à l'idée d'avoir un père qui savait autant de choses.

— Tout ça, c'est n'importe quoi ! s'exclama Nana après son départ ce jour-là. Jalil a autant de mensonges que d'argent dans sa poche. Il ne t'a jamais emmenée au pied de cet arbre, Mariam. Ne te laisse pas avoir. Ton cher père nous a trahies toutes les deux. Il nous a chassées de sa maison comme si on n'était rien pour lui. Et il l'a fait sans aucun remords !

Mariam écoutait sagement ces récriminations, sans oser dire à Nana qu'elle n'aimait pas l'entendre parler ainsi de Jalil. Car le fait était qu'elle ne se sentait jamais comme une *harami* avec lui. Durant une heure ou deux, chaque jeudi, quand son père venait lui rendre visite et qu'il la couvrait de sourires, de cadeaux et de mots gentils, Mariam avait l'impression d'être digne de tout ce que la vie avait de beau à apporter. Et, rien que pour cette raison, elle adorait son père.

Même s'il lui fallait le partager.

Jalil avait trois femmes et neuf enfants – tous légitimes, et tous de parfaits étrangers pour Mariam. Comptant parmi les hommes les plus riches d'Herat, il était propriétaire d'un cinéma, qu'elle n'avait jamais vu lui non plus. Elle avait dû beaucoup insister pour qu'il lui décrive sa façade en briques bleues et rouges, ses fauteuils au balcon et son plafond en damier. Les portes battantes de l'entrée ouvraient sur un hall carrelé où des posters de films indiens étaient exposés dans des vitrines. Le mardi, avait-il ajouté, on y distribuait gratuitement de la glace aux enfants.

Nana sourit d'un air pincé le jour où Jalil donna tous ces détails à Mariam. Mais dès qu'il eut quitté la *kolba*, elle se mit à ricaner.

— La glace, ce sont les enfants des autres qui la mangent. Toi, tu en entends juste parler !

En plus du cinéma, Jalil possédait des terres dans les districts de Karukh et de Farah, trois magasins de tapis, une boutique de vêtements et une Buick Roadmaster noire de 1956. Il jouissait d'un réseau de relations très étendu et était ami avec le maire de la ville et le gouverneur de la province. Enfin, il avait un cuisinier, un chauffeur et trois gouvernantes.

Nana avait été l'une d'entre elles. Jusqu'à ce que son ventre commence à s'arrondir.

À ce moment-là, racontait-elle, tout l'entourage de Jalil avait manqué s'étouffer. Sa belle-famille avait menacé de faire couler le sang. Ses femmes avaient exigé qu'il la mette à la porte. Le propre père de Nana, un modeste tailleur de pierre dans le village voisin de Gul Daman, l'avait reniée. Déshonoré, il avait plié bagage et pris le premier bus vers l'Iran. Personne ne l'avait jamais revu.

— Parfois, je regrette qu'il n'ait pas eu le cran d'aiguiser un de ses couteaux pour faire ce que l'honneur lui commandait, déclara Nana un matin, tandis que Mariam et elle donnaient à manger à leurs poules. Cela aurait mieux valu pour moi.

Elle jeta une poignée de grain dans l'enclos, marqua une pause, puis fixa sa fille.

— Cela aurait peut-être mieux valu pour toi aussi, Mariam. Tu n'aurais pas eu à savoir que tu étais une *harami*. Mais mon père était un lâche. Il manquait de *dil*.

Jalil lui non plus n'avait pas eu le *dil* de faire ce qu'il fallait, selon elle. Il aurait dû tenir tête à sa famille et assumer les conséquences de ses actes. Au lieu de quoi, derrière des portes closes, un marché avait été conclu à la va-vite pour lui permettre de sauver la face. Le lendemain, il l'avait obligée à rassembler toutes ses affaires et l'avait chassée du quartier des servantes, où elle habitait alors.

— Tu sais ce qu'il a dit à ses épouses pour se défendre ? Que c'était moi qui lui avais fait des avances. Que c'était ma faute. *Didi ?* Tu vois ? Voilà ce que c'est que d'être une femme dans ce monde. (Elle posa son bol de graines et, d'un doigt, leva le menton de sa fille.) Regarde-moi.

À contrecœur, Mariam obéit.

— Ouvre tes oreilles en grand et retiens bien la leçon : de même que l'aiguille d'une boussole indique le nord, un homme qui cherche un coupable montrera toujours une femme du doigt. Toujours. Ne l'oublie jamais, Mariam.

2

— Pour Jalil et ses femmes, je ne valais pas mieux que du chiendent. Toi non plus, d'ailleurs, et pourtant tu n'étais pas encore née.

— C'est quoi, du chiendent ?

— Une mauvaise herbe. Quelque chose qu'il faut arracher et jeter.

Mariam se crispa intérieurement. Jalil ne la traitait pas du tout comme de la mauvaise herbe. Jamais. Mais elle jugea plus sage de ne pas protester.

— Seulement moi, contrairement au chiendent, continua Nana, il fallait me replanter quelque part. Il fallait me donner à boire et à manger. À cause de toi, bien sûr. C'est le marché que Jalil avait conclu avec sa famille.

Elle expliqua alors qu'elle avait refusé de vivre à Herat.

— Pour quoi faire ? Le regarder promener ses femmes en ville toute la journée ?

Elle n'avait pas non plus voulu habiter la maison de son père à Gul Daman, petit village assis sur les hauteurs de Herat, à deux kilomètres au nord de la ville. Elle préférait un endroit plus isolé, où elle n'aurait pas de voisins pour toiser son gros ventre, se moquer d'elle, ou, pire, la noyer sous de fausses marques de gentillesse.

— Et crois-moi, ç'a été un soulagement pour ton père de me savoir hors de sa vue. Il était ravi.

C'était Muhsin, le fils aîné de Jalil et de sa première femme, Khadija, qui avait suggéré la clairière, située à la lisière de Gul Daman. Pour y accéder, il fallait suivre un chemin de terre qui bifurquait à un moment donné de la route menant du village à Herat. Le sentier, bordé d'herbes hautes parsemées de fleurs jaunes et blanches, montait en serpentant jusqu'à un pré où poussaient de grands peupliers au milieu de broussailles. De là, on distinguait, à gauche, l'extrémité des ailes rouillées du vieux moulin de Gul Daman et, à droite, toute la ville d'Herat en contrebas. Le chemin se terminait abruptement au bord d'une large rivière peuplée de truites qui dévalait les montagnes de Safid-koh. Deux cents mètres plus loin, après avoir rejoint l'autre rive, on parvenait à un bosquet de saules pleureurs. Au milieu se trouvait la clairière.

Jalil était allé y jeter un œil. À son retour, affirmait Nana, il avait l'air d'un geôlier qui se serait vanté de la propreté des murs et du sol de sa prison.

— Et c'est donc là que ton père nous a construit ce trou à rats.

À quinze ans, Nana avait failli se marier avec un garçon de Shindand, vendeur de perruches de son état. Mariam tenait cette histoire de la bouche même de sa mère, et bien que celle-ci prétendît ne pas y attacher d'importance, la lueur mélancolique qui brillait dans ses yeux à l'évocation de ce souvenir prouvait bien qu'elle avait été heureuse alors. Peut-être même ces quelques jours précédant son mariage étaient-ils les seuls de sa vie où elle l'avait vraiment été.

Le jour où Nana s'était confiée à elle, Mariam s'était représenté sa mère enfilant sa robe verte de mariée puis, plus tard, à cheval, souriant timidement derrière le voile. Elle l'avait imaginée avec les paumes peintes au henné, la raie des cheveux saupoudrée d'argent et ses tresses maintenues en place avec de la résine. Elle avait entendu dans sa tête les joueurs de flûte et de tambour, et les enfants des rues qui sifflaient et couraient derrière le cortège.

Mais, une semaine avant le mariage, un djinn s'était emparé du corps de Nana. Mariam avait trop souvent été témoin de cette scène pour avoir besoin d'une description : Nana s'effondrait soudain au sol, son corps se raidissait jusqu'à devenir rigide, ses yeux se révulsaient, ses membres tremblaient comme si quelque chose les secouait de l'intérieur, sa bouche laissait échapper une écume parfois teintée de sang. Venaient ensuite la torpeur, l'égarement, les marmonnements incohérents.

Dès que la nouvelle s'était répandue à Shindand, la famille de son fiancé avait annulé la noce.

— Ils ont eu la trouille, avait conclu Nana.

Elle avait alors rangé sa robe de mariée. Après ça, jamais aucun autre prétendant ne s'était présenté.

Dans la clairière, Jalil et ses fils, Farhad et Muhsin, avaient construit la petite *kolba* dans laquelle Mariam devait passer les quinze premières années de sa vie. Bâtie avec des briques séchées au soleil et recouvertes de torchis, elle était juste assez grande pour accueillir deux lits de camp, une table en bois, deux chaises à haut dossier et quelques étagères fixées aux murs, sur lesquelles Nana rangeait ses pots en terre et son service à thé. Une seule fenêtre permettait à la lumière du jour d'y entrer. Jalil avait aussi donné à Nana un poêle en fonte neuf pour l'hiver et empilé des bûches derrière la maison. Il avait ajouté un *tandoor* – un four – à l'extérieur pour qu'elle puisse faire cuire son pain, un poulailler avec un enclos grillagé, une mangeoire pour les quelques moutons qu'il avait apportés. Enfin, il avait demandé à ses deux fils de creuser un gros trou à une centaine de mètres de la clairière afin d'installer des toilettes.

Il aurait pu engager des travailleurs pour tout ça, mais non, il s'y était refusé.

— C'était sa manière à lui de faire pénitence, affirmait Nana.

D'après Nana, personne n'était venue l'aider le jour où elle avait donné naissance à sa fille. L'accouchement avait eu lieu par une journée froide et humide du printemps 1959, soit la vingt-sixième année du long et paisible règne de Zahir Shah. Toujours selon elle, Jalil n'avait pas pris la peine de prévoir un médecin, ni même une sage-femme, alors qu'il savait très bien que le djinn pouvait s'emparer d'elle au moment le plus critique. Elle était donc restée seule, allongée par terre dans la *kolba*, un couteau posé à côté d'elle.

— Quand la douleur devenait trop forte, je mordais un oreiller et je criais jusqu'à n'avoir plus de voix. Mais personne n'était là pour m'éponger la figure ou me tendre un verre d'eau. Et toi, Mariam *jo*, tu n'étais vraiment pas pressée. Tu m'as fait attendre deux jours sur ce sol dur et froid. Je n'ai ni mangé ni dormi de tout ce temps. Tout ce que je faisais, c'était pousser en priant pour que tu sortes.

— Je suis désolée, Nana.

— J'ai coupé le cordon moi-même. Avec le couteau. C'est pour ça que j'en avais un à côté de moi.

— Je suis désolée.

À chaque fois, Nana lui adressait un sourire accablé dont Mariam ne savait s'il exprimait une rancune persistante ou un pardon accordé à contrecœur. Il ne lui serait jamais venu à l'esprit qu'elle n'avait pas à s'excuser des conditions de sa naissance.

Lorsque cette idée s'imposa enfin à elle, vers l'âge de dix ans, il y avait longtemps qu'elle ne croyait plus à la version de sa mère. Jalil lui avait expliqué en effet qu'il n'était peut-être pas à Herat le jour où elle était née, mais qu'il avait pris des dispositions pour que Nana soit emmenée dans un hôpital en ville et soignée par un médecin. Elle avait été installée sur un lit propre, dans une pièce bien éclairée. Et il avait secoué la tête avec tristesse en écoutant Mariam lui raconter l'histoire du couteau.

Mariam finit également par douter d'avoir fait souffrir sa mère pendant deux jours entiers.

— On m'a dit que l'accouchement avait duré moins d'une heure, l'avait rassurée Jalil. Déjà à la naissance, tu étais une gentille petite fille, Mariam *jo*.

— Il n'était même pas là ! démentait Nana. Il faisait du cheval à Takht-e-Safar avec ses chers amis !

À l'annonce de la naissance, prétendait-elle, Jalil avait haussé les épaules et attendu deux semaines avant de revenir à Herat.

— Tu veux la vérité ? Tu avais déjà un mois quand il t'a prise pour la première fois dans ses bras ! Et tout ce qu'il a trouvé à dire, c'est que tu avais la figure trop allongée, avant de te reposer.

Mais ça aussi, Mariam vint à en douter. Oui, reconnaissait Jalil, il était à Takht-e-Safar ce jour-là, seulement il était rentré tout de suite et il n'avait certainement pas haussé les épaules. Au contraire : il l'avait bercée en caressant du pouce ses fins sourcils et en lui chantant une comptine. Mariam avait du mal à imaginer qu'il ait pu tenir de tels propos – même si c'était vrai.

Quant à son prénom, là encore chacun avait sa propre explication. Nana affirmait l'avoir choisi en hommage à sa mère. Jalil, lui, parce qu'il signifiait tubéreuse et qu'il s'agissait d'une jolie fleur.

— Ta préférée ?

— L'une d'elles, en tout cas, avait-il répondu en souriant.

3

L'un des tout premiers souvenirs de Mariam fut le grincement des roues métalliques d'une brouette cahotant sur le sentier. Une fois par mois, deux de ses demi-frères – le plus souvent Muhsin et Ramin, parfois Ramin et Farhad – venaient les approvisionner en riz, farine, thé, sucre, huile, savon et dentifrice. Montant avec peine le chemin rocailleux, défoncé et parfois envahi par les broussailles, ils se relayaient pour pousser leur chargement jusqu'à la rivière. Là, ils étaient obligés de porter eux-mêmes toutes les affaires sur l'autre rive, puis de traverser le cours d'eau avec la brouette vide, de la recharger, avant enfin de parcourir les deux cents derniers mètres – cette fois dans de hautes herbes infestées de grenouilles qui sautaient sur leur passage et de moustiques qui assaillaient leur visage trempé de sueur.

— Il a des serviteurs, pourtant, s'étonnait Mariam. Il pourrait faire appel à eux.

— Encore sa manière à lui de faire pénitence, rétorquait Nana.

Mariam se rappellerait toujours sa mère les jours de ravitaillement : une grande femme maigre, sans voile, aux cheveux courts et hirsutes, qui se tenait appuyée contre le chambranle de la porte, les pieds nus, les bras croisés en signe de défiance et de dérision, et son œil à moitié aveugle plissé jusqu'à n'être plus qu'une fente. Elle portait une chemise grise mal coupée qu'elle boutonnait jusqu'au menton et dont elle remplissait les poches de cailloux gros comme des noix.

Assis près de la rivière, les garçons attendaient que toutes deux aient rentré leurs provisions. L'expérience leur avait appris qu'il valait mieux ne pas s'approcher à moins de trente mètres de la *kolba*, même si Nana visait mal et que la plupart de ses projectiles atterrissaient loin de sa cible. Elle leur criait après en soulevant les sacs de riz, elle les traitait de noms que Mariam ne comprenait pas, elle leur faisait d'affreuses grimaces et maudissait leurs mères. Et pourtant, jamais ils ne lui retournaient ses insultes.

Mariam avait pitié d'eux et songeait avec compassion à la fatigue qu'ils devaient éprouver après un tel trajet. Elle aurait aimé pouvoir leur offrir de l'eau, mais elle ne disait rien et ne les saluait pas non plus lorsqu'ils agitaient la main vers elle. Une fois, pour faire plaisir à sa mère, elle avait crié à Muhsin que sa bouche avait la forme d'un cul de lézard. La culpabilité, la honte, et surtout la peur que Jalil ne l'apprenne l'avaient longtemps rongée ensuite. Nana, elle, avait ri si fort que Mariam avait craint qu'elle ne soit victime d'une de ses crises.

— Tu es une brave fille, l'avait-elle félicitée.

Lorsque la brouette était vide, les garçons revenaient la chercher en traînant les pieds. Mariam restait alors dehors pour les regarder s'éloigner, jusqu'à ce qu'ils aient disparu derrière les hautes herbes.

— Mariam, tu viens ?

— Oui, Nana.

— Ils se moquent de toi, tu sais. Je les entends d'ici.

— J'arrive.

— Tu ne me crois pas ?

— Je suis là.

— Je t'aime, Mariam *jo*.

Le matin, elles étaient réveillées par des bêlements lointains et les notes de flûte aiguës des bergers de Gul Daman, qui emmenaient leurs troupeaux paître dans les montagnes. Elles trayaient leurs chèvres, nourrissaient les poules et ramassaient les œufs. Elles faisaient le pain ensemble, aussi. Nana montra à sa fille comment allumer le feu, pétrir la pâte et la battre contre les parois internes du *tandoor* après l'avoir aplatie. Elle lui apprit à coudre et à faire cuire le riz et ses différents accompagnements, comme le *shalqam* – un chutney de navet –, les épinards aux fines herbes ou le chou-fleur au gingembre.

Nana ne cachait pas qu'elle détestait les visiteurs – et les gens en général –, mais il y avait tout de même quelques exceptions. C'était ainsi le cas du chef de Gul Daman, l'*arbab* Habib Khan, un barbu affligé d'une petite tête et d'un gros ventre qui venait une fois par mois environ. Un serviteur le suivait en permanence, portant un poulet, un plat de riz aux lentilles, ou bien un panier d'œufs teints de toutes les couleurs pour Mariam.

Il y avait également une vieille veuve rondouillarde, dite Bibi *jo*, dont le mari avait été l'ami du père de Nana. Accompagnée de l'une de ses six belles-filles et d'un ou deux de ses petits-enfants, Bibi *jo* arrivait toujours en boitant et en râlant et se frottait ostensiblement la hanche, avant de s'asseoir avec un gros soupir sur la chaise que Nana lui avançait. Elle aussi avait souvent un cadeau pour Mariam, boîte de bonbons ou panier de coings. Venait ensuite le tour de Nana, à qui elle offrait d'abord une longue série de récriminations sur sa santé, puis les ragots d'Herat et de Gul Daman, racontés en détail et avec délectation. Pendant ce temps, sa bru se tenait derrière elle, immobile et attentive.

Parmi tous ces visiteurs, le préféré de Mariam, en dehors de Jalil bien sûr, était le mollah Faizullah – l'*akhund* du village, c'est-à-dire celui qui enseignait le Coran. Il venait une ou deux fois par semaine de Gul Daman afin de lui inculquer les cinq prières quotidiennes et de lui faire réciter le Coran, ainsi qu'il l'avait fait avec Nana lorsqu'elle était petite. C'était lui qui avait appris à lire à Mariam. Penché par-dessus son épaule, il l'avait couvée de son regard patient tandis qu'elle déchiffrait chaque mot en appuyant si fort son index sur la page que son ongle en devenait tout blanc, comme si elle avait voulu extraire le sens de ces symboles par la force. Et c'était encore lui qui avait guidé sa main pour lui montrer comment former les lettres de l'alphabet – la ligne ascendante de l'*alef*, la courbe du *beh*, les trois points du *seh*.

Le mollah Faizullah était un homme sec comme un coup de trique, avec un dos voûté, un sourire édenté et une barbe blanche longue jusqu'au nombril. Il lui arrivait d'amener son fils Hamza, un garçon aux cheveux roux un peu plus âgé que Mariam, mais le plus souvent il venait seul. Après que la fillette avait embrassé sa main – dont les doigts lui faisaient l'effet de brindilles recouvertes d'une fine peau –, il déposait un baiser sur le haut de son front puis s'installait avec elle dans la *kolba*. Ensuite, lorsque la leçon était terminée, ils s'asseyaient dehors pour manger des pignons de pin et siroter du thé vert en observant les passereaux voler dans les arbres. Ils allaient aussi se promener le long de la rivière et vers les montagnes, leurs pieds foulant les feuilles mortes et les fourrés d'aulnes. Le mollah jouait avec les grains de son rosaire et, de sa voix chevrotante, racontait à Mariam des épisodes de sa jeunesse – comme le serpent à deux têtes qu'il avait trouvé en Iran, sur le pont aux trente-trois arches d'Ispahan, ou encore la pastèque qu'il avait fendue près de la mosquée bleue de Mazar-e-Sharif et dont les graines, à l'intérieur, formaient les mots *Allah* d'un côté, et *Akbar* de l'autre. *Allah-u-akbar*, Dieu est grand.

Il admettait ne pas toujours comprendre le sens du Coran, mais il aimait les sonorités enchanteresses de la langue arabe. Les mots le réconfortaient et apaisaient son âme.

— Toi aussi, ils te réconforteront, Mariam *jo*, affirmait-il. Pense à eux dans les moments difficiles et tu verras que tu peux compter sur eux. Les paroles de Dieu ne te trahiront jamais, ma fille.

Le mollah Faizullah savait également écouter. Quand Mariam lui parlait, il lui témoignait toujours une attention sans faille, hochant lentement la tête et souriant d'un air reconnaissant, comme si elle lui accordait un privilège rare. Il était donc facile de lui confier tout ce qu'elle n'osait pas dire à sa mère.

Un jour qu'ils marchaient ensemble, Mariam lui avoua son désir d'aller à l'école.

— Mais dans une véritable école, *akhund* sahib. Avec des classes et tout. Comme les enfants de mon père.

Le mollah Faizullah s'arrêta net.

Une semaine plus tôt, Bibi *jo* leur avait appris que les filles de Jalil, Saideh et Nahid, allaient bientôt entrer au lycée à Herat. Depuis, Mariam avait la tête remplie d'images de professeurs, de cahiers, de chiffres et de gros feutres. Elle s'imaginait dans une salle de classe avec d'autres filles de son âge, en train de poser une règle sur une page blanche pour y tracer des traits sérieux et importants.

— Vraiment ? dit le mollah.

Les mains nouées dans le dos, il l'enveloppait de son doux regard humide. L'ombre de son turban tombait sur un parterre de boutons-d'or à côté d'eux.

— Oui.

— Et tu veux que je demande la permission à ta mère, c'est ça ?

Mariam sourit. En dehors de Jalil, personne ne la comprenait mieux que son vieux professeur.

— Comment puis-je te résister ? dit-il en lui tapotant la joue de son doigt noué par l'arthrose. Dieu, dans sa grande sagesse, nous a donné à tous des faiblesses, et la première des miennes est mon incapacité à te refuser quoi que ce soit, Mariam *jo*.

Mais lorsqu'il aborda le sujet avec Nana, celle-ci fut si choquée qu'elle lâcha le couteau avec lequel elle épluchait ses oignons.

— Pour quoi faire ?

— Si elle a envie d'apprendre, fais-lui plaisir. Laisse-la s'instruire.

— Apprendre ? Mais apprendre quoi, sahib ? Qu'a-t-elle besoin de savoir ?

Elle se tourna vers Mariam, qui baissa la tête.

— À quoi bon éduquer une fille comme toi ? Autant polir un crachoir ! Et de toute façon, tu n'apprendras rien d'utile dans ces écoles-là. Il n'y a qu'une chose – une seule, tu m'entends ? – qu'une femme comme toi ou moi a besoin de savoir dans la vie, et ce n'est pas à l'école qu'on te l'enseignera. Regarde-moi, Mariam.

— Tu ne devrais pas lui parler sur ce ton, ma fille, protesta le mollah.

— Regarde-moi !

Mariam obéit.

— Il n'y a qu'une chose à savoir : *tahamul*. Endure.

— Endurer quoi, Nana ?

— Oh, ne t'inquiète pas pour ça. Tu ne manqueras jamais de rien dans ce domaine.

Et Nana poursuivit en racontant que les femmes de Jalil n'avaient jamais vu en elle que la fille repoussante d'un misérable tailleur, et qu'elles l'avaient obligée à laver leur linge dehors, dans le froid, jusqu'à ce qu'elle ait le visage engourdi et le bout des doigts à vif.

— C'est notre lot à nous, Mariam. Les femmes comme nous ne font rien qu'endurer. On n'a pas le choix. Tu comprends ? Et puis, les autres filles se moqueraient de toi, à l'école. Crois-moi. Elles te traiteraient d'*harami*. Elles t'insulteraient. Ça, il n'en est pas question.

Mariam hocha la tête.

— Je ne veux plus entendre parler de cette histoire, continua Nana. Tu es tout ce que j'ai, je ne les laisserai pas t'enlever à moi. Regarde-moi, Mariam. J'ai été claire ?

— Allons, sois raisonnable, intervint le mollah Faizullah. Si elle a envie…

— Et vous, *akhund* sahib, malgré tout le respect que je vous dois, vous ne devriez pas encourager ses caprices. Si vous tenez vraiment à elle, alors expliquez-lui que sa place est ici, avec sa mère. Elle n'a rien à espérer ailleurs. Rien, à part le rejet et la souffrance. Je sais de quoi je parle, *akhund* sahib. Je le sais.

4

Mariam adorait quand des visiteurs se présentaient à la *kolba* – l'*arbab* du village et ses présents, Bibi *jo*, ses problèmes de hanche et ses ragots, et bien sûr le mollah Faizullah. Mais il n'y avait personne, absolument personne, dont elle guettait la venue avec autant d'impatience que Jalil.

L'angoisse commençait à monter en elle dès le mardi soir. Elle dormait mal cette nuit-là, tant elle craignait que son père ait un empêchement quelconque le jeudi – ce qui repoussait alors d'une longue semaine supplémentaire le moment de le revoir. Le mercredi, elle faisait les cent pas autour de la *kolba*. Elle nourrissait les poulets avec distraction, marchait sans but, arrachait les pétales des fleurs en chassant les moustiques qui lui piquaient les bras. Quand, enfin, le jeudi arrivait, elle s'asseyait contre un mur, les yeux tournés vers la rivière, et elle attendait. Pour peu que Jalil soit en retard, une peur terrible s'emparait d'elle. Ses jambes refusaient de la porter, si bien qu'elle était obligée de s'allonger.

Cela durait jusqu'à ce que retentisse la voix de Nana :

— Le voilà, ton père. Dans toute sa splendeur !

Mariam se relevait dès qu'elle le repérait qui traversait le cours d'eau en bondissant de rocher en rocher. Elle savait que sa mère l'observait, qu'elle jaugeait sa réaction, aussi s'obligeait-elle à ne pas se précipiter au-devant de Jalil. À la place, elle l'attendait immobile, sur le seuil de la *kolba*, le suivant patiemment des yeux tandis qu'il foulait les hautes herbes, sa cravate agitée par le vent et sa veste jetée sur l'épaule.

Une fois dans la clairière, il se débarrassait de celle-ci sur le *tandoor* et ouvrait grands les bras. Mariam s'avançait vers lui, lentement d'abord, puis pour finir se mettait à courir jusqu'à ce qu'il l'attrape au vol et la fasse sauter en l'air.

Là, entre deux cris de joie, elle admirait son visage, son grand sourire, l'implantation en V des cheveux, la fossette sur le menton – nid parfait pour le bout de son petit doigt – et ses dents, les plus blanches qui fussent alors dans une ville pleine de molaires cariées. Elle aimait sa moustache bien taillée et le fait que, quel que soit le temps, il était toujours vêtu d'un costume brun – sa couleur préférée –, avec des boutons de manchettes, un mouchoir blanc dépassant de sa poche de poitrine, et une cravate, le plus souvent rouge, qu'il portait desserrée. Et puis elle se voyait aussi, elle, telle que la reflétaient les yeux marron de Jalil, avec ses cheveux ébouriffés, ses joues enflammées et le ciel derrière elle.

Nana répétait souvent qu'un jour viendrait où sa fille lui glisserait entre les doigts et se casserait une jambe en tombant par terre. Mais Mariam n'en croyait pas un mot. Elle était persuadée que les belles mains manucurées de son père la rattraperaient toujours.

Après ces retrouvailles, ils s'asseyaient devant la *kolba*, à l'ombre, et Nana leur servait du thé. Jalil et elle ne s'adressaient qu'un sourire gêné et un signe de tête. Jamais il ne mentionnait les cailloux et les injures qu'elle lançait à ses fils.

Malgré les reproches dont elle l'accablait en son absence, Nana se montrait soumise et bien élevée devant lui. Avant chacune de ses visites, elle se lavait la tête, se brossait les dents et mettait son plus beau hidjab. Puis, une fois assise en face de lui, elle croisait les mains sur ses genoux. Elle ne le fixait pas directement, n'employait pas non plus de gros mots. Et quand elle riait, elle se couvrait la bouche avec son poing pour cacher sa dent pourrie.

Elle l'interrogeait sur ses affaires. Et sur ses épouses aussi. Bibi *jo* lui ayant appris un jour que la plus jeune femme de Jalil, Nargis, attendait son troisième enfant, elle fit allusion à cette nouvelle devant lui. Il sourit poliment.

— Eh bien, tu dois être content, dit-elle. Cela t'en fait combien maintenant ? Dix, c'est ça ? *Mashallah !*

Jalil acquiesça.

— Enfin, onze si on compte aussi Mariam, bien sûr, conclut-elle – remarque qui lui valut plus tard une

27

brève dispute avec sa fille, celle-ci l'accusant d'avoir piégé Jalil.

Après avoir bu leur thé, Mariam et son père allaient pêcher au bord de la rivière. Il lui apprit à jeter sa ligne, à remonter une truite, à la vider, à la nettoyer et à détacher d'un geste la chair des arêtes. Entre deux prises, parce qu'il aimait dessiner, il lui montra également comment esquisser un éléphant d'un seul trait, sans lever le crayon de la page. Et il lui fit mémoriser les paroles de comptines qu'ensemble ils chantaient ensuite.

Au bord d'un bassin, un petit chat
Pour boire se pencha.
Imprudent, il glissa
Et la tête la première dans l'eau il tomba.

Souvent aussi, il lui rapportait des coupures de l'*Ittifaq-i Islam*, un journal d'Herat, et lui en faisait la lecture à voix haute. Il était le lien de Mariam avec l'extérieur, la preuve vivante qu'il existait un monde au-delà de la *kolba*, de Gul Daman et même d'Herat, un monde avec des présidents aux noms compliqués, avec des trains, des musées, des matches de football, des fusées qui tournaient autour de la Terre et se posaient sur la Lune. Chaque jeudi, c'était un peu de tout cela qu'il apportait.

À l'été 1973, il annonça à Mariam, alors âgée de quatorze ans, que le roi Zaher Shah avait été renversé par un coup d'État non violent après quarante années de règne.

— Son cousin Daoud khan a profité de ce qu'il était parti se faire soigner en Italie. Tu te souviens de Daoud khan, n'est-ce pas ? Je t'ai déjà parlé de lui. Il était Premier ministre quand tu es née. Enfin, tout ça pour dire que l'Afghanistan n'est plus une monarchie,

Mariam. Maintenant, nous vivons dans une république et Daoud khan en est le président. Certains prétendent que les socialistes de Kaboul l'ont aidé à prendre le pouvoir. Ils ne disent pas que lui est socialiste, attention. Juste qu'il a reçu leur soutien. En tout cas, ce sont les bruits qui courent.

Mariam lui demanda ce qu'était un socialiste. Il commença à le lui expliquer, mais l'attention de sa fille se porta vite ailleurs.

— Mariam, tu m'écoutes ?

— Oui.

Jalil vit alors qu'elle lorgnait une bosse dans la poche de son manteau.

— Ah, oui, bien sûr. J'oubliais… Tiens.

Il sortit une petite boîte et la lui tendit. Il lui apportait parfois de menus présents – un jour un bracelet de cornaline, un autre un collier ras du cou avec des perles en lapis-lazuli. Cette fois-là, Mariam découvrit un pendentif en forme de feuille auquel étaient accrochées de toutes petites pièces avec des étoiles et des lunes gravées dessus.

— Essaie-le, Mariam *jo*.

Elle s'exécuta aussitôt.

— Comment tu me trouves ? s'enquit-elle.

— Tu as l'air d'une reine !

Après son départ, Nana remarqua tout de suite le colifichet.

— C'est de la pacotille ! se moqua-t-elle. Je sais comment les nomades les fabriquent. Ils font fondre les pièces qu'on leur donne et les transforment en bijoux. Je voudrais bien voir ton cher père t'offrir un collier en or, pour changer. Oui, je voudrais bien voir ça !

Lorsque Jalil s'en allait, Mariam se postait sur le seuil de la *kolba* pour le regarder s'éloigner, déprimée à l'idée de la semaine interminable qui la séparait de sa prochaine visite. Elle retenait alors son souffle en comptant les secondes dans sa tête. Comme si, pour chaque instant passé sans respirer, Dieu avait pu lui accorder une autre journée avec Jalil.

Le soir, dans son lit, elle se demandait à quoi ressemblait sa maison à Herat, et elle imaginait comment ce serait d'habiter là-bas avec lui, de le voir tous les jours. Elle lui tendrait une serviette quand il se raserait, lui signalerait quand il se serait coupé. Elle lui préparerait son thé et lui recoudrait ses boutons. Ils se promèneraient ensemble en ville, dans les bazars aux grandes arches où, selon lui, on trouvait tout ce qu'on voulait. Ils rouleraient dans sa voiture, et les gens les montreraient du doigt en chuchotant : « Voilà Jalil khan et sa fille. » Ils iraient voir le fameux arbre sous lequel était enterré un poète.

Le jour où il lui offrit le pendentif en forme de feuille, elle prit une décision : il fallait qu'elle lui dise tout cela. Et quand il comprendrait combien il lui manquait, sûrement qu'il la ferait venir chez lui. Il l'emmènerait vivre à Herat, dans sa maison, comme ses autres enfants.

5

— Je sais ce que je veux, dit Mariam.

C'était le printemps 1974, l'année de ses quinze ans. Nana, Jalil et elle étaient assis devant la *kolba*, à l'ombre des saules, sur des chaises pliantes disposées en triangle.

— Pour mon anniversaire, je sais ce que je veux.

— Ah oui ? répondit Jalil en souriant d'un air encourageant.

Deux semaines plus tôt, il lui avait appris qu'un film américain d'un genre particulier passait dans son cinéma. Un dessin animé, avait-il précisé. Il se composait de milliers et de milliers d'images qui, une fois assemblées et projetées sur un écran, donnaient l'impression que les dessins bougeaient. L'histoire était celle d'un vieil artisan solitaire qui rêvait d'avoir un petit garçon. Il sculptait un pantin de bois et celui-ci prenait soudain vie par magie. Pressé de questions, Jalil avait expliqué à Mariam que le vieil homme et sa marionnette vivaient ensemble toutes sortes d'aventures et qu'ils se rendaient dans un endroit appelé l'Île enchantée, où les mauvais garçons se transformaient en ânes. Tous deux se faisaient même avaler par une baleine à la fin.

— Je veux que tu m'emmènes dans ton cinéma, déclara Mariam. Je veux voir le dessin animé avec la marionnette.

À ces mots, elle sentit l'atmosphère changer autour d'elle. Ses parents s'agitèrent sur leur chaise et se consultèrent en silence.

— Ce n'est pas une bonne idée, décréta enfin Nana.

Elle s'était exprimée d'un ton calme et posé, comme toujours devant Jalil, mais Mariam nota le regard dur et accusateur qu'elle braquait sur lui.

Jalil s'agita de plus belle. Il toussota et s'éclaircit la gorge.

— Tu sais, dit-il, le film n'est pas si bon que ça. La bande-son non plus, d'ailleurs. Sans compter que le projecteur fonctionne mal depuis quelque temps. Ta mère a peut-être raison, Mariam *jo*. Tu n'as pas une autre idée de cadeau ?

— *Aneh !* Tu vois ? lâcha Nana. Ton père est d'accord avec moi.

Plus tard, cependant, lorsqu'elle se retrouva avec son père au bord de la rivière, Mariam revint à la charge :

— Emmène-moi voir le dessin animé.

— Je vais te dire ce qu'on va faire, biaisa Jalil. J'enverrai quelqu'un te chercher et t'accompagner à la séance. Je veillerai à ce qu'on te donne une très bonne place et aussi tous les bonbons que tu voudras.

— *Nay*. Je veux que ce soit toi qui m'emmènes.

— Mariam *jo*…

— Et invite mes frères et sœurs, aussi. J'ai envie de les rencontrer et d'y aller avec eux.

Jalil détourna le regard vers les montagnes en soupirant.

Mariam l'avait entendu dire que, sur un écran de cinéma, un visage humain paraissait aussi gros qu'une maison, et que quand une voiture avait un accident on avait l'impression de sentir le froissement de la tôle jusque dans les os. Depuis, elle s'imaginait assise sur l'un des sièges en balcon, léchant une glace à côté de ses frères et sœurs et de Jalil.

— C'est ça que je veux, conclut-elle.

Son père la fixa avec désespoir.

— Demain, décida-t-elle. À midi. Je te retrouverai ici. D'accord ?

— Viens là…

Il se baissa, l'attira contre lui et la tint longtemps, très longtemps dans ses bras.

Nana arpenta d'abord la *kolba* en serrant et desserrant les poings.

— De toutes les filles que j'aurais pu avoir, pourquoi a-t-il fallu que Dieu m'en donne une aussi ingrate ? Après tout ce que j'ai enduré pour toi, comment oses-tu me faire ça ? Comment oses-tu m'abandonner, sale petite *harami* ! Traîtresse !

Puis elle se moqua d'elle :

— Quelle idiote tu fais ! Tu crois qu'il tient à toi et que tu seras la bienvenue chez lui ? Tu crois qu'il te considère comme sa fille ? Qu'il va t'accueillir dans sa maison ? Laisse-moi te dire une chose : le cœur d'un homme n'est jamais beau à voir, Mariam. Ce n'est pas comme le ventre d'une femme. Il ne saigne pas, il ne s'élargit pas pour te faire de la place. Je suis la seule à t'aimer. Tu n'as que moi au monde, Mariam, et quand je serai partie tu n'auras plus rien. Plus rien, tu m'entends ? D'ailleurs, toi-même tu n'es rien, ma fille !

Pour finir, elle tenta de la culpabiliser.

— Je mourrai si tu y vas. Le djinn viendra et je ferai une nouvelle crise. Tu verras, j'avalerai ma langue et je m'étoufferai. Ne me laisse pas, Mariam *jo*. S'il te plaît. Je n'y survivrai pas.

Silence.

— Tu sais que je t'aime, Mariam *jo*.

Craignant de prononcer des paroles blessantes si cette conversation se prolongeait, Mariam annonça qu'elle allait se promener. Elle aurait très bien pu répliquer qu'elle n'était plus dupe de cette histoire de djinn et de la maladie de Nana, qui portait un nom précis et se soignait avec des médicaments. Elle aurait aussi pu demander à sa mère pourquoi elle refusait de voir les médecins recommandés par Jalil et de prendre les cachets qu'il lui avait achetés. Et si elle avait su l'exprimer, elle lui aurait peut-être avoué qu'elle était fatiguée d'être manipulée, trompée, revendiquée comme une propriété. Qu'elle en avait assez de l'entendre déformer sans cesse la réalité et faire de sa fille un de ses nombreux sujets de plainte contre le monde en général.

Tu as peur, Nana, aurait-elle pu lui dire. *Tu as peur que je trouve le bonheur que tu n'as jamais connu. Tu ne veux pas que je sois heureuse ni que j'aie une belle vie. C'est ton cœur à toi qui n'est pas beau à voir, en réalité.*

À la lisière de la clairière, il y avait un point de vue que Mariam affectionnait particulièrement. Elle s'assit sur les herbes sèches chauffées par le soleil et, de là, contempla Herat, qui s'étendait à ses pieds tel un plateau de jeu : au nord, le jardin des Femmes, au sud le bazar de Char-suq et les ruines de l'ancienne citadelle d'Alexandre le Grand. Elle devinait les minarets au loin, semblables aux doigts poussiéreux d'un géant, et les rues qu'elle se représentait grouillantes de passants, de charrettes et de mules. Au-dessus de sa tête, des hirondelles tournoyaient dans le ciel. Comme elle les enviait ! Elles étaient allées à Herat, elles. Elles avaient survolé les mosquées et les bazars de la ville. Peut-être même s'étaient-elles perchées sur les murs de la maison de Jalil et les marches de son cinéma.

Pensive, Mariam ramassa dix galets et les disposa en colonnes, selon un rituel auquel elle s'adonnait parfois quand Nana ne la regardait pas. Elle en empila d'abord quatre, pour représenter les enfants de Khadija, puis trois pour ceux d'Afsoon, et trois autres pour ceux de Nargis. À la fin, elle ajouta une quatrième colonne. Celle-là ne comprenait qu'un seul caillou solitaire.

Le lendemain matin, Mariam enfila un pantalon en coton et une robe beige qui lui tombait aux genoux, puis elle se couvrit la tête d'un hidjab vert. Ne pas avoir de voile assorti à sa robe la désespérait, mais il faudrait qu'elle fasse avec – le seul blanc qu'elle possédât était troué aux mites.

Elle jeta ensuite un coup d'œil à la vieille horloge mécanique, cadeau du mollah Faizullah. Sur le cadran vert, les aiguilles indiquaient 9 heures. Où pouvait bien être Nana ? Un instant, elle songea à sortir la chercher, avant de se raviser, de peur de l'inévitable confrontation qui s'ensuivrait. À coup sûr, sa mère la fixerait d'un air affligé, l'accuserait de trahison ou se moquerait encore de ses rêves.

Mariam s'efforça alors de tuer le temps en dessinant des éléphants, comme Jalil le lui avait appris. Elle eut bientôt les membres engourdis à force de rester assise, mais préféra ne pas s'allonger pour ne pas froisser sa robe.

À 11 h 30, elle glissa ses onze galets dans sa poche et se dirigea vers la rivière. En chemin, elle aperçut sa mère, installée sur une chaise à l'ombre d'un saule pleureur. Nana l'avait-elle vue ? Elle n'aurait su le dire.

Parvenue au bord du cours d'eau, Mariam attendit au point de rendez-vous dont Jalil et elle étaient convenus la veille. Quelques nuages gris en forme de chou-fleur défilaient dans le ciel. Jalil lui avait expliqué que cette couleur sombre était propre aux nuages très denses : leur partie supérieure absorbait la lumière du soleil, de sorte que leur base se retrouvait à l'ombre. *C'est pour ça qu'ils ont le ventre gris, Mariam* jo, avait-il dit.

Un long moment s'écoula.

Pour finir, elle rentra à la *kolba*, mais en contournant la clairière par l'ouest, afin de ne pas avoir à repasser devant Nana. Elle regarda de nouveau l'horloge. Il était presque 13 heures.

« C'est un homme d'affaires, pensa-t-elle. Il a eu un imprévu. »

Elle revint près de la rivière et patienta encore. Des merles volaient au-dessus d'elle, plongeant de temps à autre en piqué dans les hautes herbes. Elle observa un mille-pattes cheminer au pied d'un jeune chardon.

Elle attendit et attendit encore, jusqu'à ne plus sentir ses jambes. Là, elle ne retourna pas à la *kolba*. Retroussant son pantalon jusqu'aux genoux, elle traversa la rivière et, pour la première fois de sa vie, descendit la montagne en direction d'Herat.

Nana se trompait aussi au sujet d'Herat. Personne ne la montrait du doigt là-bas ni ne riait en la voyant. Mariam longea des boulevards bordés de cyprès qu'envahissait une foule bruyante. Elle se mêla au flot continu des piétons, des cyclistes et des *garis* – des carrioles tirées par des mules –, tout ça sans être accueillie par des jets de pierres ou des insultes. C'était à peine si on prêtait attention à elle, en réalité. Chose inattendue et merveilleuse, elle se découvrait tout à fait ordinaire.

Elle s'attarda près d'un bassin ovale, au centre d'un grand parc où s'entrecroisaient des allées gravillonnées, et passa la main avec étonnement sur les chevaux de marbre qui se dressaient au bord. Près d'elle, un groupe de garçons faisaient flotter sur l'eau des bateaux en papier. Les gens se promenaient, discutaient sur les bancs, sirotaient du thé. Et il y avait des fleurs partout où elle posait les yeux – des tulipes, des lys et des pétunias aux pétales inondés de soleil.

Le cœur battant de joie, Mariam avait presque du mal à croire qu'elle ne rêvait pas. Si seulement le mollah Faizullah avait été là... Il l'aurait jugée si intrépide ! Si brave ! Tout son être s'ouvrait à cette nouvelle vie qui l'attendait à Herat. Une vie avec un père, des frères et des sœurs. Une vie dans laquelle elle aimerait et serait aimée, sans honte, sans réserve, et surtout sans jour fixé à l'avance.

Elle rebroussa gaiement chemin jusqù'à la grande artère située près du parc. De vieux vendeurs au visage parcheminé, assis à l'ombre de platanes, la regardèrent passer d'un air impavide derrière leurs pyramides de raisins et de cerises. Non loin de là, des gamins couraient pieds nus après les voitures et les bus en agitant des sacs de coings. Mariam s'arrêta à l'angle d'une rue pour observer les passants. Qu'ils puissent rester indifférents à tant de merveilles la sidérait.

Au bout d'un moment, elle trouva le courage de demander au vieux conducteur d'un *gari* s'il savait où habitait Jalil, le propriétaire du cinéma. L'homme avait de bonnes joues et portait un *chapan* – un long manteau – aux couleurs de l'arc-en-ciel.

— Tu n'es pas d'Herat, n'est-ce pas ? dit-il gentiment. Tout le monde ici sait où habite Jalil khan !

— Pouvez-vous m'indiquer la direction ?

— Tu es seule ? s'enquit-il en dépliant l'emballage d'un caramel.

— Oui.

— Monte, alors. Je vais t'emmener.

— Mais… je n'ai pas d'argent pour vous payer.

Il répliqua que cela n'avait aucune importance. De toute façon, ajouta-t-il en lui offrant le bonbon, cela faisait deux heures qu'il n'avait pas eu le moindre client. Il envisageait justement de rentrer chez lui, et la maison de Jalil était sur sa route.

Mariam grimpa dans la carriole à côté de lui. Sur le trajet, elle aperçut diverses échoppes vendant des herbes, des oranges, des poires, des livres, des châles, et même des faucons. Elle vit des enfants jouer aux billes au milieu de cercles tracés dans la poussière, et des hommes qui fumaient le narguilé à l'extérieur des salons de thé, sur des terrasses en bois recouvertes de tapis.

Puis le *gari* tourna dans une large rue bordée de conifères et s'arrêta au milieu.

— Nous y sommes. On dirait que tu as de la chance, *dokhtar jo*. C'est la voiture de Jalil qui est garée là.

Mariam sauta à terre, et le vieil homme lui sourit avant de poursuivre son chemin.

Mariam n'avait jamais touché de voiture auparavant. Tout en effleurant la carrosserie noire rutilante, elle admira les sièges en cuir blanc, les multiples cadrans derrière le volant, et les jantes dans lesquelles se reflétait son visage, élargi et aplati.

L'espace d'un instant, il lui sembla entendre la voix de Nana qui se moquait d'elle, étouffant tous ses espoirs. Le désarroi la gagna alors. Les jambes flageolantes, elle s'approcha de la porte d'entrée et appuya les mains sur les murs de la maison. Ils étaient si hauts, si imposants, les murs de Jalil, qu'elle dut renverser la tête en arrière pour distinguer le sommet des cyprès qui dépassaient de l'autre côté. La vue de ces derniers la réconforta. Agités doucement par la brise, ils avaient l'air de lui souhaiter la bienvenue, si bien qu'elle parvint à se ressaisir.

Une jeune femme, pieds nus, avec un tatouage sous la lèvre inférieure, lui ouvrit.

— Je viens voir Jalil khan, annonça Mariam. Je suis sa fille.

L'inconnue parut d'abord perplexe. Puis son regard s'éclaira, et elle esquissa un léger sourire, comme si la situation l'avait soudain réjouie.

— Attends là, dit-elle vivement, avant de refermer la porte.

Quelques minutes après, un homme surgit à son tour. Grand, large d'épaules, il avait des yeux aux paupières tombantes et un visage impassible.

— Je suis le chauffeur de Jalil khan, déclara-t-il.

— Son quoi ?

— Celui qui le conduit à ses rendez-vous. Jalil khan n'est pas là.

— C'est pourtant bien sa voiture, ça.

— Il est parti s'occuper d'une affaire urgente.

— Quand rentrera-t-il ?

— Il ne l'a pas précisé.

Mariam répliqua qu'elle patienterait.

La porte se referma de nouveau et elle s'assit par terre, ramenant ses genoux contre elle. La faim commençait à la tenailler en ce début de soirée. Faute de mieux, elle mangea le caramel que lui avait offert le conducteur du *gari*.

Un peu plus tard, le chauffeur de Jalil ressortit.

— Il faut que tu t'en ailles, maintenant. Il fera nuit dans moins d'une heure.

— Je n'ai pas peur du noir.

— Il fera froid, aussi. Et si je te raccompagnais jusque chez toi ? Je dirai à Jalil khan que tu es passée.

Mariam le fixa sans répondre.

— Je vais te conduire dans un hôtel, alors. Tu y seras mieux pour dormir et on verra ce qu'on peut faire demain matin.

— Laissez-moi entrer.

— Je n'y suis pas autorisé. Écoute, personne ne sait quand il reviendra. Il en a peut-être pour plusieurs jours.

Mariam se contenta de croiser les bras.

Le chauffeur soupira et la fixa d'un air réprobateur, mais sans méchanceté.

Au fil des ans, Mariam eut souvent l'occasion de se demander comment les choses auraient tourné si elle avait regagné la *kolba*. Mais elle resta là, devant chez Jalil, à regarder le ciel s'obscurcir et les ombres s'étendre sur les façades des maisons alentour. La femme au tatouage lui apporta du pain et une assiette de riz, et, malgré son refus d'y toucher, laissa le tout à côté d'elle. De temps à autre, Mariam entendait des pas le long de la rue, des portes qui s'ouvraient, des salutations. Des lumières s'allumèrent, faisant rougeoyer les fenêtres. Des chiens aboyèrent. Affamée, elle finit par manger le riz et le pain. Puis elle écouta le chant des grillons qui s'élevait dans les jardins. Dans le ciel, des nuages filaient devant une lune pâle.

Au matin, le chauffeur vint la réveiller. Elle découvrit alors que quelqu'un avait posé sur elle une couverture durant la nuit.

— Ça suffit, maintenant, dit-il. Tu t'es assez fait remarquer. *Bas !* Il faut partir.

Mariam se redressa et se frotta les yeux. Elle avait le dos et le cou tout endoloris.

— Je vais l'attendre encore.

— Écoute-moi. Jalil khan m'a demandé de te ramener chez toi. Tout de suite. Tu comprends ? C'est lui qui l'exige.

Il ouvrit la portière arrière de la voiture.

— *Bia.* Viens, dit-il doucement.

— Je veux le voir, s'entêta Mariam, les larmes aux yeux.

Il soupira.

— Allons, *dokhtar jo*, laisse-moi te ramener.

Mariam s'avança alors lentement vers lui, avant de s'élancer au dernier moment vers la maison. Le chauffeur tenta bien de la retenir par l'épaule, mais elle se dégagea et, ouvrant la porte en grand, s'engouffra dans le jardin.

Durant les quelques secondes qui suivirent, elle nota la structure en verre avec des plantes à l'intérieur, les tonnelles de vigne grimpante, le bassin avec ses gros rochers gris, les arbres fruitiers et les nombreux massifs de fleurs. Elle enregistra tous ces détails, juste avant que son regard ne se pose sur une fenêtre en face d'elle. Elle ne fit qu'entrapercevoir un visage derrière, mais ce fut assez. Assez pour qu'elle distingue les yeux qui s'écarquillaient, et la bouche s'arrondir sous le coup de la surprise. Puis il disparut. Une main apparut alors et tira sur une corde avec frénésie. Les rideaux tombèrent.

Deux mains la soulevèrent ensuite par les aisselles. Mariam se débattit si violemment que ses galets glissèrent de sa poche mais, malgré sa résistance et ses cris, le chauffeur la porta jusqu'à la voiture et ne la lâcha que sur le cuir froid de la banquette arrière.

Il tenta de la consoler – en vain. Durant tout le trajet, Mariam pleura sa douleur, sa colère et sa désillusion. Mais surtout sa honte, son immense honte, à la pensée qu'elle n'avait vécu jusqu'alors que pour Jalil. Dire qu'elle s'était inquiétée de sa tenue et de son hidjab mal assorti à sa robe. Dire qu'elle avait parcouru à pied toute la distance jusqu'à chez lui et qu'elle avait dormi dehors comme un chien errant. Pour lui. Elle se reprochait d'avoir ignoré la mine accablée et les yeux rougis de Nana. Nana, qui l'avait prévenue de ce qui l'attendait et qui avait eu raison depuis le début.

Mariam ne cessait de revoir le visage de Jalil à la fenêtre. Il l'avait laissée dormir dans la rue. *Dans la rue*. Effondrée, elle sanglota de plus belle, couchée sur le siège arrière pour ne pas qu'on la remarque. À cette heure, tout Herat devait savoir qu'elle s'était ridiculisée. Elle ne souhaitait plus qu'une chose : retrouver le mollah Faizullah et poser la tête sur ses genoux pour qu'il la réconforte.

Qu'allait-elle dire à Nana ? se demanda-t-elle. Comment pourrait-elle s'excuser ? Comment pourrait-elle même la regarder en face ?

Au bout d'un moment, la route devint plus cahoteuse et se mit à grimper. Le chauffeur arrêta la voiture.

— Je vais te raccompagner à pied, dit-il.

Mariam le suivit sur le chemin bordé de chèvrefeuille et d'asclépias. Les abeilles bourdonnaient au-dessus des fleurs sauvages. Il la prit par la main pour l'aider à traverser la rivière, puis la lâcha et commença à lui parler du « vent des cent vingt jours » qui allait bientôt souffler sur Herat du matin jusqu'au soir, comme tous les ans à la même époque. Il enchaînait sur les mouches des sables affamées qui s'abattraient alors sur la ville lorsqu'il s'interrompit brutalement et se plaça devant elle en tentant de lui couvrir les yeux.

— Fais demi-tour ! cria-t-il en la repoussant. Non, ne regarde pas. Retourne à la voiture !

Mais il ne fut pas assez rapide. Une bourrasque écarta le feuillage d'un saule pleureur au même moment, tel un rideau que l'on tire, et Mariam eut le temps d'apercevoir ce qu'il y avait derrière. Une chaise renversée. Une corde accrochée à une haute branche. Et au bout de la corde, Nana, qui se balançait.

6

Ils enterrèrent Nana dans le cimetière de Gul Daman. Mariam se tint à côté de Bibi *jo* et des autres femmes pendant que le mollah Faizullah récitait les prières, puis les hommes déposèrent dans la tombe le corps enveloppé d'un linceul.

Après ça, Jalil retourna avec elle à la *kolba* où, devant les villageois qui les avaient suivis, il multiplia les marques d'attention envers Mariam. Il ramassa ses affaires, les rangea dans une valise. Il s'assit à côté de son lit, sur lequel elle s'était allongée, afin de l'éventer. Il lui caressa le front. D'un air affligé, il lui demanda enfin si elle avait besoin de quoi que ce soit. Quoi que ce soit, insista-t-il.

— Je veux le mollah Faizullah, répondit-elle.

— Oui, bien sûr. Il est dehors. Je vais le chercher.

Ce ne fut que lorsque la silhouette frêle et voûtée du vieil homme apparut sur le seuil de la *kolba* que Mariam donna libre cours à ses larmes.

— Oh, Mariam *jo*…

Il s'installa à côté d'elle et prit son visage entre ses mains.

— Pleure, Mariam. Ne te retiens pas, il n'y a aucune honte à ça. Mais rappelle-toi les paroles du Coran, ma fille : « Béni soit Celui qui possède en ses mains le royaume, Celui qui a pouvoir sur toute chose et qui a créé la mort et la vie afin de nous éprouver. » Le Coran dit la vérité, Mariam. Chaque épreuve, chaque peine que Dieu nous impose a sa raison d'être.

Mais Mariam ne puisa aucun réconfort dans ces mots. Pas ce jour-là. Elle n'entendait que la voix de Nana lui répétant *Je mourrai si tu y vas. Je mourrai.* Et elle ne put que laisser couler ses larmes sur les mains parcheminées du mollah.

Dans la voiture qui les menait à Herat, Jalil passa un bras autour des épaules de Mariam.

— Tu peux rester avec moi, Mariam *jo*. J'ai déjà demandé qu'on te prépare une chambre. Tu verras, je pense que tu l'aimeras. Tu auras même vue sur le jardin.

Pour la première fois, cependant, elle l'entendit avec les oreilles de Nana. Elle percevait même si clairement la fausseté et la vacuité de toutes ses affirmations désormais qu'elle dut détourner la tête pour ne pas trahir son dégoût.

Lorsque la voiture s'arrêta devant la maison, le chauffeur leur ouvrit la portière et prit la valise de Mariam. Les mains posées sur ses épaules, Jalil lui fit franchir l'entrée devant laquelle elle avait dormi deux jours plus tôt. Le temps où elle ne désirait rien tant que s'avancer dans ce jardin avec son père lui paraissait loin, très loin. Comment sa vie avait-elle pu basculer si rapidement ? Les yeux rivés sur le chemin dallé, elle eut conscience de tous les gens qui murmuraient et s'écartaient sur leur passage, et aussi des regards braqués sur elle depuis les fenêtres à l'étage.

Une fois dans la maison, elle foula un tapis brun aux motifs bleus et jaunes, et aperçut du coin de l'œil des socles de statues en marbre, des pieds de vases et les franges de somptueuses tapisseries accrochées aux murs. La tête toujours baissée, elle monta ensuite un large escalier recouvert d'un tapis identique à celui du rez-de-chaussée et suivit son père le long d'un couloir desservant plusieurs portes jusqu'à ce qu'il s'arrête devant l'une d'elles.

— Tes sœurs Niloufar et Atieh jouent ici de temps en temps, dit-il en l'ouvrant, mais cette pièce sert le plus souvent de chambre d'amis. Tu y seras bien, à mon avis. Elle est belle, n'est-ce pas ?

À l'intérieur, le mobilier se composait essentiellement d'un lit avec une couverture nid-d'abeilles verte aux motifs fleuris, de rideaux assortis et d'une commode à trois tiroirs surmontée d'un vase. Des étagères murales supportaient des portraits encadrés de gens que Mariam ne reconnut pas – et une collection de poupées en bois identiques, mais de taille décroissante.

— Ce sont des matriochkas, lui apprit Jalil. Je les ai achetées à Moscou. Tu peux jouer avec, si tu veux, ça ne dérangera personne.

Mariam s'assit sur le lit.

— Tu veux quelque chose ?

Elle s'allongea et ferma les yeux. Quelques instants plus tard, elle l'entendit tirer doucement la porte derrière lui.

En dehors des moments où elle se rendait dans la salle de bains, au bout du couloir, Mariam ne quitta pas sa chambre. La femme au tatouage qui lui avait ouvert quelques jours plus tôt lui apportait ses repas sur un plateau : kebab d'agneau, riz aux fines herbes, soupe de légumes aux nouilles mixée avec du yaourt et de la menthe. Chaque plat repartait presque intact. Jalil passa la voir plusieurs fois, s'asseyant au bord du lit pour lui demander si tout allait bien.

— Tu pourrais dîner en bas avec nous, suggéra-t-il, sans grande conviction.

De fait, quand Mariam lui expliqua qu'elle préférait manger seule, il acquiesça un peu trop volontiers.

De sa fenêtre, elle contemplait froidement tout ce qu'elle avait toujours rêvé de voir. Les allées et venues de Jalil et des siens. Les serviteurs qui entraient et sortaient à la hâte. Un jardinier occupé en permanence à tailler les buissons et à arroser les plantes de la serre. Des voitures au capot allongé qui s'arrêtaient dans la rue et d'où émergeaient des hommes en costume, d'autres vêtus de *chapans* et de *pakols* – le chapeau afghan en laine bouillie –, des femmes coiffées d'un hidjab et des enfants aux cheveux bien peignés. Chaque fois que Mariam regardait Jalil serrer la main de ces étrangers et croiser ses paumes sur sa poitrine pour saluer leur épouse, elle comprenait que

Nana avait dit vrai. Elle n'avait rien à faire dans cette maison.

Mais où était sa place, alors ? Qu'allait-elle bien pouvoir faire ?

Tu n'as que moi au monde, Mariam, et quand je serai partie tu n'auras plus rien. Plus rien, tu m'entends ? D'ailleurs, toi-même tu n'es rien, ma fille !

Comme le vent qui soufflait sur les saules pleureurs autour de la *kolba*, des bouffées de désespoir l'assaillaient sans cesse.

Le deuxième jour, une petite fille entra dans sa chambre.

— Je viens chercher un truc, dit-elle.

Mariam s'assit sur son lit et croisa les jambes en tirant la couverture sur ses genoux. Pendant ce temps, l'enfant courut prendre une boîte grise dans un placard.

— Tu sais ce que c'est ? demanda-t-elle en l'ouvrant. C'est un gramophone. Gra-mo-phone. Ça permet d'écouter des disques. Enfin, de la musique, quoi.

— Tu es Niloufar. Tu as huit ans, c'est ça ?

Le visage de la fillette s'épanouit. Elle avait le même sourire que Jalil, et la même fossette au menton aussi.

— Comment tu le sais ?

Mariam haussa les épaules, sans lui avouer qu'elle avait donné autrefois son nom à un galet.

— Tu veux écouter une chanson ?

Nouveau haussement d'épaules.

Niloufar brancha alors le gramophone et sortit un disque d'une pochette dissimulée sous le couvercle de la boîte. Elle le posa sur le plateau, abaissa l'aiguille, et les notes de musique s'élevèrent dans la pièce.

J'utiliserai un pétale pour papier
Et t'écrirai les mots les plus doux
Tu es le sultan de mon cœur
Le sultan de mon cœur.

— Tu connais ?

— Non.

— C'est tiré d'un film iranien. Je l'ai vu au cinéma de mon père. Hé, tu veux que je te montre quelque chose ?

Avant que Mariam ait pu répondre, Niloufar avait appuyé ses paumes et son front par terre. Elle poussa sur ses pieds et se retrouva soudain la tête en bas, dans la position du poirier.

— Tu arrives à faire ça ? dit-elle d'une voix assourdie.

— Non.

La fillette se redressa et ajusta son chemisier.

— Je peux t'apprendre, proposa-t-elle en écartant les cheveux qui lui tombaient sur le front. Tu vas rester longtemps ici ?

— Aucune idée.

— D'après ma mère, tu n'es pas vraiment ma sœur, comme tu le prétends.

— Je n'ai jamais dit ça, mentit Mariam.

— C'est ce qu'elle m'a raconté. Moi, je m'en fiche. Que tu aies prétendu ça ou que tu sois ma sœur, je veux dire.

Mariam s'allongea.

— Je suis fatiguée.

— Il paraît aussi que c'est un djinn qui a poussé ta mère à se pendre.

— Tu peux arrêter ton disque, maintenant, répliqua Mariam en se tournant sur le côté.

Bibi *jo* lui rendit visite le même jour. Il pleuvait lorsqu'elle arriva, et elle s'affaissa sur une chaise à côté du lit en grimaçant.

— Cette pluie, Mariam *jo*, cette pluie ! C'est un calvaire pour mes articulations. J'espère bien… Oh, allons, viens là, ma petite. Viens voir Bibi *jo*. Là, ne pleure pas… Ma pauvre petite… Ma pauvre, pauvre petite…

Cette nuit-là, Mariam mit longtemps à s'endormir. Couchée dans son lit, elle regarda le ciel en écoutant les rumeurs de la maison – des bruits de pas au rez-de-chaussée, des voix étouffées par les murs, la pluie qui tambourinait avec colère contre la fenêtre. Elle commençait enfin à s'assoupir lorsque des cris et des éclats de voix la firent sursauter. Elle ne parvint pas à distinguer un seul mot et, peu après, une porte claqua, mettant fin à la scène.

Le lendemain matin, le mollah Faizullah passa la voir. Lorsqu'elle le découvrit à l'entrée de sa chambre, avec sa barbe blanche et son doux sourire édenté, Mariam sentit les larmes lui monter de nouveau aux yeux. Bondissant hors de son lit, elle courut lui baiser la main. Il l'embrassa à son tour sur le front, avant de prendre place sur une chaise et de montrer le Coran qu'il avait apporté.

— Pourquoi renoncer à nos bonnes vieilles habitudes, hein ?

— Vous savez pourtant que je n'ai plus besoin de leçons, mollah sahib. Vous m'avez enseigné toutes les sourates et tous les versets du Coran il y a des années.

Il sourit et leva les mains en signe de reddition.

— J'avoue tout, alors. Je suis démasqué. Mais j'aurais pu trouver un plus mauvais prétexte pour venir ici.

— Vous n'avez pas besoin de prétexte. Pas vous.

— Tu es gentille de me dire ça, Mariam *jo*.

Il lui tendit son Coran, qu'elle porta trois fois à ses lèvres et à son front, comme il le lui avait appris.

— Comment vas-tu, mon enfant ?

— Je n'arrête pas...

Elle s'interrompit. Il lui semblait qu'une grosse pierre s'était soudain logée dans sa gorge.

— Je n'arrête pas de penser à ce qu'elle m'a dit avant que je parte. Elle...

— *Nay, nay, nay*, la coupa-t-il. Ta mère – puisse Allah être clément avec elle – était une femme très perturbée, Mariam *jo*. Elle a commis un acte terrible. Envers elle, envers toi, et envers Allah aussi. Il lui pardonnera, car il est miséricordieux, mais ce qu'elle a fait n'en est pas moins regrettable. Donner la mort, à soi ou à autrui, est une chose qu'Allah désapprouve parce que la vie est sacrée pour lui. Tu sais... (Il approcha sa chaise plus près d'elle et saisit sa main entre les siennes.)... tu sais, j'ai connu ta mère bien avant ta naissance, lorsqu'elle-même n'était qu'une petite fille, et je peux t'assurer qu'elle était déjà malheureuse à l'époque. Son geste était en germe depuis longtemps, j'en ai bien peur. Tout ça pour dire que ce n'est pas ta faute. Tu n'as rien à te reprocher, Mariam.

— Je n'aurais pas dû la laisser. J'aurais dû...

— Stop. Ces pensées ne servent à rien, Mariam *jo*. Tu m'entends ? À rien du tout. Elles te détruiront. Tu n'as absolument rien à te reprocher. Vraiment.

Mariam renifla et hocha la tête, mais malgré l'envie désespérée qu'elle en avait, elle ne parvint pas à le croire.

Une semaine plus tard, on frappa à sa porte. Une grande femme au teint pâle, aux cheveux roux et aux longs doigts déliés entra.

— Je suis Afsoon, dit-elle. La mère de Niloufar. Si tu allais faire un brin de toilette avant de nous rejoindre en bas ?

Mariam répondit qu'elle préférait rester dans sa chambre.

— *Na fahmidi*. Tu ne comprends pas. Il *faut* que tu descendes. Nous avons à te parler et c'est important.

7

Jalil et ses femmes avaient pris place face à elle à une longue table en bois sombre. Afsoon se tenait à la droite de son mari, Khadija et Nargis à sa gauche. Toutes trois portaient un fin foulard noir, non sur la tête, mais attaché lâchement autour du cou, comme si elles n'y avaient pensé qu'au dernier moment. Parce qu'elle n'imaginait pas qu'elles puissent être en deuil de Nana, Mariam supposa que l'une d'elles, ou peut-être Jalil, avait suggéré ce détail par égard pour elle juste avant de la convoquer.

Un vase en cristal rempli d'œillets et un pichet d'eau fraîche occupaient le centre de la table. Afsoon remplit un verre, avant de le poser devant Mariam, sur un dessous-de-verre en tissu à carreaux.

— On n'est qu'au printemps et il fait déjà une de ces chaleurs…, dit-elle en s'éventant de la main.

— Est-ce que tu es bien ici ? demanda Nargis – reconnaissable à son petit menton et à ses cheveux bruns frisés. Nous espérons que ta chambre est confortable. Cette… épreuve… a dû être très dure pour toi. Très difficile.

Les deux autres opinèrent en silence. Mariam nota leurs sourcils épilés, leurs petits sourires tolérants. Un bourdonnement déplaisant résonnait dans sa tête, et sa gorge lui brûlait tant qu'elle avala un peu d'eau pour l'apaiser.

Derrière Jalil, une fenêtre donnait sur une rangée de pommiers en fleur. À côté, adossée au mur, se trouvait une vitrine en bois foncé contenant une horloge et une photo encadrée de Jalil avec trois jeunes garçons. Tous les quatre affichaient un sourire radieux et présentaient fièrement à l'objectif un poisson dont les écailles étincelaient au soleil.

— Bien, dit Afsoon. Je... enfin, nous t'avons fait venir ici parce que nous avons de très bonnes nouvelles pour toi.

Soudain attentive, Mariam surprit un bref échange de regards entre les trois femmes. Affaissé sur sa chaise, Jalil, lui, fixait sans le voir le pichet d'eau sur la table. Ce fut Khadija, la plus âgée de ses épouses, qui prit alors la parole. Mariam eut l'impression que là encore, Nargis, Afsoon et elle s'étaient concertées avant son arrivée pour savoir laquelle se chargerait de cette annonce.

— Tu as un prétendant, déclara Khadija.

Les espoirs de Mariam s'envolèrent aussitôt.

— Un quoi ? demanda-t-elle avec peine.

— Un *khastegar*. Un prétendant. Il s'appelle Rachid et connaît bien l'une des relations d'affaires de ton père. C'est un Pachtoun originaire de Kandahar, mais il habite à Kaboul, dans le quartier de Deh-Mazang. Il possède une grande maison là-bas.

— Et il parle le persan, comme nous, renchérit Afsoon. Tu n'auras même pas à apprendre le pachtou.

Mariam se sentit soudain comme enserrée dans un étau. La pièce tangua, et le sol lui sembla se dérober sous ses pieds.

— Il est cordonnier, poursuivit Khadija. Mais pas un simple *moochi* des rues, attention ! Il a son propre magasin et compte parmi les artisans les plus réputés de Kaboul. Ses clients sont des diplomates, des membres de la famille présidentielle – ce genre de personnes. Bref, il n'aura aucun mal à subvenir à tes besoins.

Mariam se tourna vers Jalil, le cœur battant à se rompre.

— C'est vrai, ce qu'elle dit ? C'est vrai ?

Jalil se mordilla la lèvre en gardant les yeux obstinément baissés sur le pichet d'eau.

— Bon, évidemment, il est un peu plus âgé que toi, reconnut Afsoon. Encore qu'il ne doit pas avoir plus de quarante ans, à mon avis. Quarante-cinq tout au plus. N'est-ce pas Nargis ?

— Oui. Mais j'ai déjà vu des filles de neuf ans données en mariage à des hommes qui en avaient vingt de plus que lui, Mariam. Nous pourrions toutes te citer des exemples. Toi, tu as quoi ? Quinze ans ? C'est un très bon âge pour se marier.

Des hochements de tête enthousiastes appuyèrent ses dires. Toutefois, il n'échappa pas à Mariam que personne ne faisait mention de ses deux demi-sœurs, Saideh et Nahid, toutes deux scolarisées à l'école Mehri, de Herat, alors pas plus vieilles qu'elle, qui projetaient de s'inscrire à l'université de Kaboul. En ce qui les concernait, quinze ans n'était à l'évidence pas un très bon âge pour se marier.

— En plus, continua Nargis, lui aussi a subi une grande perte dans sa vie. Sa femme est morte en couches il y a dix ans, paraît-il. Et son fils s'est noyé dans un lac il y a trois ans.

— C'est triste, vraiment triste. Ça fait longtemps qu'il cherche une nouvelle épouse, mais jusqu'à maintenant il n'avait pas trouvé de parti convenable.

— Je ne veux pas, déclara Mariam, sans réussir à contrôler le ton plaintif de sa voix. (Elle regarda Jalil.) Je ne veux pas l'épouser. Ne m'oblige pas à faire ça.

— Allons, sois raisonnable, la sermonna l'une des épouses.

Mariam avait cessé de regarder qui lui disait quoi. Toute son attention était tournée vers son père, dans l'attente qu'il intervienne, qu'il l'assure que cette histoire n'était qu'une sombre farce.

— Tu ne peux pas rester indéfiniment ici.

— Tu n'as donc pas envie d'avoir une famille à toi ?

— Oui, une maison, des enfants…

— Il faut aller de l'avant.

— Bien sûr, ç'aurait été mieux si tu avais pu épouser un Tadjik de la région, mais Rachid est en bonne santé et tu l'intéresses. Et puis, il a une maison et un travail. C'est l'essentiel, non ? Sans compter que Kaboul est une ville magnifique. Une opportunité comme celle-là ne se représentera peut-être pas.

— J'irai vivre avec le mollah Faizullah, répliqua alors Mariam. Il acceptera de m'accueillir chez lui, je le sais.

— Impossible, décréta Khadija. Il est si vieux et si…

Elle chercha le bon mot, et Mariam devina sans peine ce qu'elle voulait dire. *Il habite si près de chez nous.* Elle comprit ce que les trois épouses de Jalil avaient en tête. « Une opportunité comme celle-là ne se représentera peut-être pas. » Surtout pour elles, en fait. Sa naissance les avait déshonorées, et elles tenaient là une occasion unique d'effacer à jamais toute trace du scandaleux faux pas de leur mari. Elles souhaitaient l'éloigner parce qu'elle était la preuve vivante de leur honte.

— Il est si vieux et si faible, acheva Khadija. Que feras-tu quand il ne sera plus de ce monde ? Tu seras un fardeau pour sa famille.

« Comme tu l'es pour nous aujourd'hui. » Elle l'avait pensé si fort que Mariam vit presque ces mots franchir ses lèvres, comme la buée par temps froid.

Mariam se projeta à Kaboul, cette ville étrangère et surpeuplée qui, lui avait raconté un jour Jalil, se trouvait à six cent cinquante kilomètres à l'est d'Herat. Six cent cinquante kilomètres. Jusqu'à présent, la plus grande distance qu'elle eût parcourue était les deux kilomètres séparant la *kolba* de la maison de son père. Elle s'imagina vivre là-bas, presque à l'autre bout du monde, chez un inconnu dont elle devrait supporter les humeurs et les exigences. Il faudrait qu'elle nettoie sa maison, qu'elle lui fasse la cuisine, qu'elle lave son linge. À quoi s'ajouteraient d'autres corvées encore. Nana lui avait expliqué ce que les maris faisaient à leurs femmes, et la perspective de ces rapports, qui lui apparaissaient comme de douloureux actes de perversion, l'emplit d'une peur telle qu'elle se mit à transpirer.

Elle se tourna de nouveau vers Jalil.

— Dis-leur. Dis-leur que tu ne laisseras pas faire ça.

— En fait, intervint Afsoon, ton père a déjà donné son accord à Rachid. Ton futur mari est ici, à Herat. Il a fait tout le chemin depuis Kaboul et la *nikka* aura lieu demain matin. Vous repartirez en bus à midi.

— Dis-leur ! cria Mariam.

Les trois femmes se turent soudain. Mariam sentit qu'elles observaient Jalil elles aussi. Qu'elles guettaient sa réaction. Le silence se prolongea. Jalil se contentait de jouer avec son alliance, l'air blessé et impuissant. Dans la vitrine derrière lui, l'horloge faisait entendre son incessant tic-tac.

— Jalil *jo* ? le pressa l'une de ses épouses.

Il leva lentement la tête jusqu'à croiser le regard de Mariam, qu'il soutint un bref instant avant de laisser échapper un grognement sourd.

— Dis quelque chose, le supplia Mariam.

— Bon sang, ne me fais pas ça, articula-t-il enfin d'une voix presque inaudible, comme si c'était à lui qu'on imposait ce mariage.

La tension qui régnait dans la pièce s'évanouit alors.

Tandis que les épouses de Jalil la noyaient sous un nouveau flot de paroles enjouées et rassurantes, Mariam baissa les yeux sur la table. Elle observa les lignes pures des pieds, les volutes du bois aux angles, l'éclat de sa surface sombre polie comme un miroir. Celle-ci s'embuait chaque fois que la jeune fille respirait, faisant disparaître son reflet.

Afsoon l'escorta ensuite jusqu'à sa chambre au premier étage. Lorsqu'elle referma la porte, Mariam entendit la clé tourner dans la serrure.

8

Au matin, Mariam reçut une robe vert foncé à manches longues qu'elle enfila par-dessus un pantalon de toile blanc. Afsoon lui présenta un hidjab vert et une paire de sandales assorties.

Elle fut ensuite conduite dans la même pièce que la veille, à cette différence près que le vase et le pichet avaient disparu au profit d'un plat de dragées, d'un Coran, d'un voile vert et d'un miroir. Deux hommes qu'elle n'avait jamais vus – les témoins, supposa-t-elle – et un mollah, inconnu lui aussi, avaient déjà pris place à la table.

Les cheveux fraîchement lavés, et vêtu d'un costume marron clair avec une cravate rouge, Jalil lui désigna une chaise à côté de Khadija et d'Afsoon tout en lui adressant un petit sourire encourageant. Le mollah fit alors un geste vers le voile, que Nargis s'empressa d'arranger sur la tête de Mariam. Après quoi, elle s'assit à son tour.

— Vous pouvez l'appeler, maintenant, dit Jalil à quelqu'un.

Les yeux baissés, Mariam le sentit avant même de le voir. Une odeur de tabac et d'eau de Cologne – un parfum plus entêtant que la fragrance discrète de Jalil – lui assaillit les narines. Risquant un regard en coin à travers le voile, elle aperçut un homme grand, ventru à la forte carrure, qui se courbait pour entrer dans la pièce. Elle étouffa un cri d'effroi et, défaillant, baissa de nouveau la tête. Rachid marqua une pause, puis ses pas lourds résonnèrent sur le sol, faisant trembler le plat de dragées jusqu'à ce qu'il se laisse tomber avec un grognement sur la chaise à côté d'elle. Il respirait bruyamment.

Le mollah leur souhaita la bienvenue, et précisa ensuite qu'il ne s'agirait pas d'une *nikka* traditionnelle.

— Si j'ai bien compris, Rachid *agha* a un bus à prendre tout à l'heure. Pour ne pas le retarder, nous écourterons donc la cérémonie en renonçant à certaines étapes habituelles.

Il prononça quelques bénédictions suivies d'un court discours sur l'importance du mariage et, sans s'attarder, interrogea Jalil : avait-il la moindre raison de s'opposer à cette union ? Jalil ayant secoué la tête, le mollah demanda à Rachid s'il souhaitait bien épouser Mariam.

— Oui, dit-il d'une voix rauque qui rappela à Mariam le crissement des feuilles d'automne sous ses pieds.

— Et toi, Mariam *jan*, acceptes-tu de prendre cet homme pour époux ?

Elle garda le silence. Des raclements de gorge se firent entendre autour d'elle.

— Oui, elle veut bien, lança une femme au bout de la table.

— C'est à elle de répondre, rétorqua le mollah. Et elle doit attendre pour cela que je lui aie posé trois fois la question. C'est lui qui la demande en mariage, pas l'inverse.

Il répéta donc deux fois sa question. Mariam ne soufflant toujours mot, il la réitéra, d'une voix plus forte cette fois. Elle sentit Jalil s'agiter sur sa chaise, et des pieds se croiser et se décroiser sous la table. Plusieurs personnes s'éclaircirent de nouveau la gorge, et une petite main blanche s'avança sur la table pour balayer une poussière.

— Mariam, murmura Jalil.

— Oui, balbutia-t-elle.

Le miroir fut passé sous son voile. Mariam y vit d'abord son visage, avec ses sourcils au dessin disgracieux, ses cheveux plats, ses yeux d'un vert triste, si rapprochés qu'on aurait pu croire qu'elle louchait, sa peau épaisse et boutonneuse, son front trop large à son goût, son menton trop pointu, ses lèvres trop fines. L'impression d'ensemble était celle d'une longue figure triangulaire, presque semblable à celle d'un chien. Et pourtant, curieusement, elle constata que tous ces traits peu remarquables en eux-mêmes formaient un tout qui, sans être vraiment joli, n'était pas pour autant déplaisant à contempler.

Dans le miroir, elle eut aussi son premier aperçu de Rachid : un visage carré et rougeaud, un nez crochu, des joues rouges suggérant une gaieté sournoise, des yeux injectés de sang, des dents qui se chevauchaient – en particulier les deux de devant, serrées l'une contre l'autre tel un toit en pignon –, et enfin un front si bas que deux doigts à peine y séparaient les sourcils broussailleux d'une épaisse tignasse poivre et sel.

Leurs regards se croisèrent brièvement et se détournèrent aussitôt.

« C'est mon mari », pensa Mariam.

Ils échangèrent ensuite les fines alliances en or que Rachid sortit de la poche de son manteau. Il avait des ongles d'un marron jaunâtre, comme l'intérieur d'une pomme pourrie, certains à l'extrémité recourbée. Les mains de Mariam tremblèrent tant lorsqu'elle tenta de glisser la bague à son doigt qu'il dut l'aider. Lui, en revanche, n'eut aucun mal à lui enfiler la sienne, même s'il dut forcer un peu pour y arriver.

— Voilà ! dit-il.

— C'est une jolie bague, commenta l'une des épouses de Jalil. Vraiment, elle est superbe, Mariam.

— Il ne reste plus qu'à parapher le contrat, déclara le mollah.

Consciente des regards posés sur elle, Mariam écrivit son nom – le *meem*, le *reh*, le *ya*, et de nouveau le *meem*. Vingt-sept ans allaient s'écouler avant qu'elle signe un autre document, cette fois-là encore en présence d'un mollah.

— Vous êtes désormais mari et femme, conclut le religieux. *Tabreek*. Félicitations.

Rachid attendait à l'intérieur du bus multicolore. De là où elle se trouvait – derrière le véhicule, à côté de Jalil –, Mariam ne voyait de lui que la fumée de sa cigarette qui s'échappait par la vitre ouverte. Autour d'eux, les gens se serraient la main, faisaient leurs adieux, embrassaient le Coran. Des vendeurs pieds nus allaient d'un voyageur à un autre, à moitié dissimulés par leurs corbeilles remplies de chewing-gums et de cigarettes.

Jalil lui expliquait quelle ville magnifique était Kaboul – si magnifique que Babur, l'empereur moghol, avait demandé à y être enterré. Bientôt, songea Mariam, il lui décrirait les jardins de Kaboul, ses boutiques, ses arbres, son atmosphère, puis le moment viendrait, très vite, où elle prendrait place dans le bus, tandis que lui agiterait gaiement la main en signe d'au revoir, l'esprit tranquille, sans avoir essuyé le moindre reproche.

Ça, elle ne pouvait le supporter.

— Je te vénérais, avant, dit-elle.

Jalil s'interrompit net au milieu d'une phrase et se dandina avec gêne. Un jeune couple indien, dont la femme portait un enfant dans les bras et l'homme une valise, se faufila entre eux en s'excusant. Ravi de cette interruption, il leur sourit poliment.

— Le jeudi, poursuivit Mariam, je passais des heures à t'attendre. J'étais malade d'inquiétude à l'idée que tu ne viendrais peut-être pas.

— Tu as un long voyage devant toi. Tu devrais manger quelque chose, dit-il pour changer de sujet, avant de proposer de lui acheter du pain et du fromage de chèvre.

— Je pensais tout le temps à toi. Je priais pour que tu vives jusqu'à cent ans. Je ne savais pas, alors. Je ne savais pas que tu avais honte de moi.

Jalil baissa la tête comme un enfant pris en faute et enfonça le bout de sa chaussure dans le sol.

— Tu avais honte de moi, répéta-t-elle.

— Je te rendrai visite, marmonna-t-il. Je viendrai à Kaboul et nous…

— Non, surtout pas. Ne viens pas. Je refuserai de te voir, de toute façon. Je ne veux plus jamais entendre parler de toi. Jamais.

Il lui jeta un regard blessé.

— Tout s'arrête ici pour toi et moi. Fais-moi tes adieux.

— Ne nous quittons pas de cette manière…

— Tu n'as même pas eu la décence de me laisser dire au revoir au mollah Faizullah.

Et, sans un mot de plus, elle le planta là pour rejoindre Rachid.

— Mariam *jo* ! cria-t-il en la suivant.

Elle monta les marches à l'entrée du bus et s'avança dans l'allée centrale, au bout de laquelle Rachid était assis, sa valise entre les pieds. Durant tout ce temps, elle ignora les appels de son père et ses tapes insistantes contre la vitre. Puis le bus s'ébranla dans une brusque secousse. Jalil se mit à courir pour rester à sa hauteur – en vain. Mariam n'eut pas un regard pour lui, et ne se retourna pas davantage pour le voir disparaître dans le nuage de poussière et de gaz d'échappement.

Rachid, qui occupait le siège côté fenêtre, posa sa grosse main sur la sienne.

— Là, ça va aller…

Mais il ne cessa de fixer le paysage en disant cela, comme s'il y avait vu quelque chose de plus intéressant.

9

Ils arrivèrent à destination le lendemain en fin d'après-midi.

Tenant la valise de Mariam dans une main, Rachid déverrouilla le portail en bois de sa maison.

— On est dans le quartier de Deh-Mazang, l'informa-t-il. Au sud-ouest de la ville. Le zoo et l'université ne sont pas loin.

Mariam opina en silence. Elle le comprenait bien, mais à condition de se concentrer lorsqu'il parlait. Le persan des Kaboulis ne lui était pas encore familier, et Rachid s'exprimait de surcroît avec un fort accent pachtou hérité de sa ville natale, Kandahar. Lui, en revanche, semblait n'avoir aucun mal à saisir ce qu'elle disait.

Elle jeta un œil à la ruelle au sol de terre battue dans laquelle elle allait habiter. Aux maisons mitoyennes, avec à l'avant de petites cours fermées qui les protégeaient de l'extérieur. La plupart avaient des toits en terrasse et des murs en briques – à l'exception de quelques-unes, bâties en pisé et aussi grises que les montagnes dominant la ville. De part et d'autre de la rue, les caniveaux charriaient des eaux boueuses, et Mariam aperçut çà et là des tas d'ordures que le vent avait amassés.

Lorsque Rachid poussa le portail, elle découvrit un jardin à l'abandon où seules quelques touffes d'herbe jaunies tentaient encore de subsister. À sa droite, dans une cour latérale, se trouvaient les toilettes, et, à gauche, une rangée de jeunes arbres à moitié morts ainsi qu'un puits à pompe manuelle et une remise contre laquelle était appuyé un vélo.

— Ton père m'a dit que tu aimais pêcher, lança Rachid. Il y a des vallées plus au nord avec des rivières pleines de poissons. Peut-être que je t'y emmènerai, un jour.

Parvenu devant la maison – dont Mariam devina qu'elle avait été bleue autrefois –, il ouvrit la porte et la laissa entrer.

L'intérieur était bien plus petit que chez Jalil, mais comparée à la *kolba* où Nana et elle avaient vécu, cette demeure faisait figure de palais. Au rez-de-chaussée, le vestibule donnait accès à la cuisine – équipée d'une batterie de casseroles, d'une cocotte-minute et d'un *ishtop* fonctionnant au kérosène – et, un peu plus loin, au salon. Là, un canapé en cuir vert pistache avec une déchirure grossièrement recousue côtoyait une table, deux fauteuils en rotin, deux chaises pliantes et un fourneau en fonte noir. Les murs étaient nus.

Mariam s'immobilisa au milieu de la pièce. Chez elle, dans la *kolba*, il lui suffisait de lever le bras pour atteindre le plafond. Allongée dans son lit, elle devinait l'heure rien qu'à l'inclinaison des rayons du soleil se déversant par la fenêtre. Elle savait jusqu'où elle pouvait entrebâiller la porte avant que celle-ci ne se mette à grincer. Elle connaissait les moindres fissures des trente planches recouvrant le sol. À présent, tous ces repères avaient disparu. Nana était morte, et elle-même se retrouvait dans une ville inconnue, coupée de la vie qui avait été la sienne jusqu'alors par des vallées, des chaînes de montagnes aux sommets enneigés et des déserts entiers. Elle allait devoir s'habituer à vivre dans la maison d'un parfait étranger, dans des pièces qui sentaient la cigarette, avec des placards remplis d'ustensiles peu familiers, avec de lourds rideaux vert foncé et un plafond qu'elle ne toucherait jamais du doigt. Tant d'espace l'étouffait, et elle éprouva une douleur lancinante au souvenir de Nana, du mollah Faizullah et de tout ce qu'elle avait laissé derrière elle.

Alors, elle se mit à pleurer.

— Qu'est-ce qu'il y a ? s'agaça Rachid.

Plongeant la main dans la poche de son pantalon, il en sortit un mouchoir qu'il lui fourra de force entre les doigts. Puis il alluma une cigarette et s'appuya contre le mur en la regardant s'essuyer les yeux.

— C'est fini ?

Elle fit signe que oui.

— Sûre ?

— Oui.

Il la prit par le coude et la fit approcher de la fenêtre du salon.

— Ce côté-là donne sur le nord, dit-il en tapotant le carreau de l'ongle recourbé de son index. Là-bas, juste en face de nous, c'est le mont Asmai, et à gauche le mont Ali Abad. L'université se trouve juste à son pied. Derrière nous, à l'est, il y a le mont Shir Darwaza. Tous les jours, à midi, on y tire un coup de canon. Maintenant, arrête de pleurer, compris ?

Mariam s'essuya de nouveau les yeux.

— S'il y a une chose que je ne supporte pas, c'est les femmes qui pleurnichent. Désolé, je n'ai aucune patience pour ce genre de comportement.

— Je veux rentrer chez moi.

Il soupira avec irritation, si fort qu'elle respira à plein nez son haleine chargée de tabac.

— Je vais essayer de ne pas me vexer. Pour cette fois.

Puis il la reprit par le coude pour la conduire à l'étage.

Un couloir étroit et mal éclairé y desservait deux chambres. La porte de la plus grande était entrouverte et Mariam constata que, comme le reste de la maison, cette pièce était chichement meublée : un lit avec une couverture marron et un oreiller, une penderie, une commode. Seul un petit miroir ornait l'un des murs.

— C'est ma chambre, déclara Rachid avant de refermer la porte. Si ça ne t'ennuie pas, je préférerais

63

que tu t'installes dans l'autre. J'ai l'habitude de dormir seul.

Cela la soulageait, mais elle se garda de le lui avouer.

La deuxième pièce, bien plus petite que celle où elle avait séjourné chez Jalil, comprenait un lit, une vieille commode grisâtre et un placard. La fenêtre y donnait sur la cour et sur la rue en contrebas.

— Tu n'as rien remarqué ? demanda Rachid en la voyant s'asseoir sur le lit.

Il venait de poser sa valise dans un coin et se tenait à présent dans l'encadrement de la porte, un peu voûté pour ne pas se cogner.

— Regarde sur le rebord de la fenêtre. Tu sais ce que c'est ? Je les ai mises là avant de partir à Herat.

Alors seulement, Mariam aperçut le panier rempli de tubéreuses blanches.

— Tu aimes ? Elles te plaisent ?

— Oui.

— Tu pourrais me remercier, au moins.

— *Tashakor*… Merci. Je suis désolée.

— Tu trembles. Je te fais peur, peut-être. Hein, c'est ça ? Tu as peur de moi ?

Mariam ne le regardait pas, mais elle perçut une pointe d'amusement sournois dans sa voix, comme une moquerie. Elle secoua vivement la tête – ce qui, comprit-elle, marquait le premier mensonge de sa vie de couple.

— Non ? Parfait, alors. Tant mieux pour toi. C'est ta maison maintenant. Tu verras, tu t'y sentiras bien. Je t'ai dit qu'on avait l'électricité ? Chaque nuit, et presque tous les jours ?

Il fit mine de partir, avant de s'arrêter sur le seuil de la pièce pour tirer une longue bouffée de sa cigarette, les yeux plissés. Mariam crut qu'il allait ajouter quelque chose, mais il referma finalement la porte sans un mot, la laissant seule avec sa valise et ses fleurs.

10

Les premiers jours, Mariam ne quitta pas sa chambre, ou presque. L'appel à la prière lancé au loin par un muezzin la réveillait à l'aube, mais elle se recouchait sitôt son devoir accompli. Elle écoutait Rachid faire sa toilette dans la salle de bains, juste avant qu'il ne vienne prendre de ses nouvelles, puis, de sa fenêtre, elle le regardait caler son repas dans la sacoche arrière de son vélo et pousser celui-ci jusqu'au portail. Il s'éloignait alors en pédalant, et elle le suivait des yeux jusqu'à ce que son imposante silhouette ait disparu au bout de la rue.

Elle restait au lit presque toute la journée, perdue et désemparée. De temps à autre, elle descendait à la cuisine, effleurait le plan de travail graisseux, les rideaux à fleurs en vinyle qui sentaient le brûlé. Elle inspectait les tiroirs de guingois, les cuillères et les couteaux dépareillés, les vieilles spatules en bois, les passoires – tous ces objets, symboles de son nouveau quotidien, qui lui rappelaient le séisme survenu dans son existence tout en lui donnant le sentiment d'être déracinée, déplacée, comme une intruse dans la vie d'autrui.

Elle qui avait eu de l'appétit n'avait plus que rarement faim. Elle emportait parfois des restes de riz blanc avec un morceau de pain près de la fenêtre du salon et mangeait là en contemplant les toits des maisons alentour. Dans les cours, où les poules picoraient le sol et où des pelles et des fourches voisinaient avec les vaches attachées aux arbres, des femmes étendaient leur linge en chassant les enfants qui traînaient dans leurs pattes.

Mariam pensait avec nostalgie aux nuits d'été durant lesquelles Nana et elle dormaient sur le toit en terrasse de la *kolba*, les yeux tournés vers la lune qui luisait au-dessus de Gul Daman. Il faisait si chaud alors que leur chemise leur collait à la peau comme une feuille mouillée au carreau d'une fenêtre. Elle regrettait aussi les après-midi d'hiver passés à lire avec le mollah Faizullah, le bruit léger de la glace tombant des arbres et les corbeaux qui croassaient sur les branches alourdies par la neige.

Seule dans cette nouvelle maison, elle allait et venait nerveusement d'une pièce à l'autre. Pour finir, elle remontait à l'étage faire ses prières et s'asseoir sur son lit, nauséeuse, en mal de la *kolba* et de Nana.

Lorsque les rayons du soleil rampaient vers l'ouest, son angoisse montait d'un cran, et elle claquait des dents en songeant à la nuit qui approchait – et avec elle, peut-être, le moment où Rachid déciderait de lui faire ce que les maris faisaient à leurs femmes. Elle restait alors couchée dans son lit, les nerfs à fleur de peau, pendant qu'il mangeait seul dans la cuisine.

Après son repas, il passait toujours la tête par la porte de sa chambre pour voir comment elle allait.

— Tu ne peux pas être déjà en train de dormir. Il n'est que sept heures. Tu dors ? Réponds-moi !

Il insistait jusqu'à ce que la voix de Mariam s'élève dans le noir.

— Non, je ne dors pas.

Il se laissait alors choir par terre à l'entrée de la pièce. De son lit, elle distinguait sa silhouette massive, ses longues jambes, la fumée s'échappant de ses narines et le bout de sa cigarette qui rougeoyait dans l'obscurité.

66

Elle avait droit ensuite au récit de sa journée. Il avait fait une paire de mocassins pour le ministre délégué aux Affaires étrangères – lequel se fournissait exclusivement chez lui – et un diplomate polonais lui avait commandé une paire de sandales pour sa femme. Il lui expliquait aussi les superstitions liées aux chaussures : les poser sur un lit revenait à convier la mort dans sa famille, enfiler le pied gauche avant le droit présageait une dispute.

— Sauf le vendredi, et à condition de ne pas le faire exprès. Et tu savais qu'attacher les lacets de deux souliers pour les pendre à un clou portait malheur ?

Lui n'y croyait pas du tout. À ses yeux, ces superstitions étaient surtout une affaire de bonnes femmes.

Il enchaînait avec les rumeurs qui circulaient en ville, comme celle annonçant la démission du président américain, Richard Nixon.

Ne sachant rien de cet homme ni du scandale qui l'avait contraint à quitter ses fonctions, Mariam ne répondait pas. Chaque soir, elle attendait avec impatience que Rachid se taise, qu'il éteigne sa cigarette et qu'il s'en aille. Ce n'était que lorsqu'elle l'entendait traverser le couloir et refermer la porte de sa chambre derrière lui que le nœud qui lui tordait le ventre commençait à se desserrer.

Jusqu'au jour où, au lieu de lui souhaiter bonne nuit, il s'appuya contre le mur après avoir écrasé son mégot.

— Quand comptes-tu déballer tes affaires ? demanda-t-il en désignant sa valise du menton. Je m'étais dit que tu avais besoin de temps, mais là, c'est ridicule. Ça fait une semaine déjà et… À partir de demain, je veux que tu te comportes comme une véritable épouse. *Fahmidi ?* C'est compris ?

Mariam se mit à trembler.

— J'attends une réponse.

— Oui.

— Bien. Qu'est-ce que tu croyais ? Que c'était un hôtel, ici ? Que je tenais une pension ? Eh bien non, figure-toi… Oh, c'est pas vrai. *La illah u ilillah.* Qu'est-ce que je t'ai déjà dit, Mariam ? Je ne veux pas de pleurnicheries chez moi !

Le lendemain, après qu'il fut parti à son travail, Mariam rangea ses habits dans sa commode. Elle tira ensuite un seau d'eau du puits et nettoya la fenêtre de sa chambre et celles du salon avec un chiffon. Elle balaya aussi le plancher, ôta les toiles d'araignée du plafond, aéra toutes les pièces.

Puis elle mit trois tasses de lentilles à tremper dans une casserole avec des carottes et des pommes de terre coupées en morceaux. Ayant trouvé de la farine au fond de l'un des placards de la cuisine, derrière une rangée de vieux pots d'épices, elle prépara une pâte fraîche et la pétrit comme Nana le lui avait appris – en la travaillant du plat de la main, en repliant les bords et en la retournant pour renouveler l'opération. Elle l'enveloppa alors dans un chiffon humide et sortit l'apporter au *tandoor* public, après avoir recouvert ses cheveux d'un hidjab.

Rachid lui avait dit qu'elle devait longer la rue jusqu'au bout, prendre à gauche et tout de suite après à droite, mais il lui suffit en fait de suivre le flot des femmes qui se rendaient là avec leurs enfants. Vêtus de chemises rapiécées de partout, de pantalons trop grands ou trop petits, de sandales dont les lanières à velcro ne tenaient plus, ces derniers couraient autour de leur mère en faisant rouler de vieilles roues de vélo avec des bâtons.

Les femmes, vêtues pour certaines d'une burqa, marchaient par groupes de trois ou quatre. Leurs rires et leurs voix haut perchées résonnaient si fort dans la rue que Mariam surprit des bribes de conversations, qui toutes semblaient porter sur des enfants malades ou des maris paresseux et ingrats.

« Comme si les repas se préparaient tout seuls ! »

« *Wallah o billah*, je ne peux jamais me reposer cinq minutes ! »

« Il m'a dit – je te jure que c'est vrai –, il m'a dit comme ça que… »

Ces discussions sans fin, au ton plaintif mais curieusement enjoué, l'encerclaient. Elles se poursuivirent jusqu'au *tandoor*, avec toujours le même sujet : les maris qui jouaient, ou bien ceux qui vénéraient leur mère et refusaient de débourser une roupie pour leurs épouses. Mariam en vint à se demander comment tant de femmes avaient pu se retrouver victimes d'une telle malchance. À moins qu'il ne s'agît d'un jeu qu'elle ignorait encore, un rituel quotidien comme le trempage du riz ou la confection de la pâte à pain ? Serait-elle bientôt censée se joindre au chœur des récriminations ?

Dans la file d'attente, elle sentit les regards en coin qu'on lui lançait et les murmures que suscitait sa présence. Ses paumes devinrent moites. Tout le monde devait savoir qu'elle était une *harami*, par conséquent une source de honte pour son père et sa famille. Qu'elle avait trahi sa mère aussi. Qu'elle s'était couverte de ridicule.

Elle essuya la sueur au-dessus de sa lèvre avec un coin de son hidjab, tentant de se contrôler.

Durant quelques minutes, rien ne se produisit.

Puis quelqu'un lui tapota l'épaule. Mariam se retourna et découvrit une femme potelée, à la peau claire, coiffée elle aussi d'un foulard. Elle avait des cheveux noirs et raides, coupés court, un visage jovial presque parfaitement rond, de grands yeux verts qui la fixaient avec bienveillance, et des lèvres charnues – celle du bas pendait toutefois, légèrement de travers, comme alourdie par le gros grain de beauté situé au bord.

— Tu es la nouvelle femme de Rachid *jan* ? dit-elle en souriant. Celle qu'il a ramenée d'Herat ? Tu es si jeune ! Mariam *jan*, c'est ça ? Moi, je m'appelle Fariba. J'habite dans la même rue que toi, la cinquième maison après la tienne sur la gauche. Celle avec la porte verte. Et voilà mon fils, Noor.

L'enfant avait les mêmes traits et les mêmes cheveux noirs que sa mère. Quelques poils poussaient dru sur le lobe de son oreille gauche, et son regard brillait d'une lueur espiègle.

— *Salaam, khala jan*, la salua-t-il en levant la main.

— Il a dix ans, précisa Fariba. J'ai un autre fils plus âgé, Ahmad.

— Lui, il a treize ans, compléta Noor.

— Sauf qu'on lui en donnerait parfois quarante, plaisanta sa mère. Mon mari s'appelle Hakim, lui. Il est professeur à Deh-Mazang. Tu devrais passer un jour, on prendra une tasse…

Soudain, comme enhardies par le comportement de Fariba, d'autres femmes la bousculèrent pour se presser autour de Mariam.

— Alors c'est toi, la jeune femme de Rachid…

— Tu aimes Kaboul ?

— Je suis allée à Herat, une fois. J'ai un cousin là-bas.

— Tu préfères avoir une fille ou un garçon en premier ?

— Ah, les minarets ! Ils étaient magnifiques ! Quelle ville superbe !

— Un garçon, ça vaut mieux, Mariam *jan*. Ils perpétuent le nom…

70

— Bah ! Ils se marient et après, on ne les revoit plus. Les filles, au moins, elles restent pour prendre soin de nous quand on est vieilles.

— On avait entendu parler de ton arrivée…

— Aie des jumeaux ! Un garçon et une fille ! Comme ça, tout le monde sera content.

Mariam recula d'un pas, soudain incapable de respirer. Les battements désordonnés de son cœur faisaient écho au bourdonnement de ses oreilles. Elle fixa d'un air éperdu les visages qui l'encerclaient. Elle n'avait nulle part où se réfugier. Fariba perçut sa détresse.

— Laissez-la, s'écria-t-elle. Écartez-vous ! Vous lui faites peur !

Profitant de son intervention, Mariam serra sa pâte à pain contre sa poitrine et fonça droit devant elle.

— Où vas-tu, *hamshira* ?

Elle poussa les femmes qui lui barraient le chemin jusqu'à sortir enfin de la cohue, puis se mit à courir dans la rue. En atteignant l'intersection, cependant, elle s'aperçut qu'elle avait pris la mauvaise direction. Tête baissée, elle repartit dans l'autre sens, trébucha, s'entailla le genou en tombant, se releva aussitôt…

— Qu'est-ce qui t'arrive ?

— Tu saignes, *hamshira* !

Elle tourna à un angle, puis à un deuxième. Parvenue dans sa rue, elle constata avec horreur qu'elle ne se rappelait plus où était sa maison. Elle longea le trottoir, le souffle court, les larmes aux yeux, tenta d'ouvrir toutes les portes qui se présentaient à elle. Certaines étaient fermées, d'autres lui dévoilèrent des cours inconnues, des chiens qui aboyaient, des poules effrayées. Que ferait-elle si Rachid, en rentrant chez lui, la découvrait, le genou en sang, en train de chercher son chemin ? À cette pensée, elle fondit en larmes. Elle poussa de nouvelles portes, marmonna des prières, paniquée, jusqu'à ce qu'elle reconnaisse enfin les toilettes, le puits et la remise de sa maison. Elle s'enferma alors à clé et s'affaissa à quatre pattes pour vomir. Ensuite, elle s'assit dos au mur, les jambes étendues devant elle. Jamais de toute sa vie elle ne s'était sentie aussi seule.

Lorsque Rachid rentra du travail ce soir-là, il avait un sac en papier brun à la main. À la grande déception de Mariam, il ne remarqua ni les carreaux propres, ni le sol balayé, ni la disparition des toiles d'araignée. En revanche, il parut ravi de voir qu'elle avait déjà posé son assiette sur un *sofrah* étendu par terre dans le salon.

— J'ai fait du *daal*, annonça-t-elle.

— Parfait. Je meurs de faim.

Elle lui versa de l'eau pour qu'il se lave les mains, puis apporta un plat fumant de lentilles jaunes avec une assiette de riz blanc. C'était le premier repas qu'elle lui cuisinait, et elle regretta de ne pas avoir été plus en forme au moment de le préparer. Secouée par la scène survenue près du *tandoor*, elle s'était inquiétée toute la journée au sujet du *daal*, de sa consistance, de sa couleur, et de la quantité de gingembre et de curcuma qu'elle y avait ajoutée.

Rachid trempa sa cuillère dans le plat.

Mariam vacilla sur ses jambes. Et si cela ne lui convenait pas ? S'il se mettait soudain en colère ? S'il repoussait son assiette avec dégoût ?

— Attention, réussit-elle à articuler. C'est chaud.

Il souffla sur sa cuillère et l'enfourna dans sa bouche.

— C'est bon, commenta-t-il. Ça manque un tout petit peu de sel, mais c'est bon. Peut-être même plus que bon.

Soulagée, Mariam l'observa manger. Une bouffée de fierté monta en elle sans crier gare. Elle avait bien fait son travail – c'était « peut-être même plus que bon » –, et le plaisir que lui procura ce petit compliment la surprit. Les désagréments de sa journée s'estompèrent de son esprit.

— Demain, on sera vendredi, déclara Rachid. Ça te dirait que je t'emmène faire un tour ?

— Dans Kaboul ?

— Non, à Calcutta.

Mariam le dévisagea sans comprendre.

— Je plaisantais ! Évidemment, à Kaboul ! Où veux-tu qu'on aille ? Mais d'abord, il faut que tu saches une chose.

Il attrapa le sac en papier qu'il avait gardé près de lui et en sortit une burqa bleu ciel dont les longs pans de tissu se déplièrent sur ses genoux lorsqu'il leva les bras pour la lui montrer.

— J'ai des clients, Mariam, des hommes qui viennent avec leur épouse dans ma boutique. Ces créatures-là se promènent sans même un voile sur la tête, elles s'adressent à moi directement, elles me regardent dans les yeux sans aucune honte. Elles portent du maquillage et des jupes qui leur arrivent au-dessus du genou. Parfois même, elles me tendent leurs pieds pour que je mesure leur pointure, et leurs maris les laissent faire sans rien dire. Rien, pas un mot ! Ils trouvent normal qu'un inconnu touche les pieds nus de leur femme ! Ils se prennent pour des intellectuels, des hommes modernes – à cause de leur éducation, je suppose. Ils ne se rendent pas compte qu'ils salissent leur *nang* et leur *namoos* – leur honneur et leur fierté.

Il secoua la tête.

— La plupart vivent dans les quartiers riches de Kaboul. Je t'y emmènerai et tu jugeras par toi-même.

Mais certains habitent aussi ici, à Deh-Mazang. Il y a un professeur dans notre rue, il s'appelle Hakim, et sa femme se promène tout le temps seule, avec juste un foulard sur la tête. Ça me gêne, franchement, de voir ces hommes qui ne sont même pas fichus de se faire respecter chez eux, qui ont perdu le contrôle de leur épouse. Moi, je te préviens, je ne suis pas comme ça. Là d'où je viens, le visage d'une femme ne doit être vu que par son mari, et un seul mot de travers suffit à verser le sang. Tu n'as pas intérêt à l'oublier, compris ?

Mariam opina en silence et prit le sac avec la burqa.

Le plaisir que lui avait procuré le compliment de Rachid quelques instants plus tôt s'était évaporé. Elle n'éprouvait plus qu'une envie : se recroqueviller sur elle-même. La volonté de cet homme lui apparaissait aussi impressionnante et inébranlable que les montagnes de Safid-koh, près de Gul Daman.

— On est d'accord, alors. Maintenant, sers-moi encore un peu de ce *daal*.

11

Mariam n'ayant jamais porté de burqa, Rachid dut l'aider à enfiler la sienne. La partie rembourrée au sommet, lourde et un peu étroite, lui enserrait le crâne comme un étau, et le fait de voir à travers le grillage lui parut très étrange. Elle s'entraîna à marcher avec dans sa chambre mais, comme elle était déstabilisée par la perte de sa vision périphérique et que l'étoffe se collait contre sa bouche, l'empêchant de respirer, elle ne cessait de trébucher, se prenant les pieds dans l'ourlet de la robe.

— Tu t'y feras, lui assura Rachid. Avec le temps, je suis même prêt à parier que tu aimeras ça.

Ils prirent un bus jusqu'au parc de Shar-e-Nau, où ils se promenèrent dans les allées en regardant les enfants faire de la balançoire, s'amuser avec leurs cerfs-volants ou jouer au volley par-dessus des filets troués tendus entre des troncs d'arbre. À midi, Rachid emmena Mariam déjeuner près de la mosquée Haji Yaghoub, dans un petit kebab sale et enfumé qui empestait la viande crue. Au son d'airs traditionnels *logaris*, de jeunes cuisiniers y éventaient les brochettes d'une main tout en chassant les moustiques de l'autre. N'étant jamais allée au restaurant, Mariam trouva bizarre de manger au milieu d'une salle remplie d'inconnus et de devoir soulever sa burqa chaque fois qu'elle portait de la nourriture à sa bouche. L'angoisse qui s'était emparée d'elle près du *tandoor* public ressurgit, mais la présence de Rachid la réconforta un peu et, au bout d'un moment, elle s'accommoda de la musique, de la fumée, et même de tous ces gens. Plus étonnant, sa burqa la rassurait en fin de compte. C'était un peu comme un miroir sans tain : elle voyait tout, mais en demeurant protégée du regard des autres. Elle n'avait plus à redouter que l'on lise sur sa figure tous les secrets honteux de son passé.

De retour à l'air libre, Rachid lui présenta ensuite différents bâtiments de l'air assuré de celui qui s'y connaît – ici, l'ambassade américaine, là, le ministère des Affaires étrangères. Il lui montra aussi des voitures en précisant leur nom et l'endroit où elles étaient fabriquées : les Volga en URSS, les Chevrolet aux États-Unis, les Opel en Allemagne.

— Laquelle tu préfères ? demanda-t-il.

Mariam hésita, puis désigna une Volga – ce qui le fit éclater de rire.

Kaboul était beaucoup plus peuplée que Herat, pour autant que Mariam pût en juger. La ville comptait moins d'arbres et de *garis* tirés par des chevaux, mais l'usage de la voiture y était plus répandu, les bâtiments plus grands, les rues pavées et les feux de circulation plus nombreux. Et, partout, elle entendait parler le dialecte particulier des Kaboulis : « ma chère » se disait *jan* au lieu de *jo*, « sœur » *hamshira* au lieu de *hamshireh*, et ainsi de suite.

Rachid acheta un cornet de glace à un marchand ambulant. C'était la première fois que Mariam en mangeait, et jamais elle n'aurait cru qu'un aliment puisse jouer de tels tours à son palais. Elle dévora le cornet tout entier, des éclats de pistache parsemés dessus jusqu'aux vermicelles de riz au fond, en s'extasiant devant cette texture si incroyablement douce sur sa langue.

Ils arrivèrent peu après à *Kocheh Morgha* – dit aussi Chicken Street, la rue des poulets –, un bazar bondé situé dans un quartier que Rachid lui dépeignit comme l'un des plus riches de la ville.

— On y croise des diplomates étrangers, des hommes d'affaires, des membres de la famille royale. Ce genre de gens. Rien à voir avec toi et moi.

— Il n'y a pas de poulets, fit remarquer Mariam.

— C'est la seule chose qu'on ne trouve pas sur Chicken Street, répliqua-t-il, amusé.

La rue était bordée de boutiques et d'échoppes proposant des chapeaux en peau d'agneau et des *chapans* multicolores. Rachid s'arrêta un moment pour examiner une dague gravée en argent puis, un peu plus tard, un vieux fusil censé être une relique de la première guerre contre les Britanniques.

— C'est ça, et moi je suis Moshe Dayan[1], marmonna Rachid.

Il eut un léger sourire qui donna l'impression à Mariam de n'être destiné qu'à elle. Un sourire comme seuls des mariés peuvent en échanger.

Ils déambulèrent devant des magasins de tapis, d'objets artisanaux, de pâtisseries, de fleurs, de vêtements. Dans ces derniers, Mariam entrevit de très jeunes filles occupées à coudre des boutons et à repasser des cols, cachées derrière des rideaux en dentelle. De temps à autre, Rachid saluait un commerçant, tantôt en persan, tantôt en pachtou. Ils se serraient la main, s'embrassaient sur la joue, pendant que Mariam restait en retrait. Rachid ne lui fit pas une seule fois signe de s'approcher pour la présenter.

À la fin, il lui demanda de patienter devant une mercerie.

— Je connais bien le vendeur, expliqua-t-il. Je vais entrer une minute lui dire bonjour.

Mariam attendit donc sur le trottoir. Elle regarda les voitures qui avançaient au pas au milieu des marchands ambulants et des piétons, en klaxonnant les enfants et les ânes qui refusaient de s'écarter. Elle regarda les commerçants qui semblaient s'ennuyer dans leurs minuscules échoppes, et qui fumaient ou crachaient dans des récipients en laiton avant d'émerger parfois de l'ombre pour vanter leurs habits et leurs manteaux à cols de fourrure aux passants.

Mais surtout, elle regarda les femmes.

Dans cette partie de la ville, elles étaient très différentes de celles habitant les quartiers plus pauvres – comme le sien, par exemple, où beaucoup ne sortaient de chez elles que voilées de la tête aux pieds.

1. Moshe Dayan : général et homme politique israélien (1915-1981). *[N.d.T.]*

Ces femmes-là étaient... quel mot Rachid avait-il employé, déjà ? Modernes. Oui, c'était bien ça. Mariam avait devant elle des Afghanes modernes, mariées à des hommes modernes qui ne voyaient aucun problème à les laisser se promener au milieu d'une foule d'inconnus maquillées et nu-tête. Mariam les observa tandis qu'elles marchaient hardiment dans la rue. Certaines étaient seules, d'autres accompagnées d'un homme ou de bambins aux joues roses qui arboraient des chaussures brillantes, une montre au bracelet en cuir et qui avançaient sur des bicyclettes aux rayons dorés – contrairement aux enfants de Deh-Mazang, qui devaient se contenter de pousser de vieilles roues de vélo avec un bâton, et dont les joues, elles, portaient les traces des piqûres dues aux mouches des sables.

Ces femmes-là avaient des ongles longs, peints en rose ou en orange, et des lèvres rouges comme des tulipes. Elles s'affichaient avec un sac à main, une jupe soyeuse, des lunettes de soleil et des talons hauts et arpentaient les rues d'un pas pressé, comme si elles avaient en permanence des affaires urgentes à régler. Lorsqu'elles passaient près d'elle, les effluves de leur parfum l'enveloppaient. Elle en repéra même une qui fumait au volant d'une voiture. Elle imagina qu'elles étaient toutes diplômées de l'université, qu'elles travaillaient dans des bureaux, où elles tapaient à la machine et passaient des coups de fil importants entre deux cigarettes. Ces femmes la déconcertaient, tout en lui faisant prendre conscience de sa condition inférieure, de son physique quelconque, de son manque d'ambitions et de son ignorance.

Rachid interrompit le fil des pensées de Mariam en lui tapotant l'épaule.

— Tiens, dit-il en lui tendant un châle de soie brune avec des franges à perles et aux coins brodés de fil doré. Tu aimes ?

Mariam leva la tête vers lui. Il eut alors une réaction touchante : il cligna des yeux et évita son regard.

Elle repensa à son père, à la joie exubérante – étouffante presque – avec laquelle il lui offrait des bijoux, sans lui laisser d'autre choix que de se montrer reconnaissante. Nana avait eu raison. Les cadeaux de Jalil avaient été des signes de pénitence hypocrites, des gestes effectués à contrecœur pour soulager sa conscience. Tout l'inverse de ce châle.

— Il est magnifique, répondit-elle.

Ce soir-là, Rachid vint de nouveau la voir dans sa chambre, mais au lieu de fumer sur le seuil, comme d'habitude, il traversa la pièce pour s'asseoir près d'elle, sur le lit, où elle était allongée. Les ressorts du sommier grincèrent sous son poids.

Il eut un moment d'hésitation, puis posa une main sur le cou de Mariam et la massa doucement avec ses gros doigts. Son pouce glissa un peu plus bas ensuite et caressa le creux de la clavicule. Mariam se mit à trembler, mais la main de Rachid descendit encore, accrochant avec ses ongles le tissu de sa chemise.

— Je ne peux pas, souffla-t-elle d'une voix rauque.

Dans le clair de lune, elle ne voyait de lui que son profil, ses épaules massives, et les touffes de poils gris dépassant du col ouvert.

Rachid malaxait son sein droit à présent en respirant bruyamment par le nez. Il s'allongea sous la couverture à côté d'elle, défit sa ceinture, puis s'attaqua au cordon de son pantalon à elle. Les poings crispés, Mariam serra les dents en gémissant tandis qu'il roulait sur elle pour se caler entre ses jambes.

La douleur, soudaine, la prit par surprise. Elle ouvrit les yeux, se mordit le pouce, tira désespérément sur la chemise de Rachid, mais il enfouit la tête dans l'oreiller et commença à bouger sans paraître rien remarquer. Elle ne put alors que contempler le plafond, frissonnant, les lèvres pincées. L'air entre eux avait l'odeur du tabac, des oignons et du mouton grillé qu'ils avaient mangés ce soir-là. De temps en temps, l'oreille de Rachid frottait contre sa joue, et elle devina à son contact rugueux qu'il s'était rasé.

Lorsqu'il eut fini, il roula sur le côté, haletant, et appuya l'avant-bras sur son front. Mariam distingua les aiguilles bleues de sa montre qui luisaient dans le noir. Ils restèrent ainsi un moment, allongés sur le dos, sans se regarder.

— Ce que nous venons de faire n'est pas déshonorant, Mariam, articula-t-il péniblement. C'est normal pour un couple. Le Prophète et ses femmes le faisaient, eux aussi. Il n'y a aucune honte à avoir.

Quelques instants plus tard, il repoussa la couverture et quitta la pièce, laissant derrière lui l'empreinte de sa tête sur l'oreiller et une Mariam prostrée, réduite, en attendant que sa douleur s'estompe, à fixer les étoiles pétrifiées dans le ciel et la lune autour de laquelle un nuage s'était drapé tel un voile de mariée.

12

Le ramadan tombait à l'automne cette année-là. Pour la première fois, Mariam découvrit combien la vue du premier croissant de lune pouvait transformer une ville tout entière en modifiant le rythme de vie et l'humeur de ses habitants. Le jour, un silence engourdi régnait sur Kaboul. La circulation était plus languide, restreinte. Les clients désertaient les boutiques. Les restaurants fermaient leurs portes. Dans les rues, plus personne ne fumait et les tasses de thé brûlant avaient disparu des rebords des fenêtres. Cela durait jusqu'au moment de l'*iftar*, lorsque le soleil se couchait à l'ouest et que retentissait le coup de canon tiré du mont Shir Darwaza. Toute la cité rompait alors le jeûne – y compris Mariam, qui s'autorisait un morceau de pain et une datte en savourant le plaisir inédit de prendre part à une expérience collective.

Rachid, lui, ne jeûnait pas. Les rares jours où il le fit, il rentra de mauvaise humeur de son travail. La faim le rendait cassant, irritable et impatient. Un soir que Mariam avait un peu de retard dans la préparation du dîner, il commença à mâchonner du pain avec des radis et refusa de toucher au ragoût de riz, d'agneau et de gombos qu'elle lui apporta ensuite. Sans un mot, il continua à mastiquer, les yeux rivés droit devant lui, la veine de son front saillant sous l'effet de la colère. Et lorsque Mariam s'adressa à lui, il se contenta de la regarder d'un air absent et avala une nouvelle bouchée de pain.

Elle vécut la fin du ramadan comme un soulagement.

À la *kolba*, la fête de trois jours qui suivait le ramadan – l'*Eid-ul-fitr* – s'accompagnait toujours d'une visite de Jalil. Vêtu de son éternel costume-cravate, il arrivait les bras chargés de cadeaux. Une année, il avait offert à Mariam une écharpe en laine pour l'hiver, et à Nana une montre. Tous trois buvaient un thé ensemble, puis il s'excusait et prenait congé d'elles.

« Il part fêter l'*Eid* avec sa vraie famille », se moquait Nana tandis qu'il traversait la rivière en les saluant d'un signe de la main.

Le mollah Faizullah venait les voir, lui aussi. Il apportait à Mariam des bonbons au chocolat, un panier d'œufs teints de différentes couleurs et des biscuits. Après son départ, elle grimpait dans l'un des saules pleureurs avec son trésor et, perchée sur une branche, mangeait les chocolats en laissant tomber les papiers d'emballage jusqu'à ce qu'ils forment un tapis de fleurs argentées au pied de l'arbre. Lorsqu'elle avait fini, elle enchaînait avec les gâteaux, puis dessinait au crayon des visages sur les œufs. Elle en éprouvait peu de plaisir cependant. Elle redoutait l'*Eid*, cette période synonyme d'hospitalité et de célébrations durant laquelle chacun mettait ses plus beaux habits pour rendre visite à ses proches. Dès qu'elle se représentait Herat, ses rues en liesse, pleines de gens joyeux qui se témoignaient des marques d'affection et de bonne volonté, un sentiment d'abandon s'abattait sur elle comme un linceul.

Cette année, pour la première fois, Mariam découvrit l'*Eid* dont elle avait rêvé enfant.

Jamais elle n'avait vu tant d'animation autour d'elle. Dans les rues bondées où Rachid et elle allèrent se promener, des familles entières bravaient le froid pour faire la tournée de leurs relations. Mariam aperçut ainsi Fariba avec son fils Noor près de chez elle. La tête recouverte d'un foulard blanc, sa voisine marchait en compagnie d'un homme chétif à l'air timide qui portait des lunettes. Leur fils aîné était là lui aussi – Ahmad, se rappela Mariam. Avec ses yeux enfoncés, son regard sombre et sa mine très sérieuse, l'adolescent donnait une impression de maturité précoce, à l'opposé du caractère espiègle de son jeune frère. Un pendentif sur lequel était écrit « Allah » brillait à son cou.

Fariba avait dû la reconnaître à la présence de Rachid à son côté parce qu'elle agita la main.

— *Eid mubarak !* cria-t-elle. Joyeux *Eid* !

Sous sa burqa, Mariam lui adressa un léger signe de tête.

— Alors comme ça, tu fréquentes cette femme ? dit Rachid.

Mariam lui répondit que non.

— Il vaut mieux que tu l'évites. C'est une vraie commère, celle-là. Toujours à fourrer son nez où il ne faut pas. Et son mari qui se prend pour un intello… Non mais, regarde-le. On dirait une souris. Tu ne trouves pas ?

Ils se rendirent à Shar-e-Nau, où des femmes brandissaient des plateaux de sucreries et où des enfants vêtus de chemises neuves et de vestes colorées brodées de perles gambadaient dans tous les coins en comparant leurs cadeaux. Mariam admira les lanternes accrochées aux vitrines des magasins et écouta la musique que déversaient à tue-tête les haut-parleurs tout en s'étonnant des « *Eid mubarak !* » que lui lançaient des inconnus.

Ce soir-là, elle assista avec Rachid au feu d'artifice tiré pour l'occasion. Debout derrière lui, elle regarda le ciel s'illuminer d'éclairs verts, roses et jaunes. L'époque lui manquait où, assise devant la *kolba* avec le mollah Faizullah, elle contemplait ces mêmes explosions de couleurs au-dessus d'Herat et leurs reflets dans les yeux atteints par la cataracte de son vieux professeur. Mais c'était surtout Nana qui lui manquait. Elle aurait tant aimé que sa mère soit là pour voir ça. Et pour la voir, elle, au milieu de cette foule. Alors elle aurait compris que la beauté et la satisfaction n'étaient pas inaccessibles. Même pour les femmes comme elles.

Mariam et Rachid aussi eurent des visiteurs à l'occasion de l'*Eid* – des hommes exclusivement. Dès que quelqu'un frappait à la porte, Mariam montait s'enfermer dans sa chambre. Elle y restait pendant que Rachid et ses amis discutaient en fumant et en sirotant du thé. Les consignes étaient claires : elle ne devait pas redescendre tant que tout le monde n'était pas parti.

Cela ne la dérangeait pas, au contraire. Elle était flattée de constater que son mari considérait leur couple comme sacré et son honneur à elle – son *namoos* – comme assez précieux pour être protégé. Pour tout dire, elle se sentait même gratifiée. Gratifiée, chérie, valorisée.

Le troisième et dernier jour de l'*Eid*, Rachid sortit à son tour rendre visite à quelques amis. Mariam, qui avait eu la nausée toute la nuit, se prépara une tasse de thé vert saupoudré de cardamome écrasée puis passa dans le salon, où elle balaya du regard les traces de la soirée de la veille : tasses renversées, assiettes sales, graines de potiron à moitié mâchonnées et coincées entre les matelas. Elle entreprit alors de tout nettoyer en s'étonnant de l'énergie que les hommes mettaient parfois à ne rien faire.

Mariam n'avait pas eu l'intention d'entrer dans la chambre de Rachid, mais son ménage l'entraîna du salon à l'escalier, puis de l'escalier au couloir à l'étage, puis à sa porte. L'instant d'après, elle se retrouva assise sur son lit, avec le sentiment d'être une intruse. Elle n'avait encore jamais mis les pieds dans cette pièce.

Ses yeux se posèrent sur les lourds rideaux verts, les paires de chaussures cirées alignées le long du mur, la porte de la penderie dont la peinture grise écaillée laissait apparaître le bois brut. Avisant des cigarettes sur la commode à côté du lit, elle en coinça une entre ses lèvres et s'approcha du petit miroir ovale accroché au mur. Elle fit mine d'exhaler la fumée, mima le petit coup sec que l'on donne pour faire tomber les cendres.

Puis elle rangea la cigarette dans le paquet. Elle n'arriverait jamais à fumer avec autant de grâce que les femmes de Kaboul. Quand elle le faisait, ce geste semblait grossier et ridicule.

Honteuse, elle ouvrit le premier tiroir de la commode.

Elle vit d'abord le revolver, noir, avec une crosse en bois et un petit canon. Elle mémorisa soigneusement dans quel sens il était couché, puis le souleva et le tourna entre ses mains. Il pesait plus lourd qu'il n'en avait l'air, et le contact lisse de la crosse la frappa autant que celui, glacial, du canon. Cela l'inquiéta de savoir que Rachid possédait un objet dont le seul but était de tuer. Mais il ne le gardait sûrement que pour assurer leur sécurité, se dit-elle. Sa sécurité à elle.

À côté du revolver se trouvaient plusieurs magazines aux angles cornés. Mariam en prit un au hasard et sentit quelque chose se briser en elle.

Toutes les pages montraient des femmes superbes, qui ne portaient ni chemise, ni pantalon, ni chaussettes, ni sous-vêtement. Elles n'avaient rien sur elles. Absolument rien. Allongées sur des lits, au milieu de draps froissés, elles fixaient Mariam de leurs yeux mi-clos. Presque toutes avaient les jambes écartées, dévoilant ainsi pleinement leur partie secrète. Certaines étaient prosternées comme si – Dieu lui pardonne cette pensée – elles avaient été en train de prier. La tête tournée vers l'arrière, elles affichaient le même ennui teinté de mépris que les autres.

Prise de vertige, Mariam reposa vivement le magazine. Qui étaient ces filles ? Comment pouvaient-elles accepter d'être photographiées ainsi ? Son estomac se révulsait de dégoût. Était-ce avec ces revues que Rachid occupait ses soirées les jours où il ne venait pas la voir dans sa chambre ? L'avait-elle déçu dans ce domaine ? Et que penser de tous ses beaux discours sur l'honneur et les convenances, et de sa désapprobation à l'encontre de ses clientes – lesquelles, après tout, ne faisaient que lui montrer leurs pieds pour être bien chaussées ? Le visage d'une femme, lui avait-il dit, ne doit être vu que par son mari. Mais celles-là en avaient sûrement, des maris, du moins pour certaines. Ou des frères, sinon. Dans ce cas, comment pouvait-il insister pour qu'elle porte la burqa et, dans le même temps, trouver normal de contempler les parties intimes des épouses ou des sœurs d'autres hommes ?

Mariam s'assit sur le lit, désemparée, et enfouit la tête dans ses mains. Elle ferma les yeux et prit de profondes inspirations jusqu'à ce qu'elle eût recouvré son calme.

Finalement, une explication s'imposa à elle. Rachid était un homme, après tout, et il vivait seul depuis longtemps lorsqu'elle était arrivée. Ses besoins différaient des siens. Pour elle, leurs accouplements s'apparentaient toujours à un exercice douloureux, même au bout de plusieurs mois. Lui en revanche était doté d'un appétit sexuel féroce, parfois à la limite de la violence. Elle pensa à la manière dont il la clouait sur le matelas, à sa dureté quand il lui pétrissait les seins, à la fureur avec laquelle il allait et venait en elle. C'était un homme, se répéta-t-elle. Et il avait vécu seul si longtemps. Pouvait-elle lui reprocher d'être tel que Dieu l'avait créé ?

Mariam savait qu'aborder le sujet avec lui était inenvisageable. On ne discutait pas de ces choses-là. Mais Rachid était-il pour autant inexcusable ? Elle songea alors à l'autre homme de sa vie. Jalil avait eu une relation avec Nana en dehors des liens du mariage, alors qu'il était l'époux de trois femmes et le père de neuf enfants à l'époque. Qu'est-ce qui était le pire ? Les magazines de Rachid ou la faute de Jalil ? Et de toute façon, quel droit avait-elle de les juger, elle, une villageoise – une *harami* ?

Elle ouvrit le tiroir inférieur de la commode.

Là, elle découvrit un portrait en noir et blanc d'un beau petit garçon de quatre ou cinq ans au nez fin, aux cheveux bruns et aux yeux noirs légèrement enfoncés. Yunus, le fils de Rachid. Habillé d'une chemise rayée avec un nœud papillon, il semblait distrait, comme si quelque chose avait attiré son attention juste avant que la photo ne soit prise.

En dessous, Mariam trouva un autre cliché, en noir et blanc lui aussi, mais au grain plus grossier. Une femme y apparaissait assise avec, derrière elle, un Rachid plus jeune et plus mince. Elle était superbe. Pas aussi belle que les filles du magazine, peut-être, mais vraiment très jolie. En tout cas plus qu'elle. Elle avait un menton délicat, de longs cheveux noirs séparés par une raie au milieu, des pommettes saillantes, un joli front. Mariam se représenta en comparaison son propre visage, avec ses lèvres trop minces et son menton allongé, et elle en éprouva une pointe de jalousie.

Elle contempla longuement le couple sous ses yeux. Il y avait quelque chose de vaguement dérangeant dans la façon dont Rachid dominait son épouse en la tenant par les épaules. Dans son sourire satisfait à lui et sa mine maussade à elle. Dans la manière qu'elle avait de se pencher légèrement en avant, comme pour se libérer de l'emprise de ses mains.

Mariam remit tout en place.

Plus tard, alors qu'elle faisait la lessive, elle regretta d'avoir fouiné dans la chambre de Rachid. Tout ça pour quoi ? Qu'avait-elle appris d'intéressant à son sujet ? Qu'il détenait une arme et qu'il était un homme, avec ses besoins spécifiques ? Elle n'aurait pas dû scruter aussi longtemps le portrait de sa femme.

Elle avait attribué un sens à ce qui n'était qu'une posture fortuite capturée à un moment donné par un appareil photo.

Devant les cordes à linge qui oscillaient lourdement sous ses yeux, Mariam n'éprouva plus que de la compassion pour son mari. Lui aussi avait eu une vie difficile – une vie marquée par les deuils et les coups du sort. Ses pensées se tournèrent vers le petit Yunus, qui avait fait des bonshommes de neige dans cette même cour, et dont les pas avaient un jour résonné dans l'escalier. Un lac l'avait arraché à son père en l'avalant dans ses profondeurs, de même que, selon le Coran, une baleine avait happé un prophète portant lui aussi le nom de Yunus. Cela la bouleversait vraiment, d'imaginer Rachid paniqué et impuissant, en train d'arpenter les rives sablonneuses du lac et de prier pour que son fils en sorte sain et sauf. Pour la première fois, elle se sentit proche de lui. Peut-être deviendraient-ils de bons compagnons l'un pour l'autre, finalement.

13

Dans le bus qui les ramenait de chez le médecin, une chose étonnante arriva à Mariam. Partout autour d'elle, elle ne vit que des couleurs éclatantes : sur le béton gris des immeubles, sur les toits en tôle des échoppes, dans les eaux boueuses des caniveaux. Comme si la ville tout entière n'était plus qu'un arc-en-ciel.

Rachid fredonnait une chanson en battant la mesure de ses doigts gantés. Chaque fois que le bus passait sur un nid-de-poule et faisait une embardée, il s'empressait de poser une main protectrice sur le ventre de Mariam.

— Et Zalmai, qu'est-ce que tu en dis ? demanda-t-il. C'est un beau nom pachtoun.

— Mais si c'est une fille ?

— Je pense que ce sera un garçon. Oui. À tous les coups, ce sera un garçon.

Des murmures s'élevèrent au même instant dans le bus. Des passagers montraient le ciel à l'extérieur et les autres se penchaient sur leur siège pour mieux voir.

— Regarde, dit Rachid en tapotant la vitre avec un grand sourire.

Dans les rues, les gens s'immobilisaient net. Des visages émergeaient des voitures arrêtées aux feux et se tournaient vers les doux flocons qui tombaient. Qu'y avait-il de si enchanteur dans la première neige de l'hiver ? s'interrogea Mariam. Était-ce le fait d'apercevoir quelque chose qui n'avait pas encore été souillé, à la pureté intacte ? De saisir la grâce éphémère d'une nouvelle saison, le charme d'un nouveau début, avant qu'ils ne soient foulés aux pieds et corrompus ?

— Si c'est une fille – mais je suis sûr que non –, déclara Rachid, tu pourras choisir le prénom que tu veux.

Mariam fut réveillée le lendemain par des coups de marteau et le bruit d'une scie. Elle passa un châle sur ses épaules et, descendant dans la cour, découvrit que les fortes chutes de neige de la nuit avaient cessé. Seuls quelques légers flocons qui tourbillonnaient encore çà et là lui picotèrent les joues. Il n'y avait pas un souffle de vent, et une odeur de charbon brûlé flottait dans l'air. Sous son manteau blanc d'où s'échappaient quelques filets de fumée, Kaboul était étrangement silencieuse.

Elle trouva Rachid dans la remise. Penché sur une planche, il retira un clou de sa bouche en l'apercevant.

— Il aura besoin d'un berceau, expliqua-t-il. Je voulais te faire la surprise. Tu n'étais pas censée le voir avant qu'il soit fini.

Mariam aurait préféré qu'il ne place pas tant d'espoir dans la naissance d'un garçon. Malgré le bonheur que lui procurait sa grossesse, les attentes de Rachid lui pesaient. La veille, il était sorti exprès acheter un petit manteau en daim doublé en peau de mouton, orné de broderies en fil de soie rouge et jaune sur les manches.

Il souleva une longue planche qu'il commença à scier en deux. Ce faisant, il lui avoua que l'escalier de la maison le préoccupait.

— Il faudra qu'on fasse quelque chose plus tard, quand il sera assez grand pour le monter.

Le fourneau de la cuisine l'inquiétait aussi. Et les couteaux et les fourchettes devraient être rangés hors de portée de main.

— On n'est jamais trop prudents avec les garçons. Ils sont tellement casse-cou.

Mariam resserra son châle en frissonnant.

Le lendemain au lever, Rachid lui annonça qu'il voulait inviter des amis à dîner afin de fêter la nouvelle. Mariam passa donc toute la matinée à laver des lentilles et à faire tremper du riz. Elle prépara également un *borani* – des aubergines cuites à la vapeur avec des tomates et servies avec du yaourt aillé – et de l'*aushak* – des pâtes fourrées aux poireaux et au bœuf haché –, avant de s'atteler au ménage. Elle balaya les pièces, secoua les rideaux, aéra la maison malgré la neige qui s'était remise à tomber. Puis elle arrangea des matelas et des coussins contre les murs du salon, et plaça des bols de bonbons et d'amandes grillées sur la table.

Lorsque les premiers invités arrivèrent, en début de soirée, elle était déjà dans sa chambre. Allongée sur son lit, elle écouta les éclats de rire et les voix qui s'élevaient de plus en plus fort. Ses mains ne cessaient de revenir se poser sur son ventre. Elle pensa à la vie qui y grandissait, et un sentiment d'euphorie monta en elle comme une bourrasque qui aurait soudain ouvert une porte à la volée.

Les larmes aux yeux, elle songea aux six cent cinquante kilomètres qu'elle avait parcourus avec Rachid, depuis Herat, près de la frontière iranienne, jusqu'à Kaboul, tout à l'est du pays. Ils avaient traversé des villes, grandes et petites, et des successions interminables de villages. Ils avaient franchi des montagnes et des déserts arides. Et voilà qu'elle se retrouvait là, de l'autre côté de ces monts desséchés, avec une maison à elle, un mari à elle, et pour horizon une ultime province chérie : la maternité. Quel bonheur que la venue prochaine de cet enfant. *Son* enfant. *Leur* enfant. Et quelle joie de savoir que son amour pour lui surpassait déjà tout ce qu'elle avait ressenti en tant qu'être humain. Désormais, elle n'éprouverait plus jamais le besoin de faire des colonnes de galets.

Au rez-de-chaussée, quelqu'un se mit à jouer de l'harmonium. Puis les percussions d'un tabla retentirent et l'un des invités se racla bruyamment la gorge. Suivirent des sifflements, des applaudissements, des cris et des chants.

Mariam caressa son ventre et se remémora les paroles du médecin : « Il n'est pas plus gros qu'un ongle. »

« Je vais être mère », pensa-t-elle.

— Je vais être mère, dit-elle à voix haute.

Elle se mit à rire et répéta la phrase, dégustant chaque mot comme un bonbon.

Lorsqu'elle se représentait son bébé, son cœur gonflait dans sa poitrine. Il gonflait, et gonflait, et gonflait encore, jusqu'à effacer toutes les pertes, tous les chagrins, toute la solitude et les humiliations dont elle avait souffert. Telle était la raison pour laquelle Dieu l'avait conduite ici, à l'autre bout du pays. Elle en était certaine à présent. Un verset du Coran que lui avait fait apprendre le mollah Faizullah lui revint en mémoire : « À Allah seul appartiennent l'est et l'ouest ; où que vous vous tourniez, la face d'Allah est donc là… » Elle déroula son tapis de prière. Lorsqu'elle eut fini, elle plaça ses mains en coupe devant son visage et demanda à Dieu de ne pas laisser tout ce bonheur lui échapper.

C'était Rachid qui avait eu l'idée d'aller au hammam. Mariam n'avait jamais fréquenté ce genre d'endroit, mais il lui avait dit que rien ne valait le moment où, au sortir de l'établissement, on inspirait une première bouffée d'air frais en sentant la chaleur émaner de sa peau.

Dans la partie réservée aux femmes, des silhouettes noyées dans la vapeur déambulaient autour d'elle, lui révélant tantôt une hanche, tantôt un bout d'épaule. Les cris perçants des jeunes filles et les grognements des femmes âgées qui se frictionnaient le dos et se lavaient les cheveux résonnaient entre les murs en même temps que le clapotis de l'eau. Assise dans un coin, à l'écart, Mariam frottait ses talons à la pierre ponce.

Soudain, elle vit du sang, et un hurlement s'échappa de sa gorge.

Il y eut des bruits de pas sur le sol mouillé. Des visages qui la fixaient. Des claquements de langue.

Plus tard ce soir-là, Fariba raconta à son mari que, en entendant ce cri, elle s'était précipitée et avait découvert la femme de Rachid recroquevillée dans un coin, les pieds baignant dans une mare de sang.

« Elle claquait des dents tellement elle tremblait. »

Après l'avoir reconnue, ajouta-t-elle, Mariam lui avait demandé d'une voix suppliante : *C'est normal, n'est-ce pas ? N'est-ce pas ? C'est normal ?*

De nouveau un trajet en bus avec Rachid. De nouveau la neige. Une neige qui tombait à gros flocons cette fois, qui s'accumulait sur les toits, les trottoirs, et tachait de blanc l'écorce des arbres. Dans les rues, des marchands la déblayaient, devant leur boutique. Des gamins qui pourchassaient un chien agitèrent la main au passage du bus. Mariam se tourna vers Rachid. Les yeux clos, il ne disait rien. Elle inclina la tête en arrière et ferma les yeux également. Elle voulait enlever ses chaussettes humides et son pull en laine mouillé qui lui piquait la peau. Elle voulait sortir du bus.

À la maison, Rachid étendit une couverture sur elle lorsqu'elle s'allongea sur le canapé, mais son geste avait quelque chose de froid, comme s'il avait été de pure forme.

— Tu parles d'une réponse, grinça-t-il pour la énième fois. De la part d'un mollah, j'aurais compris. Mais quand on paie un médecin, on attend une meilleure explication que « C'est la volonté de Dieu ».

Mariam ramena ses genoux contre sa poitrine et lui conseilla d'aller se reposer.

— « La volonté de Dieu », répéta-t-il.

Il passa la journée enfermé dans sa chambre à fumer cigarette sur cigarette.

Les mains entre ses jambes, Mariam regarda les flocons de neige tournoyer devant la fenêtre en se rappelant les paroles de Nana : chaque flocon était en réalité un soupir poussé par une femme accablée, quelque part dans le monde. Toutes ces plaintes silencieuses montaient au ciel et y formaient des nuages de plus en plus gros, jusqu'au moment où ils se brisaient en minuscules fragments qui tombaient sans bruit sur la terre.

« C'est pour rappeler aux gens ce que toutes les femmes comme nous peuvent endurer, avait-elle ajouté. Sans jamais se plaindre, en plus. »

14

La souffrance qu'elle éprouvait ne cessait de l'étonner. Il suffisait qu'elle songe au berceau abandonné dans la remise, ou au manteau en daim rangé dans le placard de Rachid, pour que le bébé prenne vie dans son esprit. Elle l'entendait babiller, réclamer à manger. Elle le sentait respirer l'odeur de ses seins. La douleur déferlait alors sur elle, la submergeait. Qu'un être qu'elle n'avait jamais vu pût laisser un tel vide derrière lui la stupéfiait.

Puis vint le moment où sa détresse devint moins accablante. Le moment où la simple idée d'effectuer de nouveau ses tâches quotidiennes ne lui sembla plus aussi exténuante, où se lever le matin, faire ses prières, le ménage et la cuisine n'exigea plus d'elle des efforts surhumains.

Elle redoutait de sortir, cependant, et se découvrait soudain envieuse des femmes du quartier et de leur progéniture. Certaines, mères de sept ou huit enfants, ne mesuraient pas leur chance. Leurs bébés avaient grandi assez longtemps en elles pour pouvoir se tortiller ensuite dans leurs bras et se nourrir à leurs seins. Ils n'avaient pas été emportés avec les eaux savonneuses et souillées dans les égouts d'un hammam. Mariam ne pouvait donc s'empêcher de leur en vouloir chaque fois qu'elle les entendait se plaindre des bêtises de leurs fils ou de la paresse de leurs filles.

Une petite voix en elle tentait de l'apaiser, mais avec des paroles aussi bien intentionnées que malavisées :

Tu en auras d'autres, inch'Allah. Tu es jeune, les occasions ne manqueront sûrement pas.

Sauf que sa douleur n'était pas une douleur vague, sans objet particulier. Mariam pleurait *ce* bébé-*là*, cet enfant précis qui l'avait rendue si heureuse pendant quelque temps.

Certains jours, elle se disait qu'il avait été un don immérité du ciel et qu'elle avait été punie pour ce qu'elle avait fait à Nana. Après tout, ne lui avait-elle pas, d'une certaine manière, passé elle-même la corde autour du cou ? Les mauvaises filles ne méritaient pas de devenir mères, et ce qui lui arrivait n'était qu'une juste punition. C'est ainsi qu'elle faisait des cauchemars dans lesquels le djinn de Nana se faufilait dans sa chambre la nuit et enfonçait les griffes dans son ventre pour lui voler son bébé. À côté, Nana ricanait de joie en savourant sa vengeance.

D'autres jours, Mariam n'éprouvait que de la colère. Rachid était seul responsable. Il n'aurait pas dû fêter la future naissance de leur enfant si prématurément. Ni préjuger qu'elle attendait un garçon. Ni choisir si vite un prénom. Ni tenir la volonté de Dieu pour acquise. Ni l'obliger à aller au hammam. Peut-être était-ce la vapeur, les eaux sales, le savon, en tout cas, quelque chose là-bas avait provoqué le drame. Puis elle se reprenait. Non, Rachid n'avait rien à se reprocher. C'était elle la fautive. Sans doute avait-elle dormi dans une mauvaise position, ou mangé trop épicé, ou bu trop de thé.

Puis venait le tour de Dieu, coupable d'avoir tourné ses espoirs en dérision. Coupable aussi de lui avoir refusé ce qu'il avait accordé à tant d'autres femmes et de lui avoir agité sous le nez une source de joie immense, avant de la lui retirer cruellement.

Mais toutes ces accusations, toutes ces litanies qui résonnaient dans sa tête ne servaient à rien. De telles pensées étaient *kofr* – blasphématoires. Allah ne pouvait être accusé de malveillance ou de mesquinerie. Mariam avait alors l'impression d'entendre le mollah Faizullah lui chuchoter à l'oreille : *Béni soit Celui qui possède en ses mains le royaume, Celui qui a pouvoir sur toute chose et qui a créé la mort et la vie afin de nous éprouver.*

Rongée par la culpabilité, elle s'agenouillait aussitôt et priait Dieu de lui pardonner.

Entre-temps, un changement s'était opéré en Rachid. Le soir, lorsqu'il rentrait du travail, il ne lui adressait presque plus la parole. Il mangeait, fumait, allait se coucher, avant parfois de se relever au beau milieu de la nuit pour lui imposer de brefs rapports, souvent brutaux. Il avait de plus en plus tendance à être de mauvaise humeur, à critiquer sa cuisine, à se plaindre du désordre dans la cour ou à lui signaler des lacunes dérisoires dans son ménage. Et s'il continuait à l'emmener en ville certains vendredis, il avançait d'un pas rapide sur les trottoirs, à quelques mètres devant elle, muet, sans se soucier qu'elle soit presque obligée de courir pour le suivre. Ces sorties ne semblaient plus l'amuser, du reste. Il ne lui achetait plus de sucreries ni de présents, ne s'arrêtait plus pour lui présenter les monuments devant lesquels ils passaient. Quant aux questions qu'elle lui posait, elles ne faisaient que l'agacer.

Un soir, ils se retrouvèrent dans le salon pour écouter de la musique à la radio. L'hiver touchait à sa fin, alors. Les vents violents qui fouettaient le visage des passants jusqu'à leur tirer des larmes avaient perdu de leur force, et le duvet neigeux recouvrant les branches des ormes fondait peu à peu afin de faire place aux futurs bourgeons. L'air absent, Rachid battait la mesure au rythme du tabla accompagnant le chanteur classique Hamahang.

— Tu es en colère contre moi ? demanda Mariam.

Il ne répondit pas. La chanson se termina et fut suivie par un bulletin d'informations au cours duquel une voix féminine annonça que le président Daoud khan avait renvoyé à Moscou un nouveau groupe d'experts soviétiques – au grand mécontentement du Kremlin.

— J'ai peur que tu m'en veuilles.

Rachid soupira.

— C'est ça, hein ? insista-t-elle.

— Pourquoi devrais-je t'en vouloir ?

— Je ne sais pas, mais depuis que le bébé…

— Après tout ce que j'ai fait pour toi, c'est là l'image que tu as de moi ?

— Non, bien sûr que non.

— Alors, arrête de m'ennuyer avec tes jérémiades !

— Je suis désolée. *Bebakhsh*, Rachid.

Il écrasa sa cigarette et en alluma une autre avant de monter le volume de la radio.

— J'ai quand même réfléchi…, reprit-elle en élevant la voix pour se faire entendre par-dessus la musique.

Rachid soupira de nouveau, avec un agacement plus visible cette fois, et baissa le son.

— Quoi encore ? dit-il en se massant le front avec lassitude.

— Je me disais qu'on devrait peut-être organiser un enterrement. Pour le bébé. Ce serait juste quelques prières, rien de plus. Et il n'y aurait que nous deux.

Elle y songeait depuis un moment, en fait. Elle ne voulait pas oublier cet enfant et jugeait inconvenant de ne pas marquer sa perte d'une manière ou d'une autre.

— Pour quoi faire ? C'est idiot.

— Je me sentirai mieux après, je crois.

— Ce sera sans moi, alors, répliqua-t-il sèchement. J'ai déjà enterré un fils, il n'est pas question que je recommence. Maintenant, si ça ne t'ennuie pas, j'aimerais écouter la radio.

Il monta de nouveau le volume, puis s'adossa à son siège sans lui prêter plus d'attention.

Plus tard cette semaine-là, Mariam profita d'une belle matinée ensoleillée pour creuser un trou dans un coin de la cour.

— Au nom d'Allah et avec Allah, et au nom du messager d'Allah – paix et salut sur lui…

Elle plaça dans la tombe le manteau en daim que Rachid avait acheté et le recouvrit de terre.

— « Tu transformes la nuit en jour et le jour en nuit, Tu fais sortir la vie de la mort et la mort de la vie, Tu accordes la prospérité à qui Tu veux, sans compte ni mesure… »

Elle tassa la terre avec le dos de sa pelle, puis s'accroupit près du petit monticule et ferma les yeux.

Accorde-moi la prospérité, Allah.

Accorde-la-moi.

15

Avril 1978

Le 17 avril 1978, l'année des dix-neuf ans de Mariam, un homme nommé Mir Akbar Khyber fut retrouvé assassiné. Deux jours plus tard, il y eut une grande manifestation dans Kaboul. Les rues grouillaient de gens qui ne parlaient que du meurtre. Par la fenêtre du salon, Mariam vit tous ses voisins se masser dehors avec un poste de radio collé à l'oreille. Appuyée contre le mur de sa maison, un sourire radieux aux lèvres et les mains pressées sur son ventre rond, Fariba bavardait avec une nouvelle venue à Deh-Mazang. La femme, dont le nom échappait à Mariam, paraissait plus vieille que Fariba et ses cheveux avaient une étonnante teinte violette. Elle tenait un petit garçon par la main : Tariq. Mariam se souvenait de son prénom parce qu'elle avait déjà entendu sa mère l'appeler dans la rue.

Rachid et elle ne se joignirent pas à la foule. Ils restèrent chez eux à écouter la radio tandis que dix mille personnes envahissaient le quartier présidentiel de la ville. Rachid expliqua que Mir Akbar Khyber avait été un communiste très en vue et que ses partisans accusaient de meurtre le gouvernement de Daoud khan. Il ne regarda cependant pas Mariam en disant cela. Il l'ignorait complètement depuis quelque temps, de sorte qu'elle se demanda si ces paroles lui étaient vraiment destinées.

— C'est quoi, un communiste ?

Rachid grogna de mépris.

— Tu ne sais pas ce qu'est un communiste ? C'est si simple, pourtant. Tout le monde sait ça. Toi, tu… Bah. Je ne devrais pas être surpris.

Puis il croisa les pieds sur la table et marmonna vaguement quelque chose au sujet de la doctrine de Karl Marxiste.

— Qui est Karl Marxiste ?

Un soupir fut la seule réponse de Rachid.

À la radio, une femme déclara que Taraki, le chef du Khalq, l'une des branches du PDPA – le Parti communiste afghan –, prononçait au même moment un discours enflammé devant les manifestants.

— Que veulent-ils ? s'enquit Mariam. Ces communistes, je veux dire. Ils croient à quoi ?

Rachid ricana et secoua la tête, mais Mariam crut percevoir une légère incertitude dans la manière dont il croisa les bras en évitant son regard.

— Comment peut-on être aussi ignare ? Tu me fais penser à une gamine sans cervelle. Tu n'as rien dans le crâne.

— Je demande parce que…

— *Chup ko*. La ferme.

Mariam se tut aussitôt.

Elle avait du mal à accepter qu'il lui parle sur ce ton, qu'il la traite avec mépris, qu'il la ridiculise, qu'il l'insulte, qu'il passe devant elle comme si elle n'était qu'un animal domestique. Mais, après quatre ans de mariage, elle savait ce qu'une femme était capable d'endurer sous l'emprise de la peur. Et le fait est qu'elle avait peur. Elle vivait dans la crainte continuelle des sautes d'humeur de Rachid et des moments où même les conversations les plus anodines devenaient pour lui prétexte à un affrontement, qu'il ponctuait à l'occasion de gifles ou de coups de poing et de pied. Parfois, il tentait de se faire pardonner à grand renfort d'excuses fallacieuses – parfois non.

Depuis le drame au hammam, elle avait nourri à six reprises des espoirs qui, tous, avaient fini par être anéantis. Chaque nouvelle perte, chaque nouveau voyage chez le médecin, chaque nouvelle déception s'était accompagnée d'une douleur toujours plus écrasante. Et aussi d'un comportement de plus en plus distant et rageur de la part de Rachid. Rien de ce qu'elle faisait ne trouvait grâce à ses yeux désormais. Pourtant, elle briquait la maison, elle veillait à ce qu'il ait en permanence plusieurs chemises propres dans son placard, elle cuisinait ses plats préférés. En vain. Un jour, mal inspirée, elle avait même acheté du maquillage. Mais devant la grimace de dégoût qu'il avait affichée en la voyant, elle avait couru se débarbouiller dans la salle de bains, où ses larmes de honte s'étaient mêlées à l'eau savonneuse qui emportait avec elle rouge à lèvres et mascara.

Chaque soir à présent, elle guettait le retour de Rachid avec angoisse. Le cliquetis de la clé dans la serrure et le grincement de la porte suffisaient à eux seuls à accélérer les battements de son cœur. De son lit, elle écoutait le claquement de ses talons, puis le frottement de ses pieds sur le plancher après qu'il avait retiré ses chaussures. Venaient ensuite le raclement d'une chaise traînée par terre, le gémissement du fauteuil en rotin, le tintement d'une cuillère contre une assiette, le froissement du papier journal, les gorgées d'eau aspirées bruyamment – rien qu'à l'ouïe, elle devinait tout ce qu'il faisait. Elle se demandait alors ce qu'il inventerait ce soir-là pour lui tomber dessus. Il y avait toujours un petit détail qui le plongeait dans une colère noire. Tous ses efforts pour lui plaire et pour satisfaire ses exigences n'y changeaient rien : elle ne pourrait lui rendre son fils. Ayant failli sept fois à son devoir le plus essentiel, elle ne représentait plus qu'un fardeau à ses yeux. Elle le voyait à la manière dont il la fixait – quand il daignait le faire.

— Que va-t-il se passer maintenant ? s'enquit-elle en ce 17 avril.

Rachid lui jeta un regard en coin. Il poussa un soupir exaspéré, reposa ses pieds par terre et éteignit la radio. Puis, sans un mot, il monta s'enfermer dans sa chambre.

Le 27 avril, Mariam eut la réponse à sa question en entendant des crépitements et des grondements assourdissants au-dehors. Elle descendit pieds nus dans le salon et découvrit Rachid collé à la fenêtre, en maillot de corps, les cheveux ébouriffés. Au-dessus de leurs têtes, des avions militaires filaient en direction du nord et de l'est dans un bruit si strident qu'il transperçait les oreilles. De fortes explosions retentirent au loin, et des panaches de fumée ne tardèrent pas à s'élever dans le ciel.

— Que se passe-t-il, Rachid ? Qu'est-ce que c'est que ça ?

— Dieu seul le sait…

Il alluma la radio, mais seuls des crépitements se firent entendre.

— Que fait-on ?

— On attend, répondit-il avec irritation.

Plus tard ce jour-là, Rachid tenta de nouveau de capter une station de radio pendant que Mariam, à la cuisine, préparait du riz avec une sauce aux épinards. Elle se souvenait encore de l'époque où elle aimait cuisiner pour lui. Où elle attendait chaque repas avec impatience, même. À présent, cette tâche n'était plus synonyme que d'angoisse. Les *qurmas* – les ragoûts – étaient toujours trop salés ou trop fades au goût de Rachid, le riz trop gras ou trop sec, le pain trop farineux ou trop croustillant. Ces reproches incessants la faisaient douter d'elle-même.

Lorsqu'elle lui apporta son assiette, la radio diffusait l'hymne national.

— J'ai fait du *sabzi*.

— Pose ça là et tais-toi.

Lorsque la musique cessa, un homme prit la parole. Il se présenta comme Abdul Qader, colonel d'aviation, et annonça que la 4ᵉ division de blindés s'était emparée un peu plus tôt ce jour-là de l'aéroport et des carrefours-clés de la ville. Radio Kaboul et les ministères de la Communication, de l'Intérieur et des Affaires étrangères étaient également sous contrôle. La capitale appartenait au peuple désormais, commenta-t-il fièrement. Des Mig rebelles avaient attaqué le palais présidentiel et des chars s'étaient introduits dans son enceinte. Une bataille féroce avait lieu au même instant, mais les forces loyalistes de Daoud étaient presque vaincues, conclut-il d'une voix rassurante.

Quelques jours plus tard, quand les communistes commenceraient à exécuter les membres du régime de Daoud khan et que des rumeurs circuleraient dans Kaboul sur les sévices infligés aux détenus de la prison Pol-e-Charkhi – yeux arrachés et parties génitales électrocutées –, Mariam aurait vent du carnage perpétré au palais présidentiel. Daoud khan y avait été tué après que les rebelles eurent assassiné une vingtaine de ses proches, y compris des femmes et des enfants. Mais diverses informations contradictoires circuleraient à ce sujet : en réalité il se serait suicidé, aurait été tué au cours de la bataille, ou bien épargné jusqu'au dernier moment et contraint d'assister au massacre des siens avant d'être abattu.

Pour l'heure, Rachid monta le volume de la radio et se pencha près du poste.

« Un conseil révolutionnaire des forces armées a été formé, et notre pays, notre *watan*, prendra à partir d'aujourd'hui le nom de République démocratique d'Afghanistan, déclarait le colonel Qader. L'époque de l'aristocratie, du népotisme et des inégalités est terminée, mes chers *hamwatans*. Nous venons de mettre fin à des décennies de tyrannie en confiant le pouvoir au peuple et à tous les défenseurs de la liberté. Une page glorieuse de notre histoire est en train de s'écrire. Un nouvel Afghanistan est né ! Vous n'avez rien à craindre, mes amis, notre régime respectera au plus haut point les principes islamiques et démocratiques. L'heure est à la fête ! »

Rachid éteignit le poste.

— C'est une bonne ou une mauvaise nouvelle ? s'enquit Mariam.

— Mauvaise pour les riches, à mon avis. Peut-être un peu moins pour nous.

Mariam songea à son père et se demanda si les communistes s'en prendraient à lui. L'enverraient-ils en prison avec ses fils ? Confisqueraient-ils ses biens ?

— C'est chaud ? l'interrogea Rachid en jetant un œil au riz.

— Il sort tout juste de la casserole.

Il grogna et ordonna qu'elle lui en serve une assiette.

Dans une maison plus bas dans la rue, alors que de brusques lueurs rouges et jaunes embrasaient le ciel nocturne par intermittence, Fariba prit appui sur ses coudes. Ses cheveux étaient humides de sueur et des gouttelettes perlaient au-dessus de sa bouche. À côté du lit, la vieille sage-femme, Wajma, regardait le mari et les fils de sa patiente se passer l'enfant et s'extasier sur sa blondeur, ses joues si douces, ses lèvres semblables à un bouton de rose et ses prunelles vert jade qu'ils entrevoyaient derrière ses paupières gonflées. Tous sourirent en l'entendant crier pour la première fois – un cri qui commença comme le miaulement d'un chat avant de se transformer en un vagissement sonore et plein de vie. Noor déclara que ses yeux ressemblaient à des pierres précieuses. Ahmad, le plus religieux de la famille, chantonna l'*azan* – l'appel à la prière – à l'oreille de sa petite sœur et souffla trois fois sur son visage.

— Laila, alors ? dit Hakim en berçant le bébé dans ses bras.

— Oui, répondit Fariba avec un sourire épuisé. Laila. Belle de nuit. C'est parfait.

Rachid fit une boule de riz avec ses doigts. Il la fourra dans sa bouche, mâcha une fois, deux fois, avant de grimacer et de tout cracher sur le *sofrah*.

— Qu'y a-t-il ? demanda Mariam d'une voix désolée qu'elle détesta.

Déjà, elle sentait son pouls s'accélérer et la peur s'insinuer en elle.

— Ce qu'il y a ? répliqua-t-il en imitant son ton geignard. Tu as recommencé, voilà ce qu'il y a !

— Mais je l'ai laissé bouillir cinq minutes de plus que d'habitude.

— Tu mens.

— Je te jure…

Il secoua les grains encore collés à ses doigts et repoussa si violemment son assiette qu'une partie du contenu tomba sur le tapis. Puis il quitta la maison comme un fou furieux en claquant la porte derrière lui.

Mariam s'agenouilla et tenta de ramasser le riz tombé par terre, mais ses mains tremblaient tant qu'elle dut s'arrêter. Oppressée, elle se força à respirer profondément plusieurs fois. Apercevant son reflet livide dans la fenêtre, elle détourna le regard aussitôt.

Le bruit de la porte d'entrée lui parvint alors. Quelques secondes plus tard, Rachid était de retour dans le salon.

— Lève-toi, lui ordonna-t-il. Viens là.

Il lui prit la main sans ménagement et y déposa une poignée de cailloux.

— Mets ça dans ta bouche.

— Quoi ?

— Mets-ça-dans-ta-bouche.

— Arrête, Rachid. Je…

De ses mains, il lui prit la mâchoire en étau, l'obligea à desserrer les lèvres, puis enfonça les cailloux entre ses dents. Mariam se débattit, mais il persista avec un rictus cruel.

— Mâche.

Les larmes aux yeux, elle marmonna une supplique étouffée.

— Mâche ! cria-t-il.

Une bouffée de son haleine chargée de tabac atteignit Mariam comme une gifle. Elle obéit, et quelque chose craqua au fond de sa bouche.

— Bien, dit-il, les joues agitées d'un tic nerveux. Maintenant, tu sais quel goût a ton riz. Maintenant, tu sais ce que tu m'as apporté en dot : une nourriture immangeable, et rien d'autre !

Et il quitta de nouveau la pièce, laissant Mariam recracher des cailloux rouges de sang auxquels se mêlaient les morceaux de deux molaires brisées.

DEUXIÈME PARTIE

16

Kaboul, printemps 1987

Comme presque tous les matins, la petite Laila se
leva en pensant à son ami Tariq. Mais elle qui était
toujours impatiente de le retrouver savait qu'elle ne le
verrait pas ce jour-là.

« Tu pars combien de temps ? avait-elle demandé
lorsqu'il lui avait annoncé que ses parents l'emmenaient dans le Sud, à Ghazni, rendre visite à son oncle
paternel.

— Treize jours.

— *Treize jours ?*

— Ce n'est pas si long. Attention, tu fais la
grimace, Laila.

— C'est pas vrai !

— Tu ne vas quand même pas pleurer ?

— Certainement pas pour toi ! Tu peux toujours
courir ! »

Elle lui avait donné un coup de pied dans le tibia
– le vrai, pas celui remplacé par une prothèse – et avait
reçu en retour une petite tape amicale sur la tête.

Treize jours. Presque deux semaines. La moitié ne
s'était pas écoulée que, déjà, Laila avait appris une
vérité fondamentale : comme l'accordéon avec lequel
le père de Tariq jouait parfois de vieux airs pachtouns, le temps s'étirait et se contractait en fonction
des absences de son ami.

Au rez-de-chaussée, ses parents se disputaient.
Encore. Laila connaissait la chanson : sa mère, féroce,

intraitable, tempêtait contre son père en faisant les cent pas. Babi, assis sur une chaise, prenait son air timide et confus, et hochait docilement la tête en attendant que l'orage passe. Laila ferma la porte de sa chambre pour s'habiller. Malgré tout, elle continuait à les entendre. Sa mère surtout. Puis une porte claqua. Des pas lourds résonnèrent dans l'escalier, et les ressorts du lit maternel grincèrent bruyamment. Babi, semblait-il, vivrait un jour de plus.

— Laila ! l'appela-t-il alors. Je vais être en retard au travail !

— Une minute !

Elle enfila ses chaussures et brossa vivement ses longs cheveux blonds devant son miroir. Sa mère lui répétait souvent qu'elle les tenait de son arrière-grand-mère, comme ses yeux vert turquoise aux cils épais, ses fossettes, ses pommettes hautes et sa moue boudeuse. Selon elle, leur aïeule avait été une *pari* – une femme superbe. « Sa beauté était célèbre dans toute la vallée. On n'en a pas vu de pareille dans notre famille pendant deux générations, mais toi, on peut dire que tu n'en as pas hérité qu'à moitié, Laila. » La vallée en question était celle du Pandjshir, une région tadjik située à cent kilomètres au nord-est de Kaboul. C'était là que les parents de Laila, cousins germains, étaient nés et avaient grandi. En 1960, jeunes mariés enthousiastes et pleins d'espoir, ils en étaient partis pour s'installer à Kaboul, où Babi venait d'être admis à l'université.

Laila dévala l'escalier en priant pour que sa mère ne sorte pas de sa chambre au même moment avec l'intention d'entamer un deuxième round avec Babi. Celui-ci était agenouillé près de la moustiquaire de la porte d'entrée.

— Tu avais déjà remarqué ça, Laila ?

Le fin grillage était déchiré depuis des semaines.

— Non, mentit-elle en s'accroupissant près de lui. Ce doit être tout récent.

— C'est ce que j'ai expliqué à ta mère, mais elle râle parce que ça laisse entrer les guêpes.

Laila sentit son cœur se serrer. Il paraissait secoué, diminué, comme toujours après un éclat de Fariba. Babi était un petit homme chétif aux mains presque aussi délicates que celles d'une femme. Le soir, quand Laila entrait dans son bureau, elle le découvrait invariablement plongé dans un livre, ses lunettes perchées au bout du nez. Parfois, il était si concentré qu'il ne s'apercevait même pas de sa présence. Mais dès qu'il la voyait, il marquait sa page et lui adressait un sourire accueillant. Babi connaissait presque tous les *ghazals* – les poèmes – de Rumi et de Hafez. Il pouvait parler des heures durant de la guerre que s'étaient livrée les Britanniques et la Russie tsariste pour s'emparer de l'Afghanistan. Il savait la différence entre une stalactite et une stalagmite, et aussi que la distance entre le Soleil et la Terre équivalait à un million et demi de fois celle entre Kaboul et Ghazni. En revanche, si Laila avait du mal à ouvrir un bocal de bonbons, c'était à sa mère qu'elle devait s'adresser – et ce faisant, elle avait le sentiment de le trahir. Les objets ordinaires embrouillaient Babi. Avec lui, les gonds grinçants des portes n'étaient jamais huilés. Les plafonds continuaient à goutter après qu'il avait colmaté les fuites. Les moisissures s'étendaient avec insolence dans les placards de la cuisine. Fariba soulignait que c'était Ahmad qui avait consciencieusement veillé à toutes ces tâches jusqu'à ce que Noor et lui s'en aillent participer au djihad contre les Soviétiques, en 1980.

— Mais si tu as un livre qui a un besoin urgent d'être lu, ironisait-elle, alors Hakim est l'homme de la situation.

Laila ne pouvait pourtant s'ôter de l'idée que, autrefois, avant que ses frères ne quittent la maison, avant que son père ne les *autorise* à partir à la guerre, sa mère avait elle aussi trouvé touchant le goût de Babi pour la lecture. Qu'elle avait même aimé son caractère distrait et ses incompétences.

— Alors, on est à combien de jours, maintenant ? demanda Babi avec un petit sourire en coin. Cinq ? Six ?

— Qu'est-ce que j'en ai à faire ! Je ne les compte pas, affirma-t-elle en haussant les épaules.

Elle apprécia cependant son attention, et ne l'en aima que davantage. Sa mère ne se doutait même pas que Tariq était à Ghazni.

— Patience, sa lampe électrique s'allumera bientôt, dit-il, faisant référence aux signaux lumineux que Tariq et elle s'envoyaient tous les soirs.

Ce jeu durait depuis si longtemps qu'il était devenu une sorte de rituel au moment du coucher, un peu comme le brossage des dents.

— Je réparerai ça dès que je le pourrai, ajouta Babi en effleurant la moustiquaire abîmée. En attendant, il est temps de partir. (Il éleva la voix à l'intention de sa femme.) On y va, Fariba. J'emmène Laila à l'école. N'oublie pas d'aller la chercher !

Alors qu'elle grimpait sur le porte-bagages du vélo de son père, Laila repéra une voiture garée dans la rue, juste devant la maison où vivaient le cordonnier Rachid et son épouse. C'était une Mercedes bleue avec une large bande blanche courant au milieu du capot, du toit et du coffre. Elle distingua deux hommes assis à l'intérieur, l'un au volant, l'autre sur le siège arrière.

— Qui c'est ?

— Cela ne nous regarde pas, répliqua Babi. Monte, maintenant, ou tu vas être en retard à l'école.

Laila se rappela alors une autre dispute entre ses parents. « C'est ta spécialité, ça, hein cousin ? avait tonné Fariba. Considérer que rien ne te regarde jamais. Même quand tes propres fils veulent faire la guerre. Je t'ai supplié de les en empêcher, pourtant. Mais toi, tu t'es caché derrière tes maudits livres et tu les as laissés s'en aller comme s'ils avaient été des *haramis*. »

Babi se mit à pédaler, Laila se retenant à sa taille. En passant devant la Mercedes, la fillette entrevit l'homme assis à l'arrière : mince, les cheveux blancs, il portait un costume marron foncé avec un mouchoir dans sa poche de poitrine. Elle n'eut le temps de noter qu'une seule autre chose : la voiture avait une plaque d'immatriculation de Herat.

Babi et elle firent le reste du trajet en silence, à l'exception des virages, où il freinait toujours prudemment en disant : « Tiens-toi bien, Laila. On va ralentir… »

Entre l'absence de Tariq et la dispute de ses parents, Laila eut du mal à se concentrer en classe ce jour-là. Aussi, lorsque son professeur l'interrogea sur le nom des capitales roumaine et cubaine, eut-elle un moment d'hésitation.

L'enseignante s'appelait Shanzai, mais ses élèves la surnommaient en cachette *Khala Rangmaal* – Tatie la Peintre, en référence au geste qu'elle faisait pour gifler les cancres, la paume d'abord, puis le revers de la main, aller et retour, tel le mouvement d'un pinceau sur la toile. Khala Rangmaal était une jeune femme aux traits anguleux, avec d'épais sourcils, qui s'était présentée fièrement le jour de la rentrée comme la fille d'un pauvre paysan de Khost. Elle gardait le dos droit en permanence et coiffait toujours ses cheveux bruns en un chignon sévère, si bien que lorsqu'elle se tournait, Laila voyait les poils noirs de sa nuque. Khala

Rangmaal ne portait ni bijou ni maquillage. Elle ne se couvrait pas la tête non plus, et interdisait aux élèves de sa classe de le faire. Les femmes et les hommes étaient égaux à tous points de vue, soutenait-elle, et il n'y avait aucune raison pour que les premières se voilent si les seconds s'y refusaient.

Toujours selon elle, l'Union soviétique était la plus belle nation qui fût – avec l'Afghanistan bien sûr. Là-bas, les travailleurs étaient bien traités et tous les habitants avaient les mêmes droits. Ils vivaient heureux et en bonne harmonie les uns avec les autres, contrairement aux États-Unis, où la criminalité était telle que les gens avaient peur de sortir de chez eux. Khala Rangmaal était persuadée que tous les Afghans seraient aussi heureux que leurs amis russes une fois que les bandits rétrogrades et conservateurs auraient été soumis.

— C'est pour ça que nos camarades soviétiques sont venus en 1979. Pour épauler leur voisin afghan. Pour nous aider à combattre ces brutes qui voulaient faire de notre pays une nation arriérée et primitive. Vous aussi, vous devez apporter votre pierre à l'édifice, les enfants. Vous devez dénoncer tous ceux qui savent quelque chose sur ces rebelles. C'est votre devoir. Il vous faut tendre l'oreille, et ensuite signaler ce que vous avez entendu, même s'il s'agit de vos parents, de vos oncles ou de vos tantes. Parce que aucun d'eux ne vous aime autant que votre pays. Celui-ci passe avant tout, ne l'oubliez jamais ! Je serai fière de vous si vous faites ça, et l'Afghanistan aussi.

Sur le mur derrière son bureau étaient accrochés une carte de l'Union soviétique, une autre de l'Afghanistan, et un portrait du dernier président communiste en date, Najibullah – lequel, d'après Babi, avait dirigé autrefois le redoutable KHAD, la police secrète afghane. Khala Rangmaal avait ajouté d'autres photos à côté, le plus souvent de jeunes soldats soviétiques serrant la main à des paysans, plantant des pommiers ou construisant des maisons, toujours avec un grand sourire.

— Eh bien, lança-t-elle à cet instant. J'interromps tes rêveries, mademoiselle *Inqilabi* ?

Tel était le surnom de Laila, la Fille de la Révolution, tout ça parce qu'elle était née la nuit du coup d'État de 1978. Mais Khala Rangmaal détestait qu'on emploie l'expression « coup d'État ». Ce qui s'était produit ce jour-là, insistait-elle, était une *inqilab*, une révolution, un soulèvement des travailleurs contre l'inégalité. De même, il était interdit de prononcer le mot « djihad » en sa présence. Elle niait de toute façon l'existence d'une telle guerre dans le pays et concédait tout juste qu'il y eût çà et là des escarmouches contre des fauteurs de troubles manipulés par ce qu'elle appelait « des provocateurs étrangers ». Personne, absolument personne, n'osait répéter devant elle les rumeurs de plus en plus insistantes selon lesquelles, après huit années de combats, les Soviétiques étaient en train de perdre la bataille. Surtout à présent que le président américain, Reagan, fournissait des missiles Stinger aux moudjahidin afin de les aider à abattre les hélicoptères russes, et que les musulmans du monde entier se joignaient à la cause des rebelles afghans – notamment les Égyptiens, les Pakistanais et les riches Saoudiens, qui n'hésitaient pas à abandonner leur fortune pour venir les soutenir.

— Bucarest. La Havane, réussit à répondre Laila.

— Et ces pays sont-ils nos alliés ou pas ?

— Oui, *moalim sahib*. Ce sont des pays amis.

Khala Rangmaal hocha sèchement la tête.

À la sortie de l'école, Fariba n'était nulle part en vue – une fois encore. Laila finit donc par rentrer chez elle à pied avec ses camarades de classe, Giti et Hasina.

Giti était une petite fille maigrelette aux cheveux toujours séparés en deux couettes, qui affichait en permanence une mine contrariée et marchait en serrant ses livres contre elle comme un bouclier. Hasina, elle, avait douze ans, soit trois de plus que ses deux amies, la raison en étant qu'elle avait redoublé sa troisième année d'école une fois, et la quatrième deux fois. Elle compensait cependant son manque de cervelle par son espièglerie, et surtout une volubilité impressionnante qui évoquait à Giti la cadence d'une machine à coudre. C'était elle qui avait donné à leur professeur le surnom de Khala Rangmaal.

Ce jour-là, elle leur prodigua des conseils sur la façon de décourager les prétendants sans attrait.

— Ma méthode est garantie à cent pour cent. Parole d'honneur.

— C'est ridicule. Je suis trop jeune pour avoir un prétendant, protesta Giti.

— Alors là, tu te trompes !

— Oui, eh bien, personne n'est venu demander ma main, en tout cas.

— C'est parce que tu as de la barbe, ma chère.

Giti porta aussitôt une main à son menton en regardant Laila d'un air affolé. Celle-ci lui sourit avec pitié et secoua la tête pour la rassurer. De toutes les personnes qu'elle connaissait, son amie était celle qui avait le moins le sens de l'humour.

— Enfin, bref, vous voulez savoir ce qu'il faut faire, les filles ? reprit Hasina.

— Vas-y, dis-le-nous.

— Le soir où votre crapaud viendra faire sa demande, mangez des haricots blancs. Quatre boîtes au moins. Tout est dans le timing. Il faudra ensuite vous retenir de lâcher le feu d'artifice jusqu'au moment de lui servir son thé.

— Je m'en souviendrai, s'amusa Laila.

— Lui aussi !

Laila aurait pu ajouter qu'elle n'avait cependant pas besoin de ce conseil, parce que son père n'avait pas l'intention de la marier à qui que ce soit avant long-temps. Bien qu'il fût employé au Silo, la gigan-tesque boulangerie industrielle de Kaboul, où il passait ses journées à alimenter les énormes fours dans la chaleur et le bruit incessant des machines, Babi avait fait des études à l'université. Il avait même été profes-seur de lycée jusqu'à ce que les communistes le renvoient, suite au coup d'État de 1978, un an et demi environ avant l'invasion soviétique. Très tôt, il avait expliqué à sa fille que sa plus grande priorité dans la vie, juste après sa sécurité, était qu'elle aille à l'école.

« Je sais que tu es encore jeune, disait-il, mais je veux que tu comprennes une chose dès maintenant : le mariage peut attendre. Pas l'éducation. Tu es une fille très, très intelligente. Vraiment. Tu pourras faire ce que tu veux plus tard, Laila. Je le sais. Et je sais aussi que lorsque cette guerre sera terminée l'Afgha-nistan aura besoin de toi autant que de ses hommes, et peut-être même davantage. Parce qu'une société n'a aucune chance de prospérer si ses femmes ne sont pas instruites, Laila. Aucune chance. »

Mais Laila ne répéta pas à Hasina ce que Babi lui avait dit, pas plus qu'elle ne lui avoua sa joie d'avoir un père comme lui, sa fierté d'avoir gagné son estime, et sa détermination à poursuivre elle aussi des études – détermination qui lui avait permis de recevoir à deux reprises l'*awal numra*, le diplôme décerné chaque année au meilleur élève de chaque classe. Comment aurait-elle pu confier tout cela à son amie alors que celle-ci avait pour père un chauffeur de taxi acariâtre qui n'attendrait certainement pas plus de deux ou trois ans encore avant de la marier ? Hasina lui avait d'ailleurs confessé dans l'un de ses rares moments de sérieux qu'elle était déjà promise à l'un de ses cousins germains, âgé de vingt ans de plus qu'elle, concessionnaire automobile à Lahore. « Je l'ai vu deux fois, avait-elle raconté. Il mange toujours la bouche ouverte. »

— Des haricots blancs, les filles, insista-t-elle. Rappelez-vous ça. À moins bien sûr… (Elle sourit avec malice et donna un coup de coude à Laila.)… À moins que ce ne soit ton beau prince à une patte qui vienne frapper à ta porte. Dans ce cas…

Laila la repoussa. Venant de quelqu'un d'autre, une telle remarque l'aurait vexée, mais Hasina n'était pas méchante. Elle se moquait simplement de tout et de tous, sans jamais s'épargner elle-même.

— Vous ne devriez pas parler ainsi des gens ! dit Giti.

— Lesquels ?

— Ceux qui ont été blessés à cause de la guerre, répondit gravement leur amie.

— Oh, oh ! Je crois que Giti est folle de Tariq ! Je m'en doutais ! Tu ne sais pourtant pas qu'il est déjà pris ? N'est-ce pas, Laila ?

— Je ne suis pas folle de lui ! Ni de personne !

Sans cesser de se chamailler, Giti et Hasina laissèrent leur amie continuer son chemin et bifurquèrent dans leur rue. Un peu plus loin, alors qu'elle arrivait près de chez elle, Laila nota que la Mercedes bleue était toujours garée là. Le vieux monsieur au costume marron se tenait près du capot cette fois. Appuyé sur une canne, il fixait la maison de Rachid et Mariam.

C'est alors qu'une voix s'éleva derrière elle :

— Hé, blondinette !

Laila se retourna et tomba nez à nez avec le canon d'un pistolet.

17

L'arme était rouge, et le cran de sécurité vert vif. Derrière, elle reconnut Khadim et son sourire narquois. Âgé de onze ans, comme Tariq, c'était un garçon très grand, costaud et affligé d'une mâchoire proéminente. Son père tenait une boucherie à Deh-Mazang, et Khadim avait la réputation de jeter parfois des morceaux de boyaux sur les passants. Parfois aussi, quand Tariq n'était pas dans les parages, il suivait Laila pas à pas pendant la récréation, en la regardant avec convoitise et en poussant de petits cris faussement plaintifs. Un jour, il l'avait interpellée en lui tapant sur l'épaule. « Tu es si jolie, la blondinette. Je veux t'épouser. »

Il lui agita son arme sous le nez.

— Ne t'inquiète pas, dit-il. Ça ne se verra pas. Pas sur tes cheveux, en tout cas.

— Tu n'as pas intérêt, je te préviens !

— Qu'est-ce que tu comptes faire ? Lâcher ton éclopé sur moi ? « Oh, Tariq *jan*, oh, rentre à la maison et viens me sauver des *badmash* ! »

Laila recula d'un pas, mais Khadim actionnait déjà la gâchette. Des petits jets de liquide tiède arrosèrent sa tête, puis ses mains lorsqu'elle les leva pour se protéger.

Plusieurs garçons surgirent alors de leur cachette en se tordant de rire.

Une injure que Laila avait entendue dans la rue lui vint à l'esprit. Elle n'en comprenait pas vraiment le sens – pas plus qu'elle ne se représentait le procédé technique en question –, mais ces mots lui semblaient avoir un impact si puissant qu'elle les lui cracha à la figure :

— Ta mère suce des bites !

— Au moins, c'est pas une folle comme la tienne ! répliqua Khadim sans se laisser démonter. Et mon père n'est pas une lavette, lui ! Au fait, si tu sentais un peu tes mains pour voir ?

— Sens tes mains ! Sens tes mains ! entonnèrent les autres garçons.

Avant même de le faire, Laila comprit ce qu'il avait voulu dire en la prévenant que cela ne se verrait pas dans ses cheveux. Elle poussa un cri strident qui arracha de nouveaux éclats de rire à Khadim et sa bande, puis fit demi-tour et courut jusque chez elle en hurlant.

Elle tira de l'eau du puits et remplit une bassine dans la salle de bains avant d'ôter tous ses habits. Tremblante et gémissante de dégoût, elle se lava les cheveux avec frénésie, se rinça et recommença l'opération – non sans craindre à plusieurs moments de ne pouvoir se retenir de vomir. Elle se frotta ensuite énergiquement le visage et le cou avec un gant de toilette jusqu'à ce qu'ils deviennent tout rouges.

Rien de cela ne serait arrivé si Tariq avait été là, pensa-t-elle en enfilant une chemise et un pantalon propres. Khadim n'aurait pas osé s'en prendre à elle, alors. Bien sûr, rien de cela ne serait arrivé non plus si sa mère était venue la chercher à la sortie de l'école, comme prévu. Parfois, Laila se demandait pourquoi Fariba s'était donné la peine de la mettre au monde. Elle trouvait anormal que les gens soient autorisés à faire de nouveaux enfants lorsqu'ils avaient déjà dispensé tout leur amour aux précédents. Ce n'était pas juste. Prise de colère, elle se laissa tomber sur son lit.

Lorsqu'elle se fut un peu calmée, elle traversa le couloir vers la chambre de sa mère. Plus jeune, elle pouvait rester assise des heures durant devant sa porte. Elle toquait sur le bois et l'appelait à voix basse, indéfiniment, comme elle aurait murmuré une incantation magique : *Maman, maman, maman, maman…* Mais Fariba ne lui ouvrait jamais – et cette fois-ci ne fit pas exception à la règle. Laila tourna alors le bouton et entra.

Sa mère avait parfois ses bons jours. Elle émergeait de sa chambre le matin avec le regard vif et enjoué. Sa lèvre inférieure – celle qui s'affaissait sur le côté – se retroussait en un sourire. Elle prenait un bain. Elle s'habillait proprement et se mettait du mascara. Elle laissait Laila lui brosser les cheveux et lui accrocher des boucles d'oreilles, pour le plus grand plaisir de la fillette. Elles allaient ensemble faire des courses au bazar de Mandaii. Elles jouaient au jeu de l'oie et mangeaient des copeaux de chocolat noir – l'un de leurs rares goûts communs. Mais le moment que Laila préférait ces jours-là, c'était quand Babi rentrait à la maison et que sa mère levait les yeux du plateau de jeu en lui souriant de toutes ses dents brunies. Un petit vent de bonheur soufflait alors sur la pièce, et Laila avait soudain un bref aperçu de la tendresse et de l'amour qui avaient autrefois lié ses parents, à l'époque où leur maison était pleine de vie et de gaieté.

Les bons jours, aussi, Fariba invitait ses voisines à prendre le thé. Laila léchait les plats pendant que sa mère disposait les serviettes et les belles assiettes sur la table puis, plus tard, rejoignait tout le monde au salon. Là, elle tentait d'entamer la conversation avec cette assemblée de femmes qui discutaient fort et buvaient leur tasse en complimentant leur hôtesse pour ses talents de pâtissière. Bien qu'elle n'eût jamais grand-chose à leur dire, Laila aimait être parmi elles pour la simple raison que ces réunions lui offraient un plaisir rare : celui d'entendre sa mère parler affectueusement de Babi.

— C'était un si bon professeur ! s'exclamait-elle. Ses élèves l'adoraient. Et pas seulement parce qu'il ne les frappait pas avec une règle, contrairement aux autres. Ils le respectaient parce que *lui* les respectait, vous comprenez. Il était merveilleux.

Fariba adorait raconter la manière dont ils s'étaient fiancés.

« J'avais seize ans et lui dix-neuf. On habitait juste l'un à côté de l'autre dans la vallée du Pandjshir. Oh, j'en pinçais pour lui, *hamshiras* ! J'escaladais le mur entre nos deux maisons et on jouait dans le verger de ses parents. Hakim avait toujours peur qu'on se fasse attraper et que mon père lui file une correction. "Il va m'en coller une", me répétait-il. Il était déjà si prudent, si sérieux à ce moment-là. Et puis un jour, je lui ai dit : "Cousin, de deux choses l'une, soit tu me demandes en mariage, soit c'est moi qui irai chez toi faire une *khastegari* – une demande officielle." Oui, c'est comme ça, que je lui ai dit ! Si vous aviez vu sa tête ! »

Fariba tapait alors ses mains l'une contre l'autre sous les rires de ses voisines.

Ces histoires prouvaient à Laila qu'il avait été un temps où sa mère parlait toujours ainsi de Babi. Un temps où ses parents ne dormaient pas dans des chambres séparées. Un temps qu'elle regrettait de ne pas avoir connu.

Inévitablement, l'anecdote de Fariba inspirait des idées de mariages arrangés à ces dames. Quand l'Afghanistan serait libéré des Soviétiques et que les garçons rentreraient à la maison, ils auraient besoin de fiancées. Aussi passaient-elles en revue les filles du quartier susceptibles de convenir à Ahmad et Noor. Laila, elle, se sentait toujours exclue quand la conversation tournait autour de ses frères – autant que s'il s'était agi d'un film formidable qu'elle aurait été la seule à ne pas avoir vu. Elle n'avait que deux ans lorsqu'ils avaient quitté Kaboul pour le Pandjshir afin de se joindre aux forces du commandant Ahmad Shah Massoud, et ne conservait que de vagues souvenirs d'eux. Un petit pendentif sur lequel était écrit « Allah », au cou de son frère aîné. Une touffe de poils noirs sur l'une des oreilles de Noor. Et c'était tout.

— Que penses-tu d'Azita ?

— La fille du tapissier ? s'écriait Fariba en portant une main à sa joue, faussement outragée. Elle a encore plus de moustache que Hakim !

— Anahita, alors. Il paraît qu'elle est la première de sa classe à Zarghoona.

— Tu as vu les dents de cette malheureuse ? On dirait des pierres tombales. Comme si elle cachait un cimetière dans sa bouche.

— Et les sœurs Wahidi ?

— Les deux naines ? Non, non, non. Pas question. Pas pour mes fils, pas pour mes sultans ! Ils méritent mieux que ça.

Tandis que ces palabres allaient bon train, Laila laissait dériver ses pensées, qui finissaient toujours par la ramener à Tariq.

Fariba avait de nouveau tiré ses rideaux jaunâtres. Dans l'espace confiné de sa chambre, plusieurs odeurs se mêlaient – celle des draps, de la sueur, des chaussettes sales, du parfum, des restes de *qurma* de la veille. Laila attendit que ses yeux s'habituent à la pénombre avant de traverser la pièce mais se prit quand même les pieds dans les vêtements qui jonchaient le sol.

Elle ouvrit les rideaux et s'assit sur la vieille chaise pliante à côté du lit pour observer la masse immobile cachée sous les couvertures. Les murs de la chambre étaient couverts de photos d'Ahmad et de Noor. Deux inconnus qui la fixaient en souriant. Noor sur son vélo. Ahmad en train de faire ses prières ou prenant la pose près d'un cadran solaire que Babi et lui avaient fabriqué quand il avait douze ans. Ses deux frères ensemble, assis dos à dos au pied du poirier de la cour.

Sous le lit de sa mère, Laila aperçut une boîte à chaussures qui dépassait. Fariba lui montrait parfois les coupures de presse contenues à l'intérieur, tous ces reportages et ces pamphlets qu'Ahmad avait réussi à se procurer auprès de groupes d'insurgés et de résistants établis au Pakistan. L'un d'eux comportait la photo d'un homme vêtu d'un long manteau blanc qui tendait une sucette à un petit garçon amputé des deux jambes. « Les enfants sont les victimes désignées des mines soviétiques », disait la légende. L'article poursuivait en expliquant que les Soviétiques aimaient aussi cacher des explosifs à l'intérieur de jouets multicolores. Il suffisait qu'un enfant les ramasse pour que l'engin explose et lui arrache plusieurs doigts, voire toute la main. Son père se trouvait alors contraint de rester chez lui pour s'en occuper, ce qui l'empêchait de se joindre au djihad. Plus loin, un jeune moudjahid racontait comment les Soviétiques avaient lâché sur son village un gaz qui avait brûlé la peau des gens et les avait aveuglés. Lui-même avait vu sa mère et sa sœur courir vers la rivière en crachant du sang.

— Maman.

Les couvertures bougèrent légèrement. Un grognement s'en échappa.

— Lève-toi, maman. Il est 3 heures.

Nouveau grognement. Une main émergea, tel le télescope d'un sous-marin brisant la surface de l'eau, puis disparut. La masse informe remua ensuite un peu plus jusqu'à repousser toutes les couvertures. Lentement, Fariba se matérialisa : ses cheveux sales, son visage grimaçant au teint pâle, ses yeux fermés face à la lumière, sa main qui cherchait le bois du lit à tâtons. Autour d'elle, les draps glissaient à mesure qu'elle se redressait. Elle fit un effort pour ouvrir les yeux, mais renonça aussitôt, éblouie par la clarté du jour.

— Ç'a été, à l'école ? marmonna-t-elle.

Elle commençait toujours ainsi, avec une série de questions auxquelles Laila répondait sommairement. Toutes deux faisaient semblant, à la manière de deux comédiennes fatiguées de toujours jouer la même scène.

— Oui, ç'a été.

— Tu as appris quelque chose ?

— Comme d'habitude.

— Tu as mangé ?

— Oui.

— Bien.

Levant la tête vers la fenêtre, Fariba cilla et battit des paupières. Elle avait la moitié du visage rouge, et les cheveux tout aplatis de ce côté-là.

— J'ai mal au crâne.

— Tu veux de l'aspirine ?

— Plus tard, peut-être, répondit Fariba en se massant les tempes. Ton père est rentré ?

— Il n'est que 3 heures.

— Oh. Oui, c'est vrai. Tu me l'as déjà dit. (Elle bâilla et reprit d'une voix si basse qu'elle couvrait à peine le bruissement de sa chemise de nuit contre les draps :) Je faisais un rêve. Juste à l'instant, avant que tu ne me réveilles. Mais je ne m'en souviens plus maintenant. Ça t'est déjà arrivé ?

— Ça arrive à tout le monde, maman.

— C'est très étrange.

— En attendant, pendant que tu rêvais, un garçon m'a arrosée de pisse avec un pistolet à eau.

— Il t'a arrosée avec quoi ? Excuse-moi, je n'ai pas compris.

— Avec de la pisse. De l'urine.

— C'est... C'est terrible. Mon Dieu, ma pauvre chérie, je suis désolée pour toi. Je lui en toucherai un mot dès demain matin. Ou peut-être à sa mère. Oui, ça vaudra mieux, je pense.

— Je ne t'ai même pas dit qui c'était.

— Oh. Eh bien, qui ?

— Aucune importance.

— Tu m'en veux.

— Tu étais censée venir me chercher à l'école.

— Ah oui, répliqua Fariba, sans que Laila puisse déterminer s'il s'agissait ou non d'une question.

Sa mère commença à tirer sur ses cheveux. Qu'elle ne fût pas encore devenue chauve à force de les arracher constituait un mystère pour Laila.

— Et... comment s'appelle-t-il, déjà, ton ami ? Tariq ? Oui, c'est ça. Il n'était pas là ?

— Cela fait une semaine qu'il est parti.

— Oh, soupira Fariba. Tu t'es lavée ?

— Oui.

— Tu es propre, alors. (Elle se tourna de nouveau vers la fenêtre.) Tu es propre et tout va bien.

— J'ai des devoirs à faire, maintenant, déclara Laila en se levant.

— Oui, bien sûr. Tire les rideaux avant de sortir, ma chérie, la pria Fariba d'une voix qui n'était plus qu'un murmure.

Déjà, elle replongeait sous les couvertures.

Laila tendait la main vers les rideaux lorsqu'elle aperçut une voiture qui s'éloignait dans la rue en faisant naître un nuage de poussière derrière elle. C'était la Mercedes bleue immatriculée à Herat qui s'en allait enfin, sa vitre arrière étincelant sous le soleil. Laila la suivit des yeux jusqu'à ce qu'elle eût disparu.

— Je ne t'oublierai pas demain, lança Fariba. Promis.

— Tu as déjà dit ça hier.

— Tu ne sais pas, Laila.

— Je ne sais pas quoi ?

La main de Fariba se porta à sa poitrine et y donna un coup avant de retomber mollement.

— Ce qu'il y a là. Tu ne sais pas ce qu'il y a là.

18

Une semaine passa, puis une autre encore, sans que Tariq réapparaisse.

Pour tuer le temps, Laila répara la porte-mousti-quaire dont personne ne s'était occupé. Elle descendit les livres de Babi au rez-de-chaussée, les épousseta et les rangea par ordre alphabétique. Elle alla se promener dans Chicken Street avec Hasina, Giti et la mère de celle-ci, Nila, une couturière avec laquelle Fariba s'adonnait parfois à des travaux d'aiguille. Mais plus les jours défilaient et plus elle songeait que, de toutes les épreuves possibles et imaginables, l'attente était la plus cruelle.

Une nouvelle semaine s'écoula.

Laila commença à craindre le pire.

Il ne reviendrait jamais. Ses parents avaient quitté la ville pour de bon et ce voyage à Ghazni était en réalité une ruse, un plan élaboré pour leur épargner, à Tariq et à elle, la douleur d'un adieu.

Peut-être aussi avait-il été blessé par une mine, comme la dernière fois qu'il était allé à Ghazni, en 1981. Il avait cinq ans à l'époque, et elle venait de fêter son troisième anniversaire. Tariq avait eu de la chance de ne perdre qu'une jambe. Il aurait très bien pu ne pas survivre à l'explosion.

Toutes sortes d'hypothèses se bousculaient dans son esprit.

Puis, un soir, elle remarqua une lumière qui clignotait plus loin dans la rue. Un cri d'exclamation aigu lui échappa, et elle se hâta d'attraper sa lampe torche, cachée sous son lit. Celle-ci ne marchait plus. Laila la tapa dans sa main en maudissant les piles usées. Tant pis, ce n'était pas grave. Il était rentré. Elle s'assit au bord de son lit, si soulagée qu'elle en eut presque le vertige, et regarda la belle petite lumière jaune qui lui faisait des clins d'œil.

Le lendemain, en partant chez Tariq, Laila aperçut Khadim et quelques-uns de ses amis de l'autre côté de la rue. Il dessinait quelque chose dans la poussière avec un bâton, mais s'arrêta dès qu'il la vit et mima un tir de pistolet. Des rires accompagnèrent une remarque qu'il adressa à ses amis. Laila baissa la tête et accéléra le pas.

— Qu'est-ce que tu as fait ? s'exclama-t-elle quand Tariq lui ouvrit.

Elle se rappela soudain que l'oncle de son ami était barbier.

Tariq passa une main sur son crâne rasé et sourit.

— Tu aimes ?

— On dirait que tu vas t'enrôler dans l'armée.

— Tu veux toucher ? fit-il en inclinant la tête.

Ses cheveux ras grattèrent agréablement la paume de Laila. Tariq n'était pas comme les autres garçons, dont les tignasses cachaient des crânes coniques aux bosses disgracieuses. Lui avait une tête parfaite.

Lorsqu'il se redressa, elle remarqua combien ses joues et son front étaient hâlés.

— Pourquoi tu as mis si longtemps à revenir ?

— Mon oncle était malade. Entre.

Il la précéda jusqu'au salon. Laila adorait tout dans cette maison : le tapis usé au sol, la couverture en patchwork sur le canapé, les rouleaux de tissu de la mère de Tariq, ses aiguilles fichées dans des bobines, les vieux magazines, l'accordéon attendant d'être sorti de sa boîte dans un coin – tout ce sympathique désordre de la vie quotidienne. Les doubles fenêtres donnant sur la cour rendaient la pièce très lumineuse, et sur leur rebord s'alignaient des pots dans lesquels la mère de Tariq saumurait des aubergines et conservait de la confiture de carottes.

— Qui est-ce ? demanda une voix de femme dans la cuisine.

— Laila, répondit Tariq.

— Tu veux dire notre *aroos*, notre belle-fille ! plaisanta son père en les rejoignant.

Charpentier de métier, l'homme était âgé d'une petite soixantaine d'années. Il avait des cheveux blancs, des dents de devant très écartées et les yeux plissés de celui qui a passé presque toute sa vie dehors. Laila courut se jeter dans ses bras grands ouverts qui sentaient bon la sciure et l'embrassa sur les joues à trois reprises.

— Continue à l'appeler comme ça et elle ne mettra plus les pieds ici ! le sermonna sa femme en apportant un plateau sur lequel elle avait posé une grande jatte, une louche et quatre bols. Ne fais pas attention à ce vieux fou, Laila. Ça me fait très plaisir de te revoir. Viens, assieds-toi, et goûte ma salade de fruits.

De même que les chaises, la table, massive et d'un bois brut assez clair, était l'œuvre du père de Tariq. Elle était recouverte d'une toile cirée verte décorée de petits croissants et d'étoiles magenta. Les murs du salon étaient presque entièrement tapissés de photos de Tariq, dont certaines prises à l'époque où il avait encore ses deux jambes.

Laila plongea sa cuillère dans un bol de raisins, de pistaches et d'abricots.

— Il paraît que votre frère a été malade ? dit-elle.

— En effet, acquiesça le père de Tariq en allumant une cigarette. Mais il va mieux maintenant, *shokr e Khoda* – Dieu soit loué.

— Crise cardiaque, ajouta sa femme, non sans le fixer d'un air désapprobateur. C'était sa deuxième.

Le charpentier souffla la fumée et fit un clin d'œil à Laila. Une fois de plus, la fillette fut frappée de voir que tous deux auraient très bien pu passer pour les grands-parents de Tariq. La mère de son ami avait plus de quarante ans lorsqu'il était né.

— Comment va ton père, ma chérie ? demanda alors celle-ci.

Du plus loin qu'elle s'en souvînt, Laila l'avait toujours vue porter une perruque. Le postiche, devenu d'un violet terne avec le temps, lui tombait très bas sur le front ce jour-là, si bien qu'elle distinguait les pattes grises qui dépassaient sur les côtés. Parfois, aussi, c'était l'inverse et il penchait trop en arrière. Mais, aux yeux de Laila, la mère de Tariq n'était jamais ridicule. Seuls lui importaient son visage calme et serein, son regard intelligent et ses manières simples et plaisantes.

— Il va bien, répondit-elle. Il travaille toujours au Silo, évidemment, mais il va bien.

— Et ta maman ?

— Elle a ses bonnes et ses mauvaises périodes. Comme d'habitude.

— Je vois. Ce doit être terrible d'être séparée de ses fils…

— Tu manges avec nous ? lança alors Tariq.

— Tu ne peux pas refuser, insista aussitôt sa mère. Je suis en train de préparer du *shorwa*.

— Je ne voudrais pas être une *mozahem*.

— Toi, nous déranger ? Il suffit qu'on s'absente quelques semaines pour que tu fasses des chichis ?

— D'accord, d'accord, céda Laila, souriante et rougissante.

— Parfait !

À dire vrai, Laila adorait dîner avec Tariq et ses parents tout autant qu'elle détestait se mettre à table chez elle. Ici, personne ne mangeait jamais seul, les repas étaient une affaire de famille. Et puis, elle aimait leurs verres en plastique violet, et le quartier de citron qui flottait dans la cruche, et le bol de yaourt frais toujours servi en entrée, et les oranges amères qu'ils pressaient sur tous les plats, et les taquineries bon enfant qui ne cessaient de voler d'un convive à l'autre.

La conversation était toujours animée. Tariq et ses parents parlaient persan en sa présence, même si elle comprenait plus ou moins leur langue natale, le pachtou, pour l'avoir apprise à l'école. Babi lui avait expliqué les tensions qui opposaient les Tadjiks, la minorité dont elle faisait partie, et les Pachtouns, la principale ethnie du pays, à laquelle appartenait Tariq. « Les Tadjiks se sont toujours sentis défavorisés, disait-il. Les Pachtouns ont régné sur l'Afghanistan pendant presque deux cent cinquante ans, Laila, alors qu'eux n'ont eu le pouvoir que neuf mois, en 1929. »

Et toi, Babi, avait-elle demandé, *tu te sens défavorisé ?*

Il avait essuyé ses lunettes avec l'ourlet de sa chemise avant de lui répondre. « Pour moi, tout ça est ridicule, et surtout très dangereux. Tous ces discours sur le thème de "Je suis tadjik, et toi tu es pachtoun, et lui est hazara, et elle est ouzbèke…" Nous sommes tous afghans, et c'est la seule chose qui devrait compter. Mais quand un groupe domine les autres pendant si longtemps… Le mépris et la rivalité finissent par s'installer entre eux. Il en a toujours été ainsi. »

Peut-être. Sauf que ça, Laila ne le remarquait jamais chez Tariq, où de tels sujets n'étaient même pas abordés. Dans sa famille, tout semblait facile et naturel. Les rapports n'étaient pas compliqués par ces histoires d'appartenance à une ethnie, ni par les rancœurs personnelles qui rendaient l'atmosphère irrespirable chez elle.

— Si on jouait aux cartes ? proposa soudain Tariq.

— Oui, allez donc vous amuser à l'étage, dit sa mère en agitant un chiffon désapprobateur en direction du nuage de fumée qui entourait son mari. Je vais finir de préparer le *shorwa*.

Dans la chambre de Tariq, les deux enfants s'allongèrent par terre sur le ventre pour commencer une partie de *panjpar*. Tout en faisant des moulinets en l'air avec son pied, Tariq raconta à Laila son voyage – les jeunes pêchers que son oncle et lui avaient plantés, le serpent qu'il avait capturé…

Cette pièce était celle où tous deux faisaient leurs devoirs, où ils construisaient des tours avec des cartes et dessinaient des portraits ridicules l'un de l'autre. Lorsqu'il pleuvait, ils s'appuyaient contre le rebord de la fenêtre en buvant des Fanta à l'orange et regardaient les grosses gouttes de pluie dégouliner le long des carreaux.

— Tiens, j'ai une devinette pour toi, déclara Laila en battant les cartes. Qu'est-ce qui fait le tour du monde tout en restant dans un coin ?

— Attends.

En grimaçant, il se redressa pour faire pivoter sa jambe artificielle et s'installa sur le côté, en appui sur un coude.

— File-moi l'oreiller, là-bas… Ah, c'est mieux.

Laila se souvint de la première fois où il lui avait montré son moignon. Elle avait six ans, alors, et avait touché du doigt la peau tendue et brillante juste au-dessous de son genou gauche. Tariq lui avait expliqué que les petites bosses dures à la surface étaient des excroissances osseuses apparues après son opération. Cela arrivait parfois, suite à une amputation. À la question de Laila, qui voulait savoir si cela lui faisait mal, il avait répondu que oui, à la fin de la journée, quand le moignon enflait et ne rentrait plus dans la prothèse. « Comme un doigt qui ne pourrait plus enfiler un dé à coudre. Et parfois, j'ai l'impression qu'il est à vif. Surtout quand il fait chaud. J'attrape des rougeurs et des ampoules, mais ma mère a des crèmes qui me soulagent un peu. Ce n'est pas si terrible. »

Elle avait éclaté en sanglots.

« Pourquoi tu pleures ? s'était-il étonné en remettant sa prothèse. C'est toi qui as demandé à voir, *giryanok* ! Petite nature ! Si j'avais su que tu te mettrais à brailler, je ne t'aurais rien montré. »

— Un timbre, répliqua-t-il.

— Quoi ?

— Ta devinette. La réponse est un timbre. Qu'est-ce que tu dirais d'aller au zoo après le repas ?

— Tu la connaissais déjà, hein ?

— Pas du tout.

— Menteur !

— Jalouse !

— Jalouse, moi ? De quoi ?

— De mon intelligence masculine.

— Ton intelligence *masculine* ? Vraiment ? Rappelle-moi un peu qui gagne toujours aux échecs ?

— Je le fais exprès ! affirma-t-il, en riant, mais conscient comme elle que ce n'était pas vrai.

— Et qui a été recalé en maths ? Et qui est-ce qui vient toujours me voir quand il n'arrive pas à faire ses exercices alors même qu'il est dans la classe au-dessus de la mienne ?

— Je serais deux classes au-dessus si les maths ne m'ennuyaient pas autant.

— Et la géographie aussi, j'imagine.

— Comment tu sais ça ? Bon, d'accord, tais-toi. On va au zoo, oui ou non ?

Laila sourit.

— Oui.

— Super.

— Tu m'as manqué.

Il y eut un silence, puis Tariq se tourna vers elle avec un sourire mi-amusé, mi-dégoûté.

— Ça va pas, non ?

Combien de fois avec Hasina et Giti avait-elle prononcé ces quelques mots sans la moindre hésitation, après qu'elles étaient restées quelques jours sans se voir ? *Tu m'as manqué, Hasina. – Et toi donc !* Mais devant la grimace de Tariq, Laila comprit que les garçons différaient des filles. Eux ne faisaient pas étalage de leurs sentiments. Ils n'éprouvaient aucun besoin de s'avouer ce genre de choses. Elle supposa que ses frères avaient été pareils. Pour eux, l'amitié était comparable au soleil : son existence était irréfutable, mais si on appréciait sa lumière, on ne la regardait pas en face.

— Je disais ça pour t'embêter, se défendit-elle.

— Eh bien, ça a marché, commenta-t-il en lui jetant un coup d'œil en coin.

Elle aurait presque juré pourtant que son expression s'était adoucie. Et aussi, l'espace d'un instant, que le hâle de ses joues avait été plus prononcé.

Laila n'avait pas eu l'intention de lui en parler. En fait, elle avait même décidé que ce serait une très mauvaise idée. Quelqu'un en sortirait blessé, parce que Tariq serait incapable de laisser passer un tel affront. Mais lorsqu'ils longèrent la rue un peu plus tard en direction de l'arrêt de bus, elle aperçut de nouveau Khadim, entouré de ses amis. Il se tenait appuyé contre un mur, les pouces accrochés à la ceinture, et la toisait d'un air narquois.

Elle raconta tout à Tariq, alors. Les mots franchirent ses lèvres avant même qu'elle ait pu les arrêter.

— Il a fait quoi ?

Elle répéta ce qui lui était arrivé.

— C'est lui ? dit-il en montrant Khadim. Tu en es sûre ?

— Oui, certaine.

Tariq serra les dents et marmonna quelque chose en pachtou que Laila ne saisit pas.

— Attends-moi là, lui ordonna-t-il ensuite, en persan cette fois.

— Non, Tariq…

Mais déjà, il traversait la rue.

Khadim fut le premier à le repérer. Son sourire s'effaça aussitôt et il se détacha du mur en affichant un air qui se voulait menaçant. Les autres suivirent son regard.

Laila se maudissait de ne pas avoir su tenir sa langue. Et s'ils se liguaient tous contre lui ? Combien étaient-ils ? Dix ? Douze ? Et si jamais ils le blessaient ?

Tariq s'arrêta à quelques pas de Khadim et de sa bande. Il y eut un moment de flottement. Peut-être avait-il changé d'avis, pensa Laila. En le voyant se baisser, elle supposa même qu'il allait prétendre renouer son lacet, puis revenir tranquillement vers elle. Mais c'est alors que ses mains se mirent à l'œuvre et qu'elle comprit ce qu'il comptait faire.

Les autres aussi le devinèrent lorsque Tariq se redressa, debout sur une jambe, et qu'il commença à sautiller vers Khadim – vite, de plus en plus vite, jusqu'à le charger en brandissant sa prothèse comme une épée.

Toute la bande s'écarta à la hâte, lui laissant la voie libre.

Coups de poing, coups de pied et cris se succédèrent dans un nuage de poussière.

Khadim n'ennuya jamais plus Laila.

Ce soir-là, comme presque chaque soir, Laila mit la table pour deux seulement. Sa mère n'avait pas faim. Aurait-ce été le cas que, de toute façon, elle aurait mis son point d'honneur à emporter une assiette dans sa chambre avant le retour de Babi à la maison. Ainsi, elle était le plus souvent déjà endormie, ou tout du moins couchée, au moment où Laila et son père passaient à table.

Babi sortit de la salle de bains, les cheveux peignés en arrière et débarrassés de toute la farine qui les recouvrait lorsqu'il était rentré.

— Qu'est-ce qu'on mange, Laila ?

— Des restes de soupe.

— Ça me paraît appétissant, dit-il en repliant la serviette avec laquelle il s'était séché les cheveux. Et après, qu'avons-nous au menu ? Des additions de fractions ?

— En fait, non. Des conversions de fractions en nombres décimaux.

— Ah. Très bien.

Chaque soir, après le dîner, Babi aidait Laila à faire ses devoirs avant de lui soumettre quelques exercices supplémentaires de son cru. Il ne cherchait qu'à lui donner un peu d'avance sur ses camarades de classe, non à contester le programme enseigné par l'école – encore que la propagande politique n'eût pas ses faveurs. Lui qui avait été renvoyé de son poste de professeur par les communistes estimait que le seul domaine dans lequel ces derniers avaient bien agi – ou du moins tenté de bien agir – était l'éducation. Plus précisément, l'éducation des femmes. Le gouvernement avait financé des cours d'alphabétisation à leur intention, et près des deux tiers des étudiants de l'université de Kaboul étaient désormais des jeunes filles qui se préparaient à devenir juristes, médecins ou ingénieurs.

« Les Afghanes ont toujours beaucoup souffert, Laila, mais elles ont probablement plus de libertés et de droits aujourd'hui, sous le nouveau régime, qu'elles n'en ont jamais eu », lui disait-il en baissant la voix, conscient que Fariba ne tolérait pas le moindre propos un tant soit peu flatteur à l'égard des communistes. « Vraiment, c'est une bonne époque pour elles en ce moment. Et tu peux en tirer profit, Laila. Même si cette liberté qui leur est accordée – là, il secouait la tête avec tristesse – est aussi l'une des raisons pour lesquelles les gens à l'extérieur ont pris les armes. »

Par « extérieur », il ne voulait pas dire Kaboul, qui avait toujours été une ville assez libérale et progressiste. Dans la capitale, les femmes enseignaient à l'université, dirigeaient des écoles, occupaient des postes au gouvernement. Non, Babi pensait aux zones tribales, en particulier les régions pachtounes du sud et de l'est, près de la frontière pakistanaise. Là, les habitantes n'étaient pas nombreuses à se promener dans les rues, et celles qui le faisaient étaient vêtues d'une burqa et accompagnées par un homme. Tous ces territoires régis par des lois ancestrales s'étaient rebellés contre les communistes et leurs décrets visant à émanciper les femmes, à fixer à seize ans pour elles l'âge légal du mariage et à abolir les unions forcées. Là-bas, les hommes avaient considéré que le nouveau gouvernement – un gouvernement athée, qui plus est – insultait leurs traditions séculaires en affirmant que les filles devaient aller à l'école et travailler au côté du sexe opposé.

« "À Dieu ne plaise que cela se produise !" » aimait répéter Babi d'un ton sarcastique. Puis il soupirait et ajoutait : « Laila, ma chérie, le seul ennemi qu'un Afghan ne puisse vaincre, c'est lui-même. »

Il prit place à table et trempa son pain dans son bol de soupe.

Laila décida de profiter du repas pour lui raconter ce que Tariq avait fait à Khadim. Mais elle n'en eut jamais l'occasion. Parce que, au même instant, quelqu'un toqua à la porte. C'était un étranger, et il était porteur de nouvelles.

19

— Il faut que je parle à tes parents, *dokhtar jan*, annonça l'homme à qui Laila ouvrit la porte.

Trapu, les traits marqués, il portait un manteau jaunâtre et un *pakol*.

— C'est de la part de qui ? demanda-t-elle, avant de sentir les mains de Babi se poser sur ses épaules.

Doucement, il l'écarta de la porte.

— Monte dans ta chambre, Laila.

Tandis qu'elle se dirigeait vers l'escalier, elle entendit le visiteur dire à son père qu'il avait des nouvelles du Pandjshir. Fariba les rejoignit alors. Une main plaquée sur sa bouche, elle dévisagea tour à tour Babi et l'homme au *pakol* de laine brune.

Laila épiait la scène depuis le haut des marches. Elle observa l'inconnu s'asseoir avec ses parents, se pencher vers eux, murmurer quelques paroles. Puis Babi devint livide, de plus en plus, et Fariba se mit à hurler sans pouvoir s'arrêter, en s'arrachant les cheveux.

Le lendemain matin, jour de la *fatiha*, plusieurs voisines investirent la maison et prirent en charge les préparatifs du dîner qui suivait traditionnellement un enterrement. Fariba passa la matinée assise sur le canapé à triturer un mouchoir, le visage tout gonflé. Quelques femmes éplorées se relayaient en permanence auprès d'elle, lui tapotant délicatement la main, comme si elle avait été la poupée la plus précieuse et la plus fragile du monde, alors même qu'elle ne semblait pas se rendre compte de leur présence.

— Maman, dit Laila en s'agenouillant devant elle.

Fariba baissa les yeux.

— On s'occupe d'elle, Laila *jan*, déclara l'une de leurs voisines d'un ton suffisant.

Pour avoir déjà assisté à des funérailles, Laila savait repérer ces femmes qui savouraient tout ce qui avait trait à la mort et qui s'autoproclamaient consolatrices officielles en interdisant à quiconque d'empiéter sur leur territoire.

— On contrôle la situation. Ne reste pas là, ma petite. Laisse ta mère tranquille.

Mise à l'écart, Laila se sentit inutile. Elle erra d'une pièce à une autre, traîna dans la cuisine. Hasina, étonnamment calme et silencieuse, passa avec sa mère, Nila, suivie peu après de Giti et de la sienne. En la voyant, Giti courut la serrer dans ses bras osseux avec une force surprenante. Des larmes brillaient dans ses yeux lorsqu'elle la relâcha.

— Je suis tellement désolée…

Laila la remercia, puis alla s'asseoir dans la cour avec Hasina et elle. C'est là qu'une femme vint les chercher pour leur demander de laver les verres et d'empiler les assiettes sur la table.

Babi, lui, ne cessait d'entrer et de sortir, comme s'il ne savait pas quoi faire.

« Je ne veux pas le voir » furent les seules paroles prononcées par Fariba de toute la matinée.

Babi finit par s'installer sur une chaise pliante dans le vestibule, l'air penaud et abattu, jusqu'à ce que quelqu'un lui fasse remarquer qu'il gênait le passage. Il s'excusa alors et disparut dans son bureau.

Cet après-midi-là, les hommes se rendirent dans une grande salle du quartier de Karteh-Seh que Babi avait louée pour la *fatiha*. Les femmes se réunirent à la maison. Laila se posta près de sa mère, à l'entrée du salon, comme le voulait la coutume. Les visiteuses enlevaient leurs chaussures à la porte et saluaient de loin leurs connaissances en traversant la pièce pour aller s'asseoir sur l'une des chaises disposées contre les murs. Laila aperçut Wajma, la sage-femme qui avait aidé Fariba à la mettre au monde, puis la mère de Tariq, qui se présenta avec un foulard noir sur sa perruque et qui lui adressa un petit signe de tête accompagné d'un sourire triste.

Une radiocassette diffusait des versets du Coran chantés par un homme. Les femmes l'écoutaient en soupirant, en s'agitant, en reniflant. Des quintes de toux étouffées, des murmures et, de temps à autre, des sanglots théâtraux se faisaient entendre.

La femme de Rachid, Mariam, entra à son tour, coiffée d'un hidjab noir qui laissait quelques mèches de cheveux sur son front. Elle prit place sur une chaise en face de Laila.

Fariba ne cessait de se balancer d'avant en arrière. Laila attrapa sa main sans qu'elle paraisse le remarquer.

— Tu veux un peu d'eau, maman ? Tu as soif ?

Mais Fariba ne répondit pas. Apathique, elle ne faisait rien d'autre que bouger le buste d'avant en arrière en fixant le tapis d'un air absent.

De temps à autre, à force de voir toutes ces mines affligées autour d'elle, Laila mesurait l'ampleur de la tragédie qui avait frappé sa famille. L'horizon à jamais fermé. Les espoirs anéantis.

Mais cela ne durait pas. Elle avait du mal à partager la douleur de sa mère et à s'attrister de la mort de deux garçons qui n'avaient jamais été pour elle des êtres de chair et de sang. Ahmad et Noor s'apparentaient plutôt à ses yeux à des personnages légendaires. Comme les héros d'une fable. Comme les rois des livres d'histoire.

Seul Tariq était bien réel. Tariq, qui lui apprenait des gros mots en pachtou, qui aimait les feuilles de trèfle salées, qui plissait le front en poussant un drôle de gémissement quand il mâchait, et qui avait une petite marque de naissance rosée en forme de mandoline inversée juste sous la clavicule gauche.

Elle resta donc assise à côté de sa mère à pleurer sagement la perte d'Ahmad et de Noor. Mais, dans son cœur, son vrai frère était bien vivant, lui.

20

Les maux qui allaient tourmenter Fariba jusqu'à la fin de sa vie commencèrent alors. Elle eut des douleurs à la poitrine et aux articulations, des céphalées, des sueurs nocturnes, des élancements paralysants dans les oreilles, des grosseurs que personne à part elle ne sentait. Babi l'emmena voir un médecin qui lui fit faire des analyses de sang et d'urine, ainsi que des radios, mais qui ne diagnostiqua au final aucun mal physique.

Fariba passait presque tout son temps couchée. Elle se mit à porter du noir. Elle s'arracha les cheveux de plus belle et se mit à mordiller le grain de beauté sous sa lèvre. Lorsqu'elle était réveillée, elle déambulait d'un pas incertain dans la maison, jusqu'au moment où elle poussait la porte de la chambre de Laila. Elle venait souvent dans cette pièce où ses garçons avaient dormi autrefois, où ils avaient pété, où ils s'étaient battus à coups d'oreiller, comme si elle espérait finir un jour par tomber sur eux. Mais elle ne rencontrait partout que leur absence. Et Laila. Ce qui, pensait la fillette, revenait au même.

Il y avait juste une chose que Fariba ne négligeait pas : ses cinq prières quotidiennes. À la fin de chaque *namaz*, la tête inclinée très bas, les mains tendues devant son visage, paumes tournées vers le ciel, elle implorait Dieu d'accorder la victoire aux moudjahidin. Pour le reste, les corvées ménagères incombaient de plus en plus à sa fille. Dès que Laila cessait de s'en occuper, elle découvrait des vêtements, des chaussures, des sacs de riz ouverts, des boîtes de haricots et des assiettes sales éparpillés partout dans la maison. C'était donc elle qui lavait les habits de sa mère et qui changeait ses draps. Elle aussi qui la persuadait de sortir de son lit pour prendre un bain ou un repas, qui repassait les chemises de Babi et pliait ses pantalons. Sans oublier les repas, qu'elle préparait souvent toute seule désormais.

Parfois, quand elle avait terminé, Laila se glissait dans le lit de sa mère. Elle l'enveloppait de ses bras, entrelaçait ses doigts aux siens et enfouissait la tête dans ses cheveux. Fariba remuait alors légèrement et marmonnait des paroles indistinctes. Puis, inévitablement, elle commençait à évoquer ses fils.

— Ahmad serait devenu un grand chef, lui affirmat-elle un jour. Il avait le charisme pour ça. Des gens trois fois plus âgés que lui se taisaient quand il parlait, Laila. C'était impressionnant à voir. Et Noor. Oh, mon petit Noor ! Il n'arrêtait pas de dessiner des immeubles et des ponts. Il serait devenu architecte, tu sais. Il aurait transformé tout Kaboul. Et maintenant, ils sont tous les deux *shaheed* ! Mes beaux garçons sont devenus des martyrs !

Allongée contre elle, Laila l'écoutait en silence. Si seulement Fariba avait pu s'apercevoir qu'elle n'était pas devenue *shaheed*, elle. Que, au contraire, elle était bien vivante, là, tout près d'elle, et qu'elle aussi avait des espoirs et un bel avenir en perspective. Mais elle savait également que celui-ci ne pouvait soutenir la comparaison avec le passé de ses frères. Vivants, ils l'avaient toujours éclipsée. Morts, ils la rendaient à jamais invisible. Fariba se posait à présent en gardienne d'un temple dédié à leur mémoire, et Laila n'était qu'une simple visiteuse, le réceptacle de leurs exploits, le parchemin sur lequel sa mère entendait imprimer leur légende.

— Tu sais, l'homme qui est venu nous apporter la nouvelle, eh bien, il nous a raconté que lorsque les corps des garçons ont été ramenés au camp, c'est Ahmad Shah Massoud lui-même qui a supervisé leur enterrement. Il a dit une prière pour eux devant leur tombe. Tu vois, Laila, tes frères étaient si braves que le commandant Massoud en personne – le Lion du Pandjshir ! Dieu le bénisse – leur a rendu hommage.

Elle roula sur le côté, et Laila appuya sa tête contre sa poitrine.

— Certains jours, poursuivit Fariba d'une voix rauque, quand j'écoute le tic-tac de l'horloge dans l'entrée, je pense à toutes les minutes, à toutes les heures, et les journées, et les semaines, et les années qui m'attendent. Tout ce temps sans eux. Alors, je n'arrive plus à respirer comme si quelqu'un m'écrasait le cœur, et je me sens si faible que je n'ai qu'une envie, m'écrouler par terre.

— J'aimerais tant pouvoir t'aider, dit Laila.

Bien que sincères, ses paroles parurent aussi fausses et contraintes que si elles avaient été poliment offertes par une étrangère.

— Tu es gentille, répliqua Fariba après un profond soupir. Je n'ai pas été une très bonne mère pour toi.

— Ne dis pas ça.

— C'est la vérité, pourtant. Je le sais et j'en suis désolée, ma chérie.

— Maman ?

— Mmmm...

Laila se redressa. Les cheveux de sa mère grison-naient à présent, et elle fut frappée de constater combien elle, qui avait toujours été ronde, s'était émaciée. Ses joues avaient pris une teinte cireuse. Sa chemise lui tombait bas sur les épaules et flottait au niveau du cou. Et Laila avait vu plus d'une fois son alliance glisser de son doigt.

— Je voulais te demander...

— Quoi ?

— Tu n'irais pas jusqu'à...

Elle en avait parlé à Hasina et, sur les conseils de celle-ci, avait vidé la boîte d'aspirine dans le caniveau et caché les couteaux de cuisine et les broches à kebab sous le canapé. Mais lorsque son amie avait trouvé une corde dans la cour et que Babi s'était mis à chercher partout ses rasoirs, elle avait fini par lui confier ses craintes. Il s'était affaissé sur le sofa, les mains entre ses genoux. Elle avait attendu qu'il prononce des paroles apaisantes, n'importe quoi, pour la tranquilliser, mais il s'était contenté de la fixer d'un air hagard.

— Maman, insista-t-elle. Tu ne ferais pas… Je veux dire, j'ai peur que…

— J'y ai pensé le soir où j'ai appris la nouvelle. Et, pour ne rien te cacher, l'idée m'a effleurée depuis. Mais non, ne t'inquiète pas, Laila. Je veux voir le rêve de mes fils devenir réalité. Je veux voir le jour où les Soviétiques retourneront chez eux, humiliés, et où les moudjahidin entreront victorieux dans Kaboul. Je veux être là quand l'Afghanistan sera libéré. Comme ça, les garçons le verront eux aussi. À travers mes yeux.

Lorsque Fariba s'endormit peu après, Laila se retrouva en proie à des sentiments partagés : si elle était rassurée, elle acceptait mal de ne pas être la raison de vivre de sa mère. Jamais elle ne lui laisserait une empreinte aussi indélébile que celle de ses frères. Le cœur de Fariba lui évoquait une plage grise sur laquelle ses pas étaient effacés – et le seraient toujours – par les vagues de chagrin qui venaient inlassablement se briser là.

21

Le chauffeur se rangea sur le bas-côté afin de faire place à un nouveau convoi de jeeps et de blindés soviétiques. Tariq se pencha par-dessus le siège avant.

— *Pajalsta ! Pajalsta !* cria-t-il en russe à leur intention. S'il vous plaît !

Un véhicule les klaxonna, et il agita gaiement le bras en sifflant, la mine radieuse.

— C'est des jolies mitraillettes que vous avez là ! Regardez-moi ces jeeps ! Et cette armée ! Dommage que vous soyez en train de perdre face à une bande de paysans armés de lance-pierres !

Le convoi acheva de passer et ils redémarrèrent.

— C'est encore loin ? demanda Laila.

— Une heure au maximum, répondit le chauffeur. À condition qu'on ne croise plus de troupes ni de barrages routiers.

Laila, Babi et Tariq étaient partis en excursion. Hasina, qui serait volontiers venue elle aussi, avait supplié son père de la laisser les accompagner, mais il n'avait rien voulu entendre. Ce voyage était une idée de Babi. Bien qu'il pût à peine se le permettre, vu son salaire, il avait loué un taxi à la journée. Pour le reste, il n'avait rien dit à Laila de leur destination, si ce n'est qu'elle contribuerait à son éducation.

Ils roulaient depuis 5 heures du matin. Les déserts, les canyons et les affleurements rocheux calcinés par le soleil avaient succédé aux montagnes enneigées. Ils virent en chemin des maisons de pisé au toit de chaume, des champs parsemés de gerbes de blé et des tentes noires – celles des nomades kuchis – dressées çà et là dans la poussière. Laila distingua aussi les carcasses brûlées de tanks et d'hélicoptères soviétiques. Tel était l'Afghanistan d'Ahmad et de Noor, pensa-t-elle. C'était là, dans les provinces, que la guerre faisait rage. Pas à Kaboul. Les habitants de la capitale vivaient paisiblement. À part quelques coups de feu de temps à autre, les soldats qui fumaient sur les trottoirs et les jeeps qui sillonnaient les rues, la guerre aurait tout aussi bien pu n'être qu'une rumeur pour eux.

En fin de matinée, après avoir franchi deux barrages supplémentaires, ils débouchèrent dans une vallée. Babi tendit alors le doigt vers un ensemble de vieux murs rouges au loin.

— Voilà Shahr-e-Zohak. La « Ville rouge ». C'était une forteresse autrefois. Elle a été construite il y a neuf cents ans environ pour défendre la vallée contre les envahisseurs. Le petit-fils de Genghis Khan l'a attaquée au XIIIe siècle, mais il a été tué lors de la bataille. Du coup, son grand-père s'est chargé en personne de la détruire.

— Voilà bien l'histoire de notre pays, les enfants, commenta le chauffeur en faisant tomber la cendre de sa cigarette par sa vitre. Une succession d'invasions. Macédonienne. Sassanide. Arabe. Mongole. Et aujourd'hui soviétique. Mais nous, on est comme ces murs là-bas. Abîmés, pas très jolis à voir, mais toujours debout. Pas vrai, *badar* ?

— En effet, approuva Babi.

Une demi-heure plus tard, le chauffeur s'arrêta.

— Descendez, vous deux, dit Babi. Venez voir un peu par là.

Laila et Tariq sortirent du taxi et se tournèrent vers l'endroit qu'il leur indiquait.

— Regardez.

Tariq poussa un cri d'exclamation – tout comme Laila, qui sut d'emblée que, même si elle vivait jusqu'à cent ans, elle n'oublierait jamais un spectacle aussi magnifique.

Les deux bouddhas étaient gigantesques – beaucoup plus que les photos qu'elle en avait vu ne le laissaient supposer. Taillés dans une falaise écrasée de soleil, ils les toisaient, de même qu'ils avaient dû toiser les caravanes qui traversaient la vallée deux mille ans plus tôt en suivant la route de la soie. De chaque côté, une myriade de grottes trouaient la paroi rocheuse.

— Je me sens si petit, souffla Tariq.

— Vous voulez grimper là-haut ?

— Quoi, c'est possible ? demanda Laila.

Babi sourit et leur tendit la main.

— Venez.

La montée fut difficile pour Tariq, qui dut s'accrocher à Laila et à Babi afin de gravir les marches étroites et mal éclairées menant au sommet. Au passage, ils aperçurent des cavernes plongées dans la pénombre et des tunnels qui partaient dans tous les sens.

— Attention où vous mettez les pieds, leur recommanda Babi. Le sol est glissant.

À certains endroits, l'escalier donnait sur le vide.

— Ne baissez pas la tête, les enfants. Regardez droit devant vous.

Au fur et à mesure qu'ils avançaient, Babi leur expliqua que Bamiyan avait été un centre bouddhiste prospère jusqu'au IXᵉ siècle, époque où la région était tombée sous le joug arabe. Les falaises de grès abritaient alors des moines. C'étaient eux qui avaient creusé toutes ces grottes et peint les magnifiques fresques à l'intérieur. Ils les utilisaient comme habitations ou comme sanctuaires pour les pèlerins fatigués.

— Ils étaient cinq mille à vivre ici en ermites, à une époque.

Tariq était à bout de souffle lorsqu'ils arrivèrent en haut des marches. Babi haletait lui aussi, mais ses yeux brillaient d'excitation.

— Nous sommes sur la tête du bouddha, dit-il en s'essuyant le front avec un mouchoir. Il y a un endroit par là-bas d'où on a un beau panorama.

Ils s'avancèrent avec précaution et, côte à côte, ils contemplèrent la vallée.

— Incroyable ! s'écria Laila.

Babi sourit.

La vallée de Bamiyan s'étendait à leurs pieds, tapissée de champs de blé vert, de luzerne et de pommes de terre. Les parcelles étaient entourées de peupliers et traversées de cours d'eau et de canaux d'irrigation au bord desquels de minuscules silhouettes accroupies lavaient le linge. Babi leur montra les rizières et les champs d'orge qui recouvraient les monts alentour. C'était l'automne, et les habitants vêtus de tuniques aux couleurs vives mettaient leur récolte à sécher sur le toit des maisons. La route principale qui traversait Bamiyan était bordée de peupliers elle aussi. De chaque côté s'alignaient des échoppes, des salons de thé et des coiffeurs pour hommes. Plus loin, au-delà de la ville, se dressaient des contreforts montagneux, arides et d'un brun poussiéreux, et plus loin encore, les sommets enneigés de l'Hindu Kuch.

Le ciel était d'un bleu immaculé.

— Tout est si calme, souffla Laila.

Elle distinguait bien des moutons et des chevaux dans la vallée, mais leurs bêlements et leurs hennissements ne parvenaient pas jusqu'à eux.

— C'est toujours le premier souvenir qui me vient à l'esprit quand je pense à cet endroit, dit Babi. Le silence. La paix. Je voulais que vous connaissiez cela, vous aussi. Mais surtout, je voulais vous faire prendre conscience du fabuleux héritage culturel de votre pays. Vous savez, il y a des choses que je peux vous enseigner. D'autres que vous apprendrez dans les livres. Et il y en a, ma foi, qu'on ne peut que voir et ressentir.

— Regardez ! s'écria Tariq.

Ils observèrent le vol d'un faucon au-dessus de Bamiyan.

— Tu as déjà emmené maman ici ? demanda Laila.

— Oh, oui ! Souvent. Avant la naissance des garçons, et après aussi. Ta mère, elle n'avait peur de rien, et elle était si… si pleine d'entrain. C'était la personne la plus joyeuse et la plus vive que j'aie jamais connue. (Il sourit.) Elle avait un rire… Je te jure que c'est pour ça que je l'ai épousée, Laila. Pour son rire. Il écrasait tout sur son passage, c'était impossible de lui résister.

Laila éprouva une brusque bouffée d'affection pour son père. Dès lors, elle garda toujours de lui l'image de cet homme accoudé à un rocher, le menton dans les mains, les cheveux ébouriffés par le vent et les yeux plissés sous le soleil, qui évoquait sa femme avec nostalgie.

— Je vais jeter un œil aux grottes, annonça Tariq.

— Sois prudent !

— Promis, *kaka jan* !

Au pied de la falaise, trois hommes discutaient près d'une vache attachée à un poteau. Les arbres autour d'eux avaient commencé à se parer de tons ocre, orange, rouge vif.

— Les garçons me manquent à moi aussi, tu sais, dit soudain Babi, le regard humide. Je ne le montre peut-être pas mais… Ta mère ne fait rien dans la demi-mesure, elle. Triste ou joyeuse, elle ne peut rien cacher. Elle a toujours été comme ça. Moi, je suppose que je suis différent. C'est ma nature. Seulement, ça me brise le cœur à moi aussi d'avoir perdu mes fils. Il ne se passe pas un jour sans que je... C'est si difficile, Laila. Si difficile.

Il se pinça l'arête du nez. Sa voix se brisa lorsqu'il voulut poursuivre, et il serra les lèvres avant de prendre une profonde inspiration.

— Mais je suis content de t'avoir, réussit-il enfin à déclarer. Chaque jour, je remercie Dieu de ta présence. Chaque jour. Parfois, quand ta mère ne va pas fort, j'ai l'impression que tu es tout ce qu'il me reste, Laila.

Elle se rapprocha de lui et appuya sa joue sur sa poitrine. Il parut un peu surpris – contrairement à Fariba, il exprimait rarement ses sentiments par des gestes –, puis il planta un petit baiser au sommet de son crâne et la serra maladroitement contre lui. Ils demeurèrent ainsi immobiles, les yeux baissés sur la vallée.

— Malgré tout mon amour pour ce pays, avoua-t-il alors, je pense parfois à le quitter.

— Pour aller où ?

— N'importe où, du moment qu'on pourra tout oublier. Certainement au Pakistan pour commencer. On y habiterait un an ou deux, le temps d'obtenir des papiers pour aller ailleurs.

— Et après ?

— Après... Le monde est grand, Laila. Peut-être aux États-Unis. Quelque part près de la mer. En Californie, par exemple.

Il ajouta que les Américains étaient des gens généreux. Ils les aideraient à vivre en attendant qu'ils puissent se remettre en selle.

— Je trouverais du travail et, au bout de quelques années, quand on aurait assez économisé, on ouvrirait un restaurant afghan. Rien de très chic. Juste un petit établissement avec quelques tables, et peut-être aussi deux ou trois photos de Kaboul aux murs, mais on y donnerait aux Américains un bel aperçu de la cuisine afghane. Et avec ta mère aux fourneaux, les clients feraient la queue jusque sur le trottoir.

» Quant à toi, tu continuerais à aller à l'école, bien sûr. Tu sais à quel point c'est important pour moi. Ce serait notre priorité numéro un : veiller à ce que tu poursuives tes études, d'abord au lycée, puis à l'université. Mais pendant ton temps libre, si tu en avais envie, tu pourrais nous épauler en prenant les commandes, en remplissant les carafes d'eau. Ce genre de choses.

Babi expliqua ensuite qu'ils organiseraient des anniversaires, des cérémonies de fiançailles, des fêtes du nouvel an. Leur restaurant serait aussi un point de rendez-vous pour les Afghans qui, comme eux, auraient fui la guerre. Et le soir, quand tout le monde serait parti et qu'ils auraient fini de faire le ménage, ils s'assiéraient au milieu des tables vides pour boire un thé tous les trois, fatigués, mais heureux de s'en être si bien sortis.

Lorsqu'il eut fini, Laila et lui demeurèrent silencieux. Ils se doutaient bien que Fariba refuserait de quitter le pays. Cela lui avait déjà paru inenvisageable du temps d'Ahmad et de Noor, alors, maintenant qu'ils étaient *shaheed*, faire ses valises s'apparenterait pour elle à un affront, une trahison – pire, un désaveu du sacrifice qu'ils avaient consenti.

« Comment peux-tu y penser ? l'entendait déjà répliquer Laila. Leur mort ne signifie donc rien pour toi, cousin ? Mon seul réconfort aujourd'hui, c'est de savoir que je foule la terre qui a bu leur sang. Il est hors de question que je m'en aille. »

Laila savait aussi que Babi ne partirait pas sans sa femme, même si à présent elle n'était pas plus une épouse pour lui qu'une mère pour leur fille. Par égard pour Fariba, il balaierait ses rêves de la même façon que, en rentrant du travail, il ôtait d'une chiquenaude

152

la farine de son manteau. Ils resteraient donc en Afghanistan jusqu'à ce que la guerre se termine, et après aussi, quelle que soit la situation du pays.

Laila se rappela alors un jour où sa mère s'était plainte d'avoir épousé un homme sans conviction. Mais Fariba ne comprenait pas. Elle ne comprenait pas que si elle s'était regardée dans un miroir, elle y aurait vu la seule conviction inébranlable que Babi ait jamais eue.

Plus tard, après qu'ils eurent avalé les œufs durs, les pommes de terre et le pain de leur pique-nique, Tariq s'allongea sous un arbre près de l'eau. Il fit la sieste, son manteau plié sous sa tête, les mains croisées sur la poitrine, pendant que leur chauffeur allait s'acheter des amandes en ville. Babi, lui, s'assit au pied d'un gros acacia avec un livre de poche. Laila connaissait déjà l'histoire pour avoir écouté son père lui en faire la lecture : c'était celle d'un vieux pêcheur du nom de Santiago qui attrapait un énorme poisson mais qui, lorsqu'il revenait enfin sain et sauf au port, constatait qu'il ne lui restait plus rien de sa prise, dévorée en cours de route par les requins [1].

Elle s'installa au bord du ruisseau afin de tremper ses pieds dans l'eau froide. Au-dessus de sa tête, des nuées de moustiques bourdonnaient et les graines des peupliers dansaient au gré du vent. Une libellule passa près d'elle dans un doux vrombissement. Laila observa les reflets du soleil sur ses ailes, tantôt violets, verts ou orange, tandis que l'insecte voletait d'un brin d'herbe à un autre. Sur l'autre rive, de jeunes Hazaras ramassaient des bouses de vache séchées et les fourraient dans des sacs en toile sur leur dos. Le braiment d'un âne s'éleva. Un générateur se mit en marche.

1. Hemingway, *Le Vieil Homme et la mer.* (*N.d.T.*)

153

Laila repensa au rêve de Babi. *Un endroit près de la mer.*

Il y avait une chose qu'elle n'avait pas osé lui avouer lorsqu'ils étaient au sommet du bouddha : son soulagement à l'idée qu'ils ne partiraient pas. Giti et son visage si sérieux lui manqueraient, de même qu'Hasina, son rire moqueur et ses pitreries. Mais surtout, elle gardait un souvenir vivace de l'ennui incurable dans lequel l'avaient plongée ses quatre semaines sans Tariq. Elle se rappelait parfaitement combien le temps lui avait semblé long, si long, en son absence, et combien elle s'était sentie déstabilisée – déséquilibrée, presque. Comment aurait-elle pu supporter d'être séparée de lui à jamais ?

Peut-être était-ce ridicule de tenir autant à vivre auprès de quelqu'un, là, dans ce pays où ses frères avaient été massacrés, mais il suffisait qu'elle revoie Tariq fonçant sur Khadim avec sa prothèse pour que rien au monde ne lui paraisse plus sensé.

Six mois plus tard, en avril 1988, Babi revint à la maison porteur d'une grande nouvelle.

— Ils ont signé un traité à Genève ! cria-t-il. C'est officiel ! Ils vont partir. Dans neuf mois, il n'y aura plus de Soviétiques en Afghanistan !

Fariba se redressa dans son lit.

— Mais le régime communiste est toujours en place, lui, rétorqua-t-elle en haussant les épaules. Najibullah est la marionnette du Kremlin et il va rester là. Non, la guerre n'est pas finie. Pas encore.

— Najibullah ne restera pas longtemps au pouvoir, objecta Babi.

— Ils vont partir, maman ! renchérit Laila. Ils ont déjà commencé !

— Fêtez ça tous les deux si vous voulez. Moi, je ne serai contente que le jour où les moudjahidin défileront victorieusement dans Kaboul.

Et, sur ces mots, Fariba s'allongea de nouveau et remonta la couverture sur sa tête.

22

Janvier 1989

Par une journée froide et nuageuse de janvier 1989, trois mois avant son onzième anniversaire, Laila, ses parents et Hasina regardèrent l'un des derniers convois soviétiques quitter la ville. Des gens s'étaient massés des deux côtés de l'avenue longeant le club militaire, près du quartier de Wazir Akbar Khan. Debout dans la neige boueuse, ils observaient les tanks, les camions blindés et les jeeps passer les uns derrière les autres et prendre dans la lumière de leurs phares les fins flocons qui tombaient alors. Tandis que des huées et des sifflets saluaient le départ des Soviétiques, des soldats afghans s'employaient à contenir la foule sur les trottoirs, tirant parfois en l'air en guise d'avertissement.

Fariba brandissait haut une photo d'Ahmad et de Noor – celle où ils étaient assis tous les deux sous un poirier. Comme elle, d'autres femmes avaient apporté des portraits de leur mari, de leurs fils ou de leurs frères *shaheed*.

Quelqu'un tapota Laila et Hasina sur l'épaule. C'était Tariq.

— Où tu as déniché ça ? s'exclama Hasina à la vue de son énorme toque russe aux oreillettes rabattues.

— J'avais envie de marquer le coup, répliqua-t-il. Vous me trouvez comment ?

— Ridicule, rétorqua Laila en riant.

— C'est bien le but.

— Tes parents ont osé t'accompagner ?

— Ils sont restés à la maison.

L'automne précédent, l'oncle de Tariq à Ghazni était mort d'une crise cardiaque. Quelque temps plus tard, ç'avait été au tour de son père de faire un infarctus. Très affaibli, le charpentier était depuis sujet à l'anxiété et à des périodes de dépression qui duraient parfois des semaines. Laila se réjouit donc de voir Tariq plaisanter ainsi. Lui qui avait affiché un bon moment une mine triste et maussade semblait redevenu lui-même.

Tous deux s'éclipsèrent peu après avec Hasina. Tariq acheta à un vendeur ambulant trois assiettes de haricots arrosés d'un épais chutney à la coriandre et ils s'installèrent sous l'auvent d'un magasin de tapis fermé pour savourer leur en-cas. Puis Hasina retourna rejoindre sa famille.

Dans le bus du retour, ils prirent place derrière les parents de Laila. Fariba regardait par la fenêtre en serrant contre elle la photo de ses fils. À ses côtés, impassible, Babi écoutait un homme affirmer que les Soviétiques partaient peut-être, mais qu'ils enverraient des armes à Najibullah.

— C'est leur pantin. Ils continueront à nous faire la guerre en se servant de lui, comptez là-dessus.

Une voix s'éleva un peu plus loin pour lui donner raison.

Fariba, elle, marmonnait des prières interminables. Elle les récita et les récita encore, jusqu'à ce que, à bout de souffle, elle soit obligée de lâcher les derniers mots d'une voix fluette, haut perchée, presque glapissante.

Plus tard ce jour-là, Tariq et Laila allèrent au cinéma. Faute de mieux, ils se contentèrent d'un film soviétique rendu involontairement comique par le doublage en persan. L'action se passait sur un navire marchand où un marin tombait amoureux de la fille du capitaine, une certaine Alyona. Survenait une violente tempête, avec des éclairs, des trombes d'eau et une mer déchaînée. Tandis que l'un des membres d'équipage hurlait des ordres en russe d'un air paniqué, les spectateurs purent entendre une voix afghane au calme olympien demander : « Cher ami, pourriez-vous avoir l'amabilité de me passer une corde ? »

Tariq se mit à ricaner. Bientôt, Laila et lui furent pris d'un fou rire irrépressible. Dès que l'un d'eux se calmait, l'autre pouffait, et c'était reparti pour un tour. Un homme assis deux rangs devant se retourna pour réclamer le silence.

Le film s'achevait sur une scène de mariage. Le capitaine, revenu à de meilleurs sentiments à l'égard de son second, avait accepté de lui donner la main de sa fille. Les jeunes mariés se souriaient. Tout le monde buvait de la vodka.

— Moi, je ne me marierai jamais, murmura Tariq.
— Moi non plus, répondit Laila.

Elle avait marqué une légère hésitation cependant, tant elle craignait que sa voix ne trahisse sa déception. Le cœur battant, elle ajouta avec plus de force :

— Jamais.
— Les mariages sont stupides.
— Toutes ces histoires…
— Tout cet argent fichu en l'air…
— Et pour quoi ?
— Pour des habits qu'on ne met qu'une fois.
— Ah, là là !

— Si je me marie un jour, affirma Tariq, il faudra faire de la place pour trois personnes sur l'estrade : la fiancée, moi et le type qui m'appuiera un revolver sur la tempe.

Le spectateur qui leur avait intimé de se taire se retourna de nouveau pour les fusiller du regard.

À l'écran, Alyona et son mari s'embrassaient.

Laila eut alors l'étrange impression de développer une sensibilité aiguë à tout ce qui l'entourait. Elle prit conscience du martèlement de son cœur dans sa poitrine, du sang qui bourdonnait à ses tempes, et de la présence de Tariq à côté d'elle. Tariq, qui s'était raidi et se tenait parfaitement immobile. Le baiser se prolongea. Il parut soudain impératif à Laila de ne pas bouger ni faire le moindre bruit. Elle devinait que son ami avait un œil sur l'écran, et l'autre sur elle. Tout comme elle. Entendait-il le sifflement de sa respiration ? Guettait-il un signe subtil, une altération révélatrice qui trahirait ses pensées ?

Et comment ce serait, se demanda-t-elle, de l'embrasser et de sentir le duvet au-dessus de sa bouche lui chatouiller les lèvres ?

Tariq s'agita sur son siège.

— Tu savais que quand on soufflait sa morve par terre en Sibérie, elle se transformait en glaçon vert avant même d'avoir touché le sol ?

Ils gloussèrent, mais d'un rire nerveux et qui ne dura pas. Lorsque le film se termina et qu'ils sortirent dans la rue, Laila fut soulagée de voir que la nuit commençait à tomber. Ainsi, elle n'aurait pas à croiser le regard de Tariq sous la lumière crue du jour.

23

Avril 1992

Trois années passèrent.

Le père de Tariq fit plusieurs crises cardiaques qui le laissèrent avec une main gauche partiellement paralysée et de légers problèmes d'élocution qui s'accentuaient dès qu'il était agité – c'est-à-dire souvent.

La prothèse de Tariq devint de nouveau trop petite pour lui, mais il dut attendre six mois cette fois avant que la Croix-Rouge ne lui en fournisse une autre.

Comme Hasina le redoutait, sa famille l'emmena à Lahore afin qu'elle y épouse son cousin, le concessionnaire automobile. Le matin de son départ, Laila et Giti vinrent lui faire leurs adieux. Hasina leur avait annoncé que son futur mari avait déjà entamé des démarches pour s'installer en Allemagne, où vivaient ses frères. Dans moins d'un an, elle serait à Francfort. Toutes trois pleurèrent, serrées dans les bras l'une de l'autre, et la dernière image que Laila eut de son amie fut celle d'Hasina montant à l'arrière d'un taxi surchargé avec l'aide de son père.

L'URSS s'effondra à une vitesse étonnante. Chaque semaine ou presque, semblait-il à Laila, Babi rentrait à la maison en leur apprenant qu'une nouvelle république avait déclaré son indépendance. La Lituanie. L'Estonie. L'Ukraine. Le drapeau soviétique fut abaissé sur le Kremlin. La République de Russie était née.

À Kaboul, Najibullah changea de tactique et tenta de se présenter comme un pieux musulman.

— Ça ne suffira pas, et il est trop tard de toute façon, commenta Babi. On ne peut pas être chef de la police secrète un jour et fréquenter le lendemain une mosquée remplie de gens dont on a torturé et assassiné les proches.

Sentant le danger se rapprocher, Najibullah essaya de parvenir à un accord avec les moudjahidin. Sans succès.

— Tant mieux, déclara Fariba, qui attendait toujours depuis son lit le moment où les ennemis de ses fils tomberaient enfin.

Et ce jour arriva. En avril 1992, l'année où Laila eut quatorze ans.

Najibullah se rendit et se réfugia dans un bâtiment des Nations unies situé près du palais de Darulaman, au sud de la ville.

Le djihad était terminé. Les régimes communistes qui s'étaient succédé depuis la naissance de Laila avaient été vaincus par les frères d'armes d'Ahmad et de Noor – tous ces héros vénérés par Fariba. Après plus de dix années passées à se sacrifier, à laisser derrière eux leur famille pour vivre dans les montagnes et défendre la souveraineté de l'Afghanistan, les moudjahidin s'apprêtaient à entrer dans Kaboul en chair et en os.

Fariba les connaissait tous : il y avait Dostum, flamboyant commandant ouzbek aux allégeances réputées versatiles, chef du Junbish-i-Milli, le Mouvement islamique national d'Afghanistan. Gulbuddin Hekmatyar, redoutable chef pachtoun du Hezb-e-Islami, le Parti islamique, qui avait fait des études d'ingénieur et tué un jour un jeune étudiant maoïste. Rabbani, chef tadjik du Jamiat-e-Islami, la Société de l'islam, qui avait enseigné l'islam à l'université de Kaboul du temps de la monarchie. Sayyaf, un imposant Pachtoun de Paghman qui avait noué des liens en Arabie saoudite et dirigeait l'Ittehad-i-Islami, l'Union islamique pour la liberté de l'Afghanistan. Abdul Ali Mazari, dit aussi

Baba Mazari parmi ses compagnons hazaras, chef chiite pro-iranien du Hezb-e-Wahdat, le Parti unitaire islamique.

Et, bien sûr, il y avait le héros de Fariba, celui dont le poster ornait sa chambre : l'allié de Rabbani, le ténébreux et charismatique commandant Ahmad Shah Massoud, surnommé le Lion du Pandjshir. Son beau visage pensif, ses sourcils en accent circonflexe, ses yeux noirs expressifs et son *pakol* posé de travers seraient bientôt omniprésents dans Kaboul : il fixerait les passants depuis les panneaux d'affichage, les murs, les vitrines des magasins et les petits drapeaux accrochés à l'antenne des taxis.

Pour Fariba, le jour tant espéré était enfin arrivé. Elle était récompensée de toutes ces années d'attente.

Elle pouvait désormais cesser de veiller ; ses fils reposaient en paix.

Le lendemain de la reddition de Najibullah, Fariba se leva métamorphosée. Pour la première fois depuis la mort d'Ahmad et Noor, cinq ans plus tôt, elle ne s'habilla pas en noir. Elle enfila une robe en lin bleu à pois blancs puis lava les carreaux, nettoya le sol, aéra la maison et, pour finir, prit un long bain.

— Une fête s'impose ! déclara-t-elle d'une voix rendue suraiguë par l'excitation, avant d'envoyer Laila inviter leurs voisins. Dis-leur que j'organise un grand repas demain !

Les poings sur les hanches, elle se planta ensuite dans la cuisine et balaya la pièce du regard.

— *Wooy !* Qu'est-ce que tu as fabriqué, Laila ? Plus rien n'est à sa place.

Théâtrale, elle entreprit de remettre les plats et les casseroles en ordre, comme si elle avait voulu affirmer qu'ils lui appartenaient et qu'elle entendait bien reprendre possession de son territoire. Laila évita de traîner dans ses jambes. Cela valait mieux. Sa mère était aussi redoutable dans ses moments d'euphorie que dans ses crises de colère. Avec une énergie déconcertante, Fariba se lança dans la préparation d'une soupe aux haricots rouges et à l'aneth séché, de *kofta* – des boulettes de viande – et de *mantu* – des pâtes farcies cuites à la vapeur et arrosées de yaourt frais et de menthe.

— Tu t'épiles les sourcils, nota-t-elle en ouvrant un sac de riz sur le plan de travail.

— Juste un peu.

Elle versa le riz dans une grosse casserole remplie d'eau, puis retroussa ses manches et commença à remuer le tout.

— Comment va Tariq ?

— Son père a été malade.

— Quel âge a-t-il, rappelle-moi ?

— Je ne sais pas. La soixantaine, je suppose.

— Je voulais dire Tariq.

— Oh. Seize ans.

— C'est un gentil garçon, tu ne trouves pas ?

Laila haussa les épaules.

— Enfin, ce n'est plus vraiment un garçon, maintenant. Seize ans, tu dis ? Presque un homme, non ?

— Où veux-tu en venir, maman ?

— À rien, répondit Fariba avec un sourire innocent. Rien du tout. C'est juste que… Ah, non. Il vaut mieux que je me taise.

— Vas-y, dis-moi, insista Laila, énervée par ces insinuations moqueuses.

— Eh bien…

Fariba posa les mains au-dessus de la casserole à la façon de quelqu'un qui voudrait les réchauffer. Sa posture, ajoutée à la façon peu naturelle dont elle prononça ce « Eh bien », comme si elle l'avait répété auparavant, fit craindre un sermon à Laila.

— Ça ne me dérangeait pas que vous soyez tout le temps fourrés ensemble quand vous étiez petits. Il n'y avait aucun mal là-dedans, c'était même charmant. Mais aujourd'hui. Aujourd'hui… J'ai remarqué que tu portais un soutien-gorge, Laila.

Prise au dépourvu, sa fille ne sut d'abord que répondre.

— Tu aurais pu m'en parler, d'ailleurs, lui reprocha sa mère. Je n'étais pas au courant, et j'avoue que je suis déçue. (Gardant l'avantage, elle enfonça le clou :) Enfin, le problème n'est pas là, il est dans ta relation avec Tariq. C'est un garçon, tu comprends. Qu'est-ce qu'il en a à faire, lui, de sa réputation ? Alors que toi… L'honneur d'une fille, surtout quand elle est jolie, est quelque chose de très fragile, Laila. Aussi fragile qu'un petit oiseau que tu tiendrais dans tes mains. À peine entrouvres-tu les doigts qu'il s'envole.

— Tu faisais bien le mur, chez tes parents, pour rejoindre Babi dans son verger, répliqua Laila, pas mécontente de s'être ressaisie aussi rapidement.

— Nous étions cousins, et on a fini par se marier. Est-ce que Tariq t'a demandé ta main ?

— C'est un ami. Un *rafiq*. Ce n'est pas pareil, se défendit maladroitement Laila. Je le considère comme un frère.

Devant la mine soudain assombrie de sa mère, elle comprit qu'elle venait de commettre une grave erreur.

— Mais il ne l'est pas ! déclara froidement Fariba. Je t'interdis de comparer ce fils de charpentier à tes frères. Personne ne leur arrive à la cheville.

— Je n'ai pas dit… Ce n'est pas ce que je voulais dire.

Fariba soupira et grinça des dents.

— Enfin, conclut-elle d'un ton grave, ce que j'essaie de te faire comprendre, c'est que tu dois être plus prudente. Sinon les gens jaseront.

Laila ravala ses protestations. Sa mère n'avait pas tort. Elle savait que l'époque où elle pouvait se promener innocemment dans les rues avec Tariq était révolue. Depuis quelque temps, elle avait une drôle d'impression lorsqu'ils étaient ensemble dehors. Il lui semblait qu'on l'observait, qu'on l'épiait, qu'on chuchotait sur leur passage comme jamais auparavant. Et sans doute ne s'en serait-elle pas rendu compte s'il n'y avait eu un petit détail fondamental : elle aimait Tariq. Passionnément et désespérément. En sa présence, elle ne pouvait s'empêcher d'avoir la tête pleine d'images scandaleuses de leurs corps nus enlacés. Le soir, dans son lit, elle l'imaginait embrasser son ventre, elle s'interrogeait sur la douceur de ses lèvres et de ses mains sur son cou, ses seins, son dos, et plus bas encore. Dans ces moments-là, elle éprouvait un sentiment dévorant de culpabilité, mais aussi une étrange sensation de chaleur qui montait en elle jusqu'à ce qu'elle ait les joues en feu.

Non, sa mère n'avait pas tort. Elle était même plus près de la vérité qu'elle ne le soupçonnait. Laila supposait que Tariq et elle alimentaient déjà les ragots de la plupart de leurs voisines – sinon toutes. Elle avait conscience des sourires en coin et du fait que tout le quartier racontait qu'ils formaient un couple. L'autre jour, ils avaient croisé Rachid, le cordonnier, et sa femme Mariam, vêtue de son éternelle burqa, à deux pas derrière lui. En passant près d'eux, l'homme avait lancé d'un ton ironique :

— Hé, si ce n'est pas Laili et Majnoon qui vont là !

Il faisait référence aux amants malheureux d'un célèbre poème du XIIᵉ siècle – sorte de version persane de *Roméo et Juliette*, selon Babi, bien que son auteur, Nizami, ait écrit cette histoire quatre cents ans avant Shakespeare.

Non, sa mère n'avait pas tort.

Pour autant, Laila était agacée. De quel droit lui faisait-elle cette remarque ? Se serait-il agi de Babi, la situation eut été différente. Mais Fariba ? Elle qui l'avait ignorée si longtemps et qui était restée cloîtrée dans sa chambre sans se soucier d'elle… Ce n'était pas juste. En fait, songea-t-elle, elle était comme les casseroles dans leur cuisine : quelqu'un qu'on pouvait négliger des années durant, puis revendiquer quand cela vous chantait.

Mais aujourd'hui était un grand jour pour tout le monde, et il aurait été mesquin de le gâcher. Laila s'abstint donc de protester.

— J'ai compris, dit-elle.

— Bien ! La question est réglée, alors. Où est Hakim ? Où est mon petit mari chéri ?

C'était une journée parfaite – soleil éblouissant et ciel sans nuage. Assis sur des chaises pliantes dans la cour, les hommes buvaient du thé et fumaient en discutant bruyamment de la future politique des moudjahidin. Laila en connaissait déjà les grandes lignes grâce à Babi : l'Afghanistan s'appelait désormais République islamique d'Afghanistan. Un Conseil islamique du Djihad, formé à Peshawar par plusieurs factions rebelles et dirigé par Sibghatullah Mojadeddi, s'installerait deux mois au pouvoir. Rabbani lui succéderait durant quatre mois, à la tête d'un comité exécutif. Durant toute cette période, une *loya jirga* – grande assemblée composée de chefs de tribus et d'anciens – se réunirait afin de constituer un gouvernement par intérim qui resterait deux ans en place, le temps d'organiser des élections démocratiques.

À l'écart de ces conversations, l'un des invités éventait les brochettes d'agneau mises à griller sur un barbecue de fortune. Un peu plus loin, Babi et le père de Tariq, très concentrés, jouaient aux échecs à l'ombre du vieux poirier, sous le regard de Tariq qui suivait à la fois leur partie et les propos échangés à la table d'à côté. Les femmes, elles, s'étaient regroupées dans le salon, l'entrée et la cuisine, où elles jacassaient, leur bébé dans les bras, évitant adroitement les enfants qui couraient dans tous les sens. Partout résonnait un *ghazal* d'Ustad Sarahang, que diffusait à fond une radiocassette.

Dans la cuisine, Laila remplissait des carafes de *dogh*, une boisson à base de yaourt et de concombre, avec son amie Giti. Celle-ci n'était plus aussi timide et sérieuse qu'autrefois. Depuis plusieurs mois, ses mines sévères et renfrognées avaient cédé la place à des rires francs et répétés – aguicheurs même, jugeait Laila. Oubliées aussi les éternelles couettes : désormais, elle laissait pousser ses cheveux et en rehaussait la couleur par des reflets roux. Elle avait fini par confier à son amie que la raison de cette métamorphose était un garçon de dix-huit ans dont elle avait attiré l'attention. Il s'appelait Sabir, et était le gardien de but de l'équipe de foot de son frère aîné.

— Si tu voyais son sourire ! Et ses cheveux ! Ils sont si noirs, et épais, si épais !

Personne ne savait rien de leur attirance, bien sûr. Giti l'avait rencontré en secret à deux reprises, dans un petit salon de thé à l'autre bout de la ville, dans le quartier de Taimani. Quinze minutes chaque fois.

— Il va demander ma main, Laila. Peut-être dès cet été ! C'est à peine croyable ! Je te jure, je n'arrête pas de penser à lui.

— Et l'école ? avait objecté Laila.

Giti l'avait alors fixée d'un air entendu.

« À vingt ans, répétait souvent Hasina, on aura quatre ou cinq enfants, Giti et moi. Mais toi, Laila, tu seras notre fierté à nous autres imbéciles. Tu deviendras quelqu'un. Je suis sûre qu'un jour je verrai ta photo en première page dans le journal. »

Aujourd'hui, Giti coupait des concombres en rondelles avec un regard rêveur, tandis qu'à côté Fariba enlevait la coquille des œufs durs avec Wajma, la sage-femme, et la mère de Tariq.

— Je vais offrir un portrait d'Ahmad et de Noor au commandant Massoud, expliquait Fariba à Wajma, qui hochait la tête, s'efforçant de paraître intéressée. Il s'est occupé de leur enterrement et a dit une prière sur leur tombe. Ce sera pour le remercier de son geste. Et puis, il paraît que c'est un homme très réfléchi et très honorable. Je suis sûre qu'il appréciera.

Autour d'elles, des femmes entraient dans la cuisine en coup de vent et en ressortaient tout aussi vite avec des bols de *qurma*, des assiettes de *mastawa* – du riz servi avec des pois chiches et des pelures d'orange – et des miches de pain qu'elles allaient disposer sur le *sofrah* étendu par terre dans le salon.

De temps à autre, Tariq venait faire un saut afin de goûter les plats.

— Pas d'homme ici ! s'écria Fariba.

— Dehors ! renchérit Wajma.

Il sourit devant cette exclusion amicale. Il semblait en fait s'amuser de ne pas être le bienvenu et de troubler cette assemblée de femmes par son insolence toute masculine.

Soucieuse de ne pas donner prise aux ragots, Laila fit de son mieux pour l'ignorer. Elle garda les yeux baissés, avec en tête un rêve qu'elle avait fait quelques nuits plus tôt : le visage de Tariq y apparaissait reflété à côté du sien dans un miroir, sous un voile vert. Des grains de riz tombaient de ses beaux cheveux et rebondissaient sur la glace avec un léger tintement.

Tariq allongea le bras vers un morceau de veau accompagné de pommes de terre.

— *Ho bacha !* s'écria Wajma en lui tapant les doigts.

Il éclata de rire et s'empara malgré tout d'un bout de viande.

Il faisait presque trente centimètres de plus que Laila à présent, et avait beaucoup changé. Il se rasait, pour commencer. Son visage était plus fin, plus anguleux, et ses épaules plus larges. Il portait désormais des pantalons à pinces, des mocassins noirs et des chemises à manches courtes qui mettaient en valeur ses bras musclés – résultat des exercices qu'il effectuait tous les jours avec une barre à disques. Depuis peu, il arborait une expression mi-joyeuse, mi-goguenarde, et tendait à incliner la tête lorsqu'il parlait et à hausser un sourcil lorsqu'il riait. Il avait également laissé pousser ses cheveux, qu'il rejetait en arrière plus souvent qu'il n'était nécessaire. Quant à son petit sourire en coin, il était nouveau lui aussi.

Alors qu'il se faisait encore une fois chasser de la cuisine, Laila lui coula un regard en douce, juste avant de s'apercevoir que la mère de Tariq l'observait. Son cœur manqua un battement. Elle cligna des yeux, gênée, et se hâta de verser ses morceaux de concombre dans une cruche de yaourt coupé d'eau, mais elle sentait bien que sa voisine continuait à la fixer, avec un demi-sourire amusé et approbateur.

Peu après, les hommes vinrent remplir leurs verres et leurs assiettes, puis retournèrent dans la cour. Les femmes s'installèrent alors dans le salon avec les enfants pour manger.

Lorsque le *sofrah* eut été nettoyé, les assiettes rangées dans la cuisine, et la préparation du thé – qui prenait du vert ? qui prenait du noir ? – en cours, Tariq fit signe à Laila de le suivre à l'extérieur.

Elle attendit cinq minutes pour le rejoindre.

Il l'attendait un peu plus loin dans la rue. Appuyé contre le mur à l'entrée d'une allée étroite séparant deux maisons, il chantonnait une vieille chanson en pachtou d'Ustad Awal Mir :

> *Da ze ma ziba watan,*
> *Da ze ma dada watan.*
> Voici notre beau pays.
> Voici notre pays bien-aimé.

Il fumait – encore une nouvelle habitude, qu'il devait aux garçons avec qui il traînait souvent ces derniers temps. Laila ne supportait pas cette bande de copains qui s'habillaient tous de la même façon, en pantalon à pinces et chemise moulante, qui s'aspergeaient d'eau de Cologne et qui grillaient cigarette sur cigarette. Ils déambulaient dans le quartier en plaisantant, en riant fort, parfois même en interpellant les filles avec un sourire stupide et suffisant. L'un des amis de Tariq, sous prétexte d'une vague ressemblance avec Sylvester Stallone, allait jusqu'à exiger qu'on l'appelle Rambo.

— Ta mère t'étranglerait si elle savait que tu fumes, dit Laila en vérifiant que personne ne l'avait vue se faufiler dans l'impasse à côté de lui.

— Oui, mais elle ne le sait pas, justement.

— Ça pourrait bien changer.

— Grâce à qui ? Toi ?

Laila tapa du pied.

— « Révèle ton secret au vent, mais ne lui reproche pas de le répéter aux arbres ».

— C'est de qui ? demanda Tariq en haussant un sourcil.

— Khalil Gibran, poète libanais.

— Frimeuse.

— Donne-moi une cigarette.

Il fit non de la tête et croisa les bras. Ça aussi, c'était une posture nouvelle chez lui : le dos au mur, en appui sur sa jambe valide négligemment pliée, les bras croisés et la cigarette au bec.

— Pourquoi ?

— C'est mauvais pour toi.

— Et toi alors ?

— Je fais ça pour les filles.

— Quelles filles ?

Il lui décocha un grand sourire arrogant.

— Elles trouvent ça viril.

— Elles se trompent.

— Ah oui ?

— Je t'assure.

— Ce n'est pas viril ?

— Tu as l'air *khila* comme ça. Un vrai demeuré.

— Aïe…

— Et puis, de quelles filles tu parles ?

— Tu es jalouse.

— Non, plutôt d'une curiosité indifférente, c'est tout.

— Tu ne peux pas être les deux à la fois. (Il tira une bouffée et plissa les yeux.) Je parie qu'ils sont en train de discuter de nous.

Les paroles de Fariba résonnèrent dans la tête de Laila. « L'honneur d'une fille est aussi fragile qu'un petit oiseau que tu tiendrais dans tes mains. À peine entrouvres-tu les doigts qu'il s'envole. » Elle se sentit coupable – jusqu'à ce qu'elle décide d'ignorer ce sentiment et de savourer la manière dont Tariq avait prononcé ce *nous*. Dans sa bouche, cette marque de complicité avait quelque chose de grisant. Et c'était si rassurant de le lui entendre dire ainsi – tout naturellement, comme si de rien n'était. *Nous*. Cela proclamait et cristallisait tout à la fois les liens qui les unissaient.

— Et que racontent-ils ?

— Que nous naviguons sur la rivière du Péché, ironisa-t-il. Que nous mordons dans le gâteau de l'Impiété.

— Que nous filons sur le rickshaw de la Turpitude ? renchérit Laila en entrant dans son jeu.

— Et que nous préparons un *qurma* sacrilège.

Ils éclatèrent de rire. Puis Tariq remarqua que les cheveux de Laila avaient poussé.

— Ça te va bien, dit-il.

Elle espéra que ses joues n'avaient pas viré au cramoisi.

— Tu as changé de sujet, répliqua-t-elle.

— Qui était… ?

— Les filles sans cervelle qui trouvent que tu es viril.

— Tu le sais pourtant bien.

— Quoi ?

— Que je n'ai d'yeux que pour toi.

Laila se sentit défaillir. Elle tenta de déchiffrer l'expression de son visage, mais il arborait un sourire joyeux et crétin à la fois qui démentait le désespoir de ses yeux. Une expression très habile, calculée, à mi-chemin entre la moquerie et la sincérité.

Tariq écrasa sa cigarette sous son talon.

— Alors, qu'est-ce que tu penses de tout ça ?

— De la fête ?

— Et qui joue les idiotes, maintenant ? Je parlais des moudjahidin. De leur arrivée à Kaboul.

— Oh !

Elle commençait à lui répéter une phrase de Babi sur le mariage dangereux des armes et des ego lorsqu'un grand fracas l'interrompit. Des éclats de voix et des cris s'élevaient dans la cour de sa maison.

Elle s'élança aussitôt, Tariq sur les talons.

Une dispute avait éclaté parmi les invités et dégénéré au point que deux d'entre eux se battaient à terre à proximité d'un couteau. L'un faisait partie du groupe qui discutait politique à table un peu plus tôt, l'autre était celui qui surveillait les brochettes d'agneau. Plusieurs convives s'efforçaient de les séparer. Laila nota que Babi ne figurait pas parmi eux. Il se tenait contre le mur, à bonne distance de la bagarre. À côté de lui, le père de Tariq pleurait.

D'après les remarques qui fusaient autour d'elle, elle finit par reconstituer ce qui s'était passé : le premier homme, un Pachtoun, avait accusé Ahmad Shah Massoud de traîtrise pour avoir « conclu un accord » avec les Soviétiques dans les années 1980. L'autre, un Tadjik, avait pris la mouche et exigé qu'il retire ses accusations. Sans succès. Il avait alors déclaré que sans Massoud la sœur du Pachtoun serait encore en train « de se faire enfiler » par les soldats russes. Tous deux en étaient venus aux mains et un couteau avait été brandi – mais par qui ? Sur ce sujet, les témoins ne parvenaient pas à s'accorder.

Horrifiée, Laila vit que Tariq avait rejoint la mêlée. L'un des hommes qui avaient tenté de calmer la situation distribuait à son tour des coups de poing autour de lui, et elle crut voir briller la lame d'un deuxième poignard.

Plus tard ce soir-là, elle repensa à la manière dont les invités s'étaient jetés les uns sur les autres, criant, lançant des injures, cognant et frappant leurs voisins. Au milieu, le visage tordu de douleur, les cheveux hirsutes et la prothèse défaite, Tariq tentait de ramper hors du champ de bataille.

La vitesse à laquelle tout se délita fut stupéfiante.

Le Comité exécutif fut formé plus tôt que prévu et ses membres élirent Rabbani président. Les autres factions crièrent au népotisme, tandis que Massoud appelait au calme et à la patience.

Exclu du processus, Hekmatyar écuma de rage, de même que les Hazaras, trop longtemps opprimés dans le pays. Des insultes volèrent. Des doigts accusateurs se tendirent. Les prises à partie se multiplièrent. Des rencontres furent annulées sous le coup de la fureur et des portes claquèrent. La ville retint son souffle. Dans les montagnes, les kalachnikovs furent rechargées.

Les moudjahidin, armés jusqu'aux dents, privés d'un ennemi commun, avaient trouvé une nouvelle raison de se battre en s'entre-déchirant.

Pour Kaboul, c'était le début de l'apocalypse.

Lorsque les bombes commencèrent à pleuvoir sur la ville, les gens coururent aux abris. Fariba fit de même. Littéralement. Elle se remit à porter du noir, s'enferma dans sa chambre, tira les rideaux et remonta les couvertures sur sa tête.

24

— C'est ce fichu sifflement que je ne supporte pas, avoua Laila à Tariq.

Il hocha la tête.

En fait, songea-t-elle après, ce n'était pas tant le sifflement que les quelques secondes qui le séparaient du moment de l'impact. Ces instants brefs, mais qui n'en finissaient pas, durant lesquels tout s'arrêtait. Cette incertitude. Cette attente. Comme s'ils avaient été des accusés guettant le verdict des juges.

Cela arrivait souvent à l'heure du dîner, quand Babi et elle étaient à table. À chaque fois, ils redressaient la tête et tendaient l'oreille, la fourchette figée en l'air.

Laila voyait le reflet de leur visage faiblement éclairé sur les vitres, leur ombre immobile sur les murs. Le sifflement enflait. Puis venait la déflagration, loin, Dieu soit loué. Ils poussaient alors un soupir de soulagement, tout en songeant que, s'ils avaient été épargnés jusque-là, ailleurs dans la ville, parmi les cris et les nuages de fumée, des gens rampaient et déblayaient des décombres à mains nues pour en sortir les restes d'une sœur, d'un frère, d'un petit-fils.

La médaille avait son revers : ils étaient peut-être sains et saufs, mais ils ignoraient qui avait été touché. Après chaque explosion, Laila se précipitait donc dans la rue, balbutiant une prière, persuadée que cette fois, à coup sûr, ce serait Tariq qu'elle découvrirait enseveli sous les gravats.

Le soir, dans son lit, elle contemplait les lueurs blanches des explosions qui se reflétaient sur les carreaux de sa fenêtre. Elle écoutait le crépitement des mitraillettes et comptait les roquettes qui volaient au-dessus d'eux, faisant trembler les murs de la maison et pleuvoir des bouts de plâtre du plafond de sa chambre. Certaines nuits, quand la lumière du dehors était si vive qu'elle permettait de lire sans problème, le sommeil la désertait. Et quand bien même elle parvenait à s'endormir, ses rêves étaient peuplés de flammes, de membres arrachés et de blessés gémissants.

Le matin n'apportait aucun répit. Lorsque retentissait l'appel du muezzin, les moudjahidin posaient leurs fusils, se tournaient vers l'ouest et priaient. Puis ils remballaient leur tapis et rechargeaient leurs armes. Les montagnes déversaient leurs bombes sur Kaboul et Kaboul répliquait en pilonnant les montagnes, le tout sous le regard de Laila et des habitants, aussi impuissants que l'était le vieux Santiago face aux requins qui, morceau par morceau, dévoraient son inestimable prise.

Les hommes de Massoud étaient omniprésents en ville. Dans les rues, où ils arrêtaient les conducteurs pour les interroger. Sur les chars, où ils fumaient vêtus de leur tenue de combat et de leurs inévitables *pakols*. Derrière les sacs de sable empilés aux carrefours, d'où ils épiaient les passants. Laila ne pouvait sortir sans les apercevoir.

Non qu'elle s'aventurât souvent dehors, désormais. Et lorsqu'elle le faisait, elle était toujours accompagnée de Tariq, qui semblait prendre grand plaisir à jouer les preux chevaliers.

— J'ai acheté un revolver, lui annonça-t-il un jour qu'ils étaient assis sous le poirier dans la cour des parents de Laila.

Il le lui montra en précisant qu'il s'agissait d'un Beretta semi-automatique. Laila, elle, y vit avant tout un objet noir et dangereux.

— Je n'aime pas ça, dit-elle. Les armes me font peur.

— On a retrouvé trois corps dans une maison de Karteh-Seh la semaine dernière, répliqua-t-il en faisant tourner le chargeur dans sa main. Tu en as entendu parler ? Trois sœurs. Violées et égorgées. Quelqu'un avait arraché leurs bagues avec ses dents – on voyait les marques...

— Je ne veux pas en savoir plus !

— Je ne dis pas ça pour t'embêter. C'est juste que... Je me sens plus en sécurité avec un revolver.

Tariq était devenu le lien de Laila avec le monde extérieur. Il l'informait des rumeurs circulant en ville, comme celle selon laquelle les combattants stationnés dans les montagnes s'entraînaient au tir en visant de loin des civils, hommes, femmes ou enfants, qu'ils choisissaient au hasard et sur lesquels ils misaient de l'argent. Les voitures étaient des cibles de choix pour leurs tirs de roquettes mais, sans qu'on sût pourquoi, ils épargnaient les taxis. Laila comprit mieux alors pourquoi les gens s'empressaient depuis peu de repeindre leurs véhicules en jaune.

Tariq lui expliqua aussi les frontières mouvantes établies dans Kaboul. Telle rue, jusqu'au deuxième acacia à gauche, appartenait à tel seigneur de guerre. Les pâtés de maisons suivants, jusqu'à la boulangerie à côté de la pharmacie dévastée, étaient le fief d'un autre. Et si on avançait d'un kilomètre vers l'ouest, on pénétrait dans le territoire d'un troisième, au risque de devenir la proie idéale de snipers embusqués. Les seigneurs de guerre. Ainsi désignait-on désormais les héros de Fariba. Ou bien *tofangdar*, les fusiliers. D'autres encore les appelaient les moudjahidin, mais c'était alors avec une grimace de dégoût qui exprimait une profonde aversion et un mépris total. Comme si ce mot avait été une insulte.

Tariq remit le chargeur en place.

— Est-ce que tu en serais capable ? demanda Laila.

— Capable de quoi ?

— De t'en servir. De tuer quelqu'un avec.

Il fourra le pistolet dans la ceinture de son jean avant de lui adresser cette réplique à la fois touchante et terrible :

— Pour toi, oui. Je serais prêt à le faire, Laila.

Il se rapprocha d'elle et leurs mains se frôlèrent, une fois, puis une deuxième. Lorsque les doigts de Tariq se glissèrent timidement entre les siens, Laila ne recula pas. Et lorsqu'il se pencha soudain vers elle et appuya ses lèvres sur les siennes, elle ne bougea pas davantage.

À cet instant, tous les beaux discours de sa mère sur l'honneur et les oiseaux lui parurent irréels. Absurdes, même. Au milieu de ces tueries et de ces pillages, quel mal pouvait-il y avoir à échanger un baiser avec Tariq ? C'était un si petit péché. Un plaisir aisément pardonnable. Elle se laissa donc embrasser, et quand il se détacha d'elle, ce fut elle cette fois qui l'embrassa, le cœur battant, les joues rouges, et un désir brûlant au creux du ventre.

En juin 1992, la même année, de violents combats eurent lieu dans l'ouest de la capitale entre les forces pachtounes dirigées par Sayyaf et les Hazaras du *Wahdat*. Les bombardements détruisirent les lignes électriques et pulvérisèrent magasins et habitations. Laila entendit dire que les guerriers pachtounes attaquaient les maisons des Hazaras, forçant leurs portes et exécutant des familles entières. En représailles, ces derniers enlevaient des civils pachtounes, violaient leurs filles, bombardaient les quartiers de leurs ennemis et tuaient aveuglément ceux-ci. Chaque jour, on découvrait des cadavres ligotés à des arbres, parfois brûlés jusqu'à n'être plus reconnaissables. Un grand nombre d'entre eux avaient une balle dans la tête, les yeux arrachés et la langue coupée.

Babi tenta de nouveau de convaincre Fariba de quitter Kaboul.

— Ça finira par s'arranger, répliqua-t-elle. Toutes ces luttes ne dureront pas. Tu verras qu'ils s'assoiront un jour autour d'une table pour trouver une solution.

— Fariba, ces gens-là ne connaissent que la guerre. Ils ont appris à marcher avec un biberon dans une main et un pistolet dans l'autre.

— Et qui es-tu pour les juger ? Est-ce que tu as participé au djihad ? Est-ce que tu as abandonné tout derrière toi pour risquer ta vie ? Sans les moudjahidin, on serait encore sous la coupe des Soviétiques. Et maintenant, tu voudrais qu'on les trahisse !

— Ce n'est pas nous qui sommes coupables de trahison, Fariba.

— Va-t'en, si tu veux. Emmène ta fille et fuyez. Vous m'enverrez une carte postale. Mais la paix reviendra, et j'ai bien l'intention d'être là le moment venu.

Les rues devinrent bientôt si dangereuses que Babi se résolut à l'impensable : il retira Laila de son école. Dès lors, il prit lui-même en charge son éducation. Laila le rejoignait dans son bureau chaque jour après le coucher du soleil, et pendant qu'Hekmatyar lançait ses bombes sur Massoud depuis la lisière sud de la ville, Babi et elle discutaient des *ghazals* d'Hafez et de l'œuvre du poète afghan Ustad Khalilullah Khalili. Babi lui montra aussi à dériver des équations du second degré, à factoriser des polynômes et à tracer des courbes paramétriques. Enseigner le transfigurait. Il était dans son élément parmi les livres, au point de paraître soudain plus grand à Laila. Sa voix même semblait s'élever d'une partie cachée de son être, et il clignait beaucoup moins des yeux. Laila l'imaginait alors tel qu'il avait dû être autrefois, effaçant son tableau d'un geste élégant ou surveillant le travail de ses élèves par-dessus leur épaule, paternel et attentif.

Mais elle avait du mal à rester concentrée. Un rien la distrayait.

— Comment calculer l'aire d'une pyramide ? lui demandait par exemple Babi, alors qu'elle ne pensait qu'aux lèvres pleines de Tariq, à la chaleur de son souffle sur sa bouche et à son propre reflet dans ses yeux noisette.

Elle l'avait embrassé à deux reprises depuis leur premier baiser – plus longuement, plus passionnément, et aussi, estimait-elle, d'une manière moins maladroite. À chaque fois, elle l'avait retrouvé en secret dans la petite allée où il avait fumé une cigarette le jour de la fête de Fariba. Et la deuxième fois, elle l'avait laissé lui caresser les seins.

— Laila ?

— Oui, Babi.

— Une pyramide. Son aire. Tu rêves ?

— Désolée, Babi. J'étais, euh… Voyons. Une pyramide. Une pyramide… Un tiers de l'aire de la base multiplié par la hauteur.

Il hocha la tête d'un air incertain sans la quitter du regard. Mais déjà, Laila ne pensait plus qu'aux mains de Tariq pressant ses seins et glissant au bas de son dos tandis que tous deux s'embrassaient à perdre haleine.

Un jour de ce même mois de juin, alors que Giti rentrait de l'école à pied avec deux camarades de classe, une roquette perdue tomba sur le trio. Laila apprit plus tard que Nila, la mère de son amie, avait couru d'un bout à l'autre de la rue, hurlant comme une hystérique pour ramasser des lambeaux de chair de sa fille qu'elle déposait dans son tablier. Le pied droit de Giti fut découvert en état de décomposition deux semaines plus tard sur un toit du voisinage, toujours dans sa chaussette en nylon et sa basket violette.

Lors de la *fatiha*, le lendemain du drame, Laila se retrouva assise, assommée de douleur, dans une pièce remplie de femmes en pleurs. C'était la première fois qu'elle était confrontée à la perte de quelqu'un qu'elle avait connu, dont elle avait été proche, qu'elle avait aimé même. Elle n'arrivait pas à se faire à l'idée que Giti était morte. Giti, avec qui elle avait échangé des mots secrets en classe, dont elle avait verni les ongles, et à qui elle avait épilé le menton. Giti, qui devait épouser Sabir, le gardien de but. Giti était morte. Morte. Soufflée en mille morceaux. Laila pleura alors son amie. Elle versa sur elle toutes les larmes que n'avait pas réussi à lui arracher la disparition de ses deux frères.

25

Laila pouvait à peine bouger, comme si tous ses membres avaient soudain été coulés dans du béton. Elle avait conscience qu'une conversation se déroulait à cet instant précis, qu'elle en était un des sujets, mais elle s'en sentait aussi exclue que si elle n'avait fait qu'écouter aux portes. Et tandis que Tariq continuait à parler, elle se représenta sa vie sous la forme d'une corde pourrie et cassée qui s'effilochait sous ses yeux.

C'était un après-midi étouffant et humide du mois d'août 1992. Tous deux se trouvaient dans le salon des parents de Laila. Fariba avait eu mal au ventre toute la journée et, malgré les bombardements, Babi l'avait emmenée quelques instants plus tôt chez le médecin. Assis près de Laila sur le canapé, Tariq baissait les yeux et serrait les mains entre ses genoux.

Il lui expliquait qu'il allait partir.

Pas seulement changer de quartier, ou même de ville. Non, il allait quitter l'Afghanistan.

Il s'en allait.

Laila était hébétée.

— Où ? finit-elle par articuler.

— Au Pakistan, pour commencer. À Peshawar. Après, je ne sais pas. Peut-être dans l'Hindoustan, ou alors en Iran.

— Combien de temps ?

— Aucune idée.

— Je veux dire, tu le sais depuis combien de temps ?

— Quelques jours. Je voulais t'en parler plus tôt, Laila, je te le jure, mais je n'y arrivais pas. Je me doutais bien que tu le prendrais mal.

— Quand ?

— Demain.

— Demain ?

— Laila, regarde-moi.

— Demain.

— C'est mon père. Il est trop fragile du cœur pour supporter tous ces combats.

Laila enfouit son visage dans ses mains. Une vague de terreur montait en elle.

Elle aurait dû s'y attendre, pensa-t-elle. Presque tout le monde avait déjà plié bagage. Le quartier s'était vidé de la plupart de ses habitants, au point que, quatre mois seulement après le début des affrontements entre les différentes factions des moudjahidin, elle ne reconnaissait pratiquement plus personne dans les rues. En mai, la famille d'Hasina avait fui à Téhéran, Wajma et son clan à Islamabad. Les parents de Giti les avaient imités en juin, peu de temps après la mort de leur fille. Laila ignorait quelle avait été leur destination – peut-être Mashad, en Iran, ainsi que le prétendait la rumeur. Une fois vides, les maisons demeuraient inoccupées durant quelques jours, jusqu'à ce que des combattants ou des étrangers s'y installent.

Tout le monde partait. Et maintenant, c'était au tour de Tariq.

— Et ma mère n'est plus toute jeune, dit-il. Mon père et elle ont sans arrêt la peur au ventre. Laila, regarde-moi.

— Tu aurais dû me prévenir avant.

— S'il te plaît, regarde-moi.

Un cri étouffé lui échappa, puis un sanglot. Elle se mit à pleurer alors, et le repoussa d'un geste brusque lorsqu'il voulut essuyer sa joue avec son pouce. Sa réaction était égoïste et irrationnelle, elle le savait, mais elle lui en voulait de l'abandonner. Tariq était un prolongement d'elle-même, comme une ombre présente à côté de la sienne dans tous ses souvenirs. Comment pouvait-il la quitter ? Elle le frappa, le frappa encore, lui tira les cheveux, tant et si bien qu'il l'attrapa par les poignets en lui disant quelque chose qu'elle ne comprit pas. Il lui parlait doucement, raisonnablement, et, pour finir, ils se retrouvèrent front contre front, nez contre nez, jusqu'à ce qu'elle ne sente plus rien d'autre que son souffle sur ses lèvres.

Et lorsqu'il se pencha soudain plus en avant, elle ne résista pas.

Au cours des semaines suivantes, Laila chercherait désespérément à consigner dans sa mémoire tout ce qui se passa ensuite. À la manière d'un esthète sortant d'un musée en feu, elle saisirait tout ce qu'elle pourrait – un regard, un murmure, un gémissement – afin de le sauver du désastre. Mais le temps brûle tout sur son passage et, pour finir, elle ne put tout préserver. Il lui resta cependant ces quelques souvenirs : une douleur fulgurante dans le bas-ventre. Un rayon de soleil tombant sur le tapis. Son talon effleurant le métal froid de la prothèse, vivement ôtée et posée à côté d'eux. Ses mains agrippées à ses coudes à lui. Une tache rouge en forme de mandoline inversée sous une clavicule. Son visage juste au-dessus du sien. Les boucles noires qui chatouillaient ses lèvres, son menton. La terreur d'être surpris. L'incrédulité devant leur audace, leur courage. Le plaisir étrange et indescriptible, mêlé à la souffrance. Et tout ce qu'elle lut dans le regard de Tariq :

l'appréhension, la tendresse, les excuses, l'embarras, et surtout, surtout, le désir.

Échevelés, ils reboutonnèrent hâtivement leur chemise, resserrèrent leur ceinture, se recoiffèrent avec les doigts. Chacun était imprégné du parfum de l'autre, et lorsqu'ils s'assirent sur le canapé, rouges et abasourdis, ils demeurèrent d'abord muets face à l'énormité de ce qui venait de se produire. De ce qu'ils avaient fait.

Laila vit trois gouttes de sang sur le tapis. *Son* sang. À l'idée que ses parents s'installeraient là dans la soirée, sans se douter du péché qu'elle avait commis, la honte et la culpabilité l'envahirent. Le tic-tac de l'horloge à l'étage lui parut soudain assourdissant. Comme si un juge avait abattu son marteau toutes les secondes pour lui signifier sa condamnation.

— Viens avec moi, lui dit Tariq.

Un instant, Laila voulut y croire. Elle s'imagina partir avec Tariq et ses parents. Faire ses valises, monter dans un bus, quitter toute cette violence pour trouver ailleurs le bonheur ou les ennuis – peu importait, du moment que Tariq et elle y faisaient face ensemble. L'isolement lugubre et la solitude assassine qui la guettaient à Kaboul ne seraient plus une fatalité.

Elle pouvait le faire. Ils pouvaient ne pas se quitter.

Et ils auraient une multitude d'après-midi semblables à celui-là.

— Je veux t'épouser, Laila.

Pour la première fois depuis leur étreinte, elle leva les yeux vers lui. Il ne plaisantait pas. Son visage reflétait une gravité candide mêlée à une conviction inébranlable.

— Tariq…

— Épouse-moi, Laila. Aujourd'hui. On n'a qu'à se marier dès aujourd'hui.

Il poursuivit sur sa lancée, parlant de trouver une mosquée, un mollah, deux témoins...

Mais Laila, elle, pensait à sa mère, aussi têtue et incorruptible que les moudjahidin, et à l'atmosphère chargée de rancune et de désespoir qui régnait autour d'elle. Et elle pensa à Babi, aussi. Babi, qui avait depuis longtemps rendu les armes, et qui faisait un si piètre opposant à sa femme.

Parfois... j'ai l'impression que tu es tout ce qu'il me reste, Laila.

Telle était la situation, et elle ne pouvait rien y changer.

— Je demanderai ta main à *kaka* Hakim, insista Tariq. Il nous donnera sa bénédiction, Laila. J'en suis sûr.

Il avait raison. Babi aurait consenti à ce qu'ils se marient. Mais cela le briserait.

Tariq tenta encore de la raisonner, d'une voix basse d'abord, puis de plus en plus forte, de plus en plus emplie d'espoir.

— Je ne peux pas, l'interrompit Laila.

— Ne dis pas ça. Je t'aime...

— Je suis désolée.

— Je t'aime.

Combien de temps avait-elle attendu cette déclaration ? Combien de fois avait-elle rêvé d'entendre Tariq prononcer un jour ces trois mots ? Pareille ironie du sort l'anéantissait.

— Je ne peux pas abandonner mon père, expliqua-t-elle. Je suis tout ce qui lui reste. Son cœur à lui non plus n'y résisterait pas.

Cela, Tariq le savait. Laila ne pouvait pas plus ignorer ses obligations envers sa famille que lui les siennes. Ils continuèrent pourtant, lui à la supplier, à essayer de la persuader, elle à refuser, à s'excuser – et tous deux à mêler leurs larmes.

Pour finir, elle dut le forcer à partir.

Elle lui fit jurer de s'en aller sans dire au revoir, puis referma la porte sur lui avant de s'y appuyer, un bras agrippé à son ventre et une main plaquée sur la bouche, tremblante face aux coups de poing que Tariq assenait au battant et à ses promesses répétées de revenir la chercher. Elle attendit là qu'il se décourage et baisse les bras, et écouta alors le bruit inégal de ses pas jusqu'à ce qu'ils deviennent inaudibles, et que le silence retombe autour d'elle – un silence que brisaient seulement l'écho des coups de feu dans les montagnes et les battements assourdissants de son cœur.

26

C'était de très loin la journée la plus chaude de l'année. Les montagnes retenaient la canicule dans la vallée, rendant l'air irrespirable. Il n'y avait plus de courant depuis plusieurs jours et partout dans la ville, les ventilateurs électriques restaient immobiles, presque moqueurs.

Étendue sur le canapé du salon, Laila transpirait à grosses gouttes. Chaque expiration lui brûlait le bout du nez. À l'étage, dans la chambre de sa mère, ses parents discutaient de nouveau. Deux nuits auparavant, et pas plus tard que la veille encore, elle s'était réveillée en pensant entendre leurs voix au rez-de-chaussée. Ils ne cessaient de parlementer ainsi depuis l'incident de la balle perdue qui s'était fichée dans le portail.

Dehors retentit le grondement lointain d'un tir d'artillerie, suivi plus près d'une longue série de coups de feu, puis d'une autre.

En Laila, une bataille faisait rage aussi : la culpabilité, alliée à la honte, le disputait à la conviction que ce que Tariq et elle avaient fait n'était pas un péché, mais au contraire un acte naturel, sublime, inévitable. Un acte engendré par l'idée qu'ils ne se reverraient peut-être jamais.

Elle roula sur le côté et tenta de se rappeler un détail : à un moment donné, alors qu'ils étaient allongés par terre, Tariq avait appuyé son front contre le sien et lui avait soufflé quelque chose – soit *Je te fais mal ?* soit *Ça te fait mal ?*

Elle ne parvenait pas à se souvenir de ses paroles exactes.

Je te fais mal ?

Ça te fait mal ?

Tariq n'était parti que depuis deux semaines et, déjà, le temps avait commencé son œuvre, effaçant peu à peu les contours de ces souvenirs pourtant si vivaces. Laila se força à réfléchir. Il lui semblait soudain vital de savoir ce qu'il avait dit.

Elle ferma les yeux. Se concentra.

Au fil des semaines, elle se lasserait de cet exercice. Elle trouverait de plus en plus épuisant de ressusciter et de dépoussiérer une fois encore ce qui était mort depuis si longtemps. Un jour viendrait même, des années plus tard, où elle ne pleurerait plus la perte de Tariq. Du moins pas aussi souvent. Loin de là. Un jour viendrait où les traits de son visage s'estomperaient, où entendre dans la rue une mère appeler son fils par le même prénom ne lui ferait pas l'effet d'un couteau planté en plein cœur. Un jour où il ne lui manquerait plus autant qu'à cet instant, et où la douleur de son absence cesserait d'être pour elle une inséparable compagne – un peu comme ces douleurs fantômes qu'éprouvent les amputés.

Simplement, il y aurait des moments, à l'âge adulte, lorsqu'elle serait en train de repasser une chemise ou de pousser ses enfants sur la balançoire, où un petit détail raviverait une image de ce fameux après-midi. Il suffirait de trois fois rien – la chaleur d'un tapis sous ses pieds par une belle journée, la courbe du front d'un inconnu – pour que tout afflue soudain en elle. La spontanéité de leurs gestes. Leur imprudence sidérante. Leur maladresse. La douleur, le plaisir, la tristesse. La moiteur de leurs corps enlacés.

Tout lui reviendrait en mémoire avec une force qui lui couperait le souffle.

Mais cela ne durerait pas. Le moment passerait, la laissant abattue, en proie à une vague agitation.

Il avait dit *Je te fais mal ?*, décida-t-elle. Oui, c'était ça. Elle était heureuse de s'en être souvenue.

Babi l'appela du haut des escaliers.

— Elle accepte ! annonça-t-il d'une voix vibrante d'excitation. On part, Laila. On part tous les trois. On quitte Kaboul !

Ils étaient assis dans la chambre de Fariba. Dehors, les hommes d'Hekmatyar et de Massoud continuaient à s'affronter à grands renforts de tirs de roquettes. Laila savait que, quelque part dans la ville, quelqu'un venait de mourir et qu'un nuage de fumée noire flottait au-dessus d'un bâtiment réduit en cendres. Les gens contourneraient des cadavres au matin. Certains corps seraient ramassés. D'autres non. Les chiens de la ville, qui avaient pris goût à la chair humaine, pourraient ensuite se régaler.

Malgré tout, elle éprouva une envie subite de courir dans ces rues pour crier sa joie, et eut toutes les peines du monde à se contenir. Babi lui expliqua qu'ils se rendraient d'abord au Pakistan, où ils demanderaient des visas. Le Pakistan, là où était Tariq ! Il n'était parti que depuis dix-sept jours, calcula-t-elle fiévreusement. Si seulement sa mère s'était décidée plus tôt, ils auraient pu voyager ensemble. Elle aurait été avec lui à cet instant ! Mais cela n'avait pas d'importance. L'essentiel était qu'ils allaient tous les trois gagner Peshawar, et qu'ils retrouveraient Tariq et ses parents là-bas. C'était presque certain. Ils entameraient leurs démarches administratives en même temps et après… qui sait ? qui sait où ils iraient ? En Europe ? Aux États-Unis ? Peut-être, comme Babi le disait souvent, dans un endroit au bord de la mer…

Affalée contre la tête de son lit, les yeux gonflés, Fariba tirait sur ses cheveux.

Trois jours plus tôt, Laila était descendue dans la cour afin de prendre un peu l'air. Alors qu'elle se tenait appuyée contre le portail, elle avait entendu un claquement sonore. Au même moment, quelque chose avait frôlé son oreille droite, envoyant voler des éclats de bois devant ses yeux. Après la mort de Giti, après les milliers de coups de feu tirés et de bombes lancées sur Kaboul, c'était la vue de ce petit trou dans le portail, à quelques centimètres à peine de l'endroit où Laila avait posé sa tête, qui avait sorti Fariba de sa torpeur. Elle avait compris alors que la guerre contre les Soviétiques lui avait déjà coûté deux fils, et que celle-là pourrait bien lui arracher le seul enfant qui lui restât.

Sur les murs de la chambre, Ahmad et Noor leur souriaient. Laila regarda sa mère les fixer honteusement à tour de rôle. Comme pour implorer leur accord. Leur bénédiction. Comme pour leur demander pardon, aussi.

— Plus rien ne nous retient ici, disait Babi. Nos fils sont morts, mais nous avons encore Laila. Et il y a nous deux, Fariba. Nous pouvons commencer une nouvelle vie.

Il se pencha par-dessus le lit. Lorsqu'il prit les mains de sa femme entre les siennes, elle se laissa faire avec résignation. Leurs doigts s'entremêlèrent timidement. L'instant d'après, tous deux basculaient l'un vers l'autre, et Fariba nichait sa tête dans le cou de Babi en s'agrippant à sa chemise.

Cette nuit-là, Laila contempla longuement les lueurs criardes qui embrasaient l'horizon par intermittence. Les heures défilèrent ainsi jusqu'à ce que, malgré son euphorie et le bruit des canons, elle finisse par s'endormir.

Elle rêva alors.

Ils sont sur une plage, assis sur un édredon. Le temps est un peu frais et nuageux, mais avec Tariq à côté d'elle et la couverture enroulée autour d'eux, elle se sent bien au chaud. Des voitures sont garées sous une rangée de palmiers, derrière une petite barrière à la peinture blanche écaillée. Le vent qui souffle lui picote les yeux, ensevelit leurs chaussures sous le sable et fait rouler des paquets d'herbes mortes enchevêtrées. Ils regardent les voiliers danser sur l'eau au loin, tandis qu'autour d'eux des mouettes hurlent et planent dans les airs. Une nouvelle bourrasque envoie voler le sable des dunes. Un bruit s'élève, semblable à une incantation, et elle répète quelque chose que Babi lui a appris là-dessus des années plus tôt.

Tariq tend la main vers elle afin d'ôter les grains qui se sont déposés sur ses sourcils. Elle aperçoit l'alliance à son doigt. Identique à la sienne – en or, avec des entrelacs gravés tout autour.

« Le sable chante, dit-elle. Je t'assure. C'est dû au frottement des grains entre eux. Écoute. »

Tariq prête l'oreille, donc, en plissant le front. Au bout d'un moment, ils l'entendent de nouveau. Une sorte de gémissement qui se transforme en miaulement aigu lorsque le vent gagne en intensité.

Babi leur conseilla de n'emporter que le strict nécessaire. Le reste, ils le vendraient.

— Cela devrait nous permettre de nous en sortir à Peshawar jusqu'à ce que je trouve un travail.

Ils passèrent les deux jours suivants à rassembler et empiler tous les objets dont ils comptaient se débarrasser.

Dans sa chambre, Laila mit de côté ses vieilles chemises, ses chaussures usées, ses livres et ses jouets. Elle retrouva sous son lit la petite vache en verre jaune qu'Hasina lui avait donnée à l'école, pendant une récréation, ainsi qu'un porte-clés en forme de ballon de football, cadeau de Giti, un minuscule zèbre en bois à roulettes et un astronaute en céramique que Tariq et elle avaient découvert un jour dans un caniveau. Elle avait six ans à l'époque, et lui huit. Ils s'étaient même disputés pour savoir lequel des deux l'avait vu en premier.

Fariba elle aussi tria ses affaires ; avec une réticence manifeste et un regard apathique, elle jeta ses belles assiettes, ses serviettes, ses bijoux – à l'exception de son alliance –, ainsi que la plupart de ses habits.

— Tu ne vas pas la vendre, hein ? demanda Laila en soulevant la robe de mariée, dont le tissu tomba en cascade sur ses genoux.

Elle caressa la dentelle et les rubans qui bordaient le décolleté, les semences de perles brodées à la main sur les manches.

Fariba haussa les épaules et lui reprit la robe pour la jeter sans ménagement sur une pile de vêtements, un peu comme elle aurait arraché un pansement. D'un geste sec, et d'un coup, songea Laila.

Ce fut pour Babi que la tâche se révéla le plus difficile.

Laila le trouva debout dans son bureau, en train de passer tristement en revue ses étagères. Il avait enfilé un T-shirt avec une reproduction du Golden Gate Bridge de San Francisco. Un épais brouillard s'élevait des eaux du golfe, enveloppant les piliers du pont.

— Tu connais le vieux dilemme, dit-il. Si tu ne pouvais emporter que cinq livres sur une île déserte, lesquels prendrais-tu ? Je n'aurais jamais cru devoir faire un jour un tel choix.

— Il faudra qu'on te constitue une nouvelle bibliothèque, alors.

— Mmm, répondit-il avec un sourire abattu. Je n'arrive pas à me faire à l'idée que je vais quitter Kaboul. C'est ici que j'ai été étudiant, que j'ai commencé à travailler, que je suis devenu père. Dire que je dormirai bientôt sous le ciel d'une autre ville… ça me fait tout bizarre.

— À moi aussi, Babi.

— Depuis ce matin, j'ai en tête un poème de Saib-e-Tabrizi sur Kaboul. Il l'a écrit au XVIIe siècle, je crois. Je le connaissais par cœur avant, mais je ne me souviens plus que de ces deux vers :

Nul ne pourrait compter les lunes qui luisent sur ses toits
Ni les mille soleils splendides qui se cachent derrière ses [murs.

Voyant qu'il pleurait, Laila lui passa un bras autour de la taille.

— Oh, Babi… On reviendra. Quand cette guerre sera finie, on reviendra à Kaboul, *inch'Allah*. Tu verras.

Le troisième jour, Laila emporta leurs affaires près du portail afin qu'ils puissent les charger ensuite dans un taxi et les déposer chez le prêteur sur gages.

Elle ne cessa de faire des allers et retours entre la maison et la cour, les bras chargés de vêtements, de plats et de cartons entiers remplis de livres. À midi, les piles qu'elle avait constituées lui arrivaient déjà à la hanche. Elle aurait dû être épuisée alors, mais, parce que chaque voyage la rapprochait un peu plus de Tariq, elle se sentait au contraire pleine d'une énergie grandissante.

— Il nous faudra un grand taxi.

Laila leva les yeux vers sa mère, qui s'adressait à elle depuis la fenêtre de sa chambre, à l'étage. Le soleil, chaud et éclatant, jouait avec ses cheveux grisonnants et éclairait ses traits tirés et amaigris. Elle portait la même robe bleue que le jour où elle avait invité ses voisins, quatre mois plus tôt. C'était une robe pimpante de jeune femme mais, l'espace d'un instant, Fariba fit à Laila l'effet d'une vieille dame aux bras maigres, aux tempes creusées, aux yeux cernés, au regard éteint – très loin de la femme potelée qui souriait aux anges sur les photos de son mariage.

— Deux gros taxis, même, renchérit Laila.

De là où elle se trouvait, elle voyait aussi Babi empiler des cartons dans le salon.

— Monte quand tu auras fini, dit Fariba. On mangera des œufs à la coque et des restes de haricots.

— Mon plat préféré !

Laila repensa soudain à son rêve. Tariq et elle assis sur un édredon. L'océan. Le vent. Les dunes.

À quoi avait ressemblé le chant du sable ? se demanda-t-elle.

Elle s'immobilisa à la vue d'un lézard gris qui émergeait d'une crevasse dans le sol. Il pivota vivement la tête à droite et à gauche, cligna des yeux, puis fila sous un gros caillou.

Laila se représenta de nouveau la plage. Cette fois, le chant s'élevait tout autour d'elle. Il enflait, devenait de plus en plus audible, de plus en plus aigu. Bientôt, il domina tout. Les mouettes ne furent plus que des mimes à plumes qui ouvraient et refermaient leur bec en silence, et les vagues se brisèrent sur le rivage dans un nuage d'écume et d'embruns sans faire le moindre bruit. Le sable continuait à chanter. Il criait à présent. Il… il tintait ?

Non, ce n'était pas un tintement. Un sifflement, plutôt.

Laila laissa tomber les livres qu'elle portait et mit une main en visière devant ses yeux.

Un grondement assourdissant.

Derrière elle, un éclair blanc.

Le sol vacilla sous ses pieds.

Quelque chose de brûlant la heurta violemment dans le dos, si fort qu'elle en perdit ses sandales et fut soulevée dans les airs. Elle vola, roula sur elle-même, vit le ciel, la terre, encore le ciel, puis de nouveau la terre. Un gros morceau de bois en flammes passa à côté, en même temps que des milliers d'éclats de verre. Laila eut l'impression de voir chacun d'eux tournoyer et voltiger autour d'elle et refléter les rayons du soleil. Comme de beaux arcs-en-ciel miniatures.

Puis elle heurta le mur. S'écrasa au sol. Une pluie de poussière, de gravats et de morceaux de verre s'abattit sur sa tête et ses bras. Sa dernière image avant de perdre conscience fut une masse qui s'écrasait près d'elle avec un bruit sourd. Une masse ensanglantée avec, dessus, l'extrémité d'un pont rouge qui perçait le brouillard.

Des ombres qui se déplacent. Une lumière fluorescente au plafond. Le visage d'une femme qui apparaît et s'attarde au-dessus du sien.

Laila perd de nouveau connaissance.

Un autre visage. Celui d'un homme, cette fois, aux traits larges et affaissés. Il remue les lèvres, mais sans qu'aucun son ne s'en échappe. Seul un bourdonnement incessant retentit aux oreilles de Laila.

L'homme agite une main devant elle. Fronce les sourcils. Remue encore les lèvres.

Elle a mal. Elle a mal en respirant. Elle a mal partout.

Un verre d'eau. Un cachet rose.

Et retour au néant.

Encore la femme. Figure allongée, yeux rapprochés. Elle articule quelque chose. Laila n'entend toujours qu'un bourdonnement, mais elle voit que des mots sortent de la bouche de cette inconnue comme un épais sirop noir.

Elle a mal à la poitrine. Aux bras. Aux jambes.

Autour d'elle, des ombres vont et viennent.

Où est Tariq ?

Pourquoi n'est-il pas là ?

L'obscurité. Une nuée d'étoiles.

Babi et elle, perchés quelque part, très haut. Il lui montre un champ d'orge. Un générateur se met en marche.

La femme à la figure allongée se tient près de Laila et la regarde.

Laila a mal en respirant.

Quelqu'un joue de l'accordéon.

Par bonheur, un nouveau cachet rose. Puis un profond silence. Un profond silence qui ensevelit tout.

TROISIÈME PARTIE

27

Mariam

— Sais-tu qui je suis ?
La fille battit des paupières.
— Tu te souviens de ce qui t'est arrivé ?
Cette fois, elle bougea les lèvres. Referma les yeux. Déglutit. Elle effleura sa joue gauche et essaya d'articuler quelque chose.
Mariam se pencha plus près.
— Mon oreille… Je n'entends pas.

La fille ne fit pour ainsi dire que dormir la première semaine, aidée en cela par les cachets roses que Rachid était allé lui acheter à l'hôpital. Elle murmurait dans son sommeil, tenait des propos sans queue ni tête, criait, appelait des personnes dont Mariam ne reconnaissait pas les noms. Parfois aussi, elle pleurait, s'agitait et repoussait ses couvertures, si bien qu'il fallait la maintenir allongée. Et il lui arrivait d'avoir des nausées si violentes qu'elle vomissait tout ce que Mariam avait réussi à lui faire manger.
Lorsqu'elle était calme, seuls ses yeux maussades émergeaient de sous les draps, et elle ne soufflait que de brèves réponses aux questions qu'on lui posait. Certains jours, elle se comportait comme une enfant, tournant obstinément la tête lorsque Mariam puis Rachid tentaient de la nourrir, et elle se raidissait dès qu'on s'approchait d'elle avec une cuillère. Mais elle se fatiguait vite et finissait toujours par se soumettre.

De longues crises de larmes suivaient alors sa reddition.

Rachid et Mariam appliquèrent une crème antibiotique sur les coupures qu'elle avait aux joues et au cou, ainsi que sur les entailles suturées de son épaule, de ses avant-bras et de ses jambes. Mariam les recouvrit de pansements qu'elle lavait et réutilisait ensuite. Elle maintenait aussi les cheveux de la fille en arrière lorsque celle-ci vomissait.

— Combien de temps va-t-elle rester chez nous ? demanda-t-elle à Rachid.

— Jusqu'à ce qu'elle aille mieux. Regarde-la : elle n'est pas en état de partir, la pauvre petite.

C'était Rachid qui avait sorti la fille du tas de décombres sous lequel elle était ensevelie.

— Heureusement que j'étais chez moi, déclara-t-il un jour qu'il la veillait, assis sur une chaise pliante à côté du lit de Mariam. Enfin, heureusement pour toi, je veux dire. Je t'ai déterrée de là à mains nues. Il y avait un bout de métal gros comme ça… (Il écarta le pouce et l'index pour lui donner une idée – Mariam estima qu'il exagérait beaucoup la réalité.) Je ne mens pas. Il était enfoncé dans ton épaule. Très profond, en plus. J'ai cru que j'allais devoir prendre une pince pour l'enlever. Mais tout va bien, maintenant. Bientôt, tu verras, tu seras *nau socha*. Complètement rétablie.

C'était lui aussi qui avait sauvé quelques-uns des livres de Hakim.

— La plupart sont calcinés, et j'ai bien peur que les autres aient été volés.

Il aida Mariam à prendre soin d'elle la première semaine. Un soir, il rentra du travail avec une couverture neuve et un oreiller. Le lendemain, avec un flacon de comprimés.

— Des vitamines, expliqua-t-il.

Et ce fut lui encore qui apprit à Laila que la maison de son ami Tariq était occupée.

— L'un des lieutenants de Sayyaf en a fait cadeau à trois de ses hommes. Un cadeau. Ha !

Les trois hommes étaient en réalité des garçons au visage hâlé et juvénile. Lorsqu'elle passait dans la rue, Mariam les voyait toujours en tenue de combat, en train de jouer aux cartes et de fumer dehors, leurs kalachnikovs appuyées contre le mur. Le plus musclé – leur chef – se montrait méprisant et suffisant. Le plus jeune en revanche, qui était aussi le plus silencieux des trois, semblait répugner à afficher la même attitude bravache que ses compagnons. Il avait pris l'habitude de sourire et d'incliner la tête en guise de salut chaque fois qu'il apercevait Mariam. Une partie de sa morgue apparente s'effaçait alors, laissant entrevoir à la place une humilité que rien n'avait encore corrompue.

Un jour, des roquettes tirées par les Hazaras du *Wahdat*, selon la rumeur, tombèrent sur eux. Après, les voisins ramassèrent des morceaux de leurs corps dans tout le quartier pendant un bon moment.

— Ils l'avaient bien cherché, commenta Rachid.

De l'avis de Mariam, la fille avait eu une chance incroyable. Elle s'en sortait avec des blessures somme toute mineures, si l'on considérait que sa maison, elle, avait été réduite à un tas de décombres fumant. Petit à petit, la rescapée commença à se rétablir. Elle mangea davantage, se brossa elle-même les cheveux, prit des bains toute seule. Puis elle descendit partager les repas de Mariam et Rachid au rez-de-chaussée.

Mais, parfois, des souvenirs ressurgissaient soudain sans prévenir, et elle se repliait totalement sur elle-même, la mine fermée, le regard éteint. Suivaient des cauchemars, des accès de tristesse, des haut-le-cœur.

Et parfois aussi des regrets.

— Je ne devrais même pas être en vie, dit-elle un jour.

Assise par terre, les genoux ramenés contre sa poitrine, elle regardait Mariam changer les draps du lit.

— Mon père voulait sortir lui-même les cartons de livres parce qu'il les trouvait trop lourds pour moi. Mais j'ai refusé. J'étais si impatiente de partir. C'est moi qui aurais dû être à l'intérieur de la maison quand tout est arrivé.

Mariam déplia le drap propre d'un geste sec et le laissa retomber sur le matelas. Elle jeta un coup d'œil à la fille, à ses boucles blondes, son cou délicat, ses yeux verts, ses pommettes hautes et ses lèvres charnues. Elle se souvenait de l'avoir vue toute petite dans les rues, trottant derrière sa mère sur le chemin du *tandoor*, perchée sur les épaules de son frère, le plus jeune, celui avec la touffe de poils sur l'oreille, ou bien encore jouant aux billes avec le fils du charpentier.

La gamine la fixait avec l'air d'attendre d'elle des conseils de sagesse ou des paroles encourageantes. Mais quels sages conseils aurait-elle pu lui offrir ? Quels encouragements ? Mariam se rappela le jour où Nana avait été enterrée. Les passages du Coran que lui avait récités le mollah Faizullah lui avaient été d'un si piètre réconfort, alors. *Béni soit Celui qui possède en ses mains le royaume, Celui qui a pouvoir sur toute chose et qui a créé la mort et la vie afin de nous éprouver.* Il en avait été de même avec ses commentaires sur le sentiment de culpabilité qui l'écrasait. *Ces pensées ne servent à rien, Mariam* jo. *Elles te détruiront. Tu n'as absolument rien à te reprocher.*

Qu'aurait-elle bien pu dire ?

Le sort voulut que ce souci lui soit épargné, parce qu'une grimace déforma soudain le visage de la fille, qui se mit à quatre pattes en s'écriant qu'elle allait vomir.

— Attends ! Retiens-toi, je vais chercher une casserole. Pas par terre. Je viens juste de nettoyer... Oh, oh. *Khodaya*. Seigneur...

Puis un jour, environ un mois après l'explosion qui avait tué Hakim et sa femme, un homme frappa à la porte. Mariam ouvrit et l'écouta exposer la raison de sa venue.

— Il y a quelqu'un qui veut te parler, annonça-t-elle ensuite à la fille. Il s'appelle Abdul Sharif.

La fille leva la tête de l'oreiller.

— Je ne connais pas d'Abdul Sharif.

— Peut-être, mais il demande à te voir. Il faut que tu descendes.

28

Laila

Laila s'assit en face de son visiteur. L'homme était maigre, avec une petite tête, un gros nez aussi grêlé que ses joues, et des cheveux bruns coupés très court qui se dressaient sur son crâne comme des aiguilles sur une pelote à épingles.

— Il faut m'excuser, *hamshira*, dit-il en ajustant le col de sa chemise et en s'épongeant le front avec un mouchoir. J'ai peur de ne pas être tout à fait remis. J'en ai encore pour cinq jours à prendre ce truc.... Comment appelle-t-on ça, déjà... Ah oui, des sulfamides.

Laila s'installa sur sa chaise de façon à ce que son oreille droite, celle qui entendait bien, soit le plus près possible de lui.

— Vous étiez un ami de mes parents ?

— Non, non, répondit-il vivement. Excusez-moi…

Il leva un doigt et avala une grande gorgée d'eau dans le verre que Mariam avait posé devant lui.

— Il vaut mieux que je commence par le commencement, reprit-il en s'essuyant les lèvres, puis de nouveau le front. Je suis un homme d'affaires. Pour être plus précis, je possède des boutiques de vêtements pour hommes. *Chapans*, couvre-chefs, *tumbans*, costumes, cravates : nous avons tout. Je viens de vendre les deux magasins que j'avais ici, à Kaboul, dans les quartiers de Taimani et de Shar-e-Nau, mais j'en ai encore deux au Pakistan, à Peshawar. C'est là que se trouve mon entrepôt aussi. Je fais donc souvent l'aller et retour entre les deux villes. Évidemment, ces jours-ci… (Il secoua la tête avec un rire las.) Disons que ça relève d'une aventure.

» J'étais à Peshawar, il n'y a pas longtemps, pour y passer des commandes, faire un inventaire – ce genre de choses, quoi. Et je voulais aussi rendre visite à ma famille. Ma femme et moi avons trois filles, *alhamdulellah*, et je les ai toutes emmenées à Peshawar lorsque les moudjahidin se sont mis à se tirer dessus. Je ne voulais pas ajouter leurs noms à la liste des *shaheed*. Ni le mien, pour être honnête. J'espère les rejoindre là-bas très vite, *inch'Allah*.

» Enfin bref, j'étais censé rentrer à Kaboul mercredi, il y a deux semaines, mais manque de chance, je suis tombé malade. Je préfère vous épargner les détails, *hamshira*. Si je vous dis que quand j'allais faire la commission – la petite, pas la grosse – j'avais l'impression d'éjecter des morceaux de verre, vous me comprendrez très bien. Je ne souhaiterais pas ça à Hekmatyar lui-même. Ma femme, Nadia *jan*, m'a supplié d'aller voir un médecin, mais j'ai cru pouvoir soigner ça tout seul en prenant simplement de l'aspirine et en buvant beaucoup d'eau. Elle avait beau insister, je n'en démordais pas. Ç'a duré un moment comme ça. Et vous connaissez le proverbe : *Un âne têtu a besoin d'un muletier à son image.* Cette fois, malheureusement, l'âne a gagné. C'est-à-dire moi.

Il finit son verre d'eau et le tendit à Mariam.

— Si ce n'est pas abuser...

Mariam se leva pour le lui remplir.

— Inutile de dire que j'aurais dû écouter Nadia, poursuivit-il. Dieu la bénisse, elle a toujours été la plus raisonnable de nous deux. Le temps que j'aille à l'hôpital, j'étais brûlant de fièvre et je tremblais comme une feuille. C'est à peine si je tenais encore debout. La doctoresse a diagnostiqué une septicémie. Selon elle, ma femme se serait retrouvée veuve si j'avais attendu deux ou trois jours de plus.

» On m'a placé dans un service spécialisé, une unité réservée aux grands malades je suppose. Oh, *tashakor*, merci...

Il prit le verre que lui apportait Mariam et sortit un gros comprimé blanc de la poche de son manteau.

— Voyez un peu la taille de ces machins...

Laila le regarda avaler son médicament. Sa respiration s'était accélérée et ses jambes lui paraissaient soudain lourdes, comme si des poids y avaient été attachés. Elle se dit qu'il n'avait pas fini, qu'il ne lui avait même rien dit encore, mais que cela ne saurait plus tarder. À cette pensée, elle fut prise d'une brusque envie de sortir avant qu'il ne lui fasse part de nouvelles qu'elle ne voulait pas entendre.

Abdul Sharif reposa son verre sur la table.

— C'est là que j'ai rencontré votre ami, Mohammed Tariq Walizai.

Le cœur de Laila battit plus vite. Tariq, à l'hôpital ? Dans une unité de soins réservée aux grands malades ?

La gorge sèche, elle s'agita sur sa chaise. Il fallait qu'elle s'arme de courage, sinon elle basculerait dans la folie. Elle chassa donc l'hôpital et son service spécialisé de son esprit et, à la place, songea qu'elle n'avait pas entendu le nom entier de Tariq depuis l'année où tous deux s'étaient inscrits à un cours de persan pendant les vacances d'hiver. Le professeur faisait toujours l'appel en disant « Mohammed Tariq Walizai », exactement comme Abdul Sharif. Cette solennité lui avait paru très amusante à l'époque.

— J'ai su ce qui lui était arrivé grâce aux infirmières, continua Abdul en se tapant le torse comme pour mieux faire descendre son cachet. Vu le temps que je passe au Pakistan, je me débrouille très bien en ourdou maintenant. Donc, j'ai appris que votre ami voyageait dans un camion de réfugiés à destination de Peshawar. Ils ont été pris entre deux feux près de la frontière, et une bombe est tombée sur eux – par hasard probablement, mais allez savoir. Sur les vingt-trois passagers, il n'y a eu que six survivants qui ont tous été conduits dans la même unité de soins. Trois sont morts dans les vingt-quatre heures et deux autres s'en sont tirés – des sœurs, je crois – qui ont pu rentrer chez elles. Votre ami, M. Walizai, était le dernier. Il était à l'hôpital depuis près de trois semaines quand j'y ai été admis.

Tariq était vivant alors. Mais quelle était la gravité de ses blessures ? se demanda fiévreusement Laila. Importante, à l'évidence, s'il se trouvait dans une unité spécialisée. Elle se rendit compte qu'elle avait de plus en plus chaud et qu'elle transpirait. Elle s'efforça de penser à quelque chose d'autre, quelque chose de plaisant, comme le jour où Tariq, Babi et elle étaient allés à Bamiyan. Mais ce fut une autre image qui s'imposa à elle : celle de la mère de Tariq, emprisonnée dans le camion, qui hurlait le nom de son fils tandis que ses bras et sa poitrine prenaient feu et que sa perruque fondait sur son crâne…

Le souffle court, elle attendit la suite.

— Votre ami était dans le lit à côté du mien. Comme nous n'étions séparés que par un rideau, je le voyais assez bien.

À cet instant, Abdul Sharif éprouva le besoin subit de jouer avec son alliance.

— Il était gravement blessé, ajouta-t-il d'une voix plus lente. Très gravement, même. Des tubes lui sortaient de partout. Au début… (Il s'éclaircit la gorge.) Au début, j'ai cru qu'il avait perdu ses deux jambes dans l'attaque, mais une infirmière m'a dit que non, seulement la droite. La gauche, c'était le résultat d'une ancienne blessure. Et il souffrait de lésions internes aussi. On l'avait déjà opéré trois fois, pour lui retirer des parties de l'intestin et pour je ne sais plus quoi d'autre encore. Et je ne vous parle pas de ses brûlures… Il vaut mieux que je ne m'étende pas sur le sujet, *hamshira*. Je suis sûr que vous faites déjà assez de cauchemars comme ça.

Tariq n'avait plus de jambes. Il n'était plus qu'un torse avec deux moignons. Un cul-de-jatte. Laila crut qu'elle allait s'écrouler. Au prix d'un effort désespéré, elle se projeta loin de cette pièce et de cet homme, par-delà la rue, au-delà de la ville, ses toits en terrasse, ses bazars et son dédale de ruelles transformées en châteaux de sable.

— Il était assommé de médicaments en permanence. Contre la douleur, vous comprenez. Mais il y avait des moments où l'effet des cachets s'estompait et où il redevenait conscient de ce qui se passait autour de lui. Même s'il souffrait alors, il avait les idées nettes. Je lui parlais depuis mon lit. Je lui ai dit qui j'étais, d'où je venais. Je crois qu'il était content d'avoir un *hamwatan*, un compatriote à côté de lui.

» C'était surtout moi qui faisais la conversation. Lui avait du mal, bien sûr, et puis sa voix était tout enrouée. Je lui ai décrit mes filles, ma maison à Peshawar et la véranda que mon beau-frère et moi sommes en train de construire. Je lui ai expliqué que j'avais vendu mes magasins à Kaboul et que j'étais au Pakistan pour finir de régler la paperasserie. Même si ce n'était pas grand-chose, ça l'occupait. Enfin, il me semble.

» Lui aussi me parlait de temps en temps. Il articulait mal, mais je saisissais l'essentiel. Il évoquait sa maison, son oncle à Ghazni, la cuisine de sa mère, les talents de charpentier et d'accordéoniste de son père.

» Seulement, le plus souvent, c'était à vous qu'il pensait, *hamshira*. Il disait que vous étiez… comment, déjà… son plus ancien souvenir. C'est ça, oui. J'ai bien compris qu'il tenait beaucoup à vous. *Balay*, ça sautait aux yeux ! Pourtant, il était content que vous ne soyez pas là. Il ne voulait pas que vous le voyiez dans cet état.

Laila se sentit de nouveau clouée sur sa chaise, comme si tout son sang avait soudain reflué dans ses jambes. Seul son esprit était loin, bien loin de là. Libre, il filait à la vitesse d'un missile au-dessus de Kaboul, au-dessus des barres rocheuses, des déserts parsemés de buissons de sauge, des canyons rouges déchiquetés et des montagnes aux sommets enneigés…

— Quand je lui ai appris que je devais retourner à Kaboul, il m'a demandé de vous trouver. De vous dire qu'il ne vous oubliait pas et que vous lui manquiez. Je lui ai promis de le faire. Il ne fallait pas être devin pour voir que c'était un garçon bien, et je m'étais pris d'affection pour lui.

Abdul Sharif s'essuya encore le front et recommença à jouer avec son alliance.

— Une nuit, je me suis réveillé… Enfin, je crois que c'était la nuit, mais on a souvent du mal à en être sûr dans ce genre d'endroit. Vu qu'il n'y a de fenêtre nulle part, on ne distingue guère le matin du soir. Je me suis réveillé, et je me suis rendu compte qu'on s'agitait autour du lit à côté du mien. Il faut vous dire que j'étais assommé par les médicaments moi aussi. Ils me rendaient souvent si comateux que je faisais difficilement la différence entre mes rêves et la réalité. Je me souviens juste des médecins qui s'activaient en donnant des ordres, des machines qui n'arrêtaient pas de sonner et des seringues qui recouvraient le sol.

» Le lendemain matin, le lit de votre ami était vide. J'ai interrogé une infirmière et elle m'a expliqué qu'il avait lutté jusqu'au bout.

Laila eut vaguement conscience de hocher la tête. Elle s'en doutait. Évidemment. Dès l'instant où elle s'était assise en face de cet homme, elle avait deviné la raison de sa présence.

— J'ai d'abord pensé que vous n'existiez pas, avoua-t-il alors. Pour moi, c'était la morphine qui faisait délirer votre ami. Du moins je l'espérais, parce que j'ai toujours détesté transmettre les mauvaises nouvelles. Mais je lui avais promis d'aller vous voir et, comme je vous l'ai dit, je m'étais attaché à lui. Je suis passé ici il y a quelques jours et je me suis renseigné sur vous auprès de vos voisins. Ils m'ont montré cette maison en me racontant ce qui était arrivé à vos parents. Quand j'ai entendu ça, j'ai fait demi-tour. Ç'aurait été trop dur pour vous d'en supporter davantage. Pour n'importe qui, d'ailleurs.

Abdul Sharif se pencha par-dessus la table afin de lui poser une main sur le genou.

— Et puis finalement, je suis revenu. Parce que, au bout du compte, je crois qu'il aurait préféré que vous soyez au courant. Je le crois vraiment. Je suis désolé, j'aurais voulu…

Laila ne l'écoutait plus. Elle se rappela le jour où un homme du Pandjshir avait appris à ses parents la mort d'Ahmad et de Noor. Elle revit Babi s'affaisser sur le canapé, le visage livide, et sa mère plaquer une main sur sa bouche. Laila l'avait observée se décomposer ce jour-là et en avait été effrayée. Pour autant, elle n'avait pas éprouvé de réelle peine, ni mesuré le choc terrible que représentait pour Fariba la perte de ses deux fils. Et voilà qu'un autre inconnu surgissait, porteur de nouvelles aussi tragiques. Cette fois, c'était elle qui lui faisait face. Était-ce sa punition, son châtiment pour avoir été si indifférente à la douleur de sa mère ?

À l'époque, celle-ci s'était écroulée par terre et arraché les cheveux en hurlant. Laila, elle, était incapable de bouger. Rien, pas le moindre muscle.

Elle resta assise sur sa chaise, les mains inertes, les yeux dans le vague, et laissa vagabonder son esprit. Elle le laissa vagabonder jusqu'à ce qu'il eût trouvé un endroit sûr, paisible, où les champs d'orge étaient verts, où une eau claire coulait dans les ruisseaux et où les graines de peuplier dansaient par milliers dans les airs. Un endroit où Babi lisait sous un acacia, où Tariq faisait la sieste, les doigts croisés sur sa poitrine, et où elle pouvait tremper ses pieds dans l'eau en rêvant, sous le regard attentif des anciens dieux de pierre.

29

Mariam

— Je suis désolé, déclara Rachid à la fille, sans un regard pour Mariam qui lui apportait des boulettes de viande et un bol de *mastawa*, une soupe de riz et de pois chiches. Je sais que vous étiez très… très *proches*, tous les deux. Inséparables depuis la naissance. C'est terrible, ce qui lui est arrivé. Trop de jeunes Afghans meurent de cette manière aujourd'hui.

D'un geste impatient, il fit signe à Mariam, toujours sans la regarder, de lui passer une serviette.

Des années durant, elle l'avait observé manger. Elle connaissait par cœur le mouvement de ses tempes quand il mâchait, la manière dont il formait de petites boules de riz compactes avec une main et essuyait de l'autre la graisse et les grains collés au coin de sa bouche. Il dînait toujours en l'ignorant totalement, dans un silence qui lui faisait l'effet d'un jugement porté contre elle et qu'il ne brisait de temps à autre que par un grognement exaspéré, un claquement désapprobateur de la langue, ou un mot jeté sèchement pour exiger du pain ou de l'eau.

Aujourd'hui, il mangeait avec une cuillère. Utilisait une serviette. Disait *loftan* en demandant à boire. Et il parlait aussi. Avec entrain et sans s'arrêter.

— Si tu veux mon avis, les Américains ont commis une erreur en soutenant Hekmatyar. La CIA n'aurait pas dû lui fournir des armes dans les années 1980. Les Soviétiques sont peut-être partis, mais lui a conservé tout son matériel de guerre et maintenant, il s'en sert contre des innocents. Et il ose parler de djihad ! Cette bonne blague ! Le djihad ne consiste pas à tuer des femmes et des enfants. Il aurait mieux valu que la CIA soutienne le commandant Massoud.

Mariam ne put s'empêcher de hausser les sourcils à ces mots. Le commandant Massoud ? Elle se rappelait pourtant très bien les diatribes sans fin de Rachid contre lui, qu'il accusait d'être un traître et un communiste. Mais il est vrai que Massoud était aussi un Tadjik. Comme Laila.

— Voilà un type raisonnable, au moins, poursuivit Rachid. Un bon Afghan. Quelqu'un qui se soucie vraiment de trouver une issue à tous ces combats.

Il soupira avec désabusement.

— Encore qu'ils n'en ont rien à faire, aux États-Unis. Ils se moquent bien que les Pachtouns, les Hazaras, les Tadjiks et les Ouzbeks s'entretuent. Combien d'Américains sont capables de les distinguer les uns des autres, de toute façon ? Moi, je dis qu'il ne faut rien attendre d'eux. Maintenant que l'Union soviétique s'est effondrée, on ne leur est plus d'aucune utilité. On a rempli notre office et voilà. Pour eux, l'Afghanistan n'est qu'un *kenarab*, un trou à merde. Désolé pour ma grossièreté, mais c'est la vérité. Tu n'es pas d'accord avec moi, Laila *jan* ?

La fille marmonna quelque chose d'inintelligible et poussa une boulette de viande dans son bol.

Rachid hocha la tête d'un air pensif, comme s'il n'avait jamais rien entendu de plus profond. Mariam dut détourner les yeux.

— Ton père – qu'il repose en paix – en discutait souvent avec moi, tu sais. Avant ta naissance, bien sûr. On parlait politique pendant des heures, tous les deux. Et littérature, aussi. N'est-ce pas Mariam ? Tu t'en souviens, toi.

Mariam se hâta de boire une gorgée d'eau pour ne pas avoir à répondre.

— Enfin, j'espère que je ne t'ennuie pas avec tous ces discours, conclut-il.

Plus tard, alors qu'elle faisait la vaisselle dans la cuisine, Mariam sentit son ventre se nouer.

Ce n'était pas tant les mensonges éhontés de Rachid qui la préoccupaient, ni sa compassion factice, ni même le fait qu'il n'avait pas levé une seule fois la main sur elle depuis qu'il avait repêché la fille de sous les gravats.

C'était cette mise en scène. Cette représentation. Cette tentative délibérée, à la fois rusée et pathétique, pour impressionner son invitée. Pour la séduire.

Elle eut soudain la certitude que ses soupçons étaient fondés. Et la peur l'envahit avec la brutalité d'une gifle aveuglante à l'idée que Rachid ne faisait ni plus ni moins que la cour à cette fille.

Lorsqu'elle eut enfin puisé assez de cran en elle, Mariam alla le trouver dans sa chambre.

— Et pourquoi pas ? rétorqua Rachid, étendu de tout son long sur le lit, en allumant une cigarette.

Elle comprit aussitôt que sa défaite était sans appel. Elle avait mi-escompté, mi-espéré pourtant qu'il nierait tout en bloc, qu'il feindrait la surprise, voire l'indignation, devant ses insinuations. Elle aurait eu le dessus alors, et serait peut-être même arrivée à lui faire honte. Mais elle perdit toute contenance devant cet aveu tranquille, fait sans le moindre état d'âme.

— Assieds-toi, lui ordonna-t-il. Assieds-toi, sinon tu vas t'évanouir et t'ouvrir le crâne. Et passe-moi le cendrier, là-bas.

Mariam obéit docilement.

Rachid devait avoir au moins soixante ans à présent – encore que, pour tout dire, il ne connût, pas plus qu'elle, son âge exact. Ses cheveux, restés aussi drus qu'autrefois, étaient devenus tout blancs. Ses paupières s'affaissaient, de même que la peau plissée et tannée de son cou. Ses joues pendaient davantage aussi et il courbait un peu le dos le matin. Mais il avait toujours ces épaules carrées, ce torse imposant, ces mains fortes, et cette panse énorme qui le précédait partout où il allait.

Dans l'ensemble, estimait Mariam, il avait considérablement mieux vieilli qu'elle.

— Il faut qu'on clarifie la situation, dit-il en posant le cendrier sur son ventre, les lèvres retroussées en un rictus amusé. Les gens vont finir par jaser. Ce n'est pas correct pour une jeune femme célibataire de vivre ici. Ça nuit à ma réputation. À la sienne. Et à la tienne aussi, pourrais-je ajouter.

— En dix-huit ans, je ne t'ai jamais rien demandé, plaida Mariam. Absolument rien. Mais maintenant, si.

Rachid inhala la fumée de sa cigarette avant de la rejeter lentement.

— Elle ne peut pas rester ici, si c'est ce que tu suggères. Je ne vais pas continuer indéfiniment à la nourrir, à l'habiller et à lui offrir un abri. Je ne suis pas la Croix-Rouge, Mariam.

— Mais… ça ?

— Quoi, ça ? Quoi ? Tu la trouves trop jeune ? Elle a quatorze ans, ce n'est plus une enfant. Toi, tu en avais quinze, rappelle-toi. Ma mère en avait treize quand elle s'est mariée, et quatorze quand elle m'a eu.

— Je… Je ne veux pas, répliqua Mariam, ivre de mépris et d'impuissance.

— La décision ne t'appartient pas. Elle ne regarde qu'elle et moi.

— Je suis trop vieille.

— Elle est trop jeune, tu es trop vieille… C'est n'importe quoi.

— Je suis trop vieille pour que tu me fasses une chose pareille, insista Mariam en serrant si fort le tissu de sa robe entre ses poings qu'elle en trembla. Je suis trop vieille pour accepter de devenir une *ambagh* après toutes ces années.

— Tout de suite les grands mots ! Ça n'a rien de choquant et tu le sais très bien. J'ai des amis qui ont deux, trois, voire quatre femmes pour certains. Ton père en avait trois, d'ailleurs. Et puis, je ne fais que ce que la plupart des hommes de ma connaissance auraient fait depuis longtemps. Je ne t'apprends rien en te disant ça.

— Je ne le permettrai pas.

Rachid sourit tristement.

— Il y a une autre solution, reprit-il en grattant la plante de son pied avec le talon calleux de l'autre. Elle peut aussi s'en aller. Je ne m'y opposerai pas. Mais à mon avis, elle n'ira pas loin. Sans nourriture, sans eau, sans une roupie en poche, et avec les bombes et les balles qui volent dans tous les sens, combien de jours tiendra-t-elle avant d'être enlevée, violée ou jetée dans un fossé, la gorge tranchée ? Ou les trois à la fois ?

Il toussa et ajusta son oreiller dans son dos.

— Crois-moi, les routes sont dangereuses par ici, Mariam. Il y a des bandits à tous les coins de rues. Ses chances de survie ne me paraîtraient pas très élevées. Et supposons même qu'elle parvienne, par miracle, à Peshawar. Que se passera-t-il ? Est-ce que tu sais au moins à quoi ressemblent les camps de réfugiés là-bas ? Les gens s'y entassent sous des abris en carton. Ils sont confrontés à la tuberculose, la dysenterie, la famine et au crime. Et on n'est pas encore en hiver. À cette saison, ils attrapent la pneumonie ou meurent de froid. Les camps se transforment en cimetières gelés.

» Bien sûr, ajouta-t-il en faisant un petit moulinet de la main, elle pourrait se tenir au chaud dans l'un des bordels de Peshawar. Les affaires marchent bien dans ce domaine, à ce qu'il paraît. Une fille aussi belle qu'elle rapporterait une fortune, tu ne crois pas ?

Il posa son cendrier sur la table de nuit et balança ses jambes par-dessus le bord du lit.

— Écoute, dit-il, d'un ton plus conciliant cette fois, comme seul un vainqueur pouvait se le permettre. Je me doutais bien que tu le prendrais mal, et je ne te le reproche pas. Mais ça vaut mieux pour tout le monde. Tu verras. Sois positive, Mariam : grâce à moi, tu auras une aide à la maison, et elle un refuge. Un toit, un mari. De nos jours, la situation étant ce qu'elle est, une femme a besoin d'un mari. Tu n'as pas remarqué toutes ces veuves qui dorment dans les rues ? Beaucoup tueraient pour être à sa place. En fait… je trouve que je fais œuvre de charité. (Il sourit.) À la façon dont je vois les choses, je mériterais même une médaille.

Plus tard, dans le noir, Mariam parla à la fille.

Celle-ci resta silencieuse un long moment.

— Il veut une réponse d'ici demain matin, précisa Mariam.

— Il peut l'avoir tout de suite. C'est oui.

30

Laila

Le lendemain, laila resta au lit. Elle était couchée lorsque Rachid passa la tête dans sa chambre pour lui annoncer qu'il allait chez le coiffeur. Et elle l'était toujours lorsqu'il rentra en fin d'après-midi, tout fier de sa coupe de cheveux, de son nouveau costume

214

d'occasion bleu à rayures beiges et de l'alliance qu'il lui avait achetée.

Il s'assit sur le lit à côté d'elle et, lentement, avec affectation, tira sur le ruban qui entourait l'écrin avant d'en sortir la bague. Il laissa entendre qu'il avait troqué celle de Mariam pour pouvoir la payer.

— Elle s'en moque, ne t'inquiète pas. Elle ne s'en apercevra même pas.

Laila s'écarta le plus loin possible de lui. Du rez-de-chaussée lui parvenait le sifflement du fer à repasser de Mariam.

— Elle ne la mettait plus, de toute façon, insista-t-il.

— Je n'en veux pas, répliqua-t-elle faiblement. Pas dans ces conditions. Il faut la rapporter.

— La rapporter ? s'écria-t-il, non sans un mouvement d'humeur qu'il s'efforça aussitôt de masquer derrière un grand sourire. J'ai dû allonger quelques billets aussi pour l'avoir – beaucoup de billets, même. Cette bague-là est plus jolie que l'autre, et c'est de l'or vingt-deux carats. Tiens, vas-y, prends-la pour voir. Tu sens comme elle pèse lourd ? Non ? (Il referma l'écrin.) Et les fleurs ? Ce serait sympa. Tu aimes ça ? Tu en as des préférées ? Les marguerites ? Les tulipes ? Le lilas ? Non, pas de fleurs ? Parfait ! Pour quoi faire, après tout. Mais je me disais par contre… Je connais un tailleur ici, à Deh-Mazang. Je pourrais t'y emmener demain pour qu'il te confectionne une belle robe.

Laila secoua la tête.

— Je préférerais…, commença-t-elle.

Rachid posa une main sur son cou. Elle ne put s'empêcher de ciller et de se recroqueviller. Le contact de ses doigts lui faisait l'effet d'un vieux pull en laine mouillé et piquant porté à même la peau.

— Oui ?

— Je préférerais qu'on ne perde pas de temps.

Les lèvres de Rachid s'étirèrent en un rictus qui dévoila ses dents jaunies.

— J'aime mieux ça, dit-il.

Avant la visite d'Abdul Sharif, Laila avait décidé de gagner le Pakistan. Même après, songea-t-elle, elle aurait pu le faire. Elle serait partie loin de là, pour se détacher de cette ville où chaque coin de rue était un piège, où chaque allée cachait un fantôme qui surgissait devant elle comme le diable à ressort d'une boîte à surprise. Elle aurait pu prendre ce risque.

Mais du jour au lendemain, cela devint inenvisageable.

Pas avec ces nausées quotidiennes.

Pas avec ces seins soudain gonflés.

Pas en se rendant compte, malgré le chaos ambiant, qu'elle n'avait pas eu ses règles.

Laila s'imagina dans un camp de réfugiés, au milieu de l'un de ces champs nus où un vent glacial faisait claquer des milliers de bâches suspendues à des poteaux de fortune. Sous l'une de ces tentes improvisées, elle vit son bébé, l'enfant de Tariq – un enfant aux tempes creusées, à la mâchoire inerte et à la peau marbrée d'un bleu cendré. Elle imagina son petit corps lavé par des étrangers et enveloppé d'un linceul, puis déposé au fond d'un trou, sous le regard déçu des vautours.

Comment aurait-elle pu fuir ?

Elle fit le sinistre inventaire de ses proches. Ahmad et Noor, morts. Hasina, partie. Giti, morte. Sa mère, morte. Babi, mort. Et maintenant Tariq.

Par miracle, il subsistait quelque chose de son passé, un dernier lien qui l'unissait à la personne qu'elle avait été autrefois, juste avant de se retrouver seule au monde. Une partie de Tariq vivait en elle et y grandissait jour après jour. Comment aurait-elle pu mettre en danger tout ce qui lui restait de lui et de son ancienne vie ?

Sa décision fut vite prise. Six semaines s'étaient écoulées depuis son étreinte avec Tariq. Rachid ne serait pas dupe très longtemps encore.

Elle savait que son geste était déshonorant. Déshonorant, malhonnête, honteux. Et surtout très injuste envers Mariam. Mais, alors même que son bébé n'était pas plus gros qu'une mûre, Laila pressentait déjà les sacrifices auxquels une mère devait consentir. La vertu n'était que le premier d'entre eux.

Elle posa une main sur son ventre et ferma les yeux.

Par la suite, elle garda un souvenir fragmenté de la cérémonie. Les rayures crème du costume de Rachid. L'odeur âpre de son spray pour les cheveux. La petite coupure qu'il s'était faite en se rasant, juste au-dessus de la pomme d'Adam. Le bout dur de ses doigts tachés de nicotine lorsqu'il lui passa l'alliance. Le stylo qui ne marchait pas. Celui qu'il fallut chercher. Le contrat. La signature – d'une main assurée pour lui, tremblante pour elle. Les prières. Le reflet de Rachid dans le miroir. Ses sourcils épilés.

Et, quelque part dans la pièce, Mariam qui les observait. La désapprobation émanant de toute sa personne.

Laila n'eut pas le courage de la fixer en face.

Allongée sous les draps froids cette nuit-là, elle regarda Rachid tirer les rideaux et frémit avant même qu'il ne s'attaque aux boutons de sa tunique et à la ficelle de son pantalon. Lui-même était nerveux. Il se débattit un long moment avec sa propre chemise et sa ceinture, avant de lui dévoiler son nombril proéminent, avec une petite veine bleue au milieu, son torse aux mamelons pendants parsemés de touffes de poils blancs, ses larges épaules, puis ses bras. Laila le sentit qui la dévorait des yeux.

— Dieu me vienne en aide, je crois bien que je t'aime, dit-il.

Les dents serrées, elle lui demanda d'éteindre la lumière.

Plus tard, lorsqu'elle fut certaine qu'il dormait, elle attrapa sans bruit le couteau qu'elle avait caché sous le matelas. Elle s'entailla l'index, puis souleva la couverture et laissa son doigt saigner sur le drap.

31

Mariam

Le jour, la fille se faisait discrète ; seuls les grincements occasionnels du sommier, quelques bruits de pas à l'étage, l'eau qui coulait dans la salle de bains ou une cuillère tintant contre un verre dans sa chambre venaient rappeler sa présence à Mariam. De temps à autre, celle-ci l'entrapercevait aussi qui remontait vivement l'escalier, les bras serrés sur sa poitrine, ses sandales claquant contre ses talons et le bas de sa robe tourbillonnant.

Mais il était inévitable qu'elles se croisent – dans le vestibule, la cuisine, ou encore près de la porte, lorsque Mariam rentrait de la cour. L'atmosphère devenait tendue alors. La fille rassemblait les pans de sa jupe dans une main et murmurait quelques mots d'excuse avant de s'éclipser – non sans rougir, notait Mariam lorsqu'elle hasardait un regard en coin dans sa direction. Parfois, elle sentait l'odeur de Rachid sur la peau de sa rivale. L'odeur de sa sueur, de son tabac, de son désir. Le sexe, par chance, était un chapitre clos dans sa propre vie. Cela faisait un moment déjà, et elle avait la nausée rien que de songer à ces moments pénibles qu'il lui avait fallu endurer autrefois, couchée sous lui.

Le soir, cependant, cette stratégie d'évitement mutuellement orchestrée n'était plus possible. Rachid affirmait qu'ils formaient une famille. Il le répétait souvent, même, en ajoutant qu'à ce titre ils se devaient de dîner ensemble.

— Qu'est-ce qu'il y a ? demanda-t-il un jour en arrachant avec ses doigts des morceaux de viande collés à un os – il avait laissé tomber l'usage de la cuillère et de la fourchette une semaine après le mariage. J'ai épousé une paire de statues ou quoi ? Allez, Mariam, *gap bezan*, parle-lui. Où sont passées tes bonnes manières ?

Il suça la moelle de son os, puis se tourna vers la fille.

— Il ne faut pas lui en vouloir, tu sais. Elle est du genre silencieux. C'est une bénédiction, je t'assure, parce que quand on n'a rien à dire, le mieux est encore de se taire. Toi et moi, on est de la ville, mais elle, c'est une *dehati*. Une villageoise. Enfin, même pas tout à fait. Elle a grandi dans une *kolba* en terre à l'extérieur d'un village. C'est son père qui l'a mise là. Tu lui as raconté que tu étais une *harami*, Mariam ? C'est vrai, Laila. Mais elle a tout de même quelques qualités, quand on y pense. Tu le découvriras par toi-même, Laila *jan*. Elle est robuste, pour commencer, dure à la tâche, et sans prétention. En fait, si elle était une voiture, ce serait une Volga.

Mariam avait trente-trois ans à présent, mais ce mot, *harami*, la blessait toujours autant. Chaque fois qu'elle l'entendait, elle avait l'impression de ne pas valoir plus qu'un insecte nuisible, un cafard même. Elle se rappela les paroles de Nana. *Espèce d'empotée. C'est ça ma récompense pour tout ce que j'ai enduré ? Une sale petite* harami *qui me casse tout ce que j'ai de précieux ?*

— Toi, par contre, reprit Rachid, tu m'évoques plutôt une Mercedes. Une belle Mercedes flambant neuve et haut de gamme. *Wah wah*. Mais… (Il leva un doigt graisseux en l'air.) Par égard pour leur beauté et leurs qualités, il faut prendre certaines… précautions… avec les Mercedes. Oh, tu dois me trouver ridicule avec tous mes discours sur les voitures. Je ne dis pas que tu en es une pour moi. Non, je veux juste te faire comprendre une chose.

Il reposa la boule de riz qu'il venait de rouler et laissa pendre mollement ses mains au-dessus de son assiette en affichant une expression soudain sérieuse.

— Il ne faut pas dire du mal des morts, a fortiori des *shaheed*, et je ne voudrais surtout pas paraître insultant, mais j'ai quelques… réserves sur l'indulgence que tes parents ont eue envers toi – qu'Allah leur pardonne et leur accorde une place au paradis. Je suis désolé.

Le regard haineux que la fille jeta à Rachid n'échappa guère à Mariam, mais lui avait les yeux baissés et ne le remarqua pas.

— Enfin, peu importe, poursuivit-il. Le fait est que je suis ton mari maintenant et qu'il est de mon devoir de veiller non seulement sur ton honneur, mais aussi sur le nôtre. Sur notre *nang* et *namoos*. Tel est le rôle d'un mari, donc laisse-moi m'en occuper s'il te plaît. Toi, tu es la reine, la *malika*, et cette maison est ton palais. Tu peux demander à Mariam de faire tout ce que tu veux – n'est-ce pas, Mariam ? Et si tu as envie de quoi que ce soit, je te le procurerai. Tu vois, je suis comme ça, moi.

» En retour, je n'aurai qu'une seule exigence : que tu évites de sortir d'ici sans moi. C'est tout. Rien de très compliqué, non ? Si je suis absent et que tu as un besoin urgent – mais vraiment urgent – de quelque chose qui ne peut pas attendre mon retour, alors, envoie Mariam te le chercher. Évidemment, tu dois t'interroger sur cette différence de traitement entre vous deux, mais on ne conduit pas une Volga et une Mercedes de la même manière. Ce serait stupide, n'est-ce pas ? Oh, et quand nous serons ensemble à l'extérieur, je tiens à ce que tu portes une burqa. Pour ta sécurité, bien sûr. Ça vaut mieux. Il y a tant d'hommes vicieux dans cette ville. Tant de gens malintentionnés prêts à déshonorer même une femme mariée. Voilà, c'est tout.

Il toussota.

— J'ajoute que Mariam sera mes yeux et mes oreilles quand je ne serai pas là, dit-il en décochant à celle-ci un regard meurtrier. Non que je sois méfiant, bien au contraire. Pour être franc, tu me parais très mûre pour ton âge. Mais tu n'en restes pas moins une très jeune femme, Laila *jan*. Une *dokhtar e jawan*. Et les jeunes femmes peuvent faire de mauvais choix. Elles ont parfois tendance à commettre des bêtises. Bref, Mariam sera responsable de toi. Au moindre écart…

Il continua un long moment ainsi, et Mariam observa la fille du coin de l'œil, tandis que les obligations et les menaces pleuvaient sur elles deux comme les bombes sur Kaboul.

Un jour qu'elle pliait des chemises de Rachid dans le salon, Mariam s'aperçut que la fille se tenait derrière elle, près de la porte, les mains en coupe autour d'une tasse de thé – depuis combien de temps, elle n'aurait su le dire.

— Je ne voulais pas te faire peur, s'excusa la fille. Je suis désolée.

Les rayons du soleil éclairaient son visage, ses grands yeux verts, son front lisse, ses pommettes hautes et ses épais sourcils sans comparaison aucune avec les siens, si fins et disgracieux. Ses cheveux blonds, qu'elle n'avait pas peignés ce jour-là, étaient séparés par une raie au milieu.

Mariam la fixa sans un mot. À la façon dont l'autre serrait sa tasse et à ses épaules crispées, elle devina sa nervosité. Elle l'imagina même assise sur son lit, en train de se préparer mentalement à descendre lui parler.

— Les feuilles ont commencé à jaunir, lança la fille sur le ton de la conversation. Tu as vu ? L'automne est ma saison préférée. J'adore l'odeur qui se dégage quand les gens brûlent les feuilles dans leur jardin. Ma mère aimait mieux le printemps, elle. Tu l'as connue ?

— Pas vraiment.

— Pardon ?

— Je disais que non, je n'ai pas vraiment connu ta mère, répéta Mariam d'une voix plus forte.

— Oh.

— Tu voulais me demander quelque chose ?

— Mariam *jan*, oui… Au sujet de ce qu'il a dit l'autre soir…

— Je comptais t'en toucher un mot.

— Je t'écoute, réagit aussitôt la fille en faisant un pas vers elle, l'air soulagé, presque enthousiaste.

Quelque part à l'extérieur, un loriot pépiait. Mariam entendit le grincement des roues métalliques d'une charrette qui allait cahotant dans la rue, et le bruit d'une fusillade pas si loin de là – un coup de feu solitaire suivi de trois autres en rafale, puis plus rien.

— Je ne serai pas ta servante, déclara-t-elle. C'est hors de question.

L'autre sursauta.

— Non, bien sûr que non !

— Tu es peut-être la *malika* du palais et moi une *dehati*, mais je n'ai pas d'ordres à recevoir de toi. Tu peux te plaindre à lui si tu veux, et il peut bien me trancher la gorge, je ne ferai rien pour toi. Tu m'entends ? Je ne serai pas ta servante.

— Je n'attends pas que…

— Et si tu crois pouvoir te servir de ton physique pour te débarrasser de moi, tu te trompes. J'étais ici la première. Je ne me laisserai pas jeter dehors comme ça. N'y compte pas.

— Ce n'est pas mon intention…

— Je vois que tes blessures sont guéries maintenant. Tu peux donc participer aux tâches ménagères toi aussi.

La fille acquiesça vivement. Une partie de son thé se renversa, mais elle ne sembla pas le remarquer.

— Oui, c'est d'ailleurs l'autre raison pour laquelle je suis descendue te voir. Pour te remercier d'avoir pris soin de moi…

— Je le regrette, rétorqua Mariam. Je ne t'aurais jamais nourrie, lavée et soignée si j'avais su que tu en profiterais pour me voler mon mari.

— Voler…

— Je ferai la cuisine et la vaisselle. Toi, tu t'occuperas de la lessive et du ménage. On alternera pour le reste. Et une chose encore : épargne-moi ta compagnie, elle ne m'intéresse pas. Tout ce que je veux, c'est être seule. Laisse-moi tranquille et je te rendrai la pareille. Il n'y a que comme ça qu'on s'en sortira. En suivant ces règles.

Lorsqu'elle eut fini, son cœur battait à tout rompre et sa bouche était sèche. Mariam n'avait jamais parlé à quiconque sur ce ton auparavant. Jamais elle n'avait imposé sa volonté avec autant de force. Elle aurait dû trouver cela grisant, mais lorsqu'elle vit les yeux de la fille s'embuer de larmes et son visage se décomposer, la satisfaction que lui avait procurée ce brusque accès de colère lui parut soudain bien mesquine, et même injustifiée.

Elle lui tendit les chemises qu'elle venait de plier.

— Range-les dans l'*almari*, pas dans le placard. Il aime que les blanches soient dans le tiroir supérieur, et les autres dans celui du milieu, avec ses chaussettes.

La fille posa sa tasse par terre et prit la pile de linge.

— Je suis désolée, souffla-t-elle d'une voix brisée. Pour tout.

— Ah, ça, tu peux ! dit Mariam. Tu peux bien être désolée !

32

Laila

Laila se rappelait un jour, des années plus tôt, où sa mère avait invité des voisines à la maison. Fariba était dans l'une de ses bonnes périodes alors, et tout le monde s'était assis dehors pour manger des mûres que Wajma avait cueillies dans son jardin. Certaines des baies étaient blanches et roses, d'autres de la même couleur violacée que les petits vaisseaux sanguins visibles sur le nez de la sage-femme.

— Vous savez comment son fils est mort ? s'était enquise Wajma en fourrant une poignée de mûres dans sa bouche.

— Il s'est noyé dans le lac Ghargha, non ? avait répondu Nila, la mère de Giti.

— Mais est-ce que vous saviez que Rachid… (Wajma avait levé un doigt et fini ostensiblement de mâcher ses mûres avant de poursuivre :)… Est-ce que vous saviez qu'il buvait du *sharab* à l'époque ? Et qu'il était ivre mort ce jour-là ? Je vous jure. On n'était pourtant qu'en milieu de matinée, mais à midi, il était affalé sur une chaise longue, presque inconscient. On aurait pu tirer le canon à côté de lui qu'il n'aurait rien entendu.

Wajma avait couvert sa bouche de sa main pour roter, et Laila se souvenait de l'avoir vue ensuite passer sa langue entre les quelques dents qui lui restaient.

— Vous devinez la suite. Le garçon est entré dans l'eau sans que personne s'en aperçoive. Quand il a été repéré un peu plus tard, il flottait sur le ventre. Les gens se sont précipités, bien sûr, les uns pour essayer de le réanimer, les autres pour secouer son père. Quelqu'un s'est penché sur le petit pour lui faire ce truc qu'on est censé faire dans ces cas-là… du bouche-à-bouche. Mais ça n'a servi à rien. Il était trop tard, c'était évident.

La sage-femme avait de nouveau levé un doigt et ajouté d'une voix chevrotante :

— Voilà pourquoi le Coran interdit de boire du *sharab*. Parce que ce sont toujours les gens sobres qui paient pour les péchés des ivrognes.

Cette histoire hanta Laila après qu'elle eut annoncé sa grossesse à Rachid. Lui, en revanche, enfourcha son vélo et fila à la mosquée prier Dieu pour que ce soit un garçon.

Ce soir-là, durant tout le repas, elle regarda Mariam jouer avec un morceau de viande dans son assiette. Rachid lui avait appris la nouvelle un peu plus tôt d'une voix stridente et théâtrale. Jamais Laila n'avait vu quelqu'un afficher une joie si mauvaise. Mariam avait battu des cils en même temps qu'une rougeur diffuse envahissait ses joues. Depuis, elle boudait, l'air accablé.

Une fois Rachid parti écouter la radio dans sa chambre, Laila l'aida à débarrasser le *sofrah*.

— Je n'ose pas imaginer ce que tu es pour lui maintenant, s'il te considérait comme une Mercedes avant, dit Mariam en ramassant des grains de riz et les miettes de pain tombés par terre.

— Un train ? dit Laila en tentant une approche plus enjouée. Ou peut-être un gros jumbo-jet ?

Mariam se raidit.

— J'espère que tu ne considères pas ça comme une excuse pour ne plus rien faire ici.

D'abord prête à se défendre, Laila se ravisa en songeant que Mariam était innocente dans cette histoire. Elle, et le bébé aussi.

Une fois couchée, elle ne put s'empêcher de pleurer.

Qu'y avait-il ? s'inquiéta Rachid. Était-elle malade ? Était-ce le bébé ? Quelque chose n'allait pas avec le bébé ? Non ?

Mariam la traitait mal, alors ?

— C'est ça, hein ?

— Non.

— *Wallah o billah*, je vais lui apprendre, moi. Pour qui elle se prend, cette *harami* ? Elle s'imagine qu'elle peut te…

— Non !

Mais déjà, il se levait, si bien qu'elle dut l'attraper par le bras pour le retenir.

— Non, ça n'a rien à voir avec elle ! Elle est très correcte avec moi. J'ai juste besoin d'une minute, c'est tout. Ça va aller.

Il s'assit à côté d'elle et lui caressa le cou en murmurant. Lentement, sa main glissa vers le bas de son dos, avant de remonter. Puis il se pencha vers elle et lui décocha un sourire mielleux.

— Voyons voir si je ne peux pas t'aider à te sentir mieux…

Les arbres – ceux qui n'avaient pas été coupés pour fournir du bois de chauffage – perdirent bientôt leurs feuilles jaune et cuivre. Les vents froids et cinglants qui balayèrent ensuite la ville achevèrent de les dénuder et de leur donner l'air de fantômes face au brun plus clair des montagnes. Les premières chutes de neige de la saison furent modérées et les flocons fondirent sitôt qu'ils eurent touché le sol, mais dès que le thermomètre descendit au-dessous de 0 degré, des congères se formèrent sur les toits et devant les fenêtres recouvertes de givre. Surgirent alors les cerfs-volants, autrefois maîtres du ciel en hiver, timides intrus à présent au milieu d'un territoire revendiqué par les bombes et les avions de chasse.

Rachid ne cessait d'apporter des nouvelles de cette guerre qui sidérait Laila par les allégeances changeantes des protagonistes. Sayyaf combattait les Hazaras. Les Hazaras combattaient Massoud. Massoud combattait Hekmatyar.

— Ces deux-là sont des ennemis mortels, lui expliqua Rachid. Massoud a le soutien de Sayyaf, et Hekmatyar celui des Pakistanais et des Hazaras. Enfin, pour le moment.

Quant à l'imprévisible commandant ouzbek Dostum, personne ne semblait savoir dans quel camp il se situait. Il avait lutté contre les Soviétiques dans les années 1980 au côté des moudjahidin, mais s'était rallié ensuite au régime communiste de Najibullah. Celui-ci l'avait même décoré en personne, avant que Dostum ne retourne sa veste en se joignant de nouveau

aux moudjahidin. Pour l'heure, selon Rachid, il soutenait Massoud.

À Kaboul, en particulier dans les quartiers ouest,
de violents incendies faisaient rage et les nuages noirs
se multipliaient au-dessus des bâtiments couverts de
neige. Les ambassades fermaient à tour de bras. Les
écoles s'effondraient. Dans les salles d'attente des
hôpitaux, des blessés se vidaient de leur sang, tandis
que d'autres étaient amputés sans anesthésie.

— Mais ne t'inquiète pas, ma petite fleur, ma *gul*,
dit Rachid. Tu es en sécurité avec moi. Si jamais
quelqu'un osait s'en prendre à toi, je lui ouvrirais le
ventre et je lui ferais bouffer ses tripes.

Cet hiver-là, Laila ne vit que des murs autour d'elle.
Elle songea avec nostalgie aux cieux dégagés de son
enfance, aux tournois de *buzkashi* [1] auxquels elle allait
assister avec Babi, aux courses qu'elle faisait au bazar
de Mandaii avec sa mère, à ses promenades avec Giti
et Hasina et à leurs discussions au sujet des garçons.
Et elle revoyait Tariq aussi, et toutes les fois où ils
s'étaient assis sur un tapis de trèfle au bord d'un ruisseau pour y échanger bonbons et devinettes tout en
regardant le coucher de soleil.

Mais penser à lui était une souffrance parce que,
tout de suite après, elle l'imaginait étendu sur un lit,
loin de Kaboul, avec des tubes émergeant de son corps
brûlé. Comme la bile qui ne cessait de lui irriter la
gorge depuis quelque temps, une douleur paralysante
montait alors du plus profond d'elle-même, si forte

---

1. Tournoi organisé le jour du printemps, au cours duquel un
cavalier doit extraire une carcasse de chèvre sans tête au milieu
d'une mêlée et venir la déposer à l'intérieur d'un cercle – le tout
en étant poursuivi par une équipe adverse qui tente de lui arracher
sa prise. *(N.d.T.)*

que ses jambes refusaient de la porter et qu'elle devait s'accrocher à un appui pour ne pas s'effondrer.

Elle passa l'hiver 1992 à balayer la maison, à frotter les murs orangés de la chambre qu'elle partageait avec Rachid, à laver le linge dehors dans un grand *lagaan* en cuivre. Parfois, elle avait l'impression de sortir d'elle-même et de s'observer accroupie près de la bassine, les manches retroussées jusqu'aux coudes, essorant un maillot de corps de ses mains rougies. Dans ces moments-là, elle se sentait aussi perdue qu'un naufragé cherchant en vain un rivage à l'horizon et ne voyant à la place qu'une étendue d'eau infinie.

Lorsqu'il faisait trop froid pour sortir, elle déambulait dans la maison en effleurant de l'ongle le mur du couloir, dans un sens et dans l'autre, puis elle descendait et remontait les escaliers, la figure sale, les cheveux dépeignés. Elle errait ainsi jusqu'à croiser Mariam, laquelle lui jetait invariablement un coup d'œil peu amène avant de se remettre à son travail. Laila distinguait presque l'hostilité muette qui émanait d'elle comme les vagues de chaleur s'élevant de l'asphalte en été. Elle se retirait alors dans sa chambre, s'asseyait sur le lit et regardait tomber la neige.

Rachid l'emmena un jour dans sa boutique.

Chaque fois qu'ils sortaient ensemble, il marchait à côté d'elle en la tenant par le coude. Pour Laila, ces promenades étaient devenues un défi de tous les instants. N'étant pas encore habituée à la vision limitée et grillagée qu'imposait la burqa, elle ne cessait de se prendre les pieds dans l'ourlet et redoutait toujours de se briser une cheville en trébuchant dans un trou. Dans le même temps, elle tirait un certain réconfort de son nouvel anonymat. Grâce à la burqa, elle ne risquait pas d'être reconnue par ses anciennes relations, ni d'avoir à lire la surprise, la pitié ou la jubilation dans leurs yeux, devant le spectacle de sa déchéance, l'anéantissement de ses belles ambitions.

La boutique de Rachid était plus grande et plus lumineuse qu'elle ne s'y attendait. Il la fit asseoir derrière un établi recouvert de vieilles semelles et de chutes de cuir, il lui montra ses outils, lui expliqua le fonctionnement de la ponceuse en se rengorgeant. Il lui tâta le ventre aussi, non pas à travers sa chemise, mais directement sur sa peau tendue, de ses doigts froids et rêches. Laila pensa en comparaison aux mains de Tariq, douces et fortes à la fois, qui lui avaient toujours paru si belles avec leurs veines sinueuses et gonflées.

— Il grossit à une vitesse ! s'extasia Rachid. Ce sera un beau bébé. Mon fils sera un *pahlawan*, une force de la nature, comme son père !

Laila rabaissa sa chemise, apeurée comme à chaque fois qu'il parlait ainsi.

— Comment ça va avec Mariam ? l'interrogea-t-il ensuite.

Elle répondit que tout allait bien.

— Parfait, parfait.

À la vérité, elles venaient d'avoir leur premier véritable affrontement.

Cela s'était passé quelques jours plus tôt. En entrant dans la cuisine, Laila avait surpris Mariam en train d'ouvrir et de refermer violemment tous les tiroirs, à la recherche de la grande cuillère en bois dont elle se servait pour remuer le riz.

« Où tu l'as rangée ? avait-elle lancé à Laila en se tournant pour lui faire face.

— Moi ? Je n'y ai pas touché. Je ne mets presque jamais les pieds ici.

— Ça, j'avais remarqué.

— Quoi ? Tu n'es pas contente ? Je te rappelle que c'est toi qui l'as voulu. Tu m'as dit que tu t'occupais des repas. Mais si tu as envie qu'on fasse autrement…

— Donc, tu prétends que ma cuillère s'est sauvée toute seule ? Qu'elle a filé sur ses petites pattes ? *Tap, tap, tap*, comme ça, en douce ? C'est ça, *degeh* ?

— Non, je dis que… », avait commencé Laila en tentant de se contrôler.

D'ordinaire, elle parvenait à encaisser les remarques ironiques et les accusations de Mariam. Mais ce jour-là, elle avait les chevilles gonflées, la tête lourde et des brûlures d'estomac particulièrement douloureuses.

« Je dis que tu l'as peut-être mal rangée.

— Mal rangée ? avait répété Mariam en tirant si fort sur un tiroir que des spatules et des couteaux s'étaient entrechoqués à l'intérieur. Tu vis depuis combien de temps ici ? Quelques mois ? Moi, ça fait dix-neuf ans, *dokhtar jo*. Tu ne chiais pas encore dans tes couches que je plaçais déjà cette cuillère dans ce tiroir-là.

— Peut-être, avait répliqué Laila, les dents serrées. Mais il n'est pas impossible non plus que tu l'aies mise ailleurs sans faire attention.

— Tout comme il n'est pas impossible que toi, tu l'aies cachée quelque part pour m'énerver.

— Tu me fais vraiment pitié, tu sais ? »

Mariam avait cillé à ces mots, avant de se reprendre.

« Tu n'es qu'une putain ! Une putain et une *dozd* ! Une voleuse, voilà ce que tu es ! »

Les cris avaient fusé. Elles s'étaient menacées avec des casseroles – sans aller cependant jusqu'à se les jeter à la figure – et s'étaient traitées de tous les noms avec une violence qui faisait encore rougir Laila lorsqu'elle y pensait. Depuis, elles ne s'adressaient plus la parole. Laila était choquée de la rapidité avec laquelle elle avait perdu son sang-froid, mais elle reconnaissait aussi qu'une partie d'elle-même y avait pris plaisir. Elle avait aimé crier sur Mariam et disposer à travers elle d'un exutoire à sa colère et à sa douleur.

Peut-être ce sentiment avait-il été réciproque, s'était-elle dit.

Après leur altercation, elle avait couru à l'étage se jeter sur le lit de Rachid, tandis que Mariam continuait à l'invectiver.

« Saleté ! Ordure ! »

La tête enfouie dans l'oreiller, elle avait gémi en pleurant ses parents comme cela ne lui était pas arrivé depuis les jours terribles qui avaient suivi leur mort. Jamais ils ne lui avaient autant manqué. Elle était restée ainsi, les poings crispés autour du drap, jusqu'à ce que son souffle se bloque soudain. Elle s'était aussitôt redressée, portant les mains à son ventre.

Le bébé venait de bouger pour la première fois.

33

Mariam

Un matin du printemps 1993, de très bonne heure, Mariam regarda Rachid sortir de la maison avec la fille. Celle-ci marchait pliée en deux, un bras sur son ventre rond dont la forme se devinait sous la burqa. L'air inquiet, Rachid multipliait les marques d'attention et la guidait dans la cour en la tenant par le coude comme l'aurait fait un agent de la circulation. À un moment, il lui fit signe de ne pas bouger, puis courut jusqu'au portail, qu'il bloqua avec son pied avant de lui intimer d'avancer. Il la prit par la main dès qu'elle fut parvenue à son niveau et Mariam aurait presque pu l'entendre dire : « Fais attention, ma petite fleur, ma *gul*. »

Ils revinrent tôt le soir suivant.

Rachid entra le premier dans la cour. Il laissa le portail se refermer sans égard pour la fille, qui manqua le recevoir en pleine tête, et franchit en quelques pas rapides la distance jusqu'à la maison. Mariam détecta une ombre sur son visage, comme une noirceur sous la lumière dorée du crépuscule. Une fois à l'intérieur, il jeta son manteau sur le canapé et passa près d'elle en la bousculant.

— J'ai faim, déclara-t-il. Prépare le dîner.

La fille apparut à son tour avec un paquet emmail-loté. Un pied dehors, l'autre dans le vestibule pour empêcher la porte de claquer, elle se baissa avec peine et tenta d'attraper un sac qu'elle avait posé par terre. Grimaçant sous l'effort, elle leva les yeux au même instant et aperçut Mariam.

Celle-ci, sans un mot, lui tourna le dos afin d'aller réchauffer le repas de Rachid.

— J'ai l'impression d'avoir un marteau-piqueur dans le crâne, se plaignit Rachid en se frottant les yeux.

Il se tenait sur le seuil de la chambre de Mariam, ses cheveux blancs ébouriffés, l'air ensommeillé et vêtu d'un simple *tumban*, un pantalon, qu'il avait attaché lâchement.

— Je n'en peux plus de ces hurlements, ajouta-t-il.

En bas, la fille faisait les cent pas, le bébé dans les bras, et chantonnait pour l'apaiser.

— Je n'ai pas dormi une seule nuit entière en deux mois ! Et ma chambre est une infection. Il y a des linges pleins de merde tout partout. J'ai même marché dedans l'autre jour.

Mariam sourit intérieurement, savourant son plaisir.

— Sors-la ! cria Rachid par-dessus son épaule. Tu ne peux pas l'emmener dehors ?

La fille cessa de fredonner.

— Elle va attraper une pneumonie ! rétorqua-t-elle.

— On est en été !

— Quoi ?

Rachid serra les dents.

— Je dis : on est en été, répéta-t-il d'une voix plus forte.

— Il n'est pas question que je la sorte !

Et elle se remit à chanter.

— Parfois, je te jure, j'ai envie de foutre cette chose dans une boîte et de la laisser descendre la rivière de Kaboul. Comme Moïse.

Mariam ne l'avait jamais entendu appeler la petite par le prénom que la fille lui avait choisi – Aziza, l'enfant chérie. Il disait toujours *« le bébé »*, ou bien, quand il était particulièrement énervé, *« cette chose »*.

Certains soirs, des éclats de voix parvenaient jusqu'à elle. Elle s'avançait alors dans le couloir sur la pointe des pieds et écoutait Rachid se plaindre du bébé, de ses cris, de son odeur, des jouets sur lesquels il trébuchait, du fait que Laila ne s'occupait plus du tout de lui depuis la naissance tellement elle était prise par les tétées, les rots, les couches à changer, les pleurs à calmer. La fille, à son tour, lui reprochait de fumer dans la chambre et de ne pas laisser Aziza dormir avec eux.

Et il y avait d'autres disputes, menées un ton plus bas celles-là.

— Le médecin a dit six semaines.

— Pas maintenant, Rachid. Non. Lâche-moi. Allez, arrête.

— Ça fait deux mois.

— Chhhut. Et voilà, tu as réveillé le bébé. *Khosh shodi ?* Tu es content ?

Prudente, Mariam retournait alors dans son lit.

— Tu ne peux pas te rendre utile, toi ? grinça Rachid ce soir-là. Il doit bien y avoir un truc que tu peux faire.

— Qu'est-ce que je connais aux enfants ? se défendit-elle.

— Rachid ! appela la fille depuis sa chambre. Tu peux m'apporter le biberon ? Il est sur l'*almari*. Aziza ne veut pas téter au sein.

Les vagissements du bébé s'élevèrent de nouveau.

Rachid ferma les yeux.

— Cette chose est un chef de guerre. C'est Hekmatyar en personne. Je te jure, Laila a accouché de Gulbuddin Hekmatyar.

Les jours passèrent, tout entiers consacrés au bébé et à ses besoins. Mariam regarda la fille le nourrir, le bercer, le faire sauter dans ses bras, le promener. Même quand Aziza dormait, il y avait des couches sales à frotter et à faire tremper dans un seau de désinfectant que Rachid avait fini par se laisser convaincre d'acheter. Il y avait des petits ongles à limer aussi, des pyjamas à laver et à étendre. Ces habits, comme d'autres détails encore, donnèrent lieu à de nouveaux affrontements.

— Qu'est-ce qui ne va pas ? demandait Rachid.

— Tu as pris des vêtements pour garçon. Pour un *bacha*.

— Et alors, tu crois qu'elle fait la différence ? Je les ai payés cher, figure-toi. Et je te préviens, je n'aime pas que tu me parles sur ce ton.

Chaque semaine, sans faute, la fille allumait un brasero et y jetait une pincée de graines de rue avant de souffler la fumée vers Aziza pour la protéger du mauvais œil.

Mariam trouvait épuisant un tel enthousiasme – même si elle devait aussi s'avouer admirative. Elle s'étonnait de voir les yeux de la fille briller d'adoration, y compris les matins où elle se levait les traits tirés et le teint cireux après une nouvelle nuit blanche. Elle s'émerveillait en secret de l'entendre éclater de rire lorsque Aziza avait des gaz et pousser des cris de joie devant le plus petit changement qui s'opérait en elle. C'était bien simple : pour sa mère, tout ce que faisait l'enfant était extraordinaire.

— Regarde ! Elle tend la main vers son hochet ! Ce qu'elle est intelligente !

— J'appelle tout de suite la presse, ironisait Rachid.

Chaque soir, la même scène se répétait. Quand la fille réclamait son attention, Rachid la toisait avec impatience.

— Regarde ! disait-elle. Regarde comme elle rit quand je claque des doigts. Là. Tu as vu ?

Mais il replongeait le nez dans son assiette en grognant. Mariam se souvenait encore de l'effet que Laila avait eu sur lui au début. À l'époque, la moindre de ses paroles suscitait l'admiration de son mari, l'intriguait ou lui faisait hocher la tête avec approbation.

Cette disgrâce aurait dû ravir Mariam, lui apporter un sentiment de revanche même. Mais, curieusement, il n'en fut rien, et elle se surprit plutôt à éprouver de la pitié.

C'était également au cours des repas que la fille exprimait toute une série d'angoisses, la première d'entre elles étant la pneumonie, qu'elle décelait dans chaque quinte de toux. Venaient ensuite la dysenterie, dont le spectre ressurgissait au moindre signe de diarrhée, puis la varicelle et la rougeole, qu'elle diagnostiquait au premier érythème suspect.

— Tu ne devrais pas t'attacher autant à ce bébé, déclara un soir Rachid.

— Qu'est-ce que tu veux dire ?

— J'écoutais la radio l'autre jour. *Voice of America*, la Voix de l'Amérique. Ils donnaient des statistiques intéressantes : en Afghanistan, un enfant sur quatre meurt avant cinq ans. C'est ce qu'ils ont dit. Ils… Quoi ? Qu'est-ce qu'il y a ? Tu vas où, là ? Reviens ici, reviens ici tout de suite !

Il se tourna vers Mariam, l'air stupéfait.

— Qu'est-ce qui lui prend ?

Ce soir-là, une nouvelle dispute éclata dans la chambre de Rachid. Il faisait chaud et sec, comme toujours à Kaboul durant le mois du *Saratan*, le solstice, et Mariam avait refermé sa fenêtre après avoir constaté qu'elle ne laissait entrer que les moustiques. Elle sentait la chaleur monter du sol à l'extérieur, s'infiltrer entre les planches lézardées des toilettes dans la cour, traverser les murs de la maison pour parvenir jusqu'à sa chambre.

D'habitude, les querelles cessaient au bout de quelques minutes, mais une demi-heure s'écoula cette fois-là sans que le calme revînt. Au contraire, les éclats de voix se firent de plus en plus forts. Mariam entendit Rachid crier, puis la fille qui lui répondait d'une voix suraiguë. Bientôt, le bébé se mit à hurler.

C'est alors que leur porte s'ouvrit violemment – si violemment que Mariam découvrirait au matin la marque de la poignée imprimée dans le mur du couloir. Elle venait de s'asseoir dans son lit lorsque Rachid s'engouffra dans sa chambre.

Il était en chaussons et portait un slip blanc avec un maillot assorti taché d'auréoles jaunes sous les bras.

À la main, il tenait la ceinture en cuir brun qu'il avait achetée pour sa *nikka* avec la fille.

— C'est ta faute, tout ça. Je le sais, l'accusa-t-il en s'avançant vers elle.

Mariam glissa à bas de son lit et commença à reculer, les bras instinctivement croisés sur sa poitrine – là où, en général, il la frappait en premier.

— De quoi tu parles ? bégaya-t-elle.

— Du fait qu'elle se refuse à moi. C'est toi qui l'y encourages.

Au fil des années, Mariam avait appris à s'endurcir contre son mépris et ses reproches. Mais cette peur-là, elle ne la contrôlait pas. Après tout ce temps, elle tremblait toujours en le voyant ainsi, en train de serrer sa ceinture dans son poing, les yeux injectés de sang. Elle éprouvait la même terreur qu'une chèvre lâchée dans la cage d'un tigre.

La fille surgit soudain, les traits déformés par la panique.

— J'aurais dû me douter que tu la dresserais contre moi, cracha Rachid à Mariam en abattant la ceinture sur sa propre cuisse pour en tester le mordant.

La boucle rebondit avec un bruit sourd.

— Arrête, *bas* ! cria la fille. Tu ne peux pas faire ça !

— Retourne dans la chambre.

Mariam recula un peu plus.

— Non, ne fais pas ça !

— Retourne tout de suite dans la chambre !

Rachid leva de nouveau la ceinture et, cette fois, s'avança vers Mariam.

Une chose étonnante se produisit alors : la fille se jeta sur lui et lui attrapa le bras à deux mains. Elle ne parvint ainsi qu'à rester suspendue en l'air, mais cela eut au moins pour effet de le ralentir.

— Lâche-moi !

— Tu as gagné. Tu as gagné. Ne fais pas ça. S'il te plaît, Rachid, ne la frappe pas !

Ils se débattirent ainsi, la fille toujours accrochée à son bras, et lui qui tentait de se débarrasser d'elle sans cesser de fixer Mariam – laquelle était trop abasourdie pour esquisser le moindre geste.

Au bout du compte, cependant, elle comprit qu'elle n'écoperait pas d'une nouvelle correction. Pas ce soir-là. Rachid avait démontré sa force. Il demeura là encore quelques instants, le poing toujours levé, le souffle court, le front couvert de sueur. Puis, lentement, il baissa le bras. La fille toucha le sol à nouveau mais continua à s'agripper à lui comme si elle ne lui faisait pas confiance. Il se libéra d'un mouvement brusque.

— Je vous ai à l'œil, je vous préviens, dit-il en balançant sa ceinture par-dessus son épaule. Toutes les deux. Je ne vais pas me laisser prendre pour un *ahmaq*, un imbécile, dans ma propre maison.

Il décocha un dernier regard meurtrier à Mariam, avant de pousser la fille sans ménagement pour la faire sortir.

Lorsqu'elle entendit la porte de leur chambre se refermer, Mariam remonta dans son lit et enfouit la tête sous l'oreiller, espérant que ses tremblements allaient s'estomper.

Elle fut réveillée trois fois au cours de cette même nuit. La première fois par le grondement des roquettes tirées sur l'ouest de la ville depuis le quartier de Karteh-Char. La deuxième, par les pleurs du bébé, au rez-de-chaussée, suivis des murmures de la fille et du tintement d'une cuillère contre un biberon. La dernière, par une soif assez forte pour l'inciter à se lever.

Elle trouva le salon plongé dans le noir, à l'exception d'un rayon de lune qui filtrait par une fenêtre. Le contour du poêle en fonte se dessinait dans un coin avec son tuyau qui formait un coude juste au-dessous du plafond. Une mouche bourdonnait.

Près de la cuisine, elle manqua trébucher sur une masse. Ce ne fut que lorsque ses yeux se furent habitués à l'obscurité qu'elle comprit qu'il s'agissait de la fille, étendue sur une couverture à côté de son bébé. Contrairement à sa mère, qui dormait profondément, la petite Aziza était bien réveillée. Mariam alluma la lampe à kérosène sur la table et se baissa. Elle ne l'avait encore jamais regardée de près, et elle découvrit à cet instant seulement sa touffe de cheveux bruns, ses yeux noisette aux cils épais, ses joues roses, et ses lèvres aussi rouges qu'une grenade mûre.

L'enfant elle aussi paraissait intriguée. Couchée sur le dos, la tête inclinée, elle l'examinait avec un mélange d'amusement, de confusion et de suspicion. Alors que Mariam se demandait si son visage n'allait pas l'effrayer, Aziza poussa un cri ravi qui la rassura : un jugement favorable venait d'être émis à son égard.

— Chut, murmura-t-elle. Tu vas réveiller ta mère, toute sourde qu'elle est.

Le bébé brandit un petit poing et l'agita de haut en bas jusqu'à lui faire trouver le chemin de sa bouche. Comblé, il adressa un grand sourire baveux à Mariam.

— Non mais, regarde-toi un peu. Tu as vu dans quel état tu es ? Habillée comme un garçon, et tout emmaillotée, par cette chaleur ! Pas étonnant que tu ne dormes pas.

Mariam enleva la couverture qui la recouvrait et constata avec horreur qu'il y en avait une deuxième en dessous. Elle la retira à son tour avec un claquement désapprobateur de la langue. Aussitôt, Aziza se mit à rire aux éclats et à battre des bras comme un oiseau.

240

— Tu te sens mieux maintenant, *nay* ?

Alors que Mariam s'écartait, le bébé lui attrapa le petit doigt et le serra fermement dans sa petite main douce, chaude et humide de bave.

— *Gah !*

— *Bas*, lâche-moi.

Mais Aziza s'accrocha à elle en se trémoussant. Et lorsque Mariam se dégagea, elle sourit et émit une série de gargouillements avant de porter de nouveau son poing à sa bouche.

— Qu'est-ce qui te rend si joyeuse ? Hein ? Pourquoi tu ris comme ça ? Tu n'es pas aussi intelligente qu'il y paraît. Ton père est une brute, ta mère une fille sans cervelle. Tu ne rirais pas tant si tu le savais. Oh, non ! Dors, maintenant. Allez !

Elle s'éloigna de quelques pas, mais de légers hoquets, annonciateurs d'une nouvelle crise de larmes, la firent revenir en arrière.

— Quoi ? Qu'est-ce que tu veux ?

Un sourire édenté fut sa seule réponse.

Mariam soupira. Elle s'assit à côté d'Aziza, la laissa attraper son doigt et la regarda glousser de plaisir et battre l'air avec ses jambes. Elle resta ainsi immobile, attentive, jusqu'à ce que l'enfant s'endorme doucement.

Des moqueurs chantaient avec insouciance au-dehors. Certains s'envolaient de temps à autre, et Mariam distinguait alors sur leurs ailes les reflets phosphorescents du clair de lune perçant à travers les nuages. Elle avait la gorge sèche, des fourmis plein les pieds, mais un long moment s'écoula avant qu'elle s'arrache à l'étreinte de la petite Aziza.

34

Laila

De tous les plaisirs imaginables, le préféré de Laila était de s'allonger tout près de son bébé, si près qu'elle voyait ses pupilles se dilater et se contracter. Elle adorait effleurer sa peau, ses doigts potelés, les plis de ses coudes. Parfois, elle couchait Aziza sur elle et lui parlait à voix basse de Tariq, ce père qu'elle ne connaîtrait jamais. Elle lui disait son don pour résoudre les devinettes, elle lui racontait les farces qu'il avait jouées, elle lui décrivait son rire.

— Il avait des cils magnifiques, aussi épais que les tiens, un joli menton, un nez droit, un front bombé. Oh, ton père était si beau, Aziza. Il était parfait. Exactement comme toi.

Elle veillait toutefois à ne jamais l'appeler par son nom.

Parfois, elle surprenait Rachid en train d'examiner la petite avec une drôle d'expression.

— Qu'est-ce qu'il y avait au juste entre vous deux ? lui avait-il demandé un jour qu'il râpait un cor à son pied, assis par terre dans leur chambre.

Laila l'avait fixé d'un air perplexe en faisant semblant de ne pas comprendre.

— Laili et Majnoon. Toi et le *yaklenga*, l'estropié. Vous étiez quoi l'un pour l'autre ?

— C'était mon ami, avait-elle répondu d'un ton qu'elle voulait neutre, avant de s'absorber dans la préparation d'un biberon. Tu le sais très bien.

— Je ne sais rien du tout.

Il était allé déposer les petits bouts de corne sur le rebord de la fenêtre, puis s'était laissé tomber sur le lit, dont les ressorts avaient bruyamment protesté. Les cuisses écartées, il s'était gratté l'entrejambe.

— Et… en tant qu'amis, vous n'avez jamais rien fait d'inconvenant ?

— D'inconvenant ?

Rachid avait souri avec légèreté, mais Laila avait senti son regard froid et acéré rivé sur elle.

— Voyons… Par exemple, est-ce qu'il t'a embrassée ? Ou peut-être touchée là où il n'aurait pas dû ?

Le cœur au bord des lèvres, elle avait grimacé avec une mine qu'elle espérait indignée.

— Il était comme un frère pour moi !

— Un frère ou un ami ?

— Les deux. Il était…

— C'est soit l'un, soit l'autre.

— Un frère *et* un ami !

— Mais les enfants sont très curieux. Parfois, les garçons montrent leur queue à leur sœur, et les filles…

— Tu me dégoûtes.

— Donc, il n'y avait rien entre vous ?

— Je ne veux plus en parler.

Rachid avait pincé les lèvres en hochant la tête.

— Les gens jasaient, tu sais. Je m'en souviens. Ils racontaient plein d'histoires à votre sujet. Et toi, tu dis qu'il n'y avait rien entre vous.

Elle s'était forcée à le toiser d'un air glacial.

Il avait soutenu son regard sans ciller durant un moment interminable. Les mains crispées sur le biberon, Laila avait dû faire appel à toute sa volonté pour ne pas flancher.

À présent, elle tremblait à l'idée qu'il s'aperçoive qu'elle le volait. Chaque semaine, depuis la naissance d'Aziza, elle fouillait dans son portefeuille pendant son sommeil ou lorsqu'il était aux toilettes. Quand il n'y avait pas beaucoup d'argent, elle ne prenait que cinq afghanis, voire rien du tout, de peur qu'il ne le remarque. Mais les autres jours, elle n'hésitait pas à piocher un billet de dix ou de vingt – et même, une fois, elle prit deux billets de vingt. Elle cachait ensuite son butin dans une poche qu'elle avait cousue dans la doublure de son manteau d'hiver.

Quelle serait sa réaction, se demandait-elle, s'il apprenait qu'elle projetait de s'enfuir au printemps suivant, en été au plus tard ? Elle espérait disposer d'un millier d'afghanis d'ici là, dont la moitié lui serviraient à payer le bus de Kaboul à Peshawar. Elle comptait aussi troquer son alliance juste avant de partir, de même que les bijoux qu'elle avait reçus en cadeau l'année précédente, lorsqu'elle était encore la *malika* du palais.

— Enfin, avait conclu Rachid en pianotant du doigt sur son ventre. On ne peut pas m'en vouloir. Je suis un mari, et il est normal que je me pose certaines questions. Mais il a de la chance de ne plus être là. Parce que si j'avais l'occasion de lui mettre la main dessus…

— Je croyais qu'il ne fallait pas dire du mal des disparus ?

— Certains ne sont jamais assez morts, j'imagine.

Deux jours plus tard, à son réveil, Laila découvrit une pile de vêtements pour bébé soigneusement pliés devant la porte de sa chambre – dont une robe à volants avec des petits poissons roses brodés sur le corsage, une autre en laine bleue avec des chaussettes et des moufles assorties, un pyjama jaune à pois orange et un pantalon en coton vert aux revers ruchés.

— D'après les bruits qui courent, déclara Rachid au cours du dîner ce soir-là, sans prêter attention à Aziza et à son nouveau pyjama, Dostum s'apprête à changer de camp et à rejoindre Hekmatyar. Massoud aura de quoi faire avec deux adversaires pareils. Sans oublier les Hazaras. (Il se servit d'aubergines au vinaigre que Mariam avait mises en conserve au cours de l'été.) Espérons juste que ce n'est qu'une rumeur. Parce que sinon, la guerre qu'on connaît en ce moment ressemblera à une partie de plaisir, comparée à la suivante.

Plus tard, il prit Laila et se soulagea vite fait en elle, sans un mot, sans même avoir ôté ses habits – à part son *tumban*, qu'il avait baissé sur ses chevilles. Dès qu'il en eut fini avec son va-et-vient frénétique, il roula sur le côté et s'endormit presque aussitôt.

Laila se faufila alors hors de la chambre afin de rejoindre Mariam. Elle la trouva dans la cuisine, occupée à vider des truites. Du riz trempait déjà dans une casserole, et une odeur de cumin, de fumée et d'oignons revenus à la poêle flottait dans la pièce.

— Merci, dit-elle en s'asseyant dans un coin.

Mariam l'ignora. En silence, elle finit de découper son poisson, puis en saisit un deuxième. Elle enleva ses nageoires à l'aide d'un couteau cranté, l'ouvrit d'un geste expert de la queue jusqu'aux branchies et inséra un pouce dans sa gueule afin de retirer les entrailles. Elle le laissa ensuite tomber sur un morceau de papier journal taché d'un liquide gris et visqueux.

— Les habits sont très jolis, ajouta Laila.

— Je n'en avais pas l'utilité, marmonna Mariam. C'était soit ta fille, soit les mites.

— Où as-tu appris à vider les poissons comme ça ?

— Quand j'étais petite, je vivais près d'une rivière. À l'époque, j'attrapais moi-même ceux que je mangeais.

— Je n'ai jamais pêché, moi.

— Tu ne rates pas grand-chose. Ça se résume surtout à attendre.

— C'est toi qui as cousu ces vêtements ?

Mariam opina en silence.

— Quand ?

— La première fois que je suis tombée enceinte, répondit-elle en rinçant les morceaux du poisson qu'elle venait de couper en trois, après en avoir ôté la tête. Ou peut-être la deuxième. Ça remonte à dix-huit, dix-neuf ans déjà. Une éternité. Comme je te l'ai dit, ils ne me servaient plus à rien.

— Tu es une très bonne *khayat*. Peut-être que tu pourrais m'apprendre à coudre.

Mariam plaça les morceaux lavés dans un plat propre. De l'eau gouttait de ses doigts lorsqu'elle se tourna vers Laila, qu'elle regarda comme si elle ne l'avait jamais vue auparavant.

— L'autre soir, quand il a… Personne n'avait jamais pris ma défense avant, dit-elle.

Laila contempla le visage aux joues flasques, aux paupières tombantes, à la bouche encadrée de rides profondes. Elle le contempla comme si elle aussi le découvrait seulement à cet instant. Et, pour la première fois, ce ne fut pas les traits d'une adversaire qu'elle vit en face d'elle, mais des peines silencieuses, des fardeaux endurés sans protester, un destin subi. Ressemblerait-elle à Mariam dans vingt ans, si jamais elle restait là ?

— Je ne pouvais pas le laisser faire. Je n'ai pas été élevée dans une maison où les gens se comportaient ainsi.

— Mais ta maison, c'est ici, maintenant. Tu as intérêt à t'y habituer.

— À ça, non. Jamais.

— Il s'en prendra à toi aussi, ne te fais pas d'illusions, déclara Mariam en s'essuyant les mains. Tu verras. Et n'oublie pas que tu lui as donné une fille. Ton péché est encore plus inexcusable que le mien.

Laila se leva.

— Je sais qu'il fait un peu frais dehors, mais si on allait boire une tasse de *chai* dans la cour ?

Mariam parut surprise.

— Je ne peux pas. Il faut que je coupe et que je lave les haricots.

— Je te donnerai un coup de main demain matin.

— Et il y a le ménage aussi.

— On le fera ensemble. Et puis, si je ne me trompe pas, il reste du halva. Ces douceurs-là sont délicieuses avec le thé.

Mariam posa son torchon sur le plan de travail. Laila devina sa nervosité à la façon dont elle tira sur ses manches, ajusta son hidjab et repoussa une mèche de ses cheveux.

— Les Chinois affirment qu'il vaut mieux être privé de nourriture pendant trois jours que de thé durant un seul, insista Laila.

— C'est un bon proverbe, répondit Mariam en esquissant un sourire.

— Un très bon, même.

— Mais je ne pourrai pas m'attarder longtemps.

— Juste une tasse.

Elles s'assirent sur des chaises pliantes et mangèrent le halva avec leurs doigts. Elles burent ensuite une deuxième tasse, et, lorsque Laila demanda à Mariam si elle en désirait une troisième, celle-ci acquiesça. Tandis que des coups de feu résonnaient dans les montagnes, elles observèrent les nuages glisser devant la lune et les dernières lucioles de la saison dessiner des arcs lumineux dans le noir. Puis Aziza se réveilla en pleurant, et Rachid cria à Laila de monter la faire taire. Les deux femmes échangèrent d'instinct un regard entendu. Un simple regard, éphémère, mais qui fit comprendre à Laila que Mariam et elle n'étaient plus ennemies.

35

Mariam

À partir de ce jour-là, Mariam et Laila s'occupè-
rent ensemble des tâches ménagères. Elles s'installaient dans la cuisine pour rouler de la pâte, émincer
des oignons verts et de l'ail, donner des morceaux de
concombre à Aziza, qui jouait avec des cuillères et
des carottes à côté d'elles. Elles faisaient la lessive à
deux aussi, en gardant en permanence un œil sur le
berceau en osier dans lequel était couchée la petite,
chaudement vêtue de plusieurs couches d'habits et
d'une écharpe. Leurs mains se cognaient parfois en
frottant chemises, couches et pantalons.

Mariam s'habituait lentement à cette amitié balbu-
tiante. Chaque jour, elle se réjouissait à l'idée de
partager un thé avec Laila après le dîner – un rituel
bien établi désormais. Le matin, elle guettait le bruit de
ses chaussons claquant dans l'escalier et attendait avec
impatience de retrouver Aziza, son rire aigu, ses huit
quenottes et le parfum laiteux de sa peau. Pour peu que
l'enfant et sa mère dorment plus tard que de coutume,
elle devenait anxieuse. Elle lavait alors des assiettes
déjà propres, réarrangeait les coussins dans le salon,
époussetait des rebords de fenêtre qui n'en avaient pas
besoin. Elle s'occupait ainsi jusqu'à ce que Laila entre
dans la cuisine avec sa fille perchée sur une hanche.

Dès qu'Aziza repérait Mariam, elle écarquillait
brusquement les yeux et se mettait à pépier et à
gigoter. Ses bras se tendaient vers elle, exigeant
qu'elle la porte, ses petites mains s'ouvraient et se
fermaient avec ferveur, tandis que son visage frémis-
sait d'adoration et d'inquiétude.

— Eh bien, tu en fais un cinéma ! disait Laila en la posant par terre pour la laisser ramper. Calme-toi. *Khala* Mariam ne va pas s'en aller comme ça. Là… Tu vois ? Elle ne s'est pas envolée, ta tatie.

Sitôt dans les bras de Mariam, Aziza nichait la tête dans le creux de son cou et suçait son pouce.

Mariam la berçait maladroitement, avec un sourire mi-perdu, mi-reconnaissant. Jamais sa présence n'avait été si désirée. Jamais on ne lui avait témoigné un tel amour candide et sans réserve.

Et cela lui donnait envie de pleurer.

— Pourquoi tu t'accroches à une vieille bique comme moi ? murmurait-elle. Hein ? Je ne suis rien, tu ne le vois donc pas ? Rien qu'une *dehati*. Qu'est-ce que j'ai à t'offrir, moi ?

Mais Aziza se contentait de gazouiller avec ravissement et se blottissait encore plus contre elle. Mariam en avait chaque fois le vertige. Les larmes aux yeux, elle avait l'impression que son cœur décollait de sa poitrine. Et elle s'émerveillait de voir que, après des années sans attaches, elle qui n'avait jamais connu que des relations faussées ou avortées pouvait enfin en nouer une sincère avec cet être minuscule.

Au début de l'année suivante, en janvier 1994, Dostum changea de camp. Il se joignit à Hekmatyar et prit position près de Bala Hissar, l'ancienne citadelle dont les ruines dominaient la ville sur les monts Koh-e-Shirdarwaza. Ensemble, ils firent feu sur les forces de Massoud et de Rabbani, regroupées au ministère de la Défense et au palais présidentiel. Les balles volèrent de part et d'autre de la rivière de Kaboul. Les cadavres, les éclats de verre et les morceaux de métal tordus jonchèrent bientôt les rues. Les pillages et les meurtres se multiplièrent, de même que les viols, utilisés pour intimider la population et récompenser les guerriers. Mariam entendit parler de femmes qui se suicidaient par peur d'être violées, et d'hommes qui, au nom de l'honneur, tuaient leurs épouses ou leurs filles lorsqu'elles l'avaient été.

Le bruit des tirs de mortier faisait hurler Aziza. Pour la distraire, Mariam traçait des maisons, des coqs et des étoiles avec des grains de riz qu'elle alignait par terre et qu'elle la laissait ensuite éparpiller. Elle lui dessinait des éléphants à la manière de Jalil, d'un seul trait, sans lever une seule fois le crayon de la page.

Rachid leur expliqua que les victimes civiles se comptaient tous les jours par dizaines. Les hôpitaux et les magasins contenant des médicaments étaient bombardés. Les véhicules transportant des produits alimentaires de première nécessité étaient stoppés aux abords de la ville, attaqués ou mitraillés. Mariam se demanda si Herat aussi connaissait une telle situation et, dans ce cas, si le mollah Faizullah était toujours en vie. Elle s'inquiétait également pour Bibi *jo*, ses fils, ses brus et ses petits-enfants. Et pour Jalil, bien sûr. Se terrait-il aussi chez lui ? Ou bien avait-il fui le pays avec ses femmes et ses enfants ? Tout juste si elle pouvait espérer qu'il était en sécurité et qu'il avait réussi à échapper aux massacres.

Durant une semaine, les combats furent si violents qu'ils contraignirent Rachid à rester à la maison. Il ferma le portail à clé, installa des pièges dans la cour, verrouilla la porte d'entrée et la barricada avec le canapé. Puis il fit les cent pas, cigarette au bec, épiant ce qui se passait à l'extérieur et nettoyant son revolver, qu'il chargeait et rechargeait sans cesse. Par deux fois, il fit feu dans la rue en affirmant avoir vu quelqu'un tenter de sauter par-dessus leur mur.

— Les moudjahidin forcent de jeunes garçons à s'enrôler, dit-il. En plein jour, en plus. Ils les menacent avec leurs armes et les enlèvent devant tout le monde.

Et quand les soldats d'une faction rivale les capturent, les gamins sont torturés. Il paraît qu'on les électrocute – c'est ce qu'on dit – et qu'on leur écrase les couilles avec des pinces. Après ça, les moudjahidin les obligent à les conduire chez eux. Ils entrent de force dans leur maison, tuent leur père et violent leur mère et leurs sœurs. (Il brandit son revolver.) Mais qu'ils essaient un peu de venir ici. On verra qui se fera broyer les couilles ! Je les dégommerai tous ! Vous vous rendez compte de votre chance, toutes les deux ? Vous avez un mari qui ne craint pas le diable lui-même !

Baissant les yeux, il vit Aziza à ses pieds.

— Fiche-moi la paix, toi ! cria-t-il en balayant l'air avec son revolver. Arrête de me suivre partout ! Et ce n'est pas la peine d'agiter les mains, je ne te porterai pas. File ! File, avant que je te marche dessus.

Aziza tressaillit, puis rampa vers Mariam, l'air blessé et désorienté. Une fois sur les genoux de sa *khala*, elle suça son pouce sans entrain et posa un regard pensif sur Rachid. De temps à autre, elle levait les yeux vers Mariam aussi, comme pour être rassurée.

Mais en matière de pères, celle-ci ne pouvait lui donner aucune garantie.

Mariam fut soulagée lorsque les combats perdirent de leur intensité, ne serait-ce que parce que Laila et elle n'eurent plus à supporter en permanence la mauvaise humeur de Rachid. Et il lui avait vraiment fait peur en agitant son revolver chargé si près d'Aziza.

Un jour, cet hiver-là, Laila proposa de lui tresser les cheveux.

Assise sur une chaise, Mariam l'observa dans le miroir natter sa chevelure avec application pendant qu'Aziza dormait près d'elles, roulée en boule sur le sol, une poupée sous son bras potelé. Mariam l'avait confectionnée elle-même et rembourrée avec des haricots, avant de lui faire une robe dans du tissu teint avec du thé et un collier avec de petites bobines de fil vides en guise de perles.

À un moment, l'enfant péta dans son sommeil. Les deux femmes éclatèrent de rire. L'instant était si joyeux, si naturel, si spontané que, soudain, Mariam commença à évoquer Jalil, et Nana, et le djinn. Les yeux rivés sur les siens dans le miroir, Laila écouta en silence ce flot de paroles qui jaillissait d'elle comme le sang d'une artère. Mariam lui parla de Bibi *jo*, du mollah Faizullah, de son déplacement humiliant jusqu'à la maison de son père, du suicide de sa mère. Elle lui décrivit les femmes de Jalil, sa *nikka* précipitée, son voyage à Kaboul, ses grossesses, l'alternance sans fin de ses espoirs et de ses déceptions, la violence de Rachid.

Lorsqu'elle eut terminé, Laila s'assit à ses pieds et ôta machinalement une poussière des cheveux d'Aziza. Un silence suivit.

— J'ai quelque chose à t'avouer, dit-elle.

Mariam ne dormit pas cette nuit-là. Assise dans son lit, elle regarda la neige tomber sans bruit.

Les saisons avaient passé. Des présidents avaient été portés au pouvoir, puis assassinés. Un empire avait été vaincu. De vieilles guerres avaient pris fin, et de nouvelles leur avaient succédé. Mais Mariam s'en était à peine rendu compte. Elle avait vécu toutes ces années retranchée dans un recoin de son esprit, une terre aride que n'atteignaient ni les regrets, ni les lamentations. Une terre éloignée de tout rêve et de toute déception aussi. Là, l'avenir importait peu et le passé ne renfermait qu'une seule leçon de sagesse : l'amour était une erreur dangereuse et son complice, l'espoir, une illusion perfide. Chaque fois que ces deux fleurs empoisonnées germaient en elle, Mariam les arrachait et les jetait avant qu'elles ne s'enracinent.

Mais ces derniers mois avaient tout changé. Laila et Aziza – une *harami*, comme elle, au bout du compte – étaient devenues un prolongement de sa personne. Sans elles, cette existence qu'elle avait tolérée si longtemps lui semblait tout à coup insupportable.

Nous partirons au printemps, Aziza et moi. Viens avec nous, Mariam.

Les années ne s'étaient pas montrées tendres envers elle. Mais peut-être les suivantes seraient-elles plus clémentes. Une nouvelle vie était possible, une vie qui lui apporterait tous les bienfaits que Nana jugeait inaccessibles pour une *harami*. Deux fleurs venaient de pousser dans son cœur et, tout en regardant tomber la neige, Mariam se représenta le mollah Faizullah, son chapelet dans les mains, qui se penchait pour lui murmurer de sa voix douce et chevrotante : « Mais c'est Dieu qui les a plantées, Mariam *jo*. Et sa volonté est que tu t'occupes d'elles. C'est sa volonté, ma fille. »

36

Laila

Alors que le ciel nocturne pâlissait peu à peu, un matin printanier de 1994, Laila eut la certitude que Rachid savait tout. Il allait forcément surgir d'un moment à l'autre et la tirer du lit afin de lui demander si elle le prenait vraiment pour un *khar*, un âne. Mais l'appel à la prière retentit, le soleil déversa ses premiers rayons sur les toits en terrasse et les coqs se mirent à chanter sans que rien d'inhabituel ne se produise.

Elle l'entendit dans la salle de bains, qui tapait son rasoir contre le rebord de la bassine. Puis au rez-de-chaussée, qui buvait du thé. Ses clés tintèrent. Peu après, il traversa la cour en poussant son vélo.

Laila risqua un œil à travers la fente des rideaux du salon. Elle le vit alors qui s'éloignait en pédalant, un géant sur un petit vélo dont le guidon brillait durement dans la lumière du jour.

— Laila ?

Mariam se tenait sur le seuil de la pièce. Laila la soupçonna de n'avoir pas dormi, et elle se demanda si, pour elle aussi, l'euphorie n'avait cessé de le disputer à l'angoisse durant toute la nuit.

— On part dans une demi-heure, dit-elle.

Elles ne prononcèrent pas un mot une fois dans le taxi. Juchée sur les genoux de Mariam, Aziza serrait sa poupée contre elle en contemplant avec étonnement la ville qui défilait sous ses yeux.

— *Ona !* babilla-t-elle, un doigt tendu vers un groupe de petites filles qui jouaient à la corde à sauter. Mayam ! *Ona*.

Partout, Laila croyait apercevoir Rachid. Elle le repérait à la sortie des salons de coiffure aux devantures noircies, à celle des échoppes vendant des perdrix et des boutiques endommagées remplies jusqu'au plafond de vieux pneus.

Elle se rencogna sur son siège.

À côté d'elle, Mariam murmurait une prière. Laila aurait aimé pouvoir contempler son visage à cet instant, mais toutes deux portaient une burqa et elle ne distinguait que ses yeux brillants à travers le grillage.

C'était la première fois qu'elle quittait la maison en l'espace de plusieurs semaines, à l'exception de son déplacement de la veille chez un prêteur sur gages. Là, elle avait posé son alliance sur un comptoir en verre, exaltée par le caractère définitif de son geste, par cette idée qu'il n'était plus possible de reculer désormais.

À présent, Laila découvrait de rue en rue les conséquences des récents combats dont elle n'avait jusqu'alors qu'entendu les échos : maisons en ruine, bâtiments éventrés dont les poutres saillaient hors de trous béants, carcasses calcinées de voitures renversées, parfois empilées les unes sur les autres, murs grêlés de balles de tous les calibres possibles et imaginables, éclats de verre à foison. Elle avisa un cortège funèbre qui se dirigeait vers une mosquée, avec, fermant la marche, une femme en larmes vêtue de noir. Le taxi passa ensuite devant un cimetière parsemé d'amas de cailloux au milieu desquels flottaient un drapeau signalant qu'un *shaheed* était enterré là.

Tendant la main par-dessus la valise, Laila agrippa le bras de sa fille, ce bras à la peau si douce.

À la gare routière située près du quartier de Pol Mahmood Khan, à l'est de Kaboul, des bus patientaient le long du trottoir. Des hommes coiffés de turbans hissaient des paquets, des caisses et des valises sur le toit des véhicules avant de les fixer avec des cordes. À l'intérieur de la gare, d'autres faisaient la queue au guichet pendant que des femmes en burqa discutaient à l'écart, leurs affaires à leurs pieds. Çà et là, on berçait des bébés et on réprimandait des enfants pour s'être trop éloignés.

Des moudjahidin patrouillaient le bâtiment et ses abords, aboyant des ordres de temps à autre. Vêtus de bottes, de *pakols* et de treillis verts tout poussiéreux, ils étaient tous armés de kalachnikovs.

Laila se sentait observée. Elle évita de fixer quiconque en face, mais n'en eut pas moins l'impression que tout le monde savait – et désapprouvait – ce que Mariam et elle projetaient de faire.

— Tu vois quelqu'un ? demanda-t-elle.

Mariam, qui portait Aziza, la changea de côté.

— Je cherche…

C'était là la première étape délicate de leur voyage : trouver un homme convenable qui accepte de se faire passer pour un de leurs proches. Les libertés et les droits dont avaient joui les femmes entre 1978 et 1992 étaient révolus. Laila se rappelait encore les commentaires de Babi sur le régime communiste. « C'est une bonne époque pour être une femme en Afghanistan, Laila. » Mais depuis que les moudjahidin s'étaient emparés du pouvoir en avril 1992, le pays avait pris le nom de République islamique d'Afghanistan. La Cour suprême, dirigée par Rabbani, se composait de mollahs conservateurs qui avaient supprimé tous les décrets communistes visant à émanciper les femmes. Ils leur en avaient substitué d'autres, inspirés par la charia, qui ordonnaient aux Afghanes de se voiler, leur interdisaient de voyager sans un homme de leur famille et condamnaient les femmes adultères à la lapidation. Certes, l'application de ces lois demeurait aléatoire dans le meilleur des cas. « Ils veilleraient davantage à les faire respecter, avait déclaré Laila à Mariam, s'ils n'étaient pas si occupés à s'entre-tuer et à décimer la population. »

La deuxième étape délicate surviendrait au moment d'entrer au Pakistan. Déjà submergé par près de deux millions de réfugiés, le pays refusait tous les nouveaux arrivants afghans depuis le mois de janvier de cette année. Laila avait entendu dire que seules les personnes possédant un visa étaient admises sur le sol pakistanais. Mais la frontière était poreuse – depuis toujours –, et elle savait que des milliers d'Afghans continuaient à la franchir grâce à des pots-de-vin ou en invoquant des raisons humanitaires. Et puis, il y avait aussi les passeurs, dont les services pouvaient se monnayer. « On trouvera un moyen, une fois sur place », avait-elle assuré à Mariam.

— Qu'est-ce que tu penses de lui, là-bas ? demanda Mariam.

— Il n'a pas l'air fiable.

— Et celui-là ?

— Trop vieux. Et puis, il voyage avec deux autres hommes.

Pour finir, Laila découvrit le candidat idéal assis sur un banc où, à côté d'une femme voilée, il faisait sauter sur ses genoux un petit garçon de l'âge d'Aziza. Grand, mince et barbu, il portait une chemise au col ouvert et un manteau gris bon marché auquel manquaient plusieurs boutons.

— Attends-moi là, dit-elle à Mariam, qui marmonna de nouveau une prière.

Lorsqu'elle s'approcha de lui, le jeune homme leva la tête et mit une main en visière sur son front pour se protéger du soleil.

— Excusez-moi, mon frère, mais allez-vous par hasard à Peshawar ?

— Oui, répondit-il en plissant les yeux.

— Je me demandais si vous pourriez nous aider… Vous accepteriez de nous rendre un service ?

Il confia son enfant à sa femme et suivit Laila à l'écart.

— Qu'y a-t-il, *hamshira* ?

Encouragée par la douceur et la gentillesse qu'elle percevait en lui, Laila raconta l'histoire dont Mariam et elle étaient convenues. Elle était une *biwa*, une veuve, expliqua-t-elle. Sa mère, sa fille et elle n'avaient plus aucune famille à Kaboul et elles souhaitaient se rendre à Peshawar chez son oncle.

— Vous voulez venir avec nous, devina le jeune homme.

— Je sais que c'est *zahmat* pour vous, mais vous m'avez l'air de quelqu'un de bien, et je…

— Ne vous inquiétez pas, *hamshira*. Je comprends. Il n'y a aucun souci, je vais aller acheter vos billets.

— Merci, mon frère. Vous faites une bonne action. Dieu vous le rendra.

Elle attrapa l'enveloppe cachée sous sa burqa et la lui tendit. À l'intérieur se trouvaient mille cent afghanis, soit à peu près la moitié de l'argent qu'elle avait détourné au cours de l'année écoulée plus celui qu'elle avait tiré de son alliance. L'homme glissa l'enveloppe dans la poche de son pantalon.

— Je reviens tout de suite.

Elle le suivit des yeux jusque dans la gare et attendit durant une demi-heure qu'il en ressorte.

— Je ferais mieux de garder vos tickets, annonça-t-il. Le bus part dans une heure, nous n'aurons qu'à monter dedans ensemble. Au fait, je m'appelle Wakil. Si on nous interroge – mais j'en doute –, je dirai que vous êtes ma cousine.

Laila lui indiqua leur nom et il lui assura qu'il s'en souviendrait.

— Restez près de moi, lui conseilla-t-il.

Mariam et elle s'assirent sur un banc à côté de celui où il avait pris place avec sa famille. C'était une belle matinée ensoleillée, et seuls quelques nuages zébraient le ciel au-dessus des montagnes, au loin. Mariam donna à Aziza quelques-uns des biscuits secs qu'elle avait pensé à prendre malgré leur hâte au moment du départ. Puis elle en proposa un à Laila.

— Je suis trop excitée pour manger, répondit-elle en riant. Je risquerais de le vomir.

— Moi aussi.

— Merci, Mariam.

— Pour quoi ?

— Pour tout. Pour venir avec nous. Je ne crois pas que je serais capable de m'en sortir seule.

— Tu n'auras pas à le faire.

— On sera heureuses là où nous allons, hein ?

Mariam recouvrit sa main de la sienne.

— « À Allah seul appartiennent l'est et l'ouest, dit-elle en citant le Coran. Où que l'on se tourne, la face d'Allah est devant nous. »

— *Bov !* pépia soudain Aziza en montrant un bus. Mayam, *bov* !

— Oui, je le vois, Aziza *jo*. C'est bien un *bov*. Bientôt, on partira dedans. Oh, tu vas en découvrir des choses !

Laila sourit. Son regard se posa sur un menuisier qui sciait une planche dans sa boutique, de l'autre côté de la rue, faisant voler les copeaux autour de lui. Puis sur les voitures aux pare-brise noirs de poussière qui passaient en trombe. Puis sur les bus aux flancs couverts de paons, de lions, de soleils levants et d'épées étincelantes, qui stationnaient près du trottoir, le moteur tournant au ralenti.

Sous les rayons chauds du soleil matinal, elle se sentit à la fois étourdie et follement audacieuse. Une nouvelle bouffée d'euphorie monta en elle telle une gerbe d'étincelles, et lorsqu'un chien errant aux yeux jaunes s'approcha en boitant, elle se pencha pour le caresser.

Peu avant 11 heures, un homme muni d'un méga-phone appela tous les passagers à destination de Peshawar à se présenter à l'entrée du bus. Les portes du véhicule s'ouvrirent brutalement en sifflant.

Aussitôt, ce fut la bousculade, et des voyageurs accoururent de tous les côtés pour prendre place à l'intérieur.

Wakil souleva son fils dans ses bras en faisant signe à Laila.

— On arrive, dit-elle.

Il les précéda jusqu'au bus, dans lequel des visages et des mains se collaient déjà aux vitres. Des cris d'adieu fusaient de la foule.

— *Bov !* cria Aziza.

Un jeune soldat vérifiait les billets, qu'il déchirait à moitié avant de les rendre aux passagers. Wakil lui tendit les siens et laissa sa femme monter en premier. Laila remarqua alors qu'il échangeait un coup d'œil avec le soldat. Il se pencha ensuite pour lui souffler quelque chose à l'oreille, et l'homme acquiesça.

L'angoisse s'empara d'elle.

— Vous deux, avec l'enfant, venez par ici !

Elle se dirigea vers la porte, feignant de ne pas avoir entendu, mais le soldat l'attrapa par l'épaule et la tira violemment en dehors de la queue.

— Vous aussi ! dit-il, s'adressant cette fois à Mariam. Dépêchez-vous ! Vous retardez les gens.

— Quel est le problème, mon frère ? demanda Laila, pétrifiée. Nous avons des billets. Mon cousin ne vous les a pas montrés ?

Il lui ordonna de se taire d'un geste du doigt et s'entretint à voix basse avec un autre garde rondouillard à la joue barrée d'une cicatrice.

— Suivez-moi, leur intima ce dernier.

— Nous devons prendre ce bus ! s'écria Laila, tremblante. Nous avons payé nos billets. Pourquoi faites-vous ça ?

— Vous ne partirez pas, autant l'accepter. Suivez-moi maintenant. À moins que vous ne teniez à ce que votre petite fille vous voie emmener de force.

Tandis qu'on les guidait jusqu'à un camion, Laila jeta un coup d'œil par-dessus son épaule et aperçut le petit garçon de Wakil à l'arrière du bus. L'enfant agita gaiement la main dans sa direction.

Au poste de police de Torabaz Khan, elles furent installées de part et d'autre d'un long couloir encombré, au milieu duquel un homme assis à un bureau fumait cigarette sur cigarette en tapant de temps à autre sur une machine à écrire. Trois heures passèrent ainsi. Aziza allait et venait entre sa mère et Mariam. Elle joua avec un trombone, mangea les derniers biscuits secs. Pour finir, elle s'endormit sur les genoux de Mariam.

Vers 15 heures, Laila fut conduite dans une salle d'interrogatoire pendant que Mariam recevait l'ordre d'attendre avec Aziza dans le couloir.

Le policier qui lui fit face dans la pièce devait avoir une trentaine d'années. Habillé en civil – costume noir, cravate, mocassins –, il avait une barbe soigneusement taillée, des cheveux courts et des sourcils formant une barre au-dessus de ses yeux. Il fixa Laila en faisant rebondir l'extrémité d'un crayon-gomme sur son bureau.

— Nous savons que vous avez déjà menti une fois aujourd'hui, *hamshira*. (Il se couvrit poliment la bouche d'une main pour s'éclaircir la gorge.) Le jeune homme de la gare routière n'était pas votre cousin. C'est lui-même qui nous l'a dit. La question qui se pose maintenant est : allez-vous persister dans vos mensonges ? Personnellement, je vous le déconseille.

— Nous allions rejoindre mon oncle, dit Laila. C'est la vérité.

Le policier hocha la tête.

— La *hamshira* dans le couloir, c'est votre mère ?

— Oui.

— Elle a l'accent d'Herat. Pas vous.

— Elle a grandi là-bas, alors que moi je suis née à Kaboul.

— Bien sûr. Donc, vous êtes veuve ? Toutes mes condoléances. Et cet oncle, ce *kaka*, où habite-t-il ?

— À Peshawar.

— Oui, c'est ce que vous avez expliqué. (Il lécha la pointe de son crayon et l'appuya sur une feuille blanche.) Mais où ça, à Peshawar ? Dans quel quartier, s'il vous plaît ? Je veux la rue et le numéro du secteur.

Laila tenta de lutter contre la peur panique qui s'insinuait en elle. Elle lui indiqua le nom de la seule rue qu'elle connaissait à Peshawar. Elle l'avait entendue mentionner le jour où sa mère avait fêté l'arrivée des moudjahidin à Kaboul.

— Jamrud Road.

— Ah oui. C'est là que se trouve l'hôtel Pearl Continental. Votre oncle vous en a peut-être parlé ?

Laila s'empressa d'acquiescer.

— Oui, c'est cette rue-là.

— Sauf que l'hôtel en question est sur Khyber Road.

Dans le couloir, Aziza se mit à pleurer.

— Ma fille a peur. Puis-je aller la chercher, mon frère ?

— Je préférerais que vous m'appeliez « officier ». Et vous ne tarderez pas à la retrouver. Avez-vous un numéro de téléphone où joindre votre oncle ?

— Oui. Enfin, je l'avais…

Même sous sa burqa, Laila ne se sentait guère protégée du regard pénétrant de l'officier.

— Je suis toute remuée par cette histoire, s'excusa-t-elle. Je crois bien que je l'ai oublié.

Il soupira et continua à l'interroger : quel était le nom de son oncle ? Celui de sa femme ? Combien d'enfants avait-il ? Comment s'appelaient-ils ? Où travaillait-il ? Quel âge avait-il ?

Ses questions rendaient Laila de plus en plus nerveuse. À la fin, il reposa son crayon et croisa les doigts en se penchant en avant, à la manière des parents qui veulent expliquer quelque chose d'important à leur enfant.

— Vous avez conscience, *hamshira*, que c'est un crime pour une Afghane de tenter de fuir le pays. Nous en voyons défiler beaucoup, des femmes comme vous qui voyagent seules en prétendant que leur mari est mort. Parfois elles disent la vérité, mais le plus souvent, non. Vous pouvez être envoyée en prison pour ça, vous le comprenez, *nay* ?

— Laissez-nous partir, officier… officier Rahman, dit-elle en lisant son badge. Faites honneur à votre nom et soyez charitable. Quelle différence cela fait-il pour vous de relâcher deux femmes ? Quel mal y a-t-il à cela ? Nous ne sommes pas des criminelles.

— Je ne peux pas.

— Je vous en supplie. S'il vous plaît.

— C'est une question de *qanoon*, *hamshira*. C'est la loi, voilà tout, rétorqua-t-il d'un ton grave et suffisant. Il est de mon devoir de maintenir l'ordre.

Malgré son désarroi, Laila manqua éclater de rire. Elle était stupéfaite qu'il ose employer un tel mot, au vu des exactions dont les moudjahidin s'étaient rendus coupables – les meurtres, les pillages, les viols, les tortures, les exécutions, les bombardements, les dizaines de milliers de roquettes lancées sur la ville au mépris des innocents qui mouraient sous les tirs croisés. *L'ordre.* Elle se retint de répliquer.

— Si vous nous renvoyez à la maison, dit-elle lentement, je n'ose même pas imaginer ce qu'il nous infligera.

Elle vit ses efforts pour ne pas baisser les yeux.

— Ce qu'un homme fait chez lui ne me regarde pas.

— Qu'en est-il de la loi, alors, officier Rahman ? lâcha-t-elle avec des larmes de rage. Serez-vous présent pour maintenir l'ordre, là aussi ?

— Nous n'intervenons pas dans les affaires privées, *hamshira*.

— Évidemment. Dès lors qu'elles profitent aux hommes… Et il s'agit bien là d'une « affaire privée », comme vous dites, n'est-ce pas ?

Il repoussa sa chaise et se leva en tirant sur sa veste.

— Cet interrogatoire est terminé. Je dois avouer, *hamshira*, que vous avez très mal défendu votre cas. Très, très mal. Maintenant, si vous voulez bien attendre dehors, j'aimerais m'entretenir avec votre… peu importe qui elle est.

Laila commença à protester, puis à crier, si bien qu'il dut appeler deux autres hommes pour la faire sortir.

Mariam ne resta que quelques minutes dans le bureau. Lorsqu'elle revint, elle paraissait secouée.

— Il m'a posé tant de questions, expliqua-t-elle. Je suis désolée, Laila *jo*. Je ne suis pas aussi intelligente que toi. Je ne savais pas quoi répondre…

— Ce n'est pas ta faute, Mariam. C'est la mienne. Je suis seule responsable.

Il était 18 heures passées lorsque la voiture de police s'arrêta devant la maison. Laila et Mariam reçurent l'ordre de patienter sur le siège arrière sous la surveillance d'un moudjahid pendant que le chauffeur allait frapper à la porte. L'homme échangea quelques mots avec Rachid avant de leur faire signe d'approcher.

— Bon retour chez vous, leur lança le moudjahid en allumant une cigarette.

— Toi, tu restes là.

Mariam s'assit sans protester sur le canapé.

— Vous deux, à l'étage.

Rachid attrapa Laila par le coude et la poussa dans l'escalier. Il portait encore ses chaussures de travail et n'avait ôté ni sa montre ni son manteau. Laila l'imagina quelques instants plus tôt, en train de courir d'une pièce à l'autre et de claquer les portes, furieux et incrédule, en jurant dans sa barbe.

Au sommet de l'escalier, elle se tourna vers lui.

— Mariam n'y est pour rien, dit-elle. C'est moi qui l'y ai forcée. Elle ne voulait pas…

Elle ne vit pas venir le coup, et se retrouva soudain à genoux, les yeux écarquillés, le visage en feu, à essayer de reprendre son souffle. C'était comme si une voiture l'avait heurtée de plein fouet. Elle s'aperçut alors qu'elle avait laissé tomber Aziza et que celle-ci hurlait. Elle tenta de nouveau de respirer, mais ne réussit qu'à lâcher un son rauque et étranglé. De la salive coula de sa bouche.

Puis Rachid la tira par les cheveux, avec une force telle qu'il lui en arracha presque une poignée. À travers ses larmes, Laila vit Aziza décoller du sol et battre l'air de ses petits pieds, qui avaient perdu leurs sandales. L'instant d'après, Rachid enfonçait la porte de la chambre de Mariam d'un coup de pied et jetait l'enfant sur le lit – juste avant d'envoyer la pointe de sa chaussure dans le bas du dos de Laila. La laissant glapir de douleur, il ferma brutalement la porte derrière lui et tourna la clé dans la serrure.

Laila resta d'abord roulée en boule, haletante, jusqu'à trouver la force de ramper vers sa fille, qui pleurait toujours.

Au rez-de-chaussée, les coups commencèrent à pleuvoir avec méthode, comme un rituel bien établi, songea-t-elle. Il n'y eut pas de jurons, pas de hurlements, pas de suppliques, pas de cris – seulement un passage à tabac systématique, le bruit sourd d'un objet dur frappant la chair de manière répétée, quelque chose, ou plutôt quelqu'un, projeté contre un mur, et le bruit d'un tissu déchiré. De temps à autre, Laila entendait des pas précipités, une chasse muette, des meubles renversés, du verre qui se fracassait, puis de nouveau des chocs répétés.

Elle prit sa fille dans ses bras et sentit un liquide chaud mouiller le devant de sa robe.

En bas, la course cessa enfin, mais des sons semblables à ceux d'un pilon martelant un morceau de viande lui succédèrent.

Laila berça Aziza jusqu'à ce que le silence retombe. Peu après, la porte-moustiquaire claqua violemment. Elle posa alors sa fille par terre et jeta un œil par la fenêtre. Pieds nus, pliée en deux, Mariam était traînée dans la cour par la peau du cou. Du sang maculait son visage, ses cheveux, son cou et son dos, et sa chemise était déchirée sur toute sa longueur.

— Oh. Mariam… gémit Laila.

Rachid poussa Mariam dans la remise et la suivit à l'intérieur. Lorsqu'il ressortit, il tenait un marteau et plusieurs planches à la main. Il ferma les doubles portes avec un cadenas dont il testa la solidité, puis fit le tour de la cabane pour aller chercher une échelle.

Quelques minutes plus tard, son visage apparut devant Laila, de l'autre côté du carreau. Il avait les cheveux en bataille, une traînée de sang sur le front et sur les mains, et serrait plusieurs clous entre ses dents. Aziza hurla de plus belle à sa vue et se blottit sous le bras de sa mère.

Rachid entreprit alors de condamner la fenêtre.

L'obscurité dans la chambre était totale, impénétrable, sans nuance ni répit. Rachid avait calfeutré les interstices entre les planches et placé un objet devant la porte de façon à ce qu'aucune lumière ne filtre par en dessous. Il était même allé jusqu'à boucher la serrure.

Plongée dans le noir. Laila tendit sa bonne oreille : l'appel à la prière et le chant des coqs signalaient le matin, le bruit des assiettes qui s'entrechoquaient dans la cuisine et le son de la radio, le soir.

Le premier jour, Aziza et elle se cherchèrent à tâtons.

— *Aishee*, geignit l'enfant. *Aishee*.

— Bientôt, dit Laila en embrassant sa fille sur ce qu'elle pensait être son front – et qui s'avéra le sommet de son crâne. On aura bientôt du lait. Il faut juste attendre un peu. Sois gentille, et maman te donnera de l'*aishee*.

Elle lui fredonna quelques comptines.

L'appel à la prière retentit une deuxième fois sans que Rachid leur ait apporté de nourriture ni d'eau. Une chaleur suffocante régnait dans la pièce, qui devint bientôt une étuve. Laila passa une langue sèche sur ses lèvres en songeant au puits dans la cour d'où on tirait de l'eau fraîche. Aziza n'arrêtait pas de pleurer, et elle constata avec angoisse que les petites joues étaient désormais sèches lorsqu'elle voulait les essuyer. Elle la déshabilla et chercha quelque chose pour l'éventer, avant de se résoudre à lui souffler dessus jusqu'à en avoir le tournis. Peu après, la fillette cessa de ramper dans la chambre et plongea dans un sommeil intermittent.

À plusieurs reprises au cours de cette journée-là, Laila tapa du poing contre les murs et mit toute son énergie à crier à l'aide, espérant attirer l'attention d'un voisin. Mais personne ne se manifesta, et ses hurlements ne firent qu'effrayer davantage Aziza, qui l'imita à son tour d'une voix faible et enrouée. Pour finir, Laila se laissa glisser à terre. Dans sa tête défilaient des images de Mariam, meurtrie et ensanglantée dans la fournaise de la remise.

À un moment, Laila s'endormit et rêva... Elle rêva qu'Aziza et elle rencontraient Tariq par hasard, dans une rue bondée où, accroupi sous l'auvent d'un tailleur, il choisissait des figues dans une cagette. « C'est ton père, disait-elle à Aziza. Tu vois l'homme, là-bas, sur le trottoir d'en face ? C'est ton vrai *baba*. » Elle appelait alors Tariq, mais le brouhaha ambiant était tel qu'il ne l'entendait pas.

Elle s'éveilla au son des roquettes qui sifflaient au-dessus de la maison. Quelque part en ville, le ciel devait rougeoyer sous les explosions et retentir du staccato infernal des mitrailleuses. Laila ferma les yeux. Lorsqu'elle revint à elle, les pas de Rachid résonnaient dans le couloir. Elle se traîna jusqu'à la porte et martela le battant.

— Juste un verre d'eau, Rachid. Pas pour moi. Fais-le pour elle. Tu ne veux tout de même pas avoir sa mort sur la conscience !

Il passa sans répondre.

Elle le supplia alors. Elle lui demanda pardon, multiplia les promesses. Puis elle l'injuria.

Il s'enferma dans sa chambre et alluma la radio.

L'appel à la prière retentit une troisième fois, et la température monta encore. Aziza ne bougeait plus, ne pleurait plus.

Laila approcha son oreille de la petite bouche, redoutant de ne plus entendre le faible chuintement de sa respiration. Le simple fait de lever ainsi la tête lui donna le vertige, et elle se rendormit aussitôt après. Des rêves dont elle ne garda aucun souvenir hantèrent son sommeil. À son réveil, elle effleura les lèvres craquelées d'Aziza, vérifia son pouls, puis se rallongea. Elles allaient mourir là, elle en était certaine à présent, mais sa plus grande peur était de voir sa fille, si jeune et si fragile, emportée avant elle. Combien de temps encore avant qu'Aziza ne succombe à la chaleur et qu'elle-même n'éprouve la douleur de sentir son petit corps se raidir à côté d'elle ? Terrifiée, elle sombra de nouveau dans l'inconscience. Se réveilla. Sombra de nouveau. La frontière entre ses rêves et la réalité s'estompa.

Ce ne furent ni les coqs, ni le chant du muezzin qui la tirèrent de sa torpeur, mais le bruit d'un objet lourd que l'on traînait par terre, puis le bruit d'une clé. Soudain, le jour se fit dans la pièce. Ses yeux lui brûlèrent, et elle leva une main en grimaçant pour les protéger. Entre ses doigts, elle distingua une silhouette massive et floue qui se découpait dans un rectangle de lumière aveuglant. La forme bougea et vint s'accroupir près d'elle, menaçante.

— Essaie encore de t'enfuir, lui dit une voix à l'oreille, et je te retrouverai. Je jure sur la tête du Prophète que je te retrouverai. Et ce jour-là, il n'y aura aucun tribunal pour me tenir responsable de ce que je vous ferai. À Mariam, d'abord. Ensuite à elle, et à toi en dernier. Je t'obligerai à regarder. Tu m'as bien compris ? *Je t'obligerai à regarder.*

Et, sur ces mots, il quitta la chambre – non sans lui avoir décoché un coup de pied dans le ventre qui la fit pisser du sang durant plusieurs jours.

37

Mariam
Septembre 1996

Deux ans et demi plus tard, le 27 septembre 1996 très exactement, Mariam fut réveillée par des clameurs, des sifflets, des pétards et de la musique. Elle courut dans le salon, où elle trouva Laila collée à la fenêtre Aziza sur ses épaules. Laila se tourna vers elle et sourit.

— Les talibans sont là.

Mariam avait entendu parler pour la première fois des talibans deux ans plus tôt, en octobre 1994, lorsque Rachid était rentré un soir en annonçant qu'ils avaient vaincu les seigneurs de guerre de Kandahar et pris possession de la ville. Il s'agissait de jeunes combattants pachtouns dont les familles avaient fui au Pakistan durant la guerre contre les Soviétiques. La plupart d'entre eux avaient été élevés dans des camps de réfugiés le long de la frontière et dans des madrasa pakistanaises, où on leur avait enseigné la charia. Leur chef était un mystérieux mollah borgne et illettré du nom d'Omar, qui, avait précisé Rachid avec amusement, se faisait appeler *Amir-al-Muminin*, le Commandeur des Croyants.

— Bien sûr, ces garçons n'ont aucune *risha*, aucune racine, avait-il ajouté sans les regarder, Laila et elle.

Depuis leur tentative de fuite, Mariam savait qu'il ne faisait plus aucune différence entre elles et qu'il les jugeait aussi méprisables et indignes de confiance l'une que l'autre. Lorsqu'il parlait, il semblait ne plus s'adresser qu'à lui-même, ou à une personne invisible qui, seule, aurait mérité qu'il lui fasse partager ses opinions.

— Ils n'ont aucun passé et ne connaissent rien au monde extérieur ou à l'histoire de ce pays. Comparée à eux, Mariam ferait presque figure de professeur d'université, c'est dire ! Mais jetez un œil autour de vous. Qu'est-ce que vous voyez ? Des moudjahidin corrompus, rapaces et armés jusqu'aux dents, qui s'enrichissent grâce au trafic d'héroïne et qui se font la guerre en tuant des tas d'innocents. C'est tout. Les talibans, eux, au moins, ils sont purs et incorruptibles. Ce sont de bons musulmans. *Wallah*, quand ils viendront, ils nettoieront cette ville. Ils ramèneront la paix et l'ordre, et les gens ne risqueront plus leur vie en allant acheter leur lait. Finis, les bombardements ! Pensez-y un peu.

Cela faisait deux ans à présent que les talibans marchaient vers Kaboul, s'emparant progressivement des villes tenues par les moudjahidin. Partout où ils arrivaient, ils mettaient fin aux luttes entre factions rivales. Ils avaient également capturé et exécuté le commandant hazara Abdul Ali Mazari, et s'étaient rendus maîtres un peu plus tôt ce mois-là des villes de Jalalabad et de Sarobi. Désormais postés au sud-ouest de Kaboul, ils y affrontaient depuis un long moment déjà les forces d'Ahmad Shah Massoud.

Les talibans avaient un énorme atout par rapport aux moudjahidin, selon Rachid. Ils étaient unis.

— Qu'ils viennent ! avait-il conclu. Moi, je les accueillerai à bras ouverts.

Ils sortirent tous les quatre ce jour-là afin d'aller saluer leur nouveau monde et leurs nouveaux maîtres. Dans tous les quartiers dévastés, des gens émergeaient des ruines comme par enchantement. Mariam vit une vieille femme jeter des poignées entières de riz sur les passants en leur faisant un sourire édenté. Ailleurs, deux hommes s'étreignaient près des vestiges d'un bâtiment, tandis qu'au-dessus de leurs têtes sifflaient et claquaient des pétards jetés du haut des toits. Des radiocassettes diffusaient l'hymne national à tue-tête, faisant concurrence au concert de klaxons des voitures.

— Regarde, Mayam ! s'exclama Aziza.

Un groupe de garçons couraient le long de l'avenue Jadeh Maywand. Traînant derrière eux des boîtes de conserve attachées à un fil, ils hurlaient que Massoud et Rabbani avaient quitté Kaboul.

Dans toute la ville résonnaient les mêmes cris : *Allah-u-akbar !* Dieu est grand !

Un peu plus loin, Mariam remarqua un drap accroché à une fenêtre. Quelqu'un y avait peint trois mots en caractères noirs : ZENDA BAAD TALIBAN ! Longue vie aux talibans !

À mesure qu'ils avançaient, elle repéra d'autres inscriptions encore – sur des fenêtres, sur des panneaux cloués aux portes, sur des drapeaux attachés aux antennes des voitures. Toutes disaient la même chose.

Elle aperçut ses premiers talibans plus tard ce jour-là, au square du Pachtounistan. De nombreux Kaboulis s'étaient rassemblés autour de la fontaine bleue au centre de la place. Tendant le cou, ils s'efforçaient de mieux voir un point situé près de l'ancien restaurant Khyber.

Rachid tira parti de son imposante stature pour se frayer un passage jusqu'à l'endroit en question. Devant le spectacle qui s'offrit alors à eux, Aziza poussa un cri et enfouit la tête dans la burqa de Mariam.

Juché sur un échafaudage improvisé, un jeune orateur barbu et coiffé d'un turban noir haranguait les curieux en tenant un haut-parleur d'une main et un lance-roquettes de l'autre. Deux corps ensanglantés étaient pendus à des feux de signalisation à côté de lui. Les habits des morts avaient été réduits en lambeaux et leurs visages tuméfiés avaient viré au violet foncé.

— Celui à gauche, je le connais, souffla Mariam.

Une femme devant elle se retourna pour dire qu'il s'agissait de Najibullah. L'autre victime était son frère. Mariam se rappela le visage rond et moustachu de l'ancien président, à l'époque où il apparaissait tout sourire sur les panneaux d'affichage et les devantures des magasins.

Elle apprendrait par la suite que les talibans l'avaient arraché à son refuge au cœur d'un bâtiment des Nations unies, près du palais de Darulaman. Après l'avoir torturé durant des heures, ils l'avaient attaché par les pieds à un camion afin de traîner son corps sans vie dans les rues.

— Il a tué beaucoup, beaucoup de musulmans ! cria le jeune talib dans son haut-parleur.

Il s'exprimait tour à tour en persan et en pachtou, et pointait régulièrement son arme vers les deux corps pour ponctuer ses propos.

— Ses crimes sont connus de tout le monde. C'était un communiste et un *kafir*, un incroyant. Voilà ce que nous faisons aux infidèles qui insultent l'islam !

Rachid affichait un sourire satisfait.

Dans les bras de Mariam, Aziza se mit à pleurer.

Le lendemain, Kaboul était envahie. Dans les quartiers de Khair khana, Shar-e-Nau, Karteh-Parwan, Wazir Akbar Khan et Taimani, des pick-up Toyota rouges défilèrent avec chacun, sur leur plateau arrière, les mêmes barbus armés et coiffés de turbans. Les véhicules diffusaient des messages en persan et en pachtou – messages relayés par les haut-parleurs installés en haut des mosquées et aussi par la radio, devenue entre-temps la Voix de la Charia. Des prospectus furent également jetés dans les rues. Mariam en ramassa un dans la cour.

Notre watan *s'appelle désormais l'Émirat islamique d'Afghanistan. Voici les lois que nous allons faire appliquer et auxquelles vous obéirez :*

Tous les citoyens doivent prier cinq fois par jour. Quiconque sera surpris à faire autre chose au moment de la prière sera battu.

Tous les hommes doivent se laisser pousser la barbe. La longueur correcte est d'au moins un poing en dessous du menton. Quiconque refusera de respecter cette règle sera battu.

Tous les garçons doivent porter un turban – noir pour ceux scolarisés en primaire, et blanc pour ceux des classes supérieures – ainsi que des habits islamiques. Les cols de chemise seront boutonnés.

Il est interdit de chanter.

Il est interdit de danser.

Il est interdit de parier et de jouer aux cartes, aux échecs et aux cerfs-volants.

Il est interdit d'écrire des livres, de regarder des films et de peindre des tableaux.

Quiconque gardera des perruches chez soi sera battu et ses oiseaux tués.

Quiconque se rendra coupable de vol aura la main coupée. Et s'il recommence, il aura le pied coupé.

Il est interdit à tout non musulman de pratiquer son culte en un lieu où il pourrait être vu par des musulmans, au risque d'être battu et emprisonné. Quiconque sera surpris à essayer de convertir un musulman à sa religion sera exécuté.

À l'attention des femmes :

Vous ne quitterez plus votre maison. Il est inconvenant pour une femme de se promener dehors sans but précis. Pour sortir, vous devrez être accompagnée par un mahram, *un homme de votre famille. Si vous êtes surprise seule dans la rue, vous serez battue et renvoyée chez vous.*

En aucun cas vous ne dévoilerez votre visage. Vous porterez une burqa à l'extérieur de votre maison. Sinon, vous serez sévèrement battue.

Il vous est interdit de vous maquiller.

Il vous est interdit d'arborer des bijoux.

Vous ne vous afficherez pas avec des vêtements aguichants.

Vous ne parlerez que lorsqu'on vous adressera la parole.

Vous ne regarderez aucun homme droit dans les yeux.

Vous ne rirez pas en public. Sinon, vous serez battue.

Vous ne vous vernirez pas les ongles. Sinon, vous serez amputée d'un doigt.

Il vous est interdit d'aller à l'école. Toutes les écoles pour filles seront fermées.

Il vous est interdit de travailler.

Si vous êtes reconnue coupable d'adultère, vous serez lapidée.

Écoutez bien et obéissez. Allah-u-akbar.

Rachid éteignit la radio. La scène se passait dans le salon, au moment du dîner, moins d'une semaine après que Laila, Mariam et lui eurent vu le corps de Najibullah pendu au bout d'une corde.

— Ils ne peuvent pas obliger la moitié de la population à rester chez elle sans rien faire, dit Laila.

— Et pourquoi pas ? rétorqua Rachid.

Pour une fois, Mariam était d'accord avec lui. Après tout, c'était déjà ce qu'il leur imposait, non ? Laila devait bien s'en rendre compte.

— On n'est pas dans un obscur petit village, ici. On est à Kaboul. Les femmes y ont occupé des postes de médecins et d'avocates, elles ont travaillé au gouvernement...

— Il n'y a vraiment que la fille arrogante d'un professeur amateur de poésie pour sortir ça, ricana Rachid. Je te reconnais bien là. C'est si mondain, si tadjik, comme argument. Tu crois que les talibans vont révolutionner le pays avec leurs idées ? Tu as déjà vécu en dehors de ton cher petit nid douillet, ma *gul* ? Tu as déjà pris la peine de voir le vrai visage de l'Afghanistan, au sud, à l'est et le long de la frontière pakistanaise ? Non ? Eh bien moi, oui. Je suis allé là-bas. Et je peux te garantir qu'il y a beaucoup d'endroits dans le pays qui ont toujours appliqué ces règles, au moins en partie. Mais ça, évidemment, tu n'en sais rien.

— Je refuse de le croire, s'obstina Laila. Ils ne sont pas sérieux.

— Ce qu'ils ont fait à Najibullah m'a paru très sérieux. Tu ne trouves pas ?

— C'était un communiste ! Il avait dirigé la police secrète.

Rachid éclata de rire.

Mariam devina sa pensée : aux yeux des talibans, être un communiste et le chef du redouté KHAD rendait Najibullah juste un peu plus méprisable qu'une femme.

38

Laila

Laila fut contente que Babi ne soit plus là pour voir les talibans à l'œuvre. Cela l'aurait anéanti.

Des hommes munis de pioches envahirent le musée délabré de Kaboul et y détruisirent toutes les statues pré-islamiques – enfin, celles qui n'avaient pas déjà été volées par les moudjahidin. L'université fut fermée et les étudiants renvoyés chez eux. Les tableaux furent lacérés, les écrans de télévision défoncés à coups de pied. Les livres, à l'exception du Coran, brûlés par piles entières et les librairies contraintes à baisser leurs rideaux. Les poèmes de Khalili, Pajwak, Ansari, Haji Dehqan, Ashraqi, Beytaab, Hafez, Jami, Nizami, Rumi, Khayyam, Beydel et bien d'autres encore partirent en fumée.

Laila entendit parler d'hommes accusés de manquer le *namaz* et conduits de force dans les mosquées. Elle apprit que le restaurant Marco Polo, près de Chicken Street, avait été transformé en centre d'interrogatoire et que des cris s'échappaient parfois de derrière ses fenêtres peintes en noir. Partout, la patrouille des barbus sillonnait les rues dans des camionnettes Toyota, en quête de visages rasés de près à tabasser.

Les cinémas fermèrent eux aussi. Le cinéma Park. L'Ariana. L'Aryub. Les salles de projection furent vandalisées et les bobines brûlées. Laila se rappelait les nombreuses fois où Tariq et elle étaient venus là regarder des films indiens, tous ces mélodrames dans lesquels des amants malheureux étaient séparés par un coup du sort – l'un perdu dans un pays lointain, l'autre obligé de se marier –, tous ces pleurs, toutes ces scènes de liesse dans des champs d'œillets, toutes ces retrouvailles si attendues. Et elle entendait encore les moqueries de son ami devant les larmes qu'elle versait immanquablement à la fin.

— Je me demande ce qu'est devenu le cinéma de mon père, lui dit un jour Mariam. À supposer qu'il existe toujours, bien sûr. Et que Jalil en soit encore propriétaire.

Kharabat, le vieux quartier des musiciens, se trouva réduit au silence. Les artistes furent battus et emprisonnés, leurs *rubabs*, leurs *tambouras* et leurs harmoniums détruits. Les talibans se rendirent même sur la tombe du chanteur préféré de Tariq, Ahmad Zahir, afin de la cribler de balles.

— Cela fait près de vingt ans qu'il a disparu, soupira Laila. Mourir une fois n'est donc pas assez pour eux ?

Rachid n'eut pas trop à souffrir de l'arrivée des talibans. Hormis se laisser pousser la barbe et aller à la mosquée, ce qu'il fit, rien ne changea pour lui. Il considérait les nouveaux maîtres de Kaboul avec un étonnement mêlé d'indulgence et d'affection, comme s'il avait eu devant lui des cousins excentriques, sujets parfois à un comportement hilarant et scandaleux.

Tous les mercredis soir, il écoutait la Voix de la Charia au moment où était annoncée la liste des personnes qui seraient châtiées le vendredi suivant. Ce jour-là, il allait au stade Ghazi et profitait du spectacle en buvant un Pepsi, avant d'imposer à Laila le récit jubilatoire des amputations, des flagellations, des pendaisons et des décapitations auxquelles il avait assisté.

— J'ai vu un homme égorger le meurtrier de son frère, déclara-t-il un soir en fumant une cigarette au lit.

— Ces talibans sont des sauvages.

— Ah oui ? Comparés à qui ? Les Soviétiques ont tué un million de personnes. Et tu sais combien de victimes ont fait les moudjahidin rien qu'à Kaboul ces quatre dernières années ? Cinquante mille. *Cinquante mille !* À côté, tu trouves cruel de couper la main à quelques voleurs ? Œil pour œil, dent pour dent. C'est ce que dit le Coran. Et puis, imagine que quelqu'un assassine Aziza, tu ne voudrais pas pouvoir la venger ?

Laila le fixa avec écœurement.

— J'ai raison, conclut-il.

— Tu ne vaux pas mieux qu'eux.

— À propos d'Aziza, elle a des yeux d'une couleur intéressante, non ? Ni toi ni moi n'avons les mêmes.

Il roula vers elle pour lui faire face et effleura doucement sa cuisse de l'ongle recourbé de son index.

— Que les choses soient claires, continua-t-il. Si l'envie me prenait un jour de le faire – je ne dis pas que cela arrivera, mais c'est envisageable –, je serais parfaitement en droit de la donner en mariage à qui je veux. Ça te plairait ? Ou je pourrais aussi aller voir les talibans et leur expliquer simplement que j'ai des soupçons en ce qui te concerne. Je n'aurais même pas besoin de m'étendre sur le sujet. Qui croiront-ils à ton avis ? Et comment te puniront-ils ?

Laila s'écarta de lui.

— Je ne prétends pas que je le ferai, attention, ajouta-t-il. *Nay*. Probablement pas. Tu me connais.

— Tu es méprisable.

— Encore et toujours les grands mots ! C'est une manie chez toi. Même quand tu étais toute petite et que tu te promenais partout avec ton éclopé, tu te croyais très intelligente. Seulement, à quoi t'ont servi tes livres et tes poèmes ? Si tu n'es pas à la rue aujourd'hui, tu le dois à qui ? À ton intelligence ou à moi ? Selon toi, je suis méprisable ? Mais la moitié des femmes de cette ville seraient prêtes à tuer pour avoir un mari comme moi. Elles seraient prêtes à tuer, tu m'entends ?

Il se rallongea sur le dos et souffla vers le plafond la fumée de sa cigarette.

— Tu aimes les grands mots ? Alors en voilà un : la perspective. Je veille juste à te remettre la situation en perspective.

Toute la nuit, Laila eut l'estomac soulevé à l'idée qu'il n'exagérait pas le moins du monde.

Les jours suivants ne lui apportèrent aucun répit, au contraire. Sa nausée persista. Puis elle empira. Et à son grand désarroi, elle lui en rappela bientôt d'autres, très familières.

Par un après-midi glacial et nuageux, peu de temps après, Laila se coucha par terre dans sa chambre pendant que Mariam faisait la sieste avec Aziza dans la sienne.

Elle tenait dans ses mains un rayon qu'elle avait arraché à la roue d'un vélo abandonné dans l'allée où Tariq et elle s'étaient embrassés plusieurs années plus tôt. Durant un long moment, elle resta étendue là, les jambes écartées, en inspirant fort entre ses dents serrées.

Elle avait adoré Aziza dès l'instant où elle avait pressenti son existence. Il n'y avait eu aucun doute, aucune incertitude dans son cas. Quelle expérience horrible pour une mère, songeait-elle à présent, que cette peur de ne pas aimer son bébé. Quelle réaction contre nature. Et pourtant, alors qu'elle serrait le fil métallique dans ses mains moites, prête à le guider en elle, elle se demanda si elle pourrait jamais aimer l'enfant de Rachid autant que celui de Tariq.

Pour finir, elle ne put passer à l'acte.

Ce ne fut pas tant la peur d'une hémorragie qui l'emporta, ni même la pensée que ce geste était condamnable – ce qu'elle soupçonnait fortement. Non, elle renonça parce qu'elle ne pouvait accepter ce que les moudjahidin avaient si volontiers admis : l'idée que parfois, en temps de guerre, des innocents devaient périr. Sa guerre à elle était contre Rachid. Le bébé, lui, n'avait commis aucune faute. Et puis, il y avait déjà eu bien assez de tueries. Trop de gens étaient morts pour avoir eu le malheur de se trouver pris entre des tirs ennemis.

39

Mariam
Septembre 1997

— On ne soigne plus les femmes, ici, aboya le garde.

Planté au sommet des escaliers, il toisait froidement la foule massée devant l'hôpital Malalai.

Des protestations s'élevèrent.

— Mais cet endroit leur est réservé ! insista une voix derrière Mariam – aussitôt soutenue par des cris d'approbation.

Portant Aziza sur la hanche, Mariam soutenait d'un bras Laila qui gémissait en s'accrochant au cou de Rachid.

— Plus maintenant, rétorqua le talib.

— Mon épouse est en train d'accoucher ! intervint un homme. Elle ne peut pas rester dans la rue, mon frère !

Mariam avait eu vent en janvier d'un nouveau décret stipulant que les hommes et les femmes devraient désormais être soignés dans des établissements distincts, et aussi que tout le personnel féminin serait renvoyé des hôpitaux de la ville pour être affecté dans un unique centre médical. Personne n'y avait cru, et les talibans eux-mêmes n'avaient pas fait respecter cette loi. Jusqu'à présent.

— Et l'hôpital Ali-Abad ? demanda quelqu'un d'autre.

Le garde secoua la tête.

— Wazir-Akbar-Khan ?

— Réservé aux hommes.

— Que sommes-nous censés faire, alors ?

— Allez à Rabia-Balkhi, répondit le garde.

Une jeune femme s'avança et expliqua qu'elle en revenait. L'hôpital en question ne disposait plus d'eau pure, ni d'oxygène, ni de médicaments, ni même d'électricité.

— Il n'y a rien là-bas.

— Vous n'avez pas le choix.

Des grognements et des cris retentirent. Une ou deux insultes fusèrent et quelqu'un lança une pierre.

Le talib tira alors en l'air avec sa kalachnikov. Un autre derrière lui brandit un fouet.

La foule se dispersa rapidement.

La salle d'attente de l'hôpital Rabia-Balkhi grouillait de femmes en burqa accompagnées de leur progéniture. L'air empestait la sueur, la crasse, les pieds, l'urine, la fumée de cigarette et les produits antiseptiques. Sous le ventilateur immobile du plafond, des enfants se poursuivaient en sautant par-dessus les jambes tendues de leurs pères assoupis.

Mariam aida Laila à s'asseoir contre un mur dont se décollaient des morceaux de plâtre en forme de pays étrangers. Laila se balançait d'avant en arrière, les mains pressées sur son ventre.

— Je vais te trouver un médecin, Laila *jo*. Je te le promets.

— Fais vite, dit Rachid.

Une horde de femmes – dont certaines avaient un bébé dans les bras – se pressait devant le guichet des admissions en se bousculant violemment. D'autres tentaient de forcer les doubles portes menant aux salles de soins. Un talib armé leur bloquait le passage et les repoussait à chaque fois en arrière.

Mariam se jeta résolument au milieu de cette mêlée de coudes, de hanches et d'épaules étrangères. Une femme lui donna un coup dans les côtes, elle lui rendit la pareille. Une autre voulut s'accrocher à son visage, elle l'écarta d'un geste brusque. Pour avancer, elle n'hésita pas à s'agripper à tout ce qui se présentait à elle – un cou, un bras, des cheveux –, rendant juron pour juron.

Elle comprenait à présent tout ce qu'une mère pouvait être amenée à faire pour son enfant. Oublier sa décence n'en était qu'un exemple. Le souvenir de Nana s'imposa alors à elle. Nana, qui aurait très bien pu l'abandonner dans un orphelinat, ou même dans un fossé, mais qui n'en avait rien fait. Elle avait vécu avec la honte d'avoir mis au monde une *harami* et, si ingrat que cela fût, avait consacré le restant de sa vie à l'élever et l'aimer à sa façon. Tout ça pour qu'au bout du compte, sa fille lui préfère Jalil. Tandis qu'elle progressait pas à pas avec une impudente volonté, Mariam regretta son comportement passé envers Nana. Si seulement elle avait su à l'époque ce qu'elle savait aujourd'hui sur la maternité…

Enfin, elle se retrouva face à face avec une infirmière. Voilée de gris de la tête aux pieds, celle-ci s'adressait à une jeune femme dont le haut de la burqa était souillé de sang.

— Ma fille a perdu les eaux et le bébé ne veut pas sortir ! cria Mariam.

— Je suis en train de lui parler ! répliqua la blessée à la tête. Attendez votre tour !

La cohue tangua d'un côté puis de l'autre, comme les herbes hautes autour de la *kolba* lorsque le vent soufflait sur la clairière. Une femme derrière Mariam glapissait que sa fille s'était cassé le coude en tombant d'un arbre. Une autre que ses selles étaient rouges de sang.

— Elle a de la fièvre ? demanda l'infirmière.

Il fallut un moment à Mariam pour s'apercevoir que c'était à elle que la question était posée.

— Non.

— Elle saigne ?

— Non.

— Où est-elle ?

Mariam tendit une main vers l'endroit où Laila était assise avec Rachid.

— On va s'occuper d'elle.

— Dans combien de temps ? insista Mariam, alors que déjà quelqu'un la tirait par les épaules.

— Je ne sais pas, répondit l'infirmière.

Elle ajouta qu'il n'y avait que deux médecins et que chacun était en salle d'opération à cet instant.

— Mais elle souffre !

— Moi aussi ! protesta la femme à côté d'elle. Attendez votre tour !

D'autres personnes se pressèrent devant Mariam, la refoulant encore plus en arrière.

— Emmenez-la marcher un peu ! lui cria l'infirmière. Et soyez patientes.

Il faisait nuit lorsque Laila fut finalement appelée. La salle d'accouchement comportait huit lits sur lesquels des femmes gémissaient et se tordaient tandis que des infirmières entièrement voilées s'affairaient autour d'elles. Deux patientes étaient en plein travail. Il n'y avait pas de rideaux pour séparer les lits, et Laila se vit attribuer celui du fond, sous une fenêtre aux vitres peintes en noir. À côté se trouvait un lavabo fêlé, au-dessus duquel des gants chirurgicaux sales étaient accrochés à une ficelle. Mariam remarqua une table en aluminium au milieu de la pièce, avec une couverture noire étendue sur le plateau supérieur, et rien sur celui du dessous.

L'une des patientes surprit son regard.

— Elles mettent ceux qui survivent au-dessus, expliqua-t-elle d'un ton las.

Le médecin était une petite femme stressée, vêtue d'une burqa bleu foncé, aux gestes vifs et graciles et au ton impatient.

— Premier bébé, dit-elle, comme s'il s'agissait d'une affirmation.

— Deuxième, la corrigea Mariam.

Laila poussa un cri de douleur et roula sur le côté. Sa main se referma sur celle de Mariam.

— Des problèmes lors du premier accouchement ?

— Non.

— Vous êtes sa mère ?

— Oui.

Le médecin attrapa un objet métallique en forme de cône sous sa burqa. Elle souleva celle de Laila afin de placer l'extrémité la plus large de l'instrument sur son ventre, puis porta l'autre, plus étroite, à son oreille à elle. Elle passa près d'une minute ensuite à déplacer le gros embout sur Laila sans souffler mot.

— Il faut que je sente le bébé maintenant, *hamshira*.

Elle enfila l'un des gants suspendus au-dessus du lavabo et, tout en appuyant une main sur le ventre de Laila, enfonça l'autre en elle. Laila laissa échapper une faible plainte. À la fin, le médecin tendit son gant à une infirmière, qui le rinça et l'accrocha de nouveau à la corde à linge.

— Votre fille a besoin d'une césarienne. Vous savez ce que c'est ? Nous devons l'ouvrir parce que le bébé se présente par le siège.

— Je ne comprends pas, dit Mariam.

Le médecin lui expliqua que l'enfant était positionné de telle sorte qu'il ne pouvait sortir normalement.

— On ne peut pas attendre plus longtemps. Il faut l'emmener tout de suite en salle d'opération.

Laila acquiesça en grimaçant avant de laisser retomber sa tête.

— Il faut que je vous dise une chose avant, ajouta le médecin.

Elle s'approcha de Mariam et lui parla tout bas avec une pointe d'embarras dans la voix.

— Qu'est-ce qu'il y a ? gémit Laila. Il y a un problème avec le bébé ?

— Mais comment pourra-t-elle le supporter ? s'insurgea Mariam.

Le médecin dut sentir l'accusation sous-jacente dans la question parce qu'elle se braqua aussitôt.

— Vous croyez que ça m'amuse ? Que voulez-vous que je fasse ? On me refuse tout ce dont j'ai besoin. Je n'ai pas de matériel pour faire passer des radios et je suis à court d'oxygène et d'antibiotiques. Quand des ONG proposent de nous aider financièrement, les talibans s'y opposent. Ou alors ils affectent ces sommes aux hôpitaux qui soignent les hommes.

— Mais, docteur sahib, vous avez bien quelque chose à lui donner ?

— Qu'y a-t-il ? insista Laila.

— Vous pouvez acheter vous-même le produit, mais…

— Écrivez-moi le nom, la coupa Mariam. Écrivez-le-moi et j'irai en chercher.

Sous sa burqa, le médecin secoua sèchement la tête.

— Nous n'avons pas le temps. D'abord, aucune des pharmacies du quartier n'en a en stock. Vous seriez obligée de faire toutes celles de la ville au milieu des embouteillages, avec peu de chances, au final, d'en trouver. N'oubliez pas non plus qu'il est presque 20 h 30. Vous risqueriez d'être arrêtée pour ne pas avoir respecté le couvre-feu. Et à supposer même que vous dénichiez ce produit quelque part, vous n'aurez probablement pas les moyens de le payer. Ou alors vous devrez vous battre avec une autre personne aussi déterminée que vous à s'en procurer. Vraiment, nous n'avons pas le temps. Il faut que ce bébé sorte maintenant.

— Dites-moi ce qu'il y a ! cria Laila, qui s'était redressée sur ses coudes.

Le médecin marqua une légère pause avant de se résoudre à lui annoncer que l'hôpital n'avait plus d'anesthésique.

— Mais si nous tardons trop, vous perdrez votre enfant.

— Ouvrez-moi le ventre, alors, dit Laila en retombant sur son lit et en relevant ses genoux. Ouvrez-moi le ventre et donnez-moi mon bébé.

Conduite dans une salle d'opération sordide, Laila patienta sur une civière pendant que le médecin se lavait les mains dans une bassine. Tremblante, elle inspirait à travers ses dents serrées chaque fois qu'une infirmière passait sur son ventre un linge imbibé d'un liquide brun jaunâtre. Une femme montait la garde près de la porte légèrement entrouverte.

Le médecin avait ôté sa burqa, révélant ainsi à Mariam ses cheveux argentés, ses yeux aux paupières

lourdes et sa bouche dont les commissures s'affaissaient sous l'effet de la fatigue.

— Les talibans veulent qu'on reste voilées pour
opérer, expliqua-t-elle en montrant l'infirmière postée
sur le seuil. Du coup, on surveille le couloir. Dès qu'ils
arrivent, je remets ma burqa.

Elle s'était exprimée d'un ton pragmatique, presque
indifférent, et Mariam comprit qu'elle avait devant
elle une femme que de tels outrages n'atteignaient
plus. Une femme qui mesurait sa chance de pouvoir au
moins travailler, même si ce droit risquait toujours de
lui être retiré.

Deux fils métalliques se dressaient à la verticale de
chaque côté des épaules de Laila. L'infirmière qui lui
avait nettoyé le ventre y accrocha un drap avec des
pinces à linge de façon à former un rideau qui la séparait du médecin.

Mariam se plaça derrière Laila et se baissa jusqu'à
toucher sa joue avec la sienne. Leurs mains se
joignirent.

À travers le rideau, elle vit ensuite les ombres du
médecin et de l'infirmière prendre place de part et
d'autre du lit. Laila avait la bouche tordue par la
douleur. Des bulles de salive apparurent sur ses dents,
et sa respiration se fit sifflante et saccadée.

— Courage, petite sœur, dit alors le médecin en se
penchant sur elle.

Laila ouvrit grands les yeux. Puis la bouche. Elle
demeura ainsi, frémissante, les cordes du cou tendues
au maximum, la sueur ruisselant sur son visage, ses
doigts broyant ceux de Mariam.

Celle-ci l'admirerait toujours d'avoir tenu aussi
longtemps avant de se mettre à hurler.

40

Laila
Automne 1999

C'était Mariam qui avait eu l'idée de creuser le trou. Un matin, elle avait montré à Laila un carré de terre derrière la remise.

— Ici, dit-elle. Ce sera parfait.

Elles se relayèrent pour attaquer le sol à coups de pioche et pelleter la terre sur le côté. Elles n'avaient pas prévu de creuser beaucoup, mais cette tâche se révéla plus difficile que prévu, en raison de la sécheresse qui, depuis 1998, faisait des ravages. Il n'avait pratiquement pas neigé l'hiver précédent, ni plu au cours du printemps. Dans tout le pays, des agriculteurs abandonnaient leurs champs arides et vendaient leurs biens pour aller de village en village, en quête d'eau. Certains finissaient par émigrer en Iran ou au Pakistan, d'autres par s'installer à Kaboul. Mais les nappes phréatiques étaient également à leur plus bas niveau dans la capitale, et les puits superficiels s'étaient asséchés. Des files se formaient désormais devant les plus profonds, si longues que Laila et Mariam devaient attendre leur tour des heures durant. La rivière de Kaboul, privée de ses crues printanières, avait pris des allures de toilettes publiques et n'offrait plus aux regards qu'un lit sec jonché d'excréments et de gravats.

C'est donc sur un sol durci, presque pétrifié par le soleil, que les deux femmes abattaient leur pioche avec obstination ce jour-là.

Mariam avait quarante ans à présent. Ses cheveux, ramenés au sommet du crâne, étaient striés de quelques mèches grises. Des cernes foncés soulignaient ses yeux, et elle avait perdu deux dents de devant – la première de manière naturelle, la seconde à cause d'un coup de poing que lui avait un jour donné Rachid pour la punir d'avoir laissé tomber Zalmai. Sa peau avait un aspect tanné, conséquence de tout le temps que Laila et elle passaient dehors à surveiller les enfants.

Lorsqu'elles eurent fini, elles contemplèrent leur ouvrage.

— Ça devrait faire l'affaire, déclara Mariam.

Zalmai avait deux ans. C'était un petit garçon potelé aux yeux marron, qui tenait de Rachid ses joues toujours roses et ses cheveux bouclés, épais et implantés bas sur le front.

En l'absence de son père, il se montrait gentil, facile à vivre, joyeux. Il aimait grimper sur les épaules de Laila et jouer à cache-cache dans la cour avec elle et Aziza. Parfois, lorsqu'il était plus calme, il s'asseyait sur ses genoux et l'écoutait chanter pour lui. Sa chanson préférée était « Mollah Mohammed *jan* ». Il balançait alors ses petits pieds en rythme et mêlait sa voix à celle de Laila en articulant les mots qu'il pouvait quand venait le refrain :

Allons à Mazar, mollah Mohammed jan,
Allons voir les champs de tulipes, ô cher compagnon.

Laila, elle, adorait les baisers mouillés que son fils plantait sur ses joues. Elle adorait les petites fossettes de ses coudes et ses orteils solides. Elle adorait le chatouiller, lui construire des tunnels avec des coussins et des oreillers, et le regarder dormir dans ses bras. Dans ces moments-là, elle avait la nausée rien qu'au souvenir de l'après-midi où elle s'était couchée par terre, dans sa chambre, avec le rayon d'une roue de vélo entre les jambes. Elle avait été si près de commettre l'irréparable. À présent, savoir qu'elle avait pu nourrir un tel projet lui paraissait inconcevable. Son fils était un don du ciel, et elle avait découvert avec soulagement que les peurs qu'elle avait eues étaient sans fondement. Son amour pour Zalmai était aussi fort, aussi viscéral que celui qu'elle portait à sa fille.

Mais Zalmai adorait Rachid aussi, et il changeait de comportement quand ce dernier se trouvait dans les parages. Il avait vite tendance alors à sourire avec impudence, à se vexer pour un rien, à faire des caprices et à multiplier les bêtises, malgré les remontrances de Laila – chose qu'il ne faisait jamais lorsque son père était absent.

Rachid, lui, l'approuvait sans réserve.

— C'est un signe d'intelligence, disait-il.

Il justifiait de même toutes les imprudences que commettait Zalmai : mettre des billes dans sa bouche avant de les recracher, jouer avec des allumettes ou mâchonner des cigarettes.

À sa naissance, il avait d'abord fait coucher son fils dans le lit qu'il partageait avec Laila. Puis il avait acheté un berceau sur lequel il avait fait peindre des lions et des léopards. Il lui avait offert de nouveaux habits, de nouveaux hochets, de nouveaux biberons, de nouvelles couches, alors même qu'ils manquaient d'argent et que les affaires d'Aziza auraient pu encore servir. Un jour, il était rentré à la maison avec un mobile électrique qu'il avait suspendu au-dessus du berceau. L'ensemble se composait de petits bourdons jaunes et noirs accrochés à un tournesol. Il suffisait de les presser pour qu'ils se plissent en couinant, et d'appuyer sur un bouton pour qu'une mélodie se fasse entendre.

— Je croyais que ta boutique tournait mal en ce moment, lui fit remarquer Laila.

— J'ai des amis à qui je peux emprunter de l'argent.

— Et comment tu comptes les rembourser ?

— La situation finira par s'arranger. Forcément. Regarde comme il s'amuse. Tu as vu ?

La plupart du temps, Laila était privée de son petit garçon. Rachid l'emmenait dans son atelier, où il le laissait ramper sous son établi et jouer avec de vieilles semelles en caoutchouc et des chutes de cuir. Lui enfonçait ses clous et actionnait sa ponceuse tout en le surveillant. Quand Zalmai renversait une rangée de chaussures, il le sermonnait gentiment, avec un petit sourire tranquille. Et si l'enfant recommençait, il lâchait son marteau et le prenait sur ses genoux pour lui parler doucement.

Rachid avait pour son fils des réserves de patience inépuisables.

Le soir, au retour, Zalmai avait la tête appuyée sur l'épaule de son père et sentait comme lui la colle et le cuir. Tous deux échangeaient des sourires en coin, à la manière de complices qui auraient passé la journée à tramer un mauvais coup au lieu de travailler. Zalmai aimait s'asseoir à côté de Rachid à table et jouer avec lui à des jeux qu'eux seuls comprenaient tandis que Mariam, Laila et Aziza mettaient les assiettes sur le *sofrah*. Ils se donnaient de petites tapes dans la poitrine en riant, se jetaient des miettes de pain et se murmuraient des choses que les autres ne pouvaient entendre. Pour peu que Laila les interrompît, Rachid levait la tête d'un air mécontent. Et si elle demandait à prendre Zalmai dans ses bras – ou, pire, si Zalmai lui-même demandait à ce qu'elle le porte –, il la fusillait du regard.

Laila s'éloignait alors, blessée.

Quelques semaines après le deuxième anniversaire de Zalmai, Rachid revint à la maison avec une télévision et un magnétoscope. La journée avait été très douce, mais la nuit qui tombait faisait déjà chuter la température.

Il posa les deux appareils sur la table du salon en expliquant qu'il les avait achetés au marché noir.

— Encore un prêt ? s'enquit Laila.

— Ce sont des Magnavox, annonça-t-il en ignorant sa question.

Aziza entra à cet instant dans la pièce et, apercevant le poste de télé, s'en approcha aussitôt.

— Attention, Aziza *jo*, dit Mariam. Ne touche à rien.

Les cheveux de la fillette étaient devenus aussi blonds que ceux de Laila, et deux fossettes creusaient ses joues à elle aussi. C'était une enfant calme, pensive, qui affichait à six ans une maturité étonnante. Laila s'émerveillait de l'aisance avec laquelle elle s'exprimait, du rythme de ses phrases, de ses pauses, de son intonation si adulte, si décalée par rapport à son corps d'enfant. Aziza avait pris seule l'initiative de réveiller son frère chaque matin, de le faire déjeuner, puis de le peigner, le tout avec une autorité enjouée. De même, c'était elle qui le couchait au moment de sa sieste, et elle encore qui, par son caractère égal, tempérait le comportement plus instable de Zalmai. En sa présence, elle avait pris l'habitude de secouer la tête d'un air exaspéré qui n'était pas de son âge.

Ce jour-là, Aziza s'empressa d'appuyer sur le bouton de la télévision. Ce geste lui attira les foudres de Rachid, qui lui attrapa le poignet et le plaqua sans douceur sur la table.

— Cette télé est pour Zalmai, gronda-t-il.

Aziza se réfugia auprès de Mariam et grimpa sur ses genoux. Toutes deux étaient inséparables. Depuis peu, avec l'accord de Laila, Mariam avait commencé à apprendre des versets du Coran à la fillette. Aziza récitait déjà par cœur les sourates Ikhlas et Fatiha, et savait aussi comment accomplir les quatre *rakats* [1] de la prière du matin.

« C'est tout ce que j'ai à lui transmettre, avait confié Mariam à Laila. Ces versets et ces prières sont les seules choses que j'aie jamais possédées. »

Zalmai entra à son tour dans la pièce. Sous le regard impatient de son père, qui l'observait comme s'il avait guetté le tour de magie d'un prestidigitateur, le petit garçon tira sur le fil de la télévision, pressa les boutons et appuya ses paumes contre l'écran. Lorsqu'il les retira, la condensation laissée par ses doigts s'estompa du verre. Rachid sourit alors fièrement en le voyant répéter plusieurs fois l'expérience.

À leur arrivée, les talibans avaient banni la télévision, détruit publiquement des cassettes vidéo, arraché des pellicules à leur boîtier pour les attacher à des poteaux, et pendu des antennes satellites à des réverbères. Mais selon Rachid, ce n'était pas parce que certains biens étaient interdits qu'on ne les trouvait pas.

— Demain, je chercherai des dessins animés pour Zalmai, dit-il. Ce ne sera pas difficile. On achète tout ce qu'on veut au marché noir.

— Alors peut-être que tu pourras nous dénicher un nouveau puits, rétorqua Laila, ce qui lui valut un regard méprisant.

1. Partie de la prière, répétée plusieurs fois, qui consiste à réciter quelques vers du Coran puis à se prosterner jusqu'à toucher le sol avec son front. *(N.d.T.)*

Ce fut ce même soir, après un dîner composé une fois encore de riz blanc nature, et sans même un thé à la fin, que Rachid lui fit part de sa décision.

— Pas question, répondit-elle.

Il ajouta qu'il ne lui demandait pas son avis.

— Je m'en moque.

— Tu ne sais pas tout, Laila.

Il lui confia qu'il avait emprunté de l'argent à plus de personnes qu'elle ne le pensait, et que les revenus qu'il tirait de son travail ne suffisaient plus à les nourrir tous les cinq.

— Je ne t'en ai pas parlé plus tôt pour ne pas t'inquiéter. De toute façon, tu serais surprise de voir les sommes qu'ils arrivent à récolter.

Laila s'obstina dans son refus. Rachid et elle se trouvaient alors dans le salon, et de la cuisine leur parvenaient le rire aigu de Zalmai et la voix posée d'Aziza s'adressant à Mariam au milieu des bruits de vaisselle.

— Il y en aura d'autres comme elles, et même des plus jeunes, insista Rachid. Tout le monde fait ça à Kaboul.

Laila répliqua qu'elle se fichait bien de ce que les autres gens faisaient avec leurs enfants.

— Je veillerai sur elle, lâcha-t-il, avec impatience cette fois. C'est un endroit sûr. Il y a une mosquée juste en face.

— Je ne te laisserai pas obliger ma fille à mendier dans la rue !

Un claquement sec résonna dans la pièce lorsque la main de Rachid s'abattit sur la joue de Laila. La violence du coup fut telle que sa tête pivota brutalement sur le côté. Dans la cuisine, plus personne ne disait rien. Un silence absolu plana un court instant sur toute la maison, jusqu'à ce que des pas précipités se fassent entendre dans le couloir et que Mariam et les enfants apparaissent sur le seuil du salon.

C'est à ce moment-là que Laila frappa Rachid.

Elle n'avait encore jamais porté la main sur personne, à l'exception des tapes joyeuses que Tariq et elle avaient échangées autrefois. À l'époque, l'un et l'autre visaient le muscle que Tariq, d'un ton très docte, appelait deltoïde. Mais il s'était davantage agi de petites bourrades amicales, d'un moyen anodin d'exprimer les sentiments à la fois déroutants et exaltants qu'ils éprouvaient.

Là, Laila vit son poing fermé fendre l'air jusqu'à entrer en contact avec une peau rêche. Le coup fit le bruit d'un sac de riz tombant à terre, et fut assez fort pour que Rachid chancelle et recule de deux pas.

À l'autre bout de la pièce s'élevèrent un cri d'exclamation, un glapissement et un hurlement. Mais Laila était trop abasourdie pour s'en soucier. À ce stade, elle attendait encore que son esprit enregistre ce que sa main venait d'oser. Il s'en fallut de peu ensuite pour qu'elle ne sourie. Et sans doute ne s'en serait-elle pas privée si, à son grand étonnement, Rachid n'avait pas quitté calmement le salon.

Soudain, Laila eut l'impression que toutes les épreuves que Mariam, Aziza et elle avaient endurées s'étaient évaporées, comme la buée laissée par les doigts de Zalmai sur l'écran de télévision. Si absurde cela fût-il, cet instant suprême, cet acte de rébellion qui à coup sûr mettrait fin à tout nouvel outrage, lui parut valoir la peine d'avoir tant souffert.

Elle ne s'aperçut pas que Rachid était revenu. Du moins, pas avant qu'elle ne sente une main lui enserrer la gorge et la soulever de terre pour la plaquer contre le mur.

De près, le visage grimaçant de son mari lui sembla incroyablement large. Laila nota qu'il devenait bouffi avec l'âge et que de plus en plus de petits vaisseaux éclatés marbraient son nez. Rachid ne prononça pas un mot. Mais qu'y a-t-il à dire, qu'y a-t-il besoin de dire, dès lors qu'on enfonce le canon d'un revolver dans la bouche de sa femme ?

C'étaient les raids qui les avaient incitées à creuser un trou dans la cour. Des raids parfois mensuels, parfois hebdomadaires. Et, depuis peu, presque quotidiens. Le plus souvent, les talibans confisquaient des affaires, donnaient quelques coups de pied ou quelques gifles. Mais il arrivait aussi que cela se termine par des punitions publiques et des coups de fouet sur les mains et la plante des pieds.

— Doucement, dit Mariam.

Laila et elle descendirent le poste de télévision en tenant chacune un bout de la bâche qui le protégeait.

— Je pense que c'est bon comme ça.

Elles rebouchèrent ensuite le trou et jetèrent quelques poignées de terre autour afin d'uniformiser l'aspect du sol à cet endroit.

— Voilà ! souffla Mariam en s'essuyant les mains sur sa robe.

Elles s'étaient mises d'accord pour laisser le poste là jusqu'à ce que le danger soit passé. Quand les talibans auraient réduit la fréquence de leurs raids – dans un mois ou deux, voire plus –, alors elles ressortiraient la télé de sa cachette.

Dans son rêve, Laila se voit en train de creuser avec Mariam derrière la remise. Mais, cette fois, c'est Aziza qu'elles ensevelissent. Le souffle de sa fille fait naître de la buée sur la toile en plastique transparent dont elles l'ont enveloppé. Le regard paniqué, Aziza la supplie en tentant de repousser la bâche, mais Laila n'entend pas ses cris. *Ça ne durera pas très longtemps,* lui dit-elle. *C'est à cause des raids, tu sais, mon trésor. Quand il n'y en aura plus, maman viendra te chercher avec* khala *Mariam. Je te le promets, ma chérie. Après, on jouera ensemble. On jouera autant que tu voudras.* Puis elle remplit sa pelle. Ce n'est que lorsque les premières mottes touchent le plastique que Laila se réveille, pantelante, un goût de terre dans la bouche.

41

Mariam

Au cours de l'été 2000, le pays entra dans sa troisième et plus dure année de sécheresse.

Dans les provinces d'Helmand, de Zabol et de Kandahar, des villageois devenus nomades se déplaçaient en permanence en quête d'eau et de prés verts pour leurs troupeaux. Lorsqu'ils n'en trouvaient pas et que leurs chèvres, leurs moutons et leurs vaches mouraient les uns après les autres, ils venaient à Kaboul. Là, ils s'installaient sur le mont Kareh-Ariana, s'entassant à quinze ou vingt dans des taudis bâtis à la hâte.

Ce fut aussi cet été-là que sortit le film *Titanic*, et que Mariam et Aziza ne cessèrent de jouer toutes les deux à se rouler par terre en riant.

Aziza insistait toujours pour être Jack.

— Du calme, Aziza *jo*.

— Jack ! Dis mon nom, *khala* Mariam. Dis-le. Jack !

— Ton père va se fâcher si tu le réveilles.

— Jack ! Et toi, tu es Rose.

Pour finir, Mariam cédait et, allongée sur le dos, acceptait une nouvelle fois d'incarner Rose.

— Très bien, Aziza, tu fais Jack, alors. Tu disparais très jeune, et moi je vis jusqu'à un âge avancé.

— Peut-être, mais moi je meurs en héros ! répliquait Aziza. Alors que toi, Rose, tu passes toute ta misérable vie à soupirer après moi.

Puis elle s'asseyait à califourchon sur Mariam et s'écriait :

— Maintenant, il faut qu'on s'embrasse !

Mariam secouait la tête tandis que la fillette, ravie de sa propre audace, gloussait en avançant les lèvres comme pour lui donner un baiser.

Parfois, Zalmai faisait un saut dans leur chambre et les observait. Et lui, quel rôle pouvait-il jouer ? demandait-il.

— Tu n'as qu'à faire l'iceberg !

La fièvre *Titanic* s'empara de toute la ville. Les gens introduisaient en fraude des copies piratées au Pakistan, allant jusqu'à les cacher dans leurs sous-vêtements. Pendant le couvre-feu, chacun s'enfermait chez soi, éteignait les lumières et baissait le volume avant de pleurer devant l'histoire de Jack, de Rose et des passagers du paquebot maudit. Mariam et Laila faisaient de même lorsqu'il y avait de l'électricité. Elles avaient déjà déterré la télé une dizaine de fois au moins et accroché des couvertures aux fenêtres afin de regarder le film avec les enfants.

Des vendeurs ne tardèrent pas à s'installer avec leurs brouettes sur le lit totalement à sec de la rivière Kaboul, et à proposer des tapis et des rouleaux de tissu au motif du *Titanic*. Le film donna aussi son nom à un déodorant, du dentifrice, du parfum, des beignets de légumes et des burqas. Un mendiant se fit même appeler « le mendiant du *Titanic* ».

« Titanic City » était née.

Ça tient à la chanson, affirmaient les uns.

Non, à la mer, au luxe, au bateau, répliquaient les autres.

Au sexe, murmurait-on aussi.

C'est parce qu'il y a Leo, avançait timidement Aziza.

— Tout le monde veut Jack, dit Laila à Mariam. Voilà l'explication. Les gens veulent que Jack vienne les sauver du désastre, eux aussi. Mais il n'y a personne. Jack ne viendra pas. Jack est mort.

Un soir, cet été-là, un marchand de tissus s'endormit en oubliant d'écraser sa cigarette. Il survécut à l'incendie, mais pas sa boutique. Ni celle d'à côté, du reste. Ni celle de vêtements d'occasion, ni celle de meubles, ni la boulangerie adjacentes.

Rachid apprit plus tard que si les vents avaient soufflé vers l'est au lieu de l'ouest, son atelier, qui se trouvait à l'angle de la rue, aurait peut-être été épargné par les flammes.

Ils vendirent tout ce qu'ils possédaient.

D'abord les affaires de Mariam. Puis celles de Laila. Puis les habits de bébé d'Aziza et les quelques jouets que Laila avait forcé Rachid à lui acheter – le tout sous le regard docile de la fillette. Rachid se sépara de sa montre, de son vieux poste de radio, de ses cravates, de ses chaussures et de son alliance. Suivirent le canapé, la table, le tapis, les chaises et, pour finir, malgré la crise de colère piquée par Zalmai, le poste de télévision.

Après l'incendie, Rachid resta à la maison presque tous les jours. Il giflait Aziza, frappait Mariam, jetait des objets par terre. Il critiquait Laila en permanence aussi – son odeur, ses tenues, ses coiffures, ses dents jaunies.

— Qu'est-ce qui t'arrive ? J'ai épousé une *pari* et je me retrouve avec une vieille chouette. Tu ressembles à Mariam maintenant.

Il se fit renvoyer d'un kebab près d'Haji Yaghoub Square après en être venu aux mains avec un client qui l'accusait d'avoir balancé son pain sans façon sur sa table. Le ton était monté, Rachid avait traité l'homme de macaque ouzbek, et tous deux avaient fini par se menacer avec un revolver et une broche – le premier ayant été brandi par le client, affirmait Rachid. Mariam en doutait toutefois.

Il fut aussi renvoyé d'un restaurant de Taimani parce que les gens se plaignaient de la lenteur du service. Rachid, lui, se défaussait sur le cuisinier, un paresseux, selon ses dires.

Laila refusa de le croire.

— Tu étais sûrement dehors en train de roupiller !

— Ne le provoque pas, Laila *jo*, la supplia Mariam.

— Je te préviens…, menaça Rachid.

— Si ce n'est pas ça, alors tu fumais.

— Je te jure…

— Tu seras toujours le même !

À ces mots, il bondit sur elle, lui bourra la poitrine, la tête et le ventre de coups de poing, la tira par les cheveux, la précipita contre le mur. Aziza hurla en tentant de le retenir par sa chemise. Zalmai criait lui aussi. Il voulut arrêter son père, mais Rachid les écarta rudement, Aziza et lui, avant de pousser Laila par terre, pour la rouer de coups de pied cette fois. Mariam se jeta sur elle pour la protéger, mais il continua à les frapper toutes les deux indistinctement, les yeux brillant d'une lueur meurtrière et la bave aux lèvres, jusqu'à ce qu'il n'en puisse plus.

— Un jour, je te tuerai, Laila, haleta-t-il.

Puis il sortit de la maison comme un fou furieux.

Lorsqu'ils n'eurent plus d'argent, la faim commença à se faire sentir. Mariam constata avec effarement la vitesse à laquelle toute leur existence tourna bientôt autour d'une seule et unique préoccupation : trouver de quoi manger.

Le riz blanc, sans viande ni sauce, était un luxe désormais. Ils sautaient des repas avec une fréquence alarmante. Parfois, Rachid ramenait des sardines en conserve et du pain sec au goût de sciure. Parfois aussi, il volait un sac de pommes, au risque d'être amputé d'une main, ou bien des boîtes de raviolis qu'ils partageaient ensuite en cinq – Zalmai recevant toujours la plus grosse part. Ils se contentaient de navets crus saupoudrés d'une pincée de sel, de feuilles de laitue ramollies et de bananes noircies au dîner.

Mourir de faim devint tout à coup une réalité envisageable. Certains choisissaient de ne pas attendre une telle issue, comme cette veuve dont Mariam avait entendu parler, qui avait broyé du pain sec en y incorporant de la mort-aux-rats avant de manger le tout avec ses sept enfants.

Les côtes d'Aziza saillirent bientôt sous sa peau. Ses joues se creusèrent, ses mollets fondirent, son teint prit la couleur d'un thé à peine infusé. Mariam sentait l'os de sa hanche lorsqu'elle la portait dans ses bras. Quant à Zalmai, il passait la journée allongé, le regard éteint et les yeux mi-clos, ou bien assis comme une poupée de chiffon sur les genoux de son père. Il pleurait jusqu'à s'endormir – du moins quand il en avait l'énergie. Mariam, elle, voyait des points blancs chaque fois qu'elle se levait. La tête lui tournait et ses oreilles bourdonnaient en permanence. Elle se remémora les paroles que prononçait autrefois le mollah Faizullah au début du ramadan : *Même un homme mordu par un serpent arrive à trouver le sommeil. Un affamé, non.*

— Mes enfants vont mourir, gémit un jour Laila. Ils vont mourir sous mes yeux.

— Pas question, répondit Mariam. Je ne les laisserai pas finir comme ça. Ne t'inquiète pas, Laila *jo*. Je sais quoi faire.

Par une journée caniculaire, Mariam enfila sa burqa et se rendit avec Rachid à l'hôtel Intercontinental. Prendre le bus n'étant plus dans leurs moyens, ils gravirent à pied la colline au sommet de laquelle était situé l'hôtel – une colline si raide que, épuisée et prise de vertiges, Mariam dut s'arrêter deux fois en cours de route.

À l'entrée de l'hôtel, Rachid donna une accolade à l'un des portiers en costume et casquette bordeaux et échangea quelques mots avec lui en le tenant amicalement par le coude. Tous deux jetèrent un bref coup d'œil à Mariam à un moment. Celle-ci eut alors la vague impression d'avoir déjà vu l'homme quelque part, mais sans réussir à se rappeler où.

Rachid et elle patientèrent dehors pendant que le portier pénétrait dans le hall. De là où ils étaient, ils dominaient l'Institut polytechnique et, derrière, le vieux quartier de Khair khana et la route menant à Mazar-e-Charif. Au sud, Mariam distingua l'ancienne boulangerie industrielle Silo, depuis longtemps abandonnée, avec sa façade jaune pâle percée de trous béants – conséquence des nombreux bombardements que le bâtiment avait subis. Plus loin se dressaient les ruines du palais de Darulaman où Rachid l'avait emmenée pique-niquer bien des années plus tôt. À présent, le souvenir de cette journée s'apparentait au vestige d'un passé qu'elle avait du mal à reconnaître comme le sien.

Craignant de perdre tout sang-froid si elle laissait son esprit vagabonder, Mariam s'obligea à rester concentrée sur les repères géographiques familiers qui l'entouraient.

Pendant ce temps, des jeeps et des taxis se succédaient à l'entrée de l'hôtel. Des portiers accouraient à chaque fois afin d'accueillir les nouveaux arrivants – des barbus armés et enturbannés, qui émergeaient de leur voiture en affichant tous la même assurance et le même air menaçant, avant de disparaître dans le hall. Au passage, Mariam captait des bribes de conversation en pachtou, en persan, mais aussi en ourdou et en arabe.

— Voilà nos vrais dirigeants, dit Rachid à voix basse. Des islamistes pakistanais et arabes, qui considèrent l'Afghanistan comme un terrain de jeu. Les talibans sont des marionnettes entre leurs mains.

Des rumeurs circulaient aussi selon lesquelles les talibans autorisaient ces étrangers à établir dans le pays des camps secrets où étaient formés des kamikazes et des combattants du djihad.

— Mais qu'est-ce qu'il fait ? demanda Mariam.

Rachid cracha par terre et donna un coup de pied dans la poussière.

Une heure plus tard, ils s'avançaient à leur tour dans la fraîcheur du hall, leurs talons claquant sur le sol carrelé à la suite du portier. Mariam aperçut deux hommes armés dans un coin. Assis sur des fauteuils en cuir devant une table basse, ils sirotaient du thé noir en mangeant des *jelabis*, ces beignets nappés de sirop et saupoudrés de sucre. Elle pensa à Aziza, qui adorait cette pâtisserie, et détourna le regard.

Le portier les conduisit jusqu'à un balcon. Là, il sortit un téléphone sans fil de sa poche ainsi qu'un bout de papier avec un numéro griffonné dessus, et expliqua à Rachid qu'il s'agissait du portable de son chef.

— Vous avez cinq minutes, dit-il. Pas plus.

— *Tashakor*, dit Rachid. Je n'oublierai pas.

L'homme hocha la tête et s'éloigna, laissant Rachid composer le numéro pour Mariam.

Tandis qu'elle écoutait les sonneries s'égrener, ses pensées la ramenèrent treize ans plus tôt, au printemps 1987, le jour où elle avait vu Jalil pour la dernière fois. Il avait attendu dans la rue devant chez elle, près de sa Mercedes bleue barrée d'une bande blanche. Des heures durant, appuyé sur une canne, il avait vécu la même situation qu'elle autrefois à Herat, appelant son nom de temps à autre sans recevoir de réponse. Tout juste si elle avait écarté légèrement les rideaux à un moment pour l'apercevoir. Rien qu'un instant. Mais si bref qu'il eût été, ce coup d'œil avait suffi pour qu'elle remarque ses cheveux blancs et sa posture voûtée. Il portait des lunettes, son éternelle cravate rouge et un mouchoir blanc dans sa poche de poitrine. Plus surprenant, il avait beaucoup maigri par rapport au souvenir qu'elle conservait de lui. Sa veste était trop large au niveau des épaules et son pantalon plissait sur ses chevilles.

Jalil lui aussi l'avait aperçue. Leurs regards s'étaient même croisés, comme ils l'avaient fait des années plus tôt. Mais Mariam avait aussitôt tiré les rideaux, avant d'attendre sur son lit qu'il s'en aille.

À présent, elle songeait à la lettre que Jalil lui avait laissée avant de partir. Elle l'avait gardée plusieurs jours sous son oreiller, la sortant parfois pour la tourner et la retourner entre ses mains. À la fin, elle l'avait déchirée sans l'avoir lue.

Et voilà qu'aujourd'hui, après toutes ces années, elle se décidait à lui téléphoner.

Mariam regrettait son stupide orgueil de jeunesse. Elle aurait dû le faire entrer. Quel mal y aurait-il eu à le recevoir, à s'asseoir avec lui et à écouter ce qu'il était venu lui dire ? Il était son père. Pas un très bon, certes, mais que ses torts lui semblaient dérisoires et aisément pardonnables à présent, comparés à la cruauté de Rachid et aux violences dont d'autres hommes s'étaient rendus coupables sous ses yeux.

Elle s'en voulait tellement d'avoir détruit sa lettre.

Une voix grave retentit soudain dans le combiné et l'informa qu'elle avait en ligne le bureau du maire à Herat.

Mariam s'éclaircit la gorge.

— *Salaam*, mon frère. Je cherche quelqu'un qui vit à Herat, ou du moins qui y a vécu il y a longtemps. Il s'appelle Jalil khan et était propriétaire du cinéma de la ville. Savez-vous ce qu'il est devenu ?

— C'est pour ça que vous vous adressez au bureau du maire ? répondit l'homme au bout du fil avec exaspération.

Mariam lui avoua qu'elle ignorait vers qui se tourner.

— Pardonnez-moi, mon frère. Je me doute que vous avez d'autres problèmes plus importants à régler, mais c'est une question de vie ou de mort.

— Je ne connais pas ce Jalil khan. Le cinéma est fermé depuis des années.

— Peut-être que quelqu'un se souvient encore de lui, quelqu'un…

— Non, il n'y a personne.

Mariam ferma les yeux.

— S'il vous plaît. Il y va de la vie de deux enfants. Deux très jeunes enfants.

Un long soupir accueillit sa déclaration.

— Peut-être que quelqu'un…, insista-t-elle.

— Il y a un ouvrier jardinier ici, la coupa son interlocuteur. Je crois qu'il a passé toute sa vie à Herat.

— Si vous pouviez lui demander…

— Rappelez demain.

Mariam lui expliqua qu'elle ne le pouvait pas.

— Je ne dispose de ce téléphone que pendant cinq minutes. Je n'ai pas...

Un clic retentit sur la ligne, et elle crut d'abord que l'homme lui avait raccroché au nez. Mais elle entendit ensuite des bruits de pas, des voix, le son distant d'un klaxon et un bourdonnement mécanique ponctué de claquements secs et répétés – provenant peut-être d'un ventilateur électrique. Elle appuya le téléphone contre son autre oreille et ferma les yeux.

Elle revit Jalil, tout sourire, qui plongeait la main dans sa poche.

Ah oui, bien sûr. J'oubliais... Tiens.

Un pendentif en forme de feuille auquel étaient accrochées de toutes petites pièces avec des étoiles et des lunes gravées dessus.

Essaie-le, Mariam jo.

Comment tu me trouves ?

Tu as l'air d'une reine !

Quelques instants s'écoulèrent. Puis de nouveaux bruits de pas lui parvinrent, suivis d'un craquement et d'un deuxième clic.

— Il le connaît.

— Vraiment ?

— C'est ce qu'il prétend en tout cas.

— Où est-il ? Est-ce que cet homme sait où est Jalil khan ?

Il y eut un silence.

— Il dit qu'il est mort il y a longtemps, en 1987.

Mariam accusa le coup. Elle avait envisagé cette possibilité, bien sûr. Jalil aurait eu près de quatre-vingts ans, mais...

1987.

Il était mourant, alors. Il avait parcouru toute la distance entre Herat et Kaboul pour lui faire ses adieux.

Mariam s'approcha de la balustrade du balcon. De là où elle était, elle avait vue sur la célèbre piscine de l'hôtel, désormais vide, crasseuse et criblée de balles, et sur un terrain de tennis en piteux état avec un filet en lambeaux qui gisait au milieu, telle la mue d'un serpent.

— Je dois vous laisser, déclara la voix au bout du fil.

— Je suis désolée de vous avoir dérangé, s'excusa Mariam en pleurant sans bruit.

Elle revit Jalil lorsqu'il traversait la rivière en sautant de rocher en rocher, le bras levé vers elle et les poches pleines de cadeaux. À chaque fois, elle avait retenu son souffle en priant Dieu de lui accorder plus de temps avec lui.

— Merci…, commença-t-elle.

Mais, déjà, l'homme avait raccroché.

Face à Rachid, qui la dévisageait, elle secoua la tête.

— Inutile, commenta-t-il en lui arrachant le téléphone. Tel père, telle fille.

En repassant dans le hall, il s'approcha vivement de la table basse, que les deux barbus avaient désertée. Il fourra dans sa poche le dernier *jelabi* et, de retour à la maison, le donna à Zalmai.

42

Laila

Toutes les affaires d'Aziza tenaient dans un sac en papier : sa chemise à fleurs, son unique paire de chaussettes, ses gants en laine dépareillés, une vieille couverture orange parsemée d'étoiles et de comètes, une tasse en plastique fêlée, une banane et son jeu de dés.

C'était un matin froid d'avril 2001, peu de temps avant le vingt-troisième anniversaire de Laila. Le ciel était d'un gris translucide, et le vent froid et humide qui soufflait en rafales ne cessait d'agiter la porte-moustiquaire.

Laila avait appris quelques jours plus tôt qu'Ahmad Shah Massoud s'était rendu en France afin de s'adresser au Parlement européen. Dirigeant à présent l'Alliance du Nord, la seule force d'opposition aux talibans, il avait profité de son voyage pour avertir les Occidentaux de la présence de camps de terroristes en Afghanistan et pour réclamer l'aide des États-Unis.

« Si le président Bush ne nous soutient pas, avait-il déclaré, l'Amérique et l'Europe seront bientôt les cibles d'attaques criminelles. »

Un mois auparavant, la nouvelle s'était répandue que les talibans avaient dynamité les deux bouddhas géants de Bamiyan au nom de leur lutte contre l'idolâtrie et le péché. Des États-Unis à la Chine, un concert de protestations s'était élevé dans le monde entier. Des gouvernements, des historiens et des archéologues avaient rédigé des lettres de supplique pour que soient épargnés les deux plus grands vestiges historiques de l'Afghanistan. En vain. Les talibans avaient fait sauter leurs charges explosives en chantant *Allah-u-akbar* à chaque détonation et en poussant des cris de joie dès que l'une des statues perdait un bras ou une jambe dans un nuage de poussière. Laila se rappelait encore le jour où elle était montée au sommet du plus grand des bouddhas avec Babi et Tariq, et où tous trois avaient contemplé le vol d'un faucon au-dessus de la vallée, le visage baigné de soleil. Pourtant, l'annonce de cette destruction la laissa de marbre. Cela avait si peu d'importance dorénavant. Comment aurait-elle pu se soucier du sort de deux statues alors que sa vie était en train de s'écrouler ?

Assise par terre dans un coin du salon, muette, raide, les cheveux tombant en boucles éparses autour de son visage, elle attendait qu'il soit l'heure de partir. Elle avait beau inspirer tant qu'elle pouvait, l'air lui semblait s'être raréfié autour d'elle.

Zalmai fit le chemin menant à Karteh-Seh dans les bras de son père et Aziza en marchant à côté de Mariam, qu'elle tenait par la main. Un foulard sale noué sous le menton et l'ourlet de sa robe claquant au vent, la fillette se décomposait peu à peu, comme si à chaque pas s'accroissait sa conscience d'être bernée. Laila n'avait pas eu le courage de lui avouer la vérité. Elle lui avait simplement expliqué qu'elle allait dans une école, une école particulière où les enfants mangeaient et dormaient, sans rentrer chez eux après les cours. À présent, les mêmes questions revenaient en boucle dans la bouche de sa fille. Les élèves couchaient-ils dans des chambres séparées ou tous dans un grand dortoir ? Se ferait-elle des amis là-bas ? Les professeurs étaient-ils vraiment gentils ?

Et, plus d'une fois : *Combien de temps je devrai rester ?*

Ils s'arrêtèrent non loin de l'imposant bâtiment aux allures de caserne militaire.

— Zalmai et moi allons attendre ici, dit Rachid. Oh, avant que j'oublie…

Il sortit un chewing-gum de sa poche et le tendit à Aziza d'un air froidement magnanime. La fillette accepta ce cadeau d'adieu en murmurant un merci. Laila s'émerveilla de la voir manifester tant de grâce et d'indulgence. Le cœur serré, elle songea avec désespoir qu'elle ne ferait pas la sieste avec elle cet après-midi-là, qu'elle ne sentirait pas le poids si léger de ses bras sur sa poitrine, la courbe de sa tête contre son épaule, son souffle tiède dans son cou, ses talons contre ses jambes…

Zalmai se mit à pleurer lorsque sa sœur s'éloigna. Il cria *Ziza ! Ziza !* et se débattit pour échapper à l'étreinte de son père jusqu'à ce que son attention soit détournée par le singe d'un joueur d'orgue de Barbarie de l'autre côté de la rue.

Mariam, Laila et Aziza parcoururent seules les derniers mètres. À mesure qu'elles approchaient du bâtiment, Laila distingua les fissures de la façade, le toit affaissé, les planches clouées en travers de fenêtres aux vitres brisées, et la barre supérieure d'une balançoire qui dépassait derrière un mur en ruine.

À la porte, elle vérifia qu'Aziza avait bien retenu ce qu'elle lui avait dit.

— Si on t'interroge sur ton père, qu'est-ce que tu réponds ?

— Que les moudjahidin l'ont tué.

— C'est bien. Tu comprends pourquoi, ma chérie ?

— Parce que c'est une école spéciale.

À présent qu'elle était arrivée et que l'école en question devenait une réalité, la fillette paraissait ébranlée. Sa lèvre inférieure tremblait, les larmes perlaient à ses yeux, et Laila devina combien elle luttait pour ne pas pleurer.

— Si je dis la vérité, souffla Aziza d'une voix frêle, on ne m'acceptera pas. C'est une école très spéciale. Je veux rentrer à la maison.

— Je viendrai te rendre visite très souvent, réussit à articuler Laila. Je te le promets.

— Moi aussi, renchérit Mariam. On viendra te voir, Aziza *jo*, et on jouera ensemble, comme d'habitude. C'est provisoire, tu sais. Ça ne durera que le temps que ton père retrouve du travail.

— Et puis, ils ont de quoi manger, ici, ajouta faiblement Laila, heureuse que sa burqa empêche Aziza de voir sa détresse. Tu n'auras pas faim. Ils ont du riz, du pain et de l'eau. Peut-être même des fruits.

— Mais tu ne seras pas là, toi. Et *khala* Mariam non plus.

— Je viendrai te voir, lui répéta Laila. Tout le temps. Regarde-moi, Aziza. Je suis ta mère, et même si je dois mourir à cause de ça, je viendrai te voir.

Le directeur de l'orphelinat – Zaman, ainsi qu'il se présenta – était un homme maigrelet et voûté, au visage ridé et avenant, à la barbe touffue, aux yeux ronds comme des petits pois derrière ses lunettes ébréchées, et au front dégarni surmonté d'une calotte.

Il demanda à Laila et Mariam comment elles s'appelaient, et s'enquit ensuite du nom et de l'âge d'Aziza tout en les guidant le long de couloirs mal éclairés. Des enfants pieds nus s'écartaient sur leur passage en les dévisageant. Les cheveux hirsutes pour les uns, le crâne rasé pour les autres, ils portaient des pulls aux manches effilochées, des jeans troués et usés jusqu'à la corde, des manteaux rapiécés avec du scotch. Laila respira des odeurs mêlées de savon, de talc, d'ammoniaque et d'urine, et sentit grandir l'appréhension d'Aziza.

La cour, dont elle eut un aperçu, se résumait à un terrain envahi par les mauvaises herbes, avec une balançoire instable, de vieux pneus et un ballon de basket dégonflé en guise de jeux. Quant aux salles, elles étaient vides et leurs fenêtres recouvertes de bâches. Un garçon sortit en courant de l'une d'elles et attrapa Laila par le coude en tentant de grimper dans ses bras. Il fallut qu'un homme occupé à nettoyer ce qui ressemblait à une flaque d'urine pose sa serpillière pour le détacher d'elle.

Zaman adoptait un comportement gentiment paternel avec les orphelins. Il tapota la tête de certains, leur lança quelques mots enjoués, leur ébouriffa les cheveux, le tout sans la moindre condescendance. Les enfants accueillaient du reste ces marques d'attention avec joie, et Laila nota qu'ils le fixaient avec l'air de guetter son approbation.

Ils arrivèrent enfin à son bureau – une pièce dont le mobilier se composait en tout et pour tout de trois chaises pliantes et d'une table qui disparaissait presque entièrement sous les piles de papiers.

— Vous êtes d'Herat, dit Zaman à Mariam. Ça s'entend à votre accent.

Il s'adossa à sa chaise et croisa les mains sur son ventre en ajoutant que son beau-frère aussi avait vécu là-bas autrefois. Ses gestes et ses propos paraissaient si laborieux cependant que, malgré son léger sourire, Laila devina en lui une blessure secrète, comme une désillusion, un échec cachés sous un vernis de bonne humeur.

— Il était verrier, reprit Zaman. Il faisait des cygnes vert jade absolument magnifiques. Quand on les regardait à la lumière du soleil, ils luisaient de l'intérieur – on aurait presque cru que de minuscules bijoux avaient été coulés dans le verre. Vous avez eu l'occasion de retourner chez vous dernièrement ?

Mariam répondit que non.

— Moi-même, je viens de Kandahar. Y êtes-vous déjà allée, *hamshira* ? Non ? C'est une très jolie ville. Ah, les jardins de Kandahar ! Et son raisin ! C'est un délice. Il vous ensorcelle le palais.

Quelques enfants s'étaient rassemblés près de la porte afin d'épier la scène. Zaman les chassa gentiment en pachtou.

— Bien sûr, j'adore Herat aussi. La ville des artistes et des écrivains, des maîtres soufis et des mystiques. Vous connaissez la vieille blague qui dit qu'on ne peut pas étendre une jambe là-bas sans botter les fesses à un poète, j'imagine ?

À côté de Laila, Aziza émit un petit rire.

Zaman feignit de s'extasier.

— Ah ! quel plaisir ! J'ai réussi à t'amuser, petite *hamshira*. En général, c'est le plus dur à faire. Je m'inquiétais presque, tu sais. Je pensais que j'allais devoir imiter une poule ou un âne, mais non, même pas. Tu es très mignonne.

Il appela alors un surveillant et le pria d'avoir l'œil sur Aziza pendant quelques instants. Aussitôt, la fillette bondit sur les genoux de Mariam en s'accrochant à elle.

— Nous en avons pour une minute, ma chérie, la rassura Laila. Je ne bouge pas d'ici. D'accord ?

— Si on sortait toutes les deux, Aziza *jo* ? proposa Mariam. Ta mère et *kaka* Zaman doivent discuter ensemble. Ils n'en ont pas pour très longtemps. Viens.

Une fois seul avec Laila, Zaman s'enquit de la date de naissance d'Aziza, de ses antécédents médicaux et de ses éventuelles allergies. Lorsqu'il l'interrogea ensuite sur son père, Laila eut l'étrange impression que le mensonge qu'elle racontait était en fait la réalité. Zaman, lui, écoutait sans rien révéler de ce qu'il pensait. Il dirigeait cet orphelinat selon un code d'honneur très précis, expliqua-t-il. Si une femme déclarait que son mari était mort et qu'elle ne pouvait subvenir aux besoins de ses enfants, il ne mettait jamais sa parole en doute.

Laila se mit à pleurer.

— J'ai honte, avoua-t-elle en pressant une main contre sa bouche.

— Regardez-moi, *hamshira*.

— Quelle mère peut abandonner sa propre fille ?

— Regardez-moi.

Elle leva les yeux.

— Ce n'est pas votre faute. Vous m'entendez ? Ce sont ces sauvages, ces *wahshis* qui sont à blâmer. En tant que Pachtoun, ils me font honte. Ils ont sali le nom de mon peuple. Et vous n'êtes pas seule, *hamshira*. Nous en recevons beaucoup, des mères comme vous qui ne peuvent nourrir leurs enfants parce que les talibans refusent de les laisser sortir de chez elles et gagner leur vie. Vous n'avez rien à vous reprocher. Personne ici ne vous juge. Au contraire, je vous comprends. (Il se pencha vers elle.) *Hamshira*, je vous comprends, répéta-t-il avec force.

Laila s'essuya les yeux dans sa burqa.

— Quant à cet endroit, soupira Zaman, vous pouvez constater qu'il est en piteux état. Nous manquons toujours d'argent, ce qui nous oblige à avoir recours en permanence au système D. Nous n'obtenons pour ainsi dire aucune aide des talibans. Mais on s'en sort quand même. Comme vous, nous faisons de notre mieux. Allah est bon et généreux. Il nous soutient, et tant qu'Il nous soutiendra, je veillerai à ce qu'Aziza soit nourrie et ait de quoi s'habiller. Ça, je vous le promets.

Laila hocha la tête.

— D'accord ? dit-il en lui souriant avec bienveillance. Ne pleurez plus maintenant, *hamshira*. Il ne faut pas qu'elle vous voie ainsi.

— Dieu vous bénisse, lâcha-t-elle d'une voix enrouée en s'essuyant de nouveau les yeux. Dieu vous bénisse, mon frère.

Mais le moment des adieux se passa exactement comme elle l'avait redouté.

Aziza paniqua.

Durant tout le trajet du retour, Laila entendit les cris perçants de sa fille résonner dans sa tête. Elle revit les mains épaisses et calleuses de Zaman se refermer sur ses petits bras pour la tirer en arrière, doucement d'abord, puis de plus en plus fort, jusqu'à les séparer l'une de l'autre. Elle revit Aziza se débattre et hurler de terreur tandis qu'il l'entraînait vivement. Et elle se revit, elle, courant tête baissée dans le couloir, une plainte d'animal à l'agonie montant en elle.

Une fois à la maison, elle fixa sans les voir les montagnes brunes au loin.

— Je la sens encore, dit-elle à Mariam. Je sens son odeur quand elle dort. Pas toi ? Tu ne sens rien ?

— Oh, Laila *jo*… Arrête. À quoi cela sert-il ? Hein ? À quoi ?

Au début, Rachid se laissa fléchir et les accompagna, Mariam, Zalmai et elle, jusqu'à l'orphelinat. Mais il ne cessait de pester et de lui couler des regards mauvais pour bien lui faire comprendre ce qu'il endurait par sa faute. Ses jambes, son dos et ses pieds lui faisaient mal à force de tant marcher, se plaignait-il. Elle ne se rendait vraiment pas compte.

— Je ne suis plus tout jeune, déclarait-il. Enfin, toi évidemment, tu t'en moques. Tu n'hésiterais pas à me piétiner si tu le pouvais. Mais justement, tu ne peux pas. Tu ne fais pas ce que tu veux, Laila.

Il les attendait à quelques rues de l'orphelinat, sans jamais leur accorder plus d'un quart d'heure.

— Soyez en retard de seulement une minute et je rentre. Je ne plaisante pas.

Laila devait le harceler et le supplier afin de grappiller quelques précieux instants de plus. Pour elle. Pour Mariam, qui ne se remettait pas du départ d'Aziza, même si, comme à son habitude, elle gardait sa souffrance secrète. Et aussi pour Zalmai, qui réclamait sa sœur tous les jours et piquait des colères monstres qui finissaient par de grosses crises de larmes inconsolables.

Parfois, Rachid s'arrêtait net en cours de route en prétendant qu'il avait vraiment trop mal aux jambes. Il faisait alors demi-tour et reprenait le chemin de la maison d'un bon pas, sans boiter le moins du monde. Parfois aussi, il claquait de la langue en disant :

— C'est mes poumons, Laila. Je n'en peux plus. Ça ira peut-être mieux demain, ou après-demain, on verra.

Le tout sans même se donner la peine de paraître essoufflé. Souvent d'ailleurs, il allumait une cigarette en s'éloignant. Laila n'avait d'autre choix dans ces cas-là que de le suivre, impuissante et ivre de rage et de rancœur.

Puis, un jour, il lui annonça qu'il ne l'emmènerait plus voir Aziza.

— Je passe mes journées à arpenter les rues pour trouver du travail, affirma-t-il. Je suis trop fatigué.

— J'irai seule alors, le défia-t-elle. Tu ne pourras pas m'en empêcher, Rachid. Tu m'entends ? Tu peux me frapper autant que tu veux, je continuerai à y aller.

— Comme tu voudras. Mais les talibans ne te laisseront pas aller bien loin. Ne viens pas dire après que je ne t'avais pas prévenue.

— Je viendrai avec toi, offrit Mariam.

— Non, il faut que tu restes à la maison avec Zalmai. Si jamais nous sommes arrêtés tous les trois… je ne veux pas qu'il voie ça.

La vie de Laila tourna bientôt entièrement autour de ses visites à Aziza. Une fois sur deux, elle ne parvenait pas à l'orphelinat. Les talibans la repéraient alors qu'elle traversait une rue et la soumettaient aussitôt à un interrogatoire serré – « Comment tu t'appelles ? Où vas-tu ? Pourquoi es-tu toute seule ? Où es ton *mahram* ? » –, avant de la renvoyer chez elle. Quand elle avait de la chance, ils se contentaient d'un sermon ou d'un coup de pied aux fesses. Sinon, c'était à un bâton, une baguette, un fouet, ou le plus souvent à leurs poings qu'elle avait affaire.

Un jour, un jeune talib la frappa avec une antenne de radio.

— Si je te vois encore dehors, cria-t-il à la fin, après un dernier coup sur sa nuque, je te battrai jusqu'à ce que ta mère elle-même ne te reconnaisse plus !

Laila rentra chez elle cette fois-là avec le sentiment d'être un animal stupide et pitoyable. Couchée sur le ventre, elle gémit pendant que Mariam appliquait des linges humides sur son dos et ses cuisses ensanglantées. Mais il était rare qu'elle abandonne. En général, elle faisait mine de rebrousser chemin, puis essayait un autre itinéraire – quitte à être surprise, questionnée et réprimandée à deux, trois, voire quatre reprises en une seule journée. Les coups de fouet pleuvaient alors, les antennes sifflaient en fendant l'air, et elle retournait à la maison, brisée, sans même avoir aperçu Aziza. Elle prit vite l'habitude de porter plusieurs couches d'habits sous sa burqa, y compris par temps chaud, afin d'adoucir les raclées.

Sa récompense lorsqu'elle parvenait à déjouer la surveillance des talibans justifiait cependant toutes ces souffrances. Dès lors qu'elle réussissait à atteindre l'orphelinat, elle pouvait passer autant de temps qu'elle voulait avec sa fille. Des heures entières, même. Toutes deux s'asseyaient dans la cour, près de la balançoire, parmi les autres enfants et les mères présentes à cette occasion, et elles discutaient de ce qu'Aziza avait appris cette semaine-là.

Laila découvrit que Zaman mettait un point d'honneur à enseigner tous les jours quelque chose à ses pensionnaires. La lecture et l'écriture arrivaient en tête, suivies par la géographie, l'histoire, les sciences, et quelques rudiments sur la faune et la flore.

— Seulement il faut qu'on tire les rideaux pour que les talibans ne nous voient pas, expliqua Aziza. Et *kaka* Zaman a toujours des aiguilles et des pelotes de laine près de lui. Comme ça, en cas d'inspection, on cache nos livres et on fait semblant de tricoter.

Au cours de l'une de ses visites, Laila remarqua une femme nue-tête entourée de trois garçons et d'une fille. Elle avait toujours les mêmes traits anguleux et les mêmes sourcils épais qu'autrefois, seuls les cheveux gris et les deux rides encadrant sa bouche étaient nouveaux. Laila se rappela ses châles, ses jupes noires, sa voix sèche, ses chignons qui dévoilaient les poils noirs sur sa nuque. Elle revit celle qui interdisait aux filles de sa classe de se voiler, au motif que les hommes et les femmes étaient égaux et qu'il n'y avait aucune raison pour que les secondes portent un hidjab si les premiers s'y refusaient.

Khala Rangmaal leva la tête à cet instant et croisa son regard, mais rien dans ses yeux n'indiqua à Laila que son ancien professeur l'avait reconnue.

— Ce sont des fractures le long de l'écorce terrestre, dit Aziza. On appelle ça des failles.

Il faisait chaud en ce vendredi après-midi de juin 2001. Rachid ayant exceptionnellement accepté de les accompagner, Laila, Zalmai et Mariam étaient assis avec Aziza dans la cour de l'orphelinat. Lui attendait dans la rue, près de l'arrêt de bus.

Des enfants pieds nus couraient autour d'eux en tapant sans enthousiasme dans un ballon de foot crevé.

— De chaque côté des failles, il y a des couches rocheuses qui constituent la croûte terrestre, poursuivit Aziza.

Quelqu'un lui avait natté les cheveux avant de les lui attacher au sommet de son crâne, et Laila ne put s'empêcher d'envier cette personne qui avait eu le privilège de s'asseoir derrière sa fille, de la coiffer, de lui demander de ne pas bouger.

Sous le regard plein d'intérêt de Zalmai, Aziza tendit les mains en tournant les paumes vers le haut et les frotta l'une contre l'autre pour illustrer son propos.

— Les plaques cectoniques, c'est ça ?

— Les plaques *tectoniques*, articula péniblement Laila.

Sa joue était encore douloureuse, tout comme son dos et son cou. Elle avait la lèvre enflée aussi, et sa langue venait souvent titiller l'espace vide laissé par l'une de ses incisives, tombée deux jours plus tôt sous les coups de Rachid. Avant que ses parents meurent et que sa vie chavire, Laila n'aurait jamais cru qu'un corps humain puisse endurer tant de violence, tant de cruauté, et continuer malgré tout à fonctionner.

— Oui. Et à force de glisser, les plaques se heurtent et se chevauchent... tu vois, maman ? Et ces frottements libèrent de l'énergie qui remonte à la surface de la terre et la fait trembler.

— Tu deviens si savante ! s'extasia Mariam. Tu l'es beaucoup plus que ta stupide *khala*.

Le visage d'Aziza s'illumina.

— Tu n'es pas stupide, *khala* Mariam. Et *kaka* Zaman dit que, parfois, ces mouvements sont très, très profonds, même que ça fait peur tellement ils sont puissants, mais qu'on ne sent presque rien à la surface. À peine un léger tremblement.

Lors de sa précédente visite, Laila l'avait écoutée évoquer les atomes d'oxygène qui diffusaient la lumière bleue du soleil. « S'il n'y avait pas d'atmosphère, avait récité Aziza d'une traite, il ferait tout le temps nuit et le soleil ne serait qu'une grosse étoile lumineuse perdue dans le noir. »

— Aziza rentre avec nous, cette fois ? demanda Zalmai.

— Bientôt, mon chéri. Bientôt.

Laila le regarda s'éloigner, le buste penché en avant et les pieds tournés vers l'intérieur, à l'image de son père. Il s'approcha de la balançoire, poussa le siège vide, et finit par s'asseoir par terre, où il arracha les mauvaises herbes qui émergeaient d'une fissure dans le béton.

L'eau s'évapore des feuilles, maman. Tu savais ça, toi ? C'est comme les habits qu'on met à sécher dehors. Elle passe du sol aux racines, ensuite elle monte dans le tronc, va dans les branches et puis dans les feuilles. On appelle ça la transpiration végétale.

Plus d'une fois, Laila s'était demandé comment réagiraient les talibans s'ils découvraient un jour les cours clandestins de *kaka* Zaman.

Aziza ne laissait jamais s'installer le moindre blanc dans la conversation. Elle parlait et parlait d'une voix stridente, avec effusion, partait dans des digressions en agitant les mains, et affichait une fébrilité qui ne lui ressemblait pas. Elle avait un nouveau rire aussi. Pas tant un rire d'ailleurs qu'une sorte de ponctuation nerveuse, que Laila pensait destinée avant tout à la rassurer.

Et ce n'étaient pas là les seuls changements survenus en elle. Laila remarquait par exemple les ongles sales d'Aziza, laquelle, surprenant le regard de sa mère, cachait ses mains sous ses cuisses. Chaque fois qu'un enfant pleurait non loin d'elles et que de la morve coulait de son nez, ou bien qu'un autre surgissait les fesses à l'air et les cheveux pleins de terre, Aziza battait des cils et se hâtait d'avancer une explication. Un peu comme une hôtesse gênée que ses invités voient l'état de délabrement de sa maison et la saleté de ses enfants.

Lorsqu'on lui demandait comment elle allait, elle répondait toujours vaguement, mais avec entrain.

Je vais bien, khala. *Je vais bien.*

Tes camarades ne t'embêtent pas, au moins ?

Non, maman. Tout le monde est très gentil.

Tu manges bien ? Tu dors bien ?

Oui, très bien. On a eu de l'agneau hier soir. Ou peut-être que c'était la semaine dernière.

Dans ces moments-là, Laila avait presque l'impression d'entendre Mariam.

Celle-ci avait été la première à se rendre compte qu'Aziza bégayait. Légèrement, certes, mais nettement, surtout avec les mots commençant par un *t.* Interrogé à ce sujet, Zaman avait froncé les sourcils.

— Je croyais que son problème d'élocution était ancien.

Ce vendredi après-midi de juin, Aziza eut droit à une courte sortie avec Mariam, Laila et Zalmai, qui l'emmenèrent retrouver Rachid près de l'arrêt de bus. Dès que Zalmai repéra son père, il poussa un cri ravi et se débattit pour se libérer des bras de Laila et courir vers lui. Aziza, elle, l'accueillit avec plus de raideur, mais sans hostilité aucune.

Rachid annonça qu'ils devaient se dépêcher parce qu'il ne disposait que de deux heures avant d'aller travailler. C'était sa première semaine à son nouveau poste à l'hôtel Intercontinental. De midi à 20 heures, six jours par semaine, il ouvrait des portières de voitures, portait des bagages, donnait un coup d'éponge à l'occasion. Parfois, à la fin de la journée, le cuisinier du restaurant le laissait rapporter discrètement quelques restes chez lui : des ailes de poulet frites à la croûte dure et sèche, des pâtes fourrées devenues caoutchouteuses, du riz dur comme de la pierre. Rachid avait promis à Laila qu'Aziza pourrait rentrer à la maison dès qu'il aurait économisé un peu d'argent.

Il portait son uniforme, un costume en polyester bordeaux avec une chemise blanche, une cravate retenue par une barrette et une casquette qui aplatissait ses cheveux blancs. Ainsi vêtu, il était méconnaissable. Il semblait vulnérable, désorienté, presque inoffensif. Comme quelqu'un qui aurait accepté sans protester toutes les offenses que la vie lui infligeait. Quelqu'un d'à la fois pathétique et admirable par sa docilité.

Ils prirent un bus pour rejoindre Titanic City et sa rivière à sec bordée d'échoppes. Près des marches menant au lit de l'ancien cours d'eau, un homme, pieds nus, se balançait au bout d'une corde accrochée à une grue, les oreilles coupées, la tête inclinée sur la poitrine. Laila, Mariam, Rachid et les enfants durent passer à côté avant de se mêler à la foule qui se pressait là – une foule composée d'agents de change, d'employés d'ONG au visage las, de vendeurs de cigarettes et de femmes voilées agitant de fausses ordonnances sous le nez des badauds, mendiant de quoi se procurer les antibiotiques inscrits dessus. Des talibans armés de fouets patrouillaient le secteur en mâchant du tabac, à l'affût d'un rire trop sonore ou d'un visage non dissimulé.

Dans le bric-à-brac d'un marchand de jouets installé entre un vendeur de manteaux de fourrure et un autre de fleurs artificielles, Zalmai repéra un ballon de basket avec des arabesques jaunes et bleues.

— Choisis quelque chose, toi aussi, dit Rachid à Aziza.

Gênée, elle hésita et se figea.

— Dépêche-toi. Je travaille dans une heure, moi.

Aziza se décida pour un distributeur de bubble-gum. L'appareil fonctionnait avec une petite pièce que l'on insérait dans une fente pour obtenir un bonbon, et que l'on récupérait dans un compartiment au pied de la machine.

Rachid s'offusqua du prix et commença aussitôt à marchander. À la fin, il se tourna vers Aziza et la fixa d'un air aussi mauvais que si c'était elle, et non le vendeur, qui avait refusé son offre.

— Rends-le. Je n'ai pas les moyens de payer les deux.

Sur le chemin du retour, la gaieté de façade affichée par la fillette s'estompa peu à peu. Aziza cessa d'agiter les mains. Son visage se ferma – comme à chaque séparation. Ce furent alors Laila et Mariam qui se chargèrent d'entretenir la conversation, de rire nerveusement, de meubler le silence triste par une suite ininterrompue de propos anodins.

Plus tard, après que Rachid les eut quittés devant l'orphelinat pour se rendre à l'Intercontinental, Laila regarda Aziza lever la main vers elle en signe d'au revoir et longer le mur de la cour en traînant les pieds. Elle pensait au bégaiement de sa fille et à ce qu'Aziza lui avait expliqué plus tôt sur ces fractures et ces chocs puissants qui se produisent en profondeur, mais ne se manifestent à la surface que par un infime tremblement.

— Va-t'en, toi ! brailla Zalmai.

— Chut ! le réprimanda Mariam. Après qui est-ce que tu cries comme ça ?

— Lui, là-bas.

Zalmai montrait du doigt un homme appuyé contre la porte de leur maison. Un homme qui tourna la tête vers eux en les entendant approcher. Qui décroisa les bras. Qui s'avança de quelques pas en boitant.

Laila s'arrêta net.

Un son étranglé lui échappa. Ses jambes vacillèrent. Soudain, elle eut envie, elle eut besoin, même, du bras de Mariam, de son épaule, de son poignet, de n'importe quoi, du moment qu'elle pouvait s'appuyer dessus. Mais elle ne fit pas un geste. Elle n'osait pas. Elle n'osait ni bouger, ni souffler, ni même cligner des yeux, de peur que tout cela ne soit qu'un mirage, une illusion fragile appelée à disparaître au moindre mouvement. Elle resta donc parfaitement immobile, sans respirer, et dévisagea Tariq jusqu'à ce que ses poumons lui brûlent. Elle prit alors une inspiration, ferma et rouvrit aussitôt les yeux. Et là, par miracle, elle découvrit qu'il était toujours là. Tariq se tenait toujours devant elle.

Laila fit un pas en avant. Puis un autre. Et encore un autre. Jusqu'à ce qu'elle se mît à courir.

43

Mariam

À l'étage, dans la chambre de mariam, Zalmai était intenable. Il fit rebondir son nouveau ballon par terre et contre les murs pendant un moment, sans tenir compte de Mariam, qui lui répétait d'arrêter. Sachant qu'elle n'avait aucune autorité sur lui, il la défia même ouvertement du regard, avant d'attraper une petite ambulance avec des lettres rouge vif sur les côtés. Ils jouèrent alors à se la lancer à tour de rôle d'un bout à l'autre de la pièce.

Un peu plus tôt, lorsqu'ils avaient rejoint Tariq devant la porte, Zalmai avait fixé ce dernier avec suspicion en serrant son ballon contre lui et en fourrant son pouce dans sa bouche – chose qu'il ne faisait plus à moins d'être inquiet.

— C'est qui, lui ? demanda-t-il soudain à Mariam.
Je ne l'aime pas.

Mariam s'apprêtait à lui expliquer que Laila et lui
avaient grandi ensemble, mais il la coupa en lui ordonnant de tourner l'ambulance vers lui. À peine se fut-elle exécutée qu'il réclama cette fois son ballon.

— Où est-il ? Où est le ballon que Baba *jan* m'a
acheté ? cria-t-il d'une voix de plus en plus aiguë. Où
est-il ? Je veux mon ballon ! Je le veux ! Je le veux !

— Il était là il y a un instant.

— Non, il est perdu ! pleura Zalmai. Je le sais, qu'il
est perdu. Où il est ? Où il est ?

— Tiens, le voilà, dit-elle en attrapant le ballon
sous la penderie, où il avait roulé.

Mais Zalmai se mit cette fois à hurler et à taper du
poing par terre en disant que ce n'était pas le même
ballon, que ce n'était pas possible parce que son ballon
à lui était perdu, que celui-là était un faux, et où était
passé le vrai ? Où était-il ? Où ?

Il cria jusqu'à ce que Laila vienne le serrer dans
ses bras, le bercer, glisser les doigts dans ses boucles
brunes, sécher ses joues humides et claquer de la
langue à son oreille.

Mariam attendit pendant ce temps dans le couloir.
Tariq était assis sur le sol nu du salon, ses longues
jambes étendues devant lui, et du haut de l'escalier elle
ne voyait de lui que son pantalon kaki. Soudain, elle
comprit pourquoi le portier de l'hôtel Intercontinental lui avait paru familier le jour où Rachid et elle
avaient voulu appeler Jalil. L'homme portait alors une
casquette et des lunettes de soleil, raison pour laquelle
elle n'avait pas fait tout de suite le rapprochement,
mais elle se rappelait très bien à présent celui qui, neuf
ans plus tôt, s'était assis chez eux en s'épongeant le
front avec un mouchoir et en réclamant à boire.
Aussitôt, les questions se bousculèrent dans son

esprit : les comprimés de sulfamides avaient-ils fait partie du scénario ? Qui, de Rachid ou du portier, avait inventé cette histoire et tous ces détails si convaincants ? Et combien Rachid avait-il payé Abdul Sharif – si tel était son nom – pour venir anéantir Laila avec le récit de la mort de Tariq ?

44

Laila

Tariq raconta à Laila que le cousin de l'un de ses compagnons de cellule avait été fouetté publiquement pour avoir peint des flamants roses. L'homme, semblait-il, s'était pris d'une passion incurable pour ces animaux.

— Il leur avait consacré des carnets entiers, et aussi des dizaines de tableaux où on les voyait patauger dans des lagons et se dorer au soleil dans les marécages. J'ai bien peur qu'il en ait même représenté en train de voler vers le couchant.

— Des flamants roses, répéta Laila en le dévorant des yeux.

Tariq était assis contre le mur, sa jambe valide ramenée contre lui, et elle éprouvait un besoin impérieux de le toucher encore, comme elle l'avait fait tout à l'heure devant la porte. Mais la manière dont elle s'était jetée à son cou et dont elle avait pleuré contre lui en répétant son nom d'une voix sourde la gênait à présent. S'était-elle montrée trop exaltée ? Trop désespérée ? Peut-être. Reste que cela avait été plus fort qu'elle, et qu'elle mourait d'envie de recommencer, pour se prouver une nouvelle fois que l'homme à côté d'elle était bien vivant, et qu'il ne s'agissait pas d'un rêve ni d'une apparition.

— Eh oui, dit-il. Des flamants roses.

En voyant ces tableaux, continua-t-il, les talibans s'étaient offusqués de toutes ces longues pattes nues. Ils avaient donc attaché le cousin pour lui fouetter la plante des pieds jusqu'au sang, avant de lui laisser le choix entre deux solutions : soit détruire ses peintures, soit donner une allure décente aux flamants. Le cousin avait donc repris son pinceau pour ajouter un pantalon à chaque oiseau.

— Et le résultat, ç'a été des flamants roses islamiques.

Laila réprima le rire qui montait en elle. Elle avait honte de ses dents jaunissantes, de son incisive manquante, de ses traits flétris, de sa lèvre gonflée. Elle regretta de ne pas avoir eu le temps de se laver la figure, ou au moins de se peigner.

— Mais le cousin aura quand même le dernier mot, dit Tariq. Il a peint les pantalons à l'aquarelle. Quand les talibans seront partis, il n'aura qu'à les laver pour les effacer.

Il baissa les yeux sur ses mains en souriant, et Laila nota qu'une de ses dents à lui aussi était tombée.

— Eh oui, conclut-il.

Il portait un *pakol*, de grosses chaussures de marche, un pull en laine noire rentré dans son pantalon, et hochait doucement la tête avec une pointe d'amusement. Laila ne se souvenait pas de l'avoir entendu dire ces « eh oui » autrefois, ni de l'avoir vu joindre les doigts sur ses genoux d'un air pensif en hochant ainsi la tête. Cette expression, ces gestes – tout cela était si adulte. Mais pourquoi s'en étonner ? Tariq *était* adulte maintenant. Un homme de vingt-cinq ans aux mouvements lents et au sourire fatigué. Un homme qui avait gardé les mêmes mains fortes, ces mains d'artisan, avec leurs veines gonflées et sinueuses, mais qu'elle découvrait barbu et plus mince que dans ses rêves. Son visage, bien que toujours aussi beau, avait perdu de sa fraîcheur. Son front et son cou tannés et brûlés par le soleil évoquaient ceux d'un pèlerin à la fin d'un long voyage épuisant. Son *pakol*, repoussé en arrière, révélait un début de calvitie. Quant à ses yeux noisette, ils étaient devenus plus ternes, plus pâles – à moins que ce ne fût la lumière de la pièce qui donnât cette impression.

Laila se rappela la mère de son ami, son calme, son sourire malin, sa perruque violette. Et elle revit son père aussi, avec son léger strabisme et son humour pince-sans-rire. Lorsque, un peu plus tôt devant la porte, elle avait balbutié à Tariq d'une voix mouillée de larmes qu'elle le croyait mort avec ses parents, il avait simplement secoué la tête. Elle lui demanda alors à cet instant comment ils allaient, et regretta sa question en constatant qu'il baissait de nouveau les yeux.

— Ils ne sont plus là aujourd'hui.

— Je suis désolée…

— Oui. Moi aussi. Tiens, dit-il en sortant un petit sac en papier de sa poche. Avec les compliments d'Alyona.

À l'intérieur se trouvait un fromage enveloppé dans un film plastique.

— Alyona. C'est un joli nom, répondit Laila en s'efforçant de garder un ton neutre. C'est ta femme ?

— Non, ma chèvre.

Il sourit avec l'air d'attendre qu'elle comprenne l'allusion.

Laila se souvint alors du film russe qu'ils étaient allés voir le jour où les chars et les jeeps soviétiques avaient quitté Kaboul, et où Tariq avait porté sa ridicule toque de fourrure. Alyona était la fille du capitaine, amoureuse d'un marin.

— J'ai dû l'attacher à un poteau et construire une barrière autour, reprit Tariq. À cause des loups. Pas très loin de chez moi, dans les montagnes, il y a un bois. Surtout des pins, quelques sapins et des cèdres de l'Himalaya. Les loups ne s'aventurent pas à découvert la plupart du temps, mais une chèvre qui a tendance à s'éloigner, ça peut les attirer. D'où la barrière. D'où le poteau.

Laila lui demanda de quelles montagnes il parlait.

— La chaîne de Pir Panjal, au Pakistan. La ville où j'habite s'appelle Murree. C'est un lieu de villégiature à une heure d'Islamabad, avec des collines, de la verdure, beaucoup d'arbres. Et l'altitude est assez élevée pour qu'il y fasse frais en été. Le rêve pour les touristes.

Il ajouta que les Britanniques avaient construit la ville à l'époque victorienne pour disposer d'une retraite plaisante à proximité de leur base militaire de Rawalpindi. Quelques vestiges de l'ère coloniale étaient d'ailleurs encore visibles sur place – un ou deux salons de thé, des bungalows au toit en tôle qu'on nommait « cottages », ce genre de choses. La ville en elle-même était petite et agréable. La rue principale, le Mall, comportait un bureau de poste, un bazar, quelques restaurants et des magasins de souvenirs qui vendaient à un prix exorbitant des verres peints et des tapis tissés à la main. Curieusement, la circulation dans cette rue se faisait dans un sens une semaine, et dans l'autre la suivante.

— D'après les habitants de la région, il y a des endroits en Irlande où c'est pareil, dit Tariq. Moi, bien sûr, je ne peux pas le savoir. Enfin, c'est un coin sympa. On y vit simplement, mais j'aime ça. J'aime vivre là-bas.

— Avec ta chèvre. Avec Alyona.

Laila n'avait pas tant voulu le taquiner que tenter de savoir qui, par exemple, était présent à son côté pour se soucier des loups qui mangeaient les chèvres. Mais Tariq se contenta de hocher la tête une nouvelle fois.

— Je suis désolé aussi pour tes parents.

— Tu as appris comment ils sont morts, alors ?

— J'ai discuté avec des voisins avant que tu n'arrives. (Il marqua une pause durant laquelle Laila s'interrogea sur ce que ces gens lui avaient révélé d'autre à son sujet.) Je ne reconnais plus personne ici. Plus personne de l'ancien temps, je veux dire.

— Ils ont tous fui. Tu ne verras aucun visage familier à Kaboul.

— Je ne reconnais même plus la ville.

— Moi non plus, dit Laila. Et pourtant je n'en suis jamais partie.

— Maman a un nouvel ami, déclara Zalmai ce soir-là, après le départ de Tariq. Un homme.

Rachid leva les yeux.

— Ah oui ?

Tariq demanda s'il pouvait fumer.

Ses parents et lui étaient restés quelque temps au camp de Nasir Bagh, près de Peshawar, raconta-t-il en faisant tomber la cendre de sa cigarette dans une soucoupe. Soixante mille Afghans vivaient déjà là-bas à leur arrivée.

— Heureusement, les conditions de vie n'y étaient pas aussi terribles que dans d'autres camps comme celui de Jalozai. Je crois même qu'on citait Nasir Bagh en exemple au moment de la guerre froide. C'était le genre d'endroit que l'Occident pouvait montrer pour prouver qu'il ne faisait pas que fournir des armes à l'Afghanistan.

Mais cela datait de l'époque de la guerre froide et du djihad, lorsque le monde entier s'intéressait à leur pays et que Margaret Thatcher elle-même s'y déplaçait.

— Tu connais la suite, Laila. Après la guerre, l'Union soviétique s'est effondrée et les pays occidentaux se sont trouvé d'autres préoccupations. L'Afghanistan ne représentait plus un enjeu politique pour eux, les aides financières se sont taries. Aujourd'hui, à Nasir Bagh, il n'y a rien d'autre que des égouts à ciel ouvert, des tentes et de la poussière. Quand on s'est présentés là-bas, on nous a tendu un bâton et une bâche en nous disant de nous débrouiller.

De ce camp où il était resté un an, il ne conservait que des souvenirs teintés de brun.

— Tout était terreux là-bas. Les tentes. Les gens. Les chiens. Le porridge.

Chaque jour, il grimpait sur un arbre dénudé et s'asseyait à califourchon sur une branche pour contempler les réfugiés allongés en plein soleil, leurs plaies et leurs moignons étalés à la vue de tous. Il regardait des petits garçons squelettiques porter des jerrycans d'eau, ramasser des crottes de chien pour faire du feu, sculpter des AK-47 en bois avec des couteaux à la lame émoussée, trimbaler des sacs d'une farine dont personne ne réussissait à faire des pains dignes de ce nom. Partout dans le camp, le vent faisait claquer la toile des tentes, soufflait des amas d'herbes et hissait haut les cerfs-volants lancés depuis le toit de masures en pisé.

— Beaucoup d'enfants sont morts. De dysenterie, de tuberculose, de faim – les causes ne manquaient pas. Mais surtout de dysenterie. Bon sang, Laila. J'ai vu enterrer tant de gamins. Il n'y a pas de pire spectacle.

Tariq croisa les jambes et laissa le silence retomber entre eux un instant avant de poursuivre :

— Mon père n'a pas survécu à notre premier hiver à Nasir Bagh. Il est mort dans son sommeil. Je ne crois pas qu'il ait souffert.

Peu après, sa mère avait attrapé une pneumonie. Brûlante de fièvre, incapable de dormir, elle ne cessait de tousser et de cracher des glaires épaisses et rougeâtres. Elle avait failli mourir elle aussi, et sans doute aurait-elle succombé sans le médecin du camp, qui travaillait dans un break transformé en clinique mobile. La queue pour le voir était longue, si longue, soupira Tariq. Tout le monde patientait en frissonnant, en gémissant, en toussant. Certains avaient des excréments qui leur coulaient le long des jambes, d'autres étaient trop fatigués, affamés ou malades pour dire un mot.

— Mais c'était un type bien, ce médecin. Il a soigné ma mère avec des médicaments et lui a sauvé la vie.

Le même hiver, Tariq avait acculé un enfant dans un coin.

— Il avait douze, treize ans, dit-il d'un ton égal. Je l'ai menacé avec un éclat de verre et je lui ai pris sa couverture pour la donner à ma mère.

Une fois celle-ci remise, il s'était juré de ne pas passer un hiver de plus à Nasir Bagh. Il allait travailler, faire des économies, et ensuite il louerait un appartement à Peshawar où ils auraient du chauffage et de l'eau potable. Dès le printemps, il s'était donc mis en quête d'un emploi. Un camion venait de temps à autre au camp en début de matinée afin de ramasser une vingtaine de garçons et les emmener ôter les cailloux dans un champ ou cueillir des pommes dans un verger en échange d'un peu d'argent, parfois d'une couverture ou d'une paire de chaussures. Sauf que personne n'avait voulu de lui.

— Dès qu'ils voyaient ma jambe, c'était fini.

Il y avait bien d'autres boulots – fossés à creuser, cabanes à construire, eau à porter, latrines à vider –, mais les hommes se battaient pour les obtenir, et il n'avait jamais eu la moindre chance face à eux.

Jusqu'au jour où il avait rencontré un commerçant, à l'automne 1993.

— Il a proposé de me payer pour livrer un manteau en cuir à Lahore. Ce n'était pas une grosse somme, mais ça aurait couvert un ou deux mois de loyer.

L'homme lui avait donné un ticket de bus et l'adresse d'un coin de rue près de la gare de Lahore où il était censé remettre le manteau à un ami.

— J'ai flairé le danger, évidemment. Il m'avait précisé que si jamais je me faisais arrêter, je devrais me tirer d'affaire tout seul, et que j'avais aussi intérêt à me souvenir qu'il savait où vivait ma mère. Seulement, je ne pouvais pas laisser filer cet argent. Et puis, l'hiver approchait déjà.

— Jusqu'où es-tu allé ?

— Pas loin, répondit Tariq avec un rire désolé, presque honteux. Je ne suis même pas monté dans le bus. Je me croyais pourtant à l'abri de tout, tu sais. Comme s'il y avait eu un comptable quelque part, un type avec un crayon coincé derrière l'oreille qui aurait tenu la liste de ces choses-là, qui les aurait pointées sur une liste et qui se serait dit : « Oui, oui, on peut lui accorder ça, on ferme les yeux. Il a déjà payé son dû, celui-là. »

La drogue était cachée dans la doublure et s'était déversée lorsque la police avait donné un coup de couteau dans le tissu.

Tariq éclata cette fois d'un rire aigu et incertain – le même, songea Laila, que lorsqu'ils étaient petits et qu'il voulait masquer son embarras ou prendre à la légère une grosse bêtise qu'il avait commise.

— Il boite, déclara Zalmai.

— S'agit-il de qui je crois ?

— Il n'a fait que passer, intervint Mariam.

— Toi, boucle-la ! jeta Rachid, avant de se tourner vers Laila. Eh bien, eh bien. Laili et Majnoon se sont retrouvés. Comme au bon vieux temps. (Son expression devint glaciale.) Tu l'as laissé entrer ici. Chez moi. Dans ma maison. Il était ici avec mon fils.

— Tu m'as menti ! cracha Laila. Tu as fait venir cet homme et… Tu te doutais bien que je serais partie si j'avais pensé qu'il était vivant !

— Parce que tu ne m'as pas menti non plus, peut-être ? rugit Rachid. Tu crois que je n'ai rien compris au sujet de ta fille ? Tu me prends pour un imbécile, espèce de pute ?

Plus Tariq parlait et plus Laila redoutait le moment où il s'arrêterait et où le silence retomberait, signe que son tour à elle serait venu de tout raconter, les pourquoi, les comment, les quand, afin de confirmer ce qu'il savait certainement déjà. Elle appréhendait tant cet instant qu'une légère nausée s'emparait d'elle chaque fois que Tariq marquait une pause. Évitant son regard, elle fixa alors les épais poils noirs qu'il avait maintenant sur le dessus des mains.

Tariq ne s'épancha pas beaucoup sur ses années en prison, sinon pour dire qu'il y avait appris à parler ourdou. Lorsque Laila le questionna, il eut un geste impatient de la tête dans lequel elle lut tout ce qu'il lui taisait – les barreaux rouillés, les corps sales, la violence, les cellules bondées, les plafonds pourris et couverts de moisissures. Elle devinait rien qu'à son visage l'avilissement, l'humiliation et le désespoir qui régnaient là-bas.

Sa mère avait tenté de lui rendre visite après son arrestation.

— Trois fois. Mais je n'ai jamais pu la voir.

Il lui avait donc écrit, à plusieurs reprises même, sans jamais être sûr qu'elle recevrait ses lettres.

— Et je t'ai écrit à toi aussi.

— Ah ?

— Des volumes entiers, dit-il. Ton ami Rumi m'aurait envié ma production.

Il rit aux éclats, l'air surpris par sa propre audace et gêné par ce que sa remarque sous-entendait.

À l'étage, Zalmai se mit à hurler.

— Comme au bon vieux temps, répéta Rachid. Vous étiez tous les deux. Je suppose que tu lui as montré ton visage.

— Oui ! s'écria Zalmai. C'est vrai, maman. Je t'ai vue.

— Ton fils ne m'apprécie guère, commenta Tariq quand Laila redescendit.

— Je suis désolée. Ce n'est pas dirigé contre toi. C'est juste que… Ne fais pas attention à lui.

Elle changea rapidement de sujet parce qu'elle s'en voulait de traiter ainsi Zalmai, qui n'était qu'un enfant, un petit garçon en adoration devant son père, et dont l'aversion instinctive envers cet étranger était aussi compréhensible que légitime.

Et je t'ai écrit à toi aussi.

Des volumes entiers.

Des volumes entiers.

— Tu vis depuis combien de temps à Murree ?

— Moins d'un an.

En prison, Tariq s'était lié d'amitié avec un ancien joueur de hockey pakistanais du nom de Salim, qui avait déjà été incarcéré à plusieurs reprises et qui purgeait à l'époque une peine de dix ans pour avoir poignardé un policier en civil. Chaque prison avait son

Salim, expliqua Tariq. Quelqu'un de rusé qui connais-sait du monde et qui savait comment faire pour vous dénicher ce que vous vouliez. Quelqu'un autour de qui l'air vibrait d'opportunités à saisir et de dangers à éviter. C'était Salim qui avait transmis à l'extérieur les questions que Tariq se posait au sujet de sa mère, Salim encore qui l'avait fait asseoir pour lui annoncer d'une voix douce et paternelle qu'elle était morte de froid.

En tout, Tariq avait passé sept ans derrière les barreaux.

— Je m'en suis tiré à bon compte, dit-il. J'ai eu de la chance. Le juge qui a traité mon dossier avait une belle-sœur afghane. Peut-être qu'il a eu pitié. Je n'en sais rien.

Quand Tariq avait été libéré, au début de l'hiver 2000, Salim lui avait donné l'adresse et le numéro de son frère, Sayeed.

— Il a ajouté que Sayeed possédait un hôtel à Murree. Un petit établissement avec vingt chambres et un salon, qui accueillait surtout des touristes. Je devais me recommander de lui.

Sitôt descendu du bus, Tariq avait eu le coup de foudre pour Murree, pour ses pins couverts de neige, pour son air frais et vivifiant, et pour ses maisons en bois avec des volets et des cheminées d'où s'échap-paient des volutes de fumée.

Non seulement cet endroit lui semblait à des années-lumière de toutes les horreurs qu'il avait vécues, s'était-il dit en frappant à la porte de Sayeed, mais il rendait obscène et inimaginable l'idée même d'épreuve et de douleur.

— Je me rappelle avoir pensé : Voilà une ville où on peut s'en sortir.

Il avait été engagé comme gardien et homme à tout faire, avec un mois à l'essai qui lui avait été payé la moitié d'un salaire normal. Et il s'était plutôt bien débrouillé durant cette période, affirma-t-il.

En l'écoutant, Laila imagina un Sayeed aux yeux plissés et au visage rouge, qui se postait derrière une fenêtre de la réception pour épier Tariq pendant qu'il fendait du bois et déblayait la neige devant son hôtel. Elle le vit vérifier l'argent dans la caisse et se pencher par-dessus les jambes de son employé afin de le regarder réparer un tuyau sous un évier.

Tariq logeait dans une cabane à côté du pavillon de la cuisinière, une vieille veuve corpulente du nom d'Adiba. Leurs deux logements étaient séparés de l'hôtel par quelques amandiers, un banc et une fontaine pyramidale où l'eau gargouillait toute la journée en été. À ces mots, Laila se représenta cette fois Tariq chez lui, sur son lit, en train de contempler le feuillage des arbres par sa fenêtre.

Au bout d'un mois, Sayeed lui avait accordé un plein salaire, ainsi que des repas gratuits, un manteau en laine et une nouvelle prothèse. Tariq avait pleuré devant tant de gentillesse.

Sa première paie en poche, il avait filé en ville acheter Alyona.

— Son poil est tout blanc, confia-t-il à Laila en souriant. Certains matins, quand il a beaucoup neigé durant la nuit, on ne distingue que ses yeux et son museau.

Laila hocha la tête. Un silence suivit. À l'étage, Zalmai avait recommencé à lancer son ballon contre le mur.

— Je croyais que tu étais mort, murmura-t-elle.

— Je sais. Tu me l'as dit.

La voix de Laila se brisa, et elle dut faire un effort pour se ressaisir.

— L'homme qui est venu m'apporter la nouvelle, il était si sérieux... Je l'ai cru, Tariq. Je m'en veux, mais je l'ai cru. Je me suis sentie si seule après. J'avais tellement peur... Je n'aurais jamais accepté d'épouser Rachid sinon. Je n'aurais jamais...

— Ne te sens pas obligée de me dire ça, la coupa-t-il doucement en évitant de la regarder.

Il n'y avait aucune accusation sous-jacente dans ses paroles. Aucune récrimination. Pas même l'ombre d'un reproche.

— Si ! Parce que j'avais une autre raison beaucoup plus importante d'agir ainsi. Une raison que tu ne connais pas encore, Tariq. Ou plutôt quelqu'un. Il faut que tu saches.

— Tu as parlé avec lui, toi aussi ? demanda Rachid à son fils.

Zalmai ne répondit pas. Laila perçut son hésitation, comme s'il venait juste de comprendre qu'il avait révélé une information bien plus grave qu'il ne le pensait.

— Je t'ai posé une question, mon garçon.

— J'étais en haut. Je jouais avec Mariam, dit-il enfin.

— Et ta mère ?

Zalmai se tourna vers Laila, la mine contrite, au bord des larmes.

— Ce n'est rien, le rassura-t-elle. Dis la vérité.

— Elle était... elle était en bas, avec cet homme, souffla-t-il d'une voix à peine audible.

— Je vois, grinça Rachid. C'était un travail d'équipe, alors.

— Je veux la rencontrer, dit Tariq en partant. Je veux la voir.

— Je vais arranger ça.

— Aziza. Aziza. C'est si joli, s'extasia-t-il, avec l'air de savourer ce mot.

Dans la bouche de Rachid en revanche, le prénom de la fillette prenait toujours une consonance malsaine, presque vulgaire.

— Elle aussi est très jolie. Tu verras.

— J'ai hâte !

Presque dix ans s'étaient écoulés depuis leur séparation. Laila songea soudain à toutes les fois où ils s'étaient donné rendez-vous dans l'impasse près de chez eux pour s'embrasser en secret, et se demanda ce qu'il devait penser d'elle désormais. La trouvait-il toujours aussi belle, ou au contraire vieillie, pitoyable, semblable à une mégère traînant les pieds ? Dix ans. Pourtant, l'espace de quelques secondes, alors que tous deux se faisaient face en plein soleil, elle eut l'impression que toutes ces années s'étaient effacées. La mort de ses parents, son mariage avec Rachid, les tueries, les bombes, les talibans, les coups, la faim, et même ses enfants – tout cela lui apparut comme un rêve, un étrange détour, un simple interlude entre leur dernier après-midi ensemble et le moment présent.

Puis le visage de Tariq s'assombrit. Elle connaissait cette expression : il avait affichée la même le jour où il avait détaché sa prothèse pour foncer sur Khadim.

— Il t'a frappée, dit-il froidement en effleurant le coin de sa bouche.

Cette caresse rappela à Laila la fièvre de ces instants où ils avaient conçu Aziza, le souffle de Tariq sur son cou, les muscles de ses hanches qui se contractaient, son torse appuyé contre ses seins, leurs doigts entrelacés.

— Si seulement je t'avais emmenée…

Laila baissa les yeux en ravalant ses larmes.

— Je sais que tu es une femme mariée et une mère aujourd'hui, continua-t-il. Et moi, après toutes ces années, après tout ce qui est arrivé, voilà que je frappe à ta porte. Ce n'est sûrement pas correct, ni juste, mais je suis venu de si loin pour te voir, et... Oh, Laila, je n'aurais jamais dû te laisser ici.

— Arrête, gémit-elle.

— J'aurais dû insister davantage. J'aurais dû t'épouser quand j'en avais l'occasion. Tout aurait été si différent alors.

— Tais-toi, s'il te plaît. Ça fait mal.

Il acquiesça et esquissa un pas vers elle, avant de se reprendre.

— Je ne supposais rien en venant ici. Et je n'ai pas l'intention non plus de bouleverser ta vie en ressurgissant comme ça de nulle part. Si tu préfères que je m'en aille, que je retourne au Pakistan, tu n'as qu'un mot à dire, Laila. Je suis sérieux. Dis-le et je partirai. Je ne t'ennuierai plus jamais.

— Non ! s'écria-t-elle, plus sèchement qu'elle ne l'aurait voulu.

Elle s'aperçut soudain qu'elle s'était agrippée à lui et laissa retomber sa main.

— Non. Ne pars pas, Tariq. S'il te plaît, reste.

Il hocha la tête.

— Rachid travaille de midi à 20 heures. Reviens demain après-midi. Je t'emmènerai voir Aziza.

— Je n'ai pas peur de lui, Laila.

— Je sais. Reviens demain après-midi.

— Et après ?

— Après... je n'en ai aucune idée. Donne-moi le temps d'y réfléchir. Tout cela est...

— Je m'en doute. Et je comprends, dit-il. Je suis désolé, Laila. Je suis désolé pour beaucoup de choses.

— Il ne faut pas. Tu m'avais promis de revenir et tu l'as fait.

— C'est bon de te revoir, murmura-t-il avec émotion.

Elle le suivit des yeux tandis qu'il s'éloignait. *Des volumes entiers*, pensa-t-elle. Un frisson la parcourut alors, comme une vague indéfinissable, mélange de tristesse, d'abandon, mais aussi d'impatience et d'espoir fou.

45

Mariam

J'étais en haut. Je jouais avec Mariam, dit Zalmai.

— Et ta mère ?

— Elle était... elle était en bas, avec cet homme.

— Je vois. C'était un travail d'équipe, alors.

Mariam vit le visage de Rachid se détendre et les rides de son front s'estomper – même si une lueur suspicieuse brillait toujours dans ses yeux. Il se redressa sur sa chaise et, durant un bref moment, parut simplement pensif, tel le capitaine d'un navire qui, informé d'une mutinerie imminente, se serait accordé le temps de la réflexion.

Il leva la tête.

Mariam voulut dire quelque chose, mais il la coupa d'un geste de la main.

— C'est trop tard, Mariam, déclara-t-il. Zalmai, monte dans ta chambre.

La panique du petit garçon était presque palpable. Il comprenait cette fois qu'à trop faire le malin, il avait dévoilé un grave secret – un secret d'adulte. Contrit et abattu, il se tourna vers Mariam, puis vers sa mère.

— File ! lui ordonna Rachid.

Et sans attendre, il prit Zalmai par le coude pour l'entraîner à l'étage.

Pétrifiées, Mariam et Laila fixèrent le sol, comme si échanger le moindre regard avait pu accréditer sa version des faits : pendant qu'il ouvrait des portières et traînait les bagages de gens qui ne lui accordaient pas un regard, un complot se tramait chez lui, dans son dos, en présence de son fils adoré. Aucune d'elles ne souffla mot. Elles écoutèrent les bruits de pas à l'étage, les uns lourds et menaçants, les autres aussi légers que ceux d'un petit animal. Des mots étouffés leur parvinrent, suivis d'une supplique aiguë, d'une réplique sèche, d'un claquement de porte, et enfin du cliquetis d'une serrure. Les pas lourds résonnèrent alors de nouveau, plus rapides, plus impatients que quelques instants plus tôt.

Mariam aperçut d'abord les pieds de Rachid qui martelaient les marches, puis sa main qui fourrait une clé dans sa poche, puis le bout perforé de sa ceinture enroulée autour de son poing, puis la boucle en faux laiton qui rebondissait derrière lui dans l'escalier.

Elle tenta de s'interposer, mais il la repoussa et, sans rien dire, abattit sa ceinture sur Laila. Tout alla si vite que celle-ci n'eut pas le temps de reculer, ni de se baisser, ni même de lever un bras pour se protéger. Elle porta une main à sa tempe et, devant le sang qui maculait ses doigts, fixa Rachid avec étonnement. Très vite, son incrédulité céda la place à une expression haineuse.

Rachid se jeta sur elle.

Laila para le coup cette fois et essaya d'attraper la ceinture au vol. Elle réussit à la saisir à sa deuxième tentative, mais il la lui arracha aussitôt et se mit à la pourchasser dans la pièce en la frappant de plus belle, sans prêter attention aux injonctions de Mariam. À un moment, Laila parvint à lui assener son poing sur l'oreille. Il poussa un juron et, fou de rage, la plaqua contre le mur. Là, il reprit sa besogne, abattant la ceinture sur sa poitrine, ses épaules, ses bras levés, ses mains, avec une force telle qu'elle se retrouva en sang.

Mariam perdit le compte des fois où le cuir cingla la peau de Laila, où elle-même supplia Rachid d'arrêter, où elle contourna la masse enchevêtrée de leurs deux corps. Puis elle vit des doigts se planter dans la figure de Rachid, des doigts aux ongles cassés s'enfoncer dans des joues, tirer des cheveux, labourer un front. Un long moment s'écoula avant qu'elle ne réalise avec une stupeur mêlée de satisfaction qu'il s'agissait des siens.

Rachid abandonna Laila et se tourna vers elle. Au début, il la fixa sans la voir, puis il plissa les yeux et la jaugea avec intérêt, son visage exprimant tour à tour la perplexité, l'offense, la désapprobation, et même la déception.

Mariam se rappela la première fois qu'elle l'avait aperçu sous son voile de mariée et la manière dont leurs regards avaient glissé sur le miroir jusqu'à se croiser – celui de Rachid indifférent, et le sien docile, soumis, presque désolé.

Désolé.

Dans ces mêmes yeux, Mariam lut soudain combien elle avait été stupide.

Avait-elle été une épouse infidèle ? arrogante ? indigne ? vulgaire ? Quel tort avait-elle sciemment causé à cet homme pour s'attirer cette malveillance, ces coups répétés, ce plaisir manifeste qu'il prenait à la faire souffrir ? Ne s'était-elle pas occupée de lui lorsqu'il était malade ? Ne l'avait-elle pas nourri, ainsi que ses amis ? N'avait-elle pas tenu sa maison propre et en ordre ?

Ne lui avait-elle pas donné sa jeunesse ?

Avait-elle mérité une seule fois tant de cruauté ?

Rachid se débarrassa de sa ceinture, qui tomba à terre avec un bruit sourd. Certaines tâches s'effectuaient apparemment mieux à mains nues.

Derrière lui, Laila en profita pour ramasser un objet qu'elle brandit haut avant de le lui écraser sur la tête. Du verre vola en éclats. Du sang coula sur ses mains, mais aussi sur la joue de Rachid, à présent barrée d'une profonde entaille. Fou de colère, il fit volte-face et fondit sur elle.

Tous deux s'écrasèrent sur le sol et s'empoignèrent jusqu'à ce que Rachid prenne le dessus et s'installe à califourchon sur Laila pour lui serrer le cou à deux mains.

Aussitôt, Mariam plongea sur lui toutes griffes dehors. Elle le bourra de coups, pesa sur lui, tenta de lui faire lâcher prise. Elle alla jusqu'à lui mordre les doigts – en vain. Rachid entendait aller jusqu'au bout cette fois.

Il voulait étrangler Laila, et ni l'une ni l'autre n'y changeraient rien.

Mariam s'élança alors hors de la pièce. Elle eut conscience au passage de bruits répétés à l'étage, et se représenta les petites mains de Zalmai martelant la porte de sa chambre. Sans s'arrêter, elle longea le vestibule. Émergea dans la cour. Se précipita vers la remise.

À l'intérieur, elle attrapa une pelle.

Rachid ne la remarqua même pas lorsqu'elle revint. Il avait le regard halluciné, ses mains serraient la gorge de Laila. Déjà, le visage de celle-ci avait commencé à virer au bleu et ses yeux à se révulser. Mariam vit qu'elle avait cessé de lutter. *Il va la tuer*, pensa-t-elle. *Il en a vraiment l'intention.* Mais elle ne pouvait et ne voulait pas le laisser faire. Rachid lui avait déjà tant pris en vingt-sept ans de mariage. Il n'était pas question qu'il lui ôte aussi Laila.

Solidement campée sur ses deux pieds, elle agrippa fermement le manche de la pelle et prononça le nom de son mari. Elle tenait à ce qu'il sache.

— Rachid.

Il leva les yeux.

Elle le frappa.

Le coup l'atteignit à la tempe, si fort qu'il bascula sur le côté.

Rachid pressa la paume de sa main sur sa tête puis regarda ses doigts ensanglantés. Un instant, son expression parut s'adoucir, et Mariam eut l'impression que quelque chose venait soudain de se produire, comme si elle lui avait littéralement remis les idées en place. Et peut-être avait-il lui aussi perçu un changement en elle, parce qu'il sembla hésiter. Avait-il enfin entrevu l'abnégation, les sacrifices, les efforts qu'elle avait consentis pour vivre à son côté durant si longtemps, pour supporter sa condescendance et sa violence, ses chicaneries et sa méchanceté ? Était-ce du respect qu'exprimait son regard ? Des regrets ?

Mais son rictus ne tarda pas à réapparaître, et Mariam comprit combien il serait futile, voire irresponsable, d'en rester là. Il fallait en finir. Si elle l'épargnait, combien de temps s'écoulerait avant qu'il n'aille chercher son revolver dans la chambre où il avait enfermé Zalmai ? Si elle avait eu l'assurance qu'il se contenterait de la tuer elle et elle seule, qu'il y avait une chance pour qu'il épargne Laila, elle aurait laissé tomber la pelle. Mais les yeux de Rachid leur promettaient une mort certaine à toutes les deux.

Elle leva donc les bras aussi haut qu'elle le put et tourna la pelle de telle sorte que le tranchant soit à la verticale. À ce moment précis, et pour la première fois de sa vie, elle se sentit maîtresse de son destin.

Alors elle abattit la pelle. En y mettant toutes ses forces.

46

Laila

Laila avait conscience d'un visage penché sur le sien, un visage hargneux, menaçant, qui empestait le tabac. De même, elle devinait la présence de Mariam à l'arrière-plan, et les coups de poing que celle-ci donnait. Au-dessus d'eux, il y avait le plafond, et c'était vers lui que Laila était attirée, vers les moisissures noires qui s'étendaient comme une tache d'encre sur une robe, vers la fissure dans le plâtre qui, selon l'endroit où on se trouvait, lui évoquait un sourire impassible ou les sourcils froncés d'une personne contrariée. Elle pensa à toutes les fois où elle avait noué un chiffon au bout d'un balai pour ôter les toiles d'araignée de ce plafond. Aux trois couches de peinture que Mariam et elle avaient passées dessus. À présent, la fissure n'était plus un sourire, mais un rictus moqueur qui rapetissait, et rapetissait encore, tandis que le plafond s'éloignait d'elle pour s'élever toujours plus haut vers un brouillard obscur, où il ne fut bientôt plus qu'un petit carré blanc et lumineux. Tout le reste à côté était noyé dans les ténèbres – à l'exception du visage de Rachid, semblable à une tache solaire au milieu de cette opacité.

Des flashs aveuglants se succédaient devant elle à présent, comme des étoiles argentées qui auraient explosé, lui révélant à chaque fois des formes géométriques bizarres – des vers de terre, des objets ovales qui se mouvaient à la verticale, à l'horizontale, qui se fondaient les uns dans les autres, qui se détachaient, qui se transformaient, puis qui s'estompaient et disparaissaient dans le noir.

Des voix résonnaient, étouffées et distantes.

Derrière ses paupières, l'image de ses enfants surgit avec fulgurance avant de se voiler : Aziza, sa vivacité, ses tourments, son intelligence, sa retenue. Zalmai, frémissant de joie face à son père.

C'était donc ainsi qu'elle finirait, pensa-t-elle. Quelle mort pitoyable.

Mais l'obscurité s'éclaircit soudain, et Laila eut l'impression d'être soulevée en même temps que le plafond redescendait lentement vers elle et s'élargissait. Elle distingua de nouveau la fissure avec son vieux sourire morne.

Quelqu'un la secoua. *Ça va ? Réponds-moi, ça va ?* Le visage de Mariam, couvert d'égratignures et déformé par l'inquiétude, planait au-dessus du sien.

Laila tenta d'inspirer, et sentit une brûlure dans la gorge. Elle recommença. Cela la brûla encore plus, jusque dans la poitrine cette fois. Puis elle toussa, souffla bruyamment, s'étrangla. Et respira enfin.

La première chose qu'elle vit en se redressant fut Rachid. Il était étendu sur le dos, le regard vide et la bouche ouverte, comme un poisson mort. Une écume rosée avait coulé de ses lèvres et le devant de son pantalon était mouillé. Elle remarqua alors la blessure sur son front.

Puis la pelle à côté de lui.

— Oh, lâcha-t-elle d'une voix chevrotante à peine audible. Oh, Mariam.

Assise près de Rachid, Mariam demeura un long moment immobile et silencieuse. Laila, elle, faisait les cent pas, gémissant, bredouillant et tremblant de tous ses membres. Elle se forçait à détourner les yeux de la face grimaçante du cadavre et du sang qui coagulait sur sa chemise.

Dehors, le jour faiblissait, les ombres s'allongeaient. Les traits de Mariam apparaissaient maigres et tirés dans cette lumière, mais elle-même ne semblait ni agitée ni effrayée. Tout juste préoccupée, pensive, et si concentrée que lorsqu'une mouche se posa sur son menton, elle n'y prêta pas attention. Elle resta sans bouger là où elle était, avec cette moue qu'elle faisait toujours lorsqu'elle réfléchissait.

— Assieds-toi, Laila *jo*, dit-elle enfin.

Laila obéit.

— Il faut qu'on le déplace. Zalmai ne doit pas voir ça.

Mariam récupéra la clé de la chambre dans la poche de Rachid avant que Laila et elle n'enveloppent le corps dans un drap. Elles tentèrent ensuite de le soulever en le tenant l'une par les jambes, l'autre par les aisselles, mais il était si lourd qu'elles se résolurent à le traîner. Au moment où elles sortaient de la maison, le pied de Rachid se prit dans l'encadrement de la porte et sa jambe se plia sur le côté, les obligeant à reculer pour essayer de nouveau de le faire passer. C'est alors qu'un bruit retentit à l'étage et que Laila craqua. Laissant tomber Rachid, elle s'affaissa sur le sol, en larmes, à bout de nerfs. Mariam dut se planter devant elle pour lui ordonner avec autorité de se reprendre. Ce qui était fait était fait, lui rappela-t-elle.

Au bout de quelques instants, Laila parvint à se ressaisir. Toutes deux traversèrent la cour sans autre incident et cachèrent le corps dans la remise, derrière l'établi sur lequel gisaient une scie, des clous, un burin, un marteau et un bloc de bois que Rachid avait eu l'intention de sculpter pour Zalmai.

De retour dans la maison, Mariam se lava les mains et se recoiffa sommairement.

— Voyons tes blessures maintenant, dit-elle. Tu es coupée de partout, Laila *jo*.

Mariam déclara qu'elle avait besoin de la nuit pour mettre ses idées en ordre et décider de ce qu'elles allaient faire.

— Il y a une solution. Il faut juste que je la trouve.

— On doit partir ! plaida Laila d'une voix cassée. On ne peut pas rester ici.

Elle imagina soudain le bruit qu'avait dû faire la pelle en heurtant le crâne de Rachid et se plia en deux, prise de nausées.

Mariam attendit patiemment qu'elle se sente mieux. Puis elle la fit allonger et lui caressa les cheveux en lui disant de ne pas s'inquiéter. Tout allait s'arranger. Ils s'en iraient ensemble – elle, Laila, les enfants et Tariq. Ils quitteraient cette maison et cette ville cruelle. Ils quitteraient même ce pays sans espoir pour s'installer dans un endroit éloigné, à l'abri, là où personne ne penserait à les chercher et où ils pourraient tirer un trait sur leur passé.

— Un endroit avec des arbres, ajouta-t-elle. Oui. Beaucoup d'arbres.

Ils vivraient à la lisière d'une ville dont ils n'auraient jamais entendu parler, ou bien dans un village reculé, accessible seulement par un étroit chemin de terre bordé de toutes sortes de plantes et de buissons. Peut-être y aurait-il aussi un sentier menant à un champ qui servirait de terrain de jeu aux enfants, ou une route gravillonnée qui les conduirait à un lac aux eaux claires pleines de truites et aux berges piquées de roseaux. Là, ils élèveraient des moutons et des poulets, feraient du pain, apprendraient à lire à Aziza et Zalmai. Ils couleraient des jours paisibles et solitaires, qui les libéreraient du poids de leurs souffrances et leur permettraient de goûter enfin à un bonheur et une prospérité mérités.

Laila l'encourageait tout bas. Une telle existence ne serait pas dépourvue de difficultés, songeait-elle, mais il s'agirait de difficultés plaisantes, qu'ils pourraient revendiquer fièrement, et même chérir autant qu'un héritage familial. La douce voix maternelle de Mariam continua ainsi à la bercer, à la réconforter. *Il y a une solution*, avait-elle dit, et Laila ne doutait pas qu'elle leur expliquerait au matin ce qu'il fallait faire. Le lendemain, à la même heure, ils seraient peut-être déjà en route vers une vie nouvelle, une vie riche d'opportunités, de joies et de problèmes bienvenus. À cette pensée, elle fut reconnaissante à Mariam de se montrer si responsable, si calme, si réfléchie. Son esprit à elle était en proie au chaos le plus total.

Pour finir, Mariam se leva.

— Va t'occuper de ton fils, déclara-t-elle.

Jamais Laila n'avait vu un visage exprimer une telle affliction.

Laila trouva Zalmai roulé en boule du côté du lit où dormait Rachid d'habitude. Elle se glissa contre lui et remonta les couvertures sur eux.

— Tu dors ?

— Peux pas, répondit-il sans lui faire face. Baba *jan* n'a pas encore dit les prières de Babalu avec moi.

— Et si c'était moi qui les récitais avec toi, ce soir ?

— Tu sais pas faire ça comme lui.

Elle pressa son épaule et embrassa sa nuque.

— Je peux quand même essayer.

— Où est Baba *jan* ?

— Il est parti, lâcha Laila, la gorge nouée.

C'était dit. L'énorme et terrible mensonge venait d'être prononcé. Combien de fois encore lui faudrait-il le répéter ? se demanda-t-elle avec désespoir.

Combien de fois encore devrait-elle tromper Zalmai ?
Elle revit l'accueil si joyeux qu'il réservait à son père
lorsque celui-ci rentrait du travail. Rachid le soulevait
par les coudes et le faisait tournoyer en l'air jusqu'à ce
que ses jambes se tendent vers le haut. Il le reposait
après en s'amusant avec lui de le voir tituber comme
un ivrogne. Et il y avait aussi leurs jeux sans queue
ni tête, leurs francs éclats de rire, leurs regards
complices.

La honte et la douleur la submergèrent à l'idée de
tout ce dont son fils allait être privé.

— Il est parti où ?

— Je ne sais pas, mon chéri.

Quand reviendrait-il ? Est-ce que Baba *jan* lui
rapporterait un cadeau ?

Laila récita avec lui les prières destinées à faire fuir
Babalu le Croque-mitaine. Venaient d'abord vingt et
un *Bismillah-e-rahman-e-rahim* – un pour les trois
articulations de sept doigts. Zalmai plaça ensuite ses
mains en coupe devant son visage pour souffler
dessus, puis porta chacune à son front et fit mine de
repousser quelqu'un en murmurant *Va-t'en, Babalu,
laisse Zalmai tranquille, tu n'as rien à faire avec lui,
va-t'en Balalu*. Trois *Allah-u-akbar* conclurent le
rituel. Mais plus tard, bien plus tard cette nuit-là, Laila
fut réveillée en sursaut par une voix étouffée : « *Est-ce
que Baba* jan *est parti à cause de moi ? À cause de
ce que j'ai dit sur toi et l'homme qui était là
aujourd'hui ?* »

Elle se pencha sur lui pour le rassurer, pour lui
murmurer qu'il n'avait rien à se reprocher, absolument rien – mais Zalmai dormait à poings fermés, sa
petite poitrine se soulevant et s'abaissant doucement
au rythme de sa respiration.

Au moment de se coucher, Laila s'était sentie l'esprit embrumé, lourd, incapable de la moindre pensée rationnelle. Mais lorsque l'appel du muezzin retentit le lendemain matin, elle avait recouvré une grande partie de sa lucidité.

Elle s'assit dans son lit et contempla son fils qui dormait encore, un poing appuyé sous le menton. Mariam avait-elle fait pareil durant la nuit ? S'était-elle faufilée dans leur chambre pour les regarder tous les deux en même temps qu'elle élaborait un plan ?

Laila se leva – non sans peine, tant elle souffrait. Son corps tout entier portait les traces des coups infligés par Rachid, et c'est en grimaçant qu'elle sortit sur la pointe des pieds dans le couloir.

Dans l'autre chambre, la lumière était encore grise, d'un gris que Laila avait toujours associé au chant du coq et aux gouttes de rosée perlant sur les brins d'herbe. Elle découvrit Mariam assise sur un tapis de prière orienté vers la fenêtre, et se baissa lentement pour s'installer en face d'elle.

— Tu devrais aller voir Aziza ce matin, dit Mariam.

— Je sais ce que tu comptes faire.

— N'y va pas à pied. Prends le bus, tu passeras inaperçue. Les taxis sont trop voyants pour une femme seule. Tu serais sûre de te faire arrêter.

— Ce que tu m'as promis hier soir…

Laila ne put finir. Les arbres, le lac, le village sans nom. Tout ça n'était qu'une feinte. Un joli mensonge destiné à l'apaiser, à l'image de ceux que l'on raconte à un enfant triste.

— C'était vrai. C'était vrai pour *toi*, Laila *jo*.

— Je ne veux rien de tout ça si tu n'es pas là.

Mariam sourit faiblement.

— Je veux tout ce que tu m'as décrit, poursuivit Laila. On partira ensemble, toi, moi et les enfants.

Tariq a un logement au Pakistan. On pourra se cacher là-bas quelque temps, attendre que les choses se tassent…

— Impossible, la coupa patiemment Mariam, à la manière d'une mère s'adressant à une fille bien intentionnée qui se serait bercée d'illusions.

— On prendra soin l'une de l'autre, articula péniblement Laila, les larmes aux yeux. Comme tu l'as dit. Ou plutôt non. C'est moi qui prendrai soin de toi, pour changer.

— Laila *jo*…

Laila continua sur sa lancée. Elle parlementa, multiplia les promesses. Elle s'occuperait du ménage et de la cuisine.

— Tu n'auras rien à faire. Plus jamais. Tu te reposeras, tu feras la grasse matinée, tu auras un jardin à toi. Demande-moi n'importe quoi et tu l'auras. Mais ne fais pas ça, Mariam. Ne me laisse pas. Ne brise pas le cœur d'Aziza.

— Ils coupent la main aux voleurs, répliqua Mariam. À ton avis, qu'est-ce qu'ils feront quand ils constateront qu'un homme est mort et que ses deux épouses ont disparu ?

— Personne n'en saura rien. Les talibans ne nous retrouveront jamais.

— Bien sûr que si, répliqua Mariam d'un ton grave qui fit paraître les propos de Laila d'autant plus fantasques et tirés par les cheveux. C'est inévitable. Ce sont des chiens assoiffés de sang, ils ne lâchent jamais rien.

— S'il te plaît…

— Le jour où ils nous mettront la main dessus, ils te jugeront aussi coupable que moi. Et Tariq aussi. Je refuse que vous soyez obligés de vivre tous les deux comme des fugitifs. Qu'arrivera-t-il à tes enfants si jamais vous êtes arrêtés ?

Les yeux de Laila lui brûlaient.

— Qui veillera sur eux ? insista Mariam. Les talibans ? Il faut que tu raisonnes en tant que mère, Laila *jo*. Je ne fais pas autre chose, là.

— Je ne peux pas.

— Tu n'as pas le choix.

— Ce n'est pas juste !

— Si. Viens là. Allonge-toi près de moi.

Laila rampa vers Mariam et appuya la tête sur ses genoux, ainsi qu'elle l'avait fait si souvent au fil des ans. Elle revit tous les après-midi qu'elles avaient passés ensemble, à se tresser les cheveux et à discuter, Mariam l'écoutant divaguer et raconter des histoires ordinaires avec l'air reconnaissant d'une personne à qui un privilège unique aurait été accordé.

— Il n'y a rien de plus juste, au contraire, expliqua Mariam. J'ai tué notre mari. J'ai privé ton fils de son père. Il serait inacceptable que je m'enfuie. Je ne peux pas. Même s'ils ne nous retrouvaient jamais, je… (Ses lèvres tremblèrent.) Le chagrin de Zalmai serait toujours là pour me rappeler mon crime. Comment oserais-je le regarder en face ? Comment ?

Elle joua avec les cheveux de Laila et démêla les nœuds d'une mèche rebelle.

— Mon chemin s'achève ici. Je ne souhaite plus rien, Laila *jo*. Tout ce dont je rêvais étant petite, tu me l'as offert. Toi et tes enfants, vous m'avez rendue si heureuse. C'est très bien ainsi. Vraiment. Il ne faut pas que tu sois triste.

Bien qu'elle n'eût aucun argument raisonnable à lui opposer, Laila la supplia encore en évoquant pêle-mêle les arbres fruitiers à planter, les poulets à élever, les petites maisons dans des villes anonymes, les promenades vers des lacs pleins de poissons. À la fin, quand ses mots se furent taris, elle ne put que céder et sangloter comme une enfant dépassée par une logique adulte implacable. Elle se recroquevilla alors et enfouit la tête une dernière fois dans le giron protecteur de Mariam.

Plus tard ce matin-là, Mariam prépara des en-cas pour Zalmai et Aziza, emballa du pain, des figues séchées et quelques gâteaux en forme d'animaux dans un sac en papier qu'elle donna à Laila.

— Embrasse Aziza pour moi. Dis-lui qu'elle est le *noor* de mes yeux et la sultane de mon cœur. Tu feras ça pour moi ?

Laila acquiesça en silence.

— N'oublie pas : prends un bus et garde bien la tête baissée.

— Quand te reverrai-je, Mariam ? Je veux te parler avant de témoigner. Je leur expliquerai que ce n'était pas ta faute, que tu ne pouvais pas agir autrement. Ils comprendront, forcément.

Mariam se contenta de la fixer avec bienveillance, avant de s'accroupir devant Zalmai. Vêtu d'un T-shirt rouge, d'un pantalon kaki usé et de bottes de cow-boy que Rachid lui avait ramenées du bazar de Mandaii, il serrait contre lui son nouveau ballon de basket.

— Tu dois te montrer fort et courageux maintenant, dit-elle en déposant un baiser sur sa joue. Sois gentil avec ta mère. (Elle prit son visage entre ses mains et le retint lorsqu'il tenta de reculer.) Je suis si désolée, Zalmai *jo*. Crois-moi, je regrette que tu aies à souffrir autant.

Laila quitta la maison en tenant son fils par la main. Au bout de la rue, elle se retourna et aperçut Mariam, avec son gilet bleu marine, son pantalon de coton blanc et son foulard assorti, qui agitait le bras vers elle en signe d'au revoir. Les rayons du soleil illuminaient son visage au front barré d'une mèche de cheveux gris.

Laila passa l'angle de la rue et ne la revit plus jamais.

47

Mariam

Après toutes ces années, il lui semblait être de retour dans une *kolba*.

Bâtiment massif et austère du quartier de Share-e-Nau, près de Chicken Street, la prison pour femmes de Walayat se situait au cœur d'un complexe où étaient aussi incarcérés des hommes – ces derniers étant séparés des condamnées par une porte cadenassée. Mariam dénombra cinq cellules, toutes dépourvues du moindre meuble. Les murs y étaient sales et écaillés, et il y avait des barreaux aux fenêtres donnant sur la cour, alors même que les prisonnières avaient un libre accès à celle-ci. En l'absence de carreaux et de rideaux, les gardiens qui circulaient dehors pouvaient surveiller ce qui se passait à l'intérieur des pièces – au grand dam de certaines détenues, qui se plaignaient qu'ils s'installent à côté pour fumer et les lorgnent avec des yeux brillants et un sourire carnassier, en marmonnant des plaisanteries obscènes à leur sujet. Pour toutes ces raisons, elles portaient à longueur de journée des burqas qu'elles n'enlevaient qu'après le coucher du soleil, une fois la porte principale verrouillée et les gardiens retournés à leur poste.

Il faisait sombre le soir dans la cellule que Mariam partageait avec cinq autres femmes et quatre enfants. Lorsqu'il y avait de l'électricité, elles soulevaient Naghma, une fille de petite taille, toute plate, avec des cheveux noirs et crépus, jusqu'à lui faire toucher le plafond. Naghma attrapait alors un fil qui avait été dénudé à cet endroit et l'enroulait autour de la base d'une ampoule afin d'éclairer la pièce.

Les toilettes, pas plus grandes qu'un placard, se résumaient à un petit trou rectangulaire percé dans le sol, au fond duquel s'accumulaient les excréments. Des mouches ne cessaient de bourdonner autour.

Au centre de la prison se trouvait une cour, et au milieu de la cour, un puits dépourvu de système de drainage – ce qui donnait souvent à l'eau un goût pourri et au terrain des allures de marécage. Des cordes à linge s'y entrecroisaient, ployant sous le poids des chaussettes et des couches lavées à la main. C'était là que les détenues recevaient leurs visiteurs et qu'elles faisaient bouillir le riz apporté par leur famille, la prison ne nourrissant pas ses pensionnaires. C'était là aussi que jouaient les enfants. Mariam avait appris que beaucoup d'entre eux, nés à Walayat, n'avaient jamais vu le monde au-delà de cette enceinte. Elle les regardait se pourchasser, pieds nus dans la boue. Toute la journée, ils gambadaient et s'amusaient, indifférents à la puanteur des immondices qui imprégnait tout Walayat, indifférents aussi aux gardiens jusqu'à ce que l'un d'eux leur assène une gifle.

Mariam, elle, n'avait pas de visiteurs. Cela avait été sa seule et unique requête. Pas de visiteurs.

Aucune des femmes de sa cellule ne purgeait de peine pour crime violent. Leur faute à elles était d'avoir voulu fuir leur foyer. Par conséquent, Mariam gagna une certaine notoriété parmi ses compagnes, devenant même une sorte de célébrité. Les autres la dévisageaient d'un air admiratif, presque impressionné. Elles lui offraient leurs couvertures, se disputaient pour partager leur repas avec elle.

La plus zélée était Naghma, qui la suivait partout en permanence. Cette fille, qui trouvait distrayant de répandre les nouvelles tragiques, y compris lorsqu'elles la concernaient, lui confia que son père l'avait autrefois promise en mariage à un tailleur de trente ans plus vieux qu'elle.

— Il puait et avait plus de doigts que de dents !

Elle avait tenté de fuir à Gardez avec le fils d'un mollah local dont elle était tombée amoureuse. Mais, à peine sortis de Kaboul, ils avaient été arrêtés et renvoyés chez eux. Fouetté, le jeune homme s'était repenti et avait accusé Naghma de l'avoir séduit en usant de ses charmes. Elle lui avait jeté un sort, avait-il dit, avant de promettre de se consacrer désormais à l'étude du Coran. Résultat : il avait été relâché, et Naghma condamnée à cinq ans de prison.

Ce qui était tout aussi bien, déclara-t-elle, vu que son père avait juré de l'égorger le jour où elle serait libérée.

Son histoire rappela à Mariam des paroles prononcées par Nana un matin que les étoiles brillaient faiblement et que de fins nuages roses s'effilochaient au-dessus des montagnes de Safid-koh : « De même que l'aiguille d'une boussole indique le nord, un homme qui cherche un coupable montrera toujours une femme du doigt. Toujours. Ne l'oublie jamais, Mariam. »

Le procès de Mariam avait eu lieu la semaine précédente. Il n'y avait eu ni avocat, ni audience publique, ni contre-interrogatoire, ni appels. Mariam déclina son droit à faire venir des témoins pour appuyer ses dires. En un quart d'heure, tout fut réglé.

Trois juges la questionnèrent. Celui du milieu, un talib d'aspect fragile, dirigeait la séance. Il était d'une maigreur frappante, avec une peau cireuse et parcheminée, et une barbe rousse bouclée. Ses lunettes grossissaient ses yeux, révélant combien leur blanc avait viré au jaune, et son cou paraissait trop fin pour supporter le turban aux plis élaborés qui enveloppait sa tête.

— Tu te déclares donc coupable, *hamshira* ? demanda-t-il avec lassitude.

— Oui.

L'homme opina du chef. Ou peut-être pas. Il était difficile d'en être sûr tant il tremblait – un peu comme le mollah Faizullah, songea Mariam. Lorsqu'il voulait boire du thé, il ne tendait pas la main vers sa tasse mais faisait signe à l'homme trapu installé à sa gauche, qui se chargeait de la porter respectueusement à ses lèvres. Le talib fermait ensuite doucement les yeux, signifiant ainsi avec élégance sa gratitude.

Mariam lui trouva une caractéristique désarmante : quand il parlait, c'était toujours avec une pointe de fourberie teintée de tendresse. Il avait un sourire patient, ne la fixait pas avec mépris et s'adressait à elle d'une voix douce et désolée.

— Mesures-tu bien le sens de tes paroles ? lança le talib à sa droite.

Lui était le plus jeune des trois. Il parlait vite, avec emphase et arrogance, et s'était énervé en apprenant que Mariam ne comprenait pas le pachtou. Elle, de son côté, devinait en lui un homme querelleur, qui se délectait de son autorité, voyait des crimes partout et estimait avoir acquis à la naissance le droit de juger autrui.

— Oui, répondit-elle.

— Je me le demande, rétorqua-t-il. Dieu a créé les femmes différentes des hommes. Nos cerveaux ne fonctionnent pas de la même façon et vous n'avez pas les mêmes capacités de réflexion que nous. Les médecins occidentaux l'ont d'ailleurs prouvé. C'est pour ça que nous n'exigeons qu'un témoin masculin, mais deux de sexe féminin, quand nous traitons d'un dossier.

— Je reconnais ma culpabilité, mon frère, répéta Mariam. Simplement, j'ajouterai qu'il l'aurait tuée si je n'étais pas intervenue. Il était en train de l'étrangler.

— C'est ce que tu prétends. Mais bon, les femmes affirment toujours n'importe quoi.

— Je dis la vérité.

— Tu as des témoins ? À part sa deuxième épouse ?

— Non.

— Alors, ma foi…, conclut-il en levant les mains au ciel et en ricanant.

Le talib à l'air souffrant reprit la parole.

— J'ai un médecin à Peshawar, déclara-t-il. Un jeune Pakistanais très sympathique. Je l'ai vu il y a un mois, et pas plus tard que la semaine dernière encore. « La vérité, mon ami, je veux la vérité », lui ai-je dit. Il m'a alors répondu qu'il me donnait trois mois, six tout au plus – seul Dieu en décidera, bien sûr.

Il fit discrètement signe à son voisin qui lui présenta sa tasse de thé dont il avala une nouvelle gorgée.

— Je n'ai pas peur de quitter ce monde que mon propre fils a quitté il y a cinq ans, poursuivit-il après s'être essuyé la bouche. Ce monde qui veut que nous endurions souffrance sur souffrance, même lorsque nous ne pouvons plus en supporter davantage. Non, j'avoue que c'est avec joie que je partirai le moment venu.

» Ce qui m'effraie, *hamshira*, c'est le jour où Dieu me convoquera devant Lui pour me questionner. *Pourquoi n'as-tu pas suivi mes lois, mollah ? Pourquoi n'as-tu pas obéi ?* Comment pourrai-je me défendre, *hamshira* ? Comment pourrai-je me justifier d'avoir ignoré Ses commandements ? Tout ce que je peux faire – tout ce que *nous* pouvons faire – durant le temps qui nous est accordé, c'est de nous conformer à Ses lois. Plus ma fin approche, *hamshira*, plus mon jugement se profile devant moi, et plus je suis déterminé à appliquer Sa volonté. Même si cela m'est pénible.

Il remua sur son coussin et grimaça.

— Je te crois, lorsque tu jures que ton mari était un homme désagréable, continua-t-il en posant sur elle un regard grave et compatissant. Mais je ne peux m'empêcher d'être troublé par la violence de ton geste, *hamshira*. Tout comme je suis troublé à l'idée que ce petit garçon pleurait à l'étage en réclamant son père quand tu as agi.

» Je suis fatigué et mourant, et j'aimerais me montrer clément. J'aimerais te pardonner. Mais lorsque Dieu m'appellera pour me dire *Ce n'était pas à toi de le faire, mollah,* que lui répondrai-je ?

Ses compagnons l'approuvèrent d'un hochement de tête et le fixèrent avec admiration.

— J'ai le sentiment que tu n'es pas une mauvaise femme, *hamshira*. Mais l'acte que tu as commis est mauvais. Et il faut que tu paies pour cela. La charia est très précise à ce sujet : elle stipule que je dois t'envoyer là où moi-même je ne tarderai pas à aller.

» Tu le comprends, *hamshira* ?

Mariam baissa les yeux et répondit que oui.

— Qu'Allah te pardonne.

Avant d'être conduite hors de la salle, Mariam dut signer un document reprenant sa déposition et la sentence prononcée par le mollah. Devant les trois hommes, elle écrivit son nom – le *meem*, le *reh*, le *yah* et le *meem* – en se remémorant la dernière fois qu'elle avait eu à le faire, vingt-sept ans plus tôt, à la table de Jalil. Là aussi, cela s'était passé sous le regard attentif d'un mollah.

Elle resta dix jours en prison, à observer la vie des détenues dans la cour depuis la fenêtre de sa cellule. Les vents d'été faisaient tournoyer des bouts de papier en tous sens et les envoyaient voler par-dessus les murs de l'enceinte. Ils cinglaient la poussière, formant avec elle de violents tourbillons qui obligeaient gardiens, prisonnières et enfants à enfouir la tête au creux de leurs bras. Il était pourtant impossible d'y échapper. Les fines particules s'infiltraient dans les oreilles, les narines, les yeux, les plis de la peau, et jusque entre les dents. Seul le crépuscule apportait un répit, et même si une légère brise se levait durant la nuit, elle le faisait timidement, comme pour compenser les excès de ses prédécesseurs.

Le dernier jour, Naghma offrit une mandarine à Mariam.

— Tu es la meilleure amie que j'aie jamais eue, dit-elle en éclatant en sanglots.

Mariam passa de nouveau sa journée assise près des barreaux de la fenêtre. Un fumet de cumin lui parvenait de la cour, où quelqu'un préparait à manger. Des enfants jouaient, les yeux bandés. Plus loin, deux fillettes chantaient une comptine – celle-là même que Jalil lui avait apprise lorsqu'elle était petite et que tous deux allaient pêcher :

> Au bord d'un bassin, un petit chat
> Pour boire se pencha.
> Imprudent, il glissa
> Et la tête la première dans l'eau il tomba.

Mariam fit des rêves décousus cette nuit-là. Elle vit des galets, onze au total, empilés les uns sur les autres. Elle vit Jalil aussi, un Jalil jeune, tout sourire, avec ses fossettes, ses auréoles de sueur et sa veste jetée sur l'épaule, qui venait enfin la chercher pour l'emmener faire un tour dans sa Buick Roadmaster. Elle vit le mollah Faizullah, son rosaire à la main, qui marchait à côté d'elle le long de la rivière, leurs deux ombres glissant sur l'eau et sur les berges où pointaient des iris bleus au parfum de trèfle. Elle vit Nana, sur le seuil de la *kolba*, qui lui criait de venir dîner tandis qu'elle-même jouait dans l'herbe fraîche, au milieu des fourmis, des cafards et des sauterelles qui se mouvaient parmi toutes les nuances de vert de la nature. Quelque part, une brouette grinçait en avançant péniblement sur un sentier poussiéreux. Des cloches tintaient au cou des vaches. Des moutons bêlaient sur une colline.

Les cailloux volaient sous les roues du pick-up qui faisait route vers le stade Ghazi, évitant tant bien que mal les nids-de-poule. Assise sur le plateau arrière, en face d'un jeune talib armé qui la dévisageait, Mariam tressautait durement à chaque cahot.

Elle se demanda si ce serait lui son bourreau, ce jeune homme à la mine avenante, au visage pointu et aux yeux vifs et enfoncés, qui tapotait d'un ongle noirci le flanc du véhicule.

— Vous avez faim ? s'enquit-il.

Mariam fit non de la tête.

— J'ai un biscuit. Je peux vous le donner si vous en avez envie. Il est très bon et ça ne me dérange pas.

— Non. *Tashakor*, mon frère.

Il la fixa avec bienveillance.

— Vous avez peur ?

Une boule se forma dans la gorge de Mariam. Tremblante, elle lui avoua la vérité.

— Oui, j'ai très peur.

— J'ai une photo de mon père, lui confia-t-il alors. Je ne me souviens pas de lui. Je sais qu'il réparait des vélos autrefois, mais je ne me rappelle ni sa démarche, ni son rire, ni le son de sa voix. (Il détourna le regard, avant de lui refaire face.) Ma mère disait toujours que c'était l'homme le plus courageux qu'elle ait jamais connu. Un brave parmi les braves, me répétait-elle. Et pourtant, il a pleuré comme un enfant le jour où les communistes l'ont emmené. Je vous raconte ça pour que vous sachiez que c'est normal d'avoir peur. Il n'y a pas de honte à ça.

Pour la première fois ce jour-là, Mariam pleura un peu.

Des milliers d'yeux étaient braqués sur elle, et sur les gradins pleins à craquer, les cous se tendaient pour mieux la voir. Des murmures se propagèrent à travers tout le stade lorsqu'on l'aida à descendre du pick-up. Mariam s'imaginait les gens qui secouaient la tête à l'annonce de son crime, mais elle ne chercha pas à distinguer s'ils manifestaient leur désapprobation ou leur compassion. Elle préférait se concentrer sur ce qui l'attendait.

Plus tôt ce matin-là, elle avait redouté de se donner en spectacle, de se mettre soudain à gémir, pleurer, hurler, vomir – ou, pire, de mouiller son pantalon. L'idée d'éprouver au dernier moment une peur animale et d'être trahie par son corps la paniquait. Pourtant, elle ne flancha pas en posant le pied par terre. Elle ne battit pas non plus des bras et on n'eut pas à la traîner de force. Et quand le moment vint où elle vacilla, elle songea à Zalmai, à qui elle avait volé l'amour de sa vie, et dont les jours seraient à jamais assombris par la perte de son père. À cette pensée, son pas devint plus sûr.

Un homme s'approcha d'elle pour lui dire de s'avancer vers les buts au sud du terrain. Bien qu'elle sentît la foule retenir son souffle, elle s'obligea à garder les yeux rivés par terre, sur son ombre et celle de son bourreau.

En dehors de quelques belles parenthèses, Mariam savait que la vie ne s'était pas montrée tendre envers elle. Mais alors qu'elle parcourait les vingt derniers mètres, elle ne put s'empêcher de souhaiter un sursis. Elle avait envie de revoir Laila, d'entendre son rire sonore, de s'asseoir une fois de plus avec elle autour d'une tasse de thé et d'une assiette de halva sous un ciel étoilé. Et elle aurait tant aimé voir grandir Aziza aussi, découvrir la belle jeune femme qu'elle deviendrait un jour, peindre ses mains au henné et lancer des dragées en l'air lors de son mariage. Jamais elle ne jouerait avec les petits-enfants de Laila, elle à qui rien n'aurait tant plu que de vieillir en s'occupant d'eux.

Lorsqu'ils parvinrent près des buts, l'homme derrière elle lui demanda de s'arrêter. Mariam obéit et, à travers le grillage de sa burqa, aperçut l'ombre du gardien brandissant une kalachnikov.

Il y avait tant de choses auxquelles elle aspirait à cet instant. Pourtant, plus que des regrets, ce fut un profond sentiment de paix qui s'empara d'elle tandis qu'elle fermait les yeux. Elle pensa à son entrée dans ce monde, elle, l'enfant *harami* d'une pauvre villageoise, la fille non désirée, le regrettable et pitoyable accident. La mauvaise herbe. Aujourd'hui, c'était une femme ayant aimé et ayant été aimée en retour qui s'en allait. Elle était devenue une amie, une compagne, une gardienne. Une mère aussi. Une personne importante, enfin. Non, ce n'était pas si mal de finir ainsi, songea-t-elle. Pas si mal du tout. La fin légitime d'une existence qui l'avait été si peu au début.

Les dernières pensées de Mariam furent des versets du Coran qu'elle murmura sous son voile.

Il a créé les cieux et la terre en toute vérité. Il enroule la nuit autour du jour et le jour autour de la nuit, et Il a soumis le soleil et la lune, chacun suivant sa course jusqu'au terme qui lui a été assigné. C'est bien lui le Puissant, Celui qui pardonne.

— À genoux !

Ô, mon Dieu ! Pardonne-moi et aie pitié de moi, car Tu es le plus miséricordieux des miséricordieux.

— Baisse la tête, *hamshira*.

Une dernière fois, Mariam fit ce qu'on lui ordonnait.

QUATRIÈME PARTIE

48

Tariq a des migraines maintenant.

Certaines nuits, Laila se réveille et le découvre assis au bord du lit, en train de se balancer d'avant en arrière, son maillot de corps rabattu sur la tête. Ça a débuté à Nasir Bagh et empiré en prison, explique-t-il. De temps en temps, la douleur est si forte qu'elle le fait vomir et l'aveugle à moitié. Il a alors l'impression d'avoir un couteau de boucher qui s'enfonce dans sa tempe et qui lui perce lentement le crâne jusqu'à ressortir de l'autre côté.

— J'ai même un goût métallique dans la bouche, quand ça commence.

Parfois, Laila mouille un linge et le lui pose sur le front. Cela le soulage un peu, tout comme les petites pilules blanches que le médecin de Sayeed lui a prescrites. Mais il y a aussi des moments où il ne peut rien faire d'autre que se tenir la tête à deux mains et gémir, les yeux injectés de sang. Dans ces cas-là, Laila s'assoit à côté de lui, lui masse la nuque, prend sa main dans la sienne. Elle sent alors le métal froid de son alliance contre sa peau.

Ils se sont mariés le jour de leur arrivée à Murree. Sayeed a eu l'air soulagé lorsque Tariq lui a fait part de ses intentions. Cela lui évitait d'avoir à aborder avec lui un problème délicat : la présence, dans son hôtel, d'un couple illégitime. L'homme ne ressemble pas du tout à l'image que s'en faisait Laila. Il a une moustache poivre et sel dont il redresse les pointes en les roulant, et une masse impressionnante de cheveux gris peignés en arrière. Gracieux, courtois, il n'a jamais un mot plus haut que l'autre et mesure soigneusement ses paroles.

C'est lui qui a appelé un ami et un mollah pour la *nikka*, lui aussi qui a pris Tariq à part pour lui donner de l'argent. Tariq a d'abord refusé, mais Sayeed a tant insisté qu'il a fini par se rendre sur le Mall afin d'y acheter deux alliances toutes simples. Laila et lui se sont mariés plus tard ce soir-là, une fois les enfants couchés.

Dans le miroir, sous le voile vert que le mollah avait drapé au-dessus de leur tête, Laila a croisé le regard de Tariq. Il n'y a eu ni larmes, ni sourires épanouis, ni serments d'amour éternel prêtés à voix basse. En silence, elle a contemplé leur reflet, leurs visages prématurément vieillis dont les rides et les cernes ont effacé la fraîcheur juvénile. Tariq a ouvert la bouche pour parler mais, au même moment, quelqu'un a ôté le voile, et Laila n'a pas entendu.

Cette nuit-là, allongée à côté de son mari, les enfants endormis près d'eux sur des lits de camp, Laila s'est souvenue de la manière dont les mots fusaient entre eux autrefois, de leurs discussions à bâtons rompus, de leur manie de s'interrompre sans cesse et de se tirer par le col pour faire valoir un argument. Elle s'est souvenue de leurs éclats de rire, de l'énergie que chacun mettait à ravir l'autre. Tant de choses s'étaient produites depuis qu'il fallait maintenant raconter. Mais ce premier soir, l'énormité de la tâche l'a rendue muette. Elle considérait déjà comme une bénédiction de le savoir là, de sentir sa chaleur près d'elle, de dormir avec lui, tête contre tête, sa main dans la sienne.

Au milieu de la nuit, lorsque la soif l'a réveillée, Laila a découvert qu'ils étaient toujours agrippés l'un à l'autre, comme ces enfants anxieux qui serrent bien fort la ficelle de leur ballon de peur de le laisser s'envoler.

Laila aime les matins frais et embrumés de Murree, les somptueux crépuscules, l'éclat du ciel nocturne, le vert des pins, le brun des écureuils filant le long des épais troncs d'arbres, les averses soudaines qui contraignent les gens sur le Mall à courir s'abriter sous les auvents. Elle aime les boutiques de souvenirs et les différents hôtels de la ville, même si les locaux se plaignent des travaux incessants et de l'expansion des infrastructures qui, selon eux, défigurent le paysage. Laila, elle, s'étonne que l'on puisse déplorer la construction de nouveaux bâtiments. À Kaboul, le même phénomène aurait été accueilli avec des cris de joie.

Elle apprécie aussi d'avoir une salle de bains – une vraie, cette fois, équipée de toilettes modernes, d'une douche et d'un lavabo avec deux robinets qu'il suffit de tourner légèrement pour faire couler de l'eau chaude ou froide. À ce plaisir s'ajoute ceux d'être réveillée par les bêlements d'Alyona le matin et d'avoir pour voisine une cuisinière bougonne, mais inoffensive, qui réalise des prouesses derrière ses fourneaux.

Parfois, quand elle regarde Tariq dormir et ses enfants remuer et marmonner dans leur sommeil, une vague de gratitude la submerge, si forte qu'elle sent les larmes lui monter aux yeux.

Le matin, elle accompagne Tariq de chambre en chambre. Lui, il porte un trousseau de clés à la taille et un produit lave-vitre glissé dans la ceinture de son jean, elle un seau dans lequel elle a fourré des chiffons, du désinfectant, une balayette pour les W-C et de la cire en spray. Aziza les suit de près, une serpillière dans une main et dans l'autre la poupée que Mariam lui a confectionnée. Zalmai aussi est de la partie, mais il traîne toujours quelques pas en arrière, la mine boudeuse.

Laila se charge de passer l'aspirateur et de faire les lits et la poussière pendant que Tariq nettoie les salles de bains, les toilettes et les sols en lino. Il remplace les serviettes sales par des propres et dispose des petites bouteilles de shampooing et des savons parfumés à l'amande sur les étagères. Aziza, elle, s'est fixé pour mission de laver les carreaux – ce qu'elle fait en gardant toujours sa poupée à proximité.

Laila lui a avoué la vérité au sujet de Tariq quelques jours après la *nikka*.

Elle trouve étrange, et même presque déroutante, la complicité qui s'est établie entre eux. Déjà, Aziza termine les phrases de son père, et vice-versa. Elle lui tend les choses dont il a besoin avant qu'il ne les demande, et tous deux échangent des sourires de connivence à table, comme s'ils n'étaient pas des étrangers mais de vieux amis qui se retrouvent après une longue séparation.

Aziza est d'abord restée pensive après l'aveu de Laila.

— Je l'aime bien, a-t-elle soufflé au bout d'un moment.

— Il t'adore, tu sais.

— Il te l'a dit ?

— Ce n'est pas nécessaire, Aziza.

— Raconte-moi le reste, maman. Je veux tout savoir.

Laila ne lui a donc rien caché.

— Ton père est un homme bien. Le meilleur que j'aie jamais rencontré.

— Et s'il s'en va un jour ?

— Il ne s'en ira jamais. Regarde-moi, Aziza. Ton père ne te fera jamais de mal et il ne nous quittera jamais.

Le soulagement de la fillette a été si visible que Laila en a eu le cœur brisé.

Tariq a acheté un cheval à bascule à Zalmai et lui a construit un chariot. Ayant appris en prison à faire des animaux en papier, il a aussi plié, coupé et transformé des dizaines de feuilles en lions, en kangourous, en chevaux et en oiseaux au plumage coloré. Mais ces tentatives ont toutes été rejetées sans façon par le petit garçon – parfois même méchamment.

— T'es un âne ! crie-t-il. J'en veux pas, de tes jouets !

— Zalmai !

— Ce n'est rien, Laila, dit Tariq. Ce n'est rien. Laisse-le.

— T'es pas mon Baba *jan* ! Mon vrai Baba *jan* est en voyage, et quand il rentrera il te mettra une raclée ! Et toi, tu pourras pas te sauver parce qu'il a deux jambes, lui, alors que toi t'en as qu'une !

Le soir, Laila serre son fils contre elle et récite les prières de Babalu avec lui. Quand il l'interroge, elle lui répète que son Baba *jan* est parti et qu'elle ignore la date de son retour. Elle déteste ce qu'elle dit et s'en veut de mentir ainsi à un enfant.

Elle sait pourtant que cela durera longtemps encore. Elle n'aura pas le choix, parce que Zalmai continuera à la questionner, en descendant d'une balançoire ou en se réveillant après la sieste. Et même plus tard, quand il sera assez grand pour faire lui-même ses lacets et aller seul à l'école, il faudra encore en passer par ce mensonge.

Mais Laila sait aussi que ses interrogations finiront par s'espacer. Petit à petit, Zalmai cessera de se demander pourquoi son père l'a abandonné. Il ne l'apercevra plus aux carrefours, ne le cherchera plus parmi les vieillards marchant dans la rue ou installés à la terrasse des salons de thé. Jusqu'au jour où il se rendra soudain compte, peut-être en se promenant le long d'un ruisseau ou en contemplant une étendue neigeuse, que la disparition de Rachid n'est plus pour lui une blessure à vif. Qu'elle est devenue quelque chose de différent, quelque chose de plus doux et de plus atténué. Comme une légende. Un objet d'admiration doublé d'un mystère.

Laila est heureuse à Murree. Mais ce n'est pas un bonheur facile, ni sans contrepartie.

Durant ses jours de repos, Tariq emmène Laila et les enfants se promener le long du Mall et de ses boutiques de colifichets, à deux pas de l'église anglicane construite au milieu du XIXᵉ siècle. Il leur achète des chichs-kebabs épicés et tous les quatre déambulent ensuite parmi la foule des habitants du coin, des Pendjabis venus échapper à la chaleur des plaines, et des Européens avec leurs téléphones portables et leurs appareils photo numériques.

Parfois, ils prennent un bus jusqu'à Kashmir Point afin d'admirer la vallée de la Jhelum, avec ses pentes couvertes de pins et ses collines densément boisées où, selon Tariq, on peut encore voir des singes sauter de branche en branche. Ils vont aussi à Nathia Gali, une ancienne station coloniale à trente kilomètres de Murree. Tariq et Laila aiment marcher main dans la main sur la route bordée d'arbres menant à la maison du gouverneur, s'arrêter devant le vieux cimetière britannique, ou prendre un taxi dans les montagnes pour profiter de la vue sur la vallée verdoyante noyée dans le brouillard en contrebas.

Au cours de ces excursions, il arrive à Laila d'apercevoir leur reflet dans la vitrine d'une boutique. Un homme, sa femme, leur fille et leur fils. Aux yeux d'un étranger, assurément, ils doivent apparaître comme une famille très ordinaire, sans secrets, ni mensonges, ni regrets.

Aziza fait des cauchemars et se réveille en criant. Laila doit alors s'allonger contre elle pour sécher ses joues et la réconforter jusqu'à ce qu'elle se rendorme.

Elle aussi fait des rêves, qui tous la ramènent dans la maison de Kaboul. Elle se voit traverser le vestibule, gravir les escaliers. Elle est seule, mais derrière les portes résonnent le sifflement régulier d'un fer à repasser et le claquement des draps que l'on défroisse avant de les plier. Parfois, elle entend une femme fredonner une vieille chanson herati à voix basse. Mais lorsqu'elle pousse la porte, elle ne trouve qu'une pièce vide. Il n'y a personne.

Ces rêves la laissent brisée, en nage, et lui font monter les larmes aux yeux. Leur effet sur elle est toujours dévastateur. À chaque fois.

49

Un dimanche de septembre, Tariq surgit au moment où Laila met au lit Zalmai, qui a attrapé un rhume.

— Tu as entendu la nouvelle ? lance-t-il, essoufflé. Ahmad Shah Massoud a été assassiné. Il est mort !

— Quoi ?

— Il paraît qu'il donnait une interview à deux journalistes qui se sont fait passer pour des Belges d'origine marocaine. Pendant qu'ils parlaient, une bombe cachée dans leur caméra a explosé. Elle a tué Massoud et l'un des deux types. L'autre a été abattu quand il a tenté de s'enfuir. Son complice et lui étaient apparemment des hommes d'al-Qaida.

Laila se souvient du poster de Massoud que sa mère avait accroché au mur de sa chambre. Il y apparaissait penché en avant, l'air concentré, comme s'il écoutait quelqu'un avec attention. Fariba lui avait été si reconnaissante d'avoir récité une prière lors de l'enterrement de ses fils qu'elle en avait parlé à tout le monde autour d'elle. Même après le début de la guerre entre lui et ses rivaux, elle avait refusé de le blâmer. « C'est un homme bon, disait-elle. Il veut la paix. Il veut reconstruire l'Afghanistan, mais les autres s'y opposent. Ils font tout pour l'en empêcher. » L'escalade de la violence et le pilonnage de Kaboul n'y avaient rien changé : Massoud était resté à ses yeux le Lion du Pandjshir.

Laila n'est pas aussi indulgente. La fin violente de Massoud ne lui apporte aucune joie, mais elle n'oublie pas pour autant les quartiers rasés sous ses ordres, les corps extraits des décombres, les mains et les pieds d'enfants découverts sur les toits et les branches hautes des arbres plusieurs jours après leurs funérailles. De même, elle n'a pas oublié le regard de sa mère juste avant que la roquette ne frappe leur maison, ni – malgré tous ses efforts – la vision du torse décapité de Babi lorsque celui-ci s'est écrasé près d'elle, avec son T-shirt rouge de sang sur lequel se détachait un pilier du Golden Gate Bridge au milieu du brouillard.

— Je suis sûr qu'il va avoir droit à un grand enterrement, dit Tariq. Certainement à Rawalpindi.

Zalmai, qui s'était presque endormi, se redresse sur son lit en se frottant les yeux.

Deux jours plus tard, des clameurs soudaines en provenance du hall de l'hôtel les interrompent alors qu'ils font le ménage dans une chambre. Tariq lâche aussitôt sa serpillière et sort en courant, suivi par Laila.

Le bruit vient du salon à droite de la réception, là où plusieurs chaises et deux canapés tapissés de daim beige font face à un poste de télévision. Sayeed, le concierge et plusieurs clients ont les yeux rivés sur l'écran.

Laila et Tariq s'approchent à leur tour.

Le poste est réglé sur la BBC, qui diffuse les images d'une tour d'où s'échappent d'énormes nuages de fumée noire. Sayeed, interrogé par Tariq, a à peine le temps d'échanger quelques mots avec lui qu'un avion apparaît dans un coin de l'écran et vient s'écraser dans une tour juste à côté de la première. Une gigantesque boule de feu se forme alors. Dans le hall de l'hôtel, tout le monde se met à crier.

Moins de deux heures plus tard, les deux tours se sont effondrées.

Bientôt, toutes les chaînes de télévision ne parlent plus que de l'Afghanistan, des talibans et d'Oussama Ben Laden.

— Tu as entendu ce qu'ont dit les talibans au sujet de Ben Laden ? demande Tariq à Laila.

Assise face à lui sur le lit, Aziza se concentre sur le plateau de jeu posé entre eux. Tariq l'a initiée aux échecs, et elle fronce les sourcils en se tapotant la lèvre inférieure, imitant ainsi l'attitude de son père lorsque lui aussi réfléchit à son coup suivant.

Zalmai, qui va un peu mieux, dort profondément pendant que Laila lui frictionne la poitrine avec de la pommade Vicks.

— Oui, j'ai entendu, répond-elle.

Les talibans ont annoncé qu'ils ne livreraient pas Ben Laden parce que ce serait contraire au code d'honneur pachtoun de trahir un *mehman*, un hôte, ayant trouvé refuge en Afghanistan. Tariq ricane avec amertume, et Laila devine rien qu'à ce rire combien il est révolté par cette interprétation dévoyée d'une coutume honorable, par cette image fausse qui est donnée de son peuple.

Quelques jours après les attaques, tous deux sont de nouveau dans le hall de l'hôtel. George W. Bush s'exprime à la télévision devant un grand drapeau américain. Sa voix vacille à un moment, et Laila a l'impression qu'il va se mettre à pleurer.

Sayeed, qui parle anglais, leur explique que Bush vient de déclarer la guerre.

— Contre qui ? s'enquiert Tariq.

— Contre votre pays, pour commencer.

— Ce n'est peut-être pas une si mauvaise chose, commente Tariq.

Laila et lui viennent de faire l'amour. Il est allongé contre elle, la tête appuyée sur sa poitrine et un bras sur son ventre. Leurs premières étreintes n'ont pas été faciles. Tariq ne cessait de s'excuser, Laila de le rassurer. Aujourd'hui encore, ils ont des difficultés, non tant physiques que logistiques. Leur maison est petite et les enfants dorment sur des lits de camp au-dessous d'eux, ce qui leur laisse peu d'intimité. La plupart du temps, ils veillent donc à rester silencieux et à réfréner leur passion. Ils ne se déshabillent pas, gardent la couverture sur eux au cas où Aziza ou Zalmai les interrompraient, et s'efforcent toujours de ne pas faire bruisser les draps ni grincer les ressorts du sommier. Mais pour Laila, la présence de Tariq vaut bien ces quelques appréhensions. Lorsqu'ils font l'amour, elle se sent ancrée, protégée. Ses craintes que leur vie ensemble ne soit qu'un éphémère don du ciel, appelé bientôt à disparaître, sont apaisées. Sa peur d'être séparée de lui s'envole.

— Qu'est-ce que tu veux dire ? demande-t-elle.

— Ce qui se passe chez nous. Ce n'est peut-être pas plus mal au fond.

Chez eux, à Kaboul, des bombes pleuvent de nouveau, et cette fois ce sont des bombes américaines – Laila en voit des images tous les jours à la télévision en même temps qu'elle change les draps et qu'elle donne un coup d'aspirateur. Les Américains ont réarmés les seigneurs de guerre et fait appel à l'Alliance du Nord pour chasser les talibans et retrouver Ben Laden.

La remarque de Tariq la hérisse tant qu'elle le repousse brutalement.

— Des gens qui meurent, pour toi ce n'est pas plus mal ? Des femmes, des enfants et des vieillards tués, des maisons détruites, ce n'est pas plus mal ?

— Chhh. Tu vas réveiller les enfants.

— Comment peux-tu dire ça, Tariq ? crache-t-elle. Surtout après la prétendue bavure de Karam ! Une centaine d'innocents ont péri. Tu as vu les cadavres, tout de même !

— Non, tu n'as pas compris, répond-il en s'appuyant sur un coude. Ce que je voulais dire…

— Tu ne peux pas savoir, toi, le coupe-t-elle, consciente de parler de plus en plus fort et de lui imposer leur première dispute conjugale. Tu es parti quand les moudjahidin ont commencé à se battre entre eux, tu te souviens ? C'est moi qui suis restée. Moi. Je sais ce qu'est la guerre. J'ai perdu mes deux parents à cause d'elle. Mes parents, Tariq. Alors t'entendre dire que tout ça n'est pas si mal…

— Je suis désolé, Laila, s'excuse-t-il en lui prenant le visage entre les mains. Tu as raison. Je suis désolé, pardonne-moi. Mais ce que je voulais dire, c'est qu'un espoir pourrait bien naître à la fin de cette guerre. Peut-être que pour la première fois depuis longtemps…

— Arrêtons avec ça, tranche-t-elle, surprise par sa propre violence.

Elle s'est montrée injuste, elle le sait – après tout, lui aussi a perdu ses parents. Déjà, elle sent sa colère s'évaporer. Tariq continue à lui parler doucement, et elle se laisse faire lorsqu'il l'attire contre lui, puis qu'il lui embrasse la main et le front. Il a probablement raison, pense-t-elle. Elle a bien compris le sens de sa remarque. Peut-être cette nouvelle guerre est-elle nécessaire, en effet. Et peut-être y aura-t-il un espoir pour son pays une fois que les bombes de Bush cesseront de tomber. Mais elle ne peut pas se résoudre à le dire à voix haute. Pas quand ce qui est arrivé à ses parents est en train de se reproduire quelque part en Afghanistan. Pas quand un enfant innocent, de retour chez lui, découvre à cet instant même qu'une roquette vient de le rendre orphelin, comme cela a été le cas pour elle. Laila ne peut s'y résoudre. Se réjouir de la situation lui est trop difficile. Ce serait hypocrite et pervers.

Cette nuit-là, Zalmai se réveille en toussant. Avant que Laila ait eu le temps de bouger, Tariq bascule ses jambes par-dessus le lit, attache sa prothèse et se dirige vers le petit garçon, qu'il soulève dans ses bras. Laila regarde sa silhouette aller et venir dans le noir. Elle devine le contour de la tête de Zalmai appuyée sur l'épaule de Tariq, ses bras noués autour de son cou, ses petits pieds ballottant contre sa hanche.

Lorsque Tariq revient se coucher, aucun d'eux ne souffle mot. Laila tend alors la main vers lui. Ses joues sont humides de larmes.

50

Pour Laila, la vie à Murree est confortable, tranquille. Le travail ne lui pèse pas et pendant leurs jours de repos, Tariq et elle emmènent les enfants à Patriata, une station de montagne équipée d'un télésiège, ou bien à Pindi Point, un point de vue qui, par temps clair, permet d'apercevoir Islamabad et Rawalpindi. Là, ils étendent une couverture dans l'herbe et piqueniquent de sandwiches à base de boulettes de viande, de concombres et de soda au gingembre.

C'est une vie agréable, se dit Laila. Une vie qu'elle doit s'estimer heureuse de mener. En fait, c'est exactement ce dont elle rêvait durant les heures les plus sombres de son mariage avec Rachid. Elle se le répète chaque jour.

Mais un soir de juillet 2002, Tariq et elle se retrouvent à discuter au lit de tous les changements survenus dans leur pays. Il y en a eu tant. Les forces de la coalition ont chassé les talibans hors de toutes les grandes villes, les obligeant à se retrancher dans les montagnes du sud et de l'est de l'Afghanistan, et jusque derrière la frontière pakistanaise. La FIAS, une force internationale chargée de sécuriser le terrain, a été envoyée à Kaboul. Le pays a maintenant un président par intérim, Hamid Karzaï.

Laila décide que le moment est venu de se confier à Tariq.

Un an plus tôt, elle aurait donné n'importe quoi pour quitter Kaboul. Mais au cours des derniers mois, la ville de son enfance a commencé à lui manquer. Elle regrette l'animation du bazar de Shor, les jardins de Babur, les cris des porteurs d'eau traînant leurs outres en peau de chèvre. Elle regrette les marchands d'habits de Chicken Street et ceux de melons de Karteh-Parwan.

Mais ce n'est pas tant le mal du pays ou la nostalgie qui lui font penser à Kaboul. Depuis quelque temps, elle se sent incapable de tenir en place. Lorsqu'elle entend parler des écoles construites dans la capitale, des routes refaites et des femmes qui reprennent le travail, sa vie à Murree, si plaisante soit-elle, lui semble soudain… insuffisante. Futile. Pire, gaspillée. La voix de Babi la hante désormais. « Tu pourras faire ce que tu veux plus tard, Laila. Je le sais. Et je sais aussi que lorsque cette guerre sera terminée, l'Afghanistan aura besoin de toi. »

La voix de sa mère résonne également dans sa tête. Laila se rappelle encore sa réponse à Babi le jour où il lui a suggéré de quitter le pays. « Je veux voir le rêve de mes fils devenir réalité. Je veux être là quand l'Afghanistan sera libéré. Comme ça, mes garçons le verront eux aussi. À travers mes yeux. » Une partie de Laila aspire maintenant à retourner à Kaboul. Pour Babi et pour sa mère. Pour qu'eux aussi revoient la ville à travers ses yeux à elle.

Et puis, surtout, il y a Mariam. Ne s'est-elle sacrifiée que pour lui permettre de devenir femme de ménage à l'étranger ? Sans doute Mariam n'y aurait-elle attaché aucune importance, dès lors qu'elle les aurait su tous heureux et en sécurité. Mais pour Laila, cela en a, de l'importance. Cela en a soudain beaucoup, même.

— Je veux rentrer, annonce-t-elle.

Tariq s'assied dans le lit et la regarde.

Laila est frappée une fois de plus par sa beauté, par la courbe parfaite de son front, par les muscles bien dessinés de ses bras, par son regard sombre et intelligent. Une année s'est écoulée, et il y a encore des moments comme celui-là où elle n'arrive pas à croire qu'ils se sont retrouvés, qu'il est vraiment là, près d'elle, et qu'il est devenu son mari.

— Rentrer ? À Kaboul ?

— Seulement si tu en as envie toi aussi.

— Tu n'es pas bien à Murree ? Je croyais que tu t'y plaisais, pourtant. Et les enfants aussi.

Laila se redresse à son tour et Tariq s'écarte pour lui faire un peu de place.

— Bien sûr que je m'y plais. Mais… qu'allons-nous faire ici, Tariq ? Combien de temps allons-nous rester ? Nous ne sommes pas chez nous, à Murree. Chez nous, c'est Kaboul, et il se passe tant de choses là-bas, tant de choses positives. J'aimerais participer à ces changements, moi aussi. J'aimerais apporter ma contribution. Tu comprends ?

Tariq hoche lentement la tête.

— C'est ce que tu veux, alors ? Tu en es sûre ?

— Oui, sûre et certaine. Il ne s'agit pas que d'un simple désir, tu sais. J'ai l'impression qu'il *faut* que je rentre. Je ne trouve plus légitime de vivre ici.

Tariq contemple ses mains, puis se tourne vers elle.

— Mais seulement si toi aussi tu en as envie, répète-t-elle.

Il sourit alors. Son front plissé se détend soudain et, l'espace d'un instant, il redevient le Tariq d'autrefois, celui qui ne souffrait pas de migraines et qui lui racontait que quand on soufflait sa morve par terre en Sibérie, elle se transformait en glaçon vert avant même d'avoir touché le sol. Peut-être est-ce son imagination, mais il lui semble voir de plus en plus souvent ce Tariq-là ces derniers temps.

— Moi ? répond-il. Je te suivrais jusqu'au bout du monde, Laila.

Émue, elle l'attire contre elle et l'embrasse, avec le sentiment que son amour pour lui n'a jamais été aussi fort.

— Merci, dit-elle en appuyant son front contre le sien.

— Rentrons à la maison.

— Mais d'abord, je veux aller à Herat.

— À Herat ?

Laila lui explique pourquoi.

Les enfants ont besoin d'être rassurés, chacun pour des raisons différentes. Laila doit parler à une Aziza agitée, qui fait encore des cauchemars et qui a pleuré de peur la semaine précédente, quand quelqu'un a tiré des salves en l'air à proximité de l'hôtel lors d'un mariage. Il faut lui répéter que les talibans ne seront plus à Kaboul à leur arrivée, que personne ne sera battu et qu'elle ne sera pas renvoyée à l'orphelinat.

— On vivra tous ensemble. Ton père, moi, Zalmai et toi, Aziza. On ne sera plus jamais séparées toutes les deux. Je te le promets. (Elle sourit.) Enfin, jusqu'à ce que toi, tu en décides autrement, bien sûr. Par exemple le jour où tu tomberas amoureuse d'un jeune homme que tu voudras épouser.

Le jour du départ, Zalmai est inconsolable. Il refuse de quitter Alyona et s'agrippe de toutes ses forces à son cou.

— Je n'arrive pas à le détacher d'elle, maman, se plaint Aziza.

— Zalmai, on ne peut pas faire monter une chèvre dans le bus, le raisonne une nouvelle fois Laila.

Il faut que Tariq s'agenouille près de lui en lui promettant de lui en offrir une autre exactement pareille à Kaboul pour que Zalmai cède, à contrecœur.

Les adieux à Sayeed ne vont pas sans larmes, eux non plus. Afin de leur porter chance, l'hôtelier leur tend un Coran à embrasser, avant de le lever au-dessus de leur tête lorsqu'ils franchissent le seuil de leur maison. C'est lui ensuite qui aide Tariq à charger les deux valises dans le coffre de sa voiture, puis qui les conduit tous les quatre à la gare. Et c'est lui encore qui, posté sur le trottoir, leur fait un dernier signe de la main au moment du départ.

En se penchant vers la vitre arrière du bus pour le regarder disparaître au loin, Laila sent les premiers doutes s'immiscer en elle. Sont-ils inconscients de quitter la sécurité de Murree ? De retourner dans le pays où ses parents et ses frères ont été tués, et où la fumée des bombes ne s'est pas encore totalement dissipée ?

C'est alors que du fond de sa mémoire s'élèvent deux vers, l'ode finale de Babi à Kaboul :

Nul ne pourrait compter les lunes qui luisent sur ses
[toits
Ni les mille soleils splendides qui se cachent
[derrière ses murs.

Elle se rassoit en clignant des yeux pour chasser ses larmes. Kaboul l'attend. Kaboul a besoin d'elle. Retourner là-bas est bien la bonne décision.

Mais d'abord, elle doit faire ses adieux à quelqu'un.

Les guerres ayant ravagé les routes reliant Kaboul, Herat et Kandahar, le moyen le plus simple de se rendre à Herat consiste maintenant à passer par

Mashad, en Iran. Laila et sa famille ne s'y attardent pas : après une nuit à l'hôtel, ils repartent aussitôt.

Mashad est une ville surpeuplée, débordante d'activité. Le bus qu'ils prennent leur fait découvrir ses parcs, ses mosquées, ses restaurants traditionnels et le tombeau de l'Imam Reza, le huitième imam chiite, avec ses carreaux étincelants, ses minarets et son dôme doré immaculés et préservés avec soin. À sa vue,Laila ne peut s'empêcher de repenser aux bouddhas géants de son pays à elle, qui ne sont plus désormais que des grains de sable soufflés par le vent dans la vallée de Bamiyan.

Le trajet jusqu'à la frontière irano-afghane dure dix heures. Le paysage devient de plus en plus désertique à mesure qu'ils s'en approchent et, peu avant d'entrer en Afghanistan, un camp de réfugiés apparaît soudain devant eux. La poussière jaune, les tentes noires et les quelques rares cabanes en tôle ondulée se fondent en une masse confuse aux yeux de Laila, qui se tourne alors vers Tariq afin de prendre sa main.

À Herat, la plupart des rues sont pavées et bordées de pins odorants. Des parcs municipaux et des bibliothèques en construction apparaissent çà et là, les cours des habitations sont bien entretenues, les bâtiments fraîchement repeints. Les feux de signalisation fonctionnent et, plus étonnant encore pour Laila, il n'y a pas de coupures d'électricité. Elle a appris que le seigneur de guerre local, Ismail khan, a aidé à reconstruire la ville grâce aux revenus considérables que lui procurent les droits de douane prélevés à la frontière iranienne – argent qui, selon Kaboul, ne devrait pas lui revenir à lui mais au gouvernement central. C'est du reste d'un ton à la fois craintif et admiratif que le chauffeur de taxi qui les conduit à l'hôtel Muwaffaq évoque le personnage.

Les deux jours que Laila et Tariq comptent passer à Herat leur coûteront près d'un cinquième de leurs économies, mais le voyage depuis Mashad a été long, et les enfants sont épuisés. À l'hôtel, le réceptionniste informe Tariq que le Muwaffaq accueille souvent des journalistes et des employés d'organisations non gouvernementales.

— Ben Laden a dormi ici une fois, ajoute-t-il en se rengorgeant.

Leur chambre comporte deux lits, avec au mur un portrait du poète Khaja Abdullah Ansary. Il y a aussi une salle de bains avec l'eau courante froide. De la fenêtre, Laila découvre une rue animée en contrebas et un parc dont les allées de brique couleur pastel serpentent entre d'épais massifs de fleurs. Les enfants, qui se sont habitués à la télévision, sont d'abord déçus de ne pas en trouver une dans la chambre, mais tous deux sont si fatigués qu'ils s'endorment très vite. Tariq et Laila ne tardent pas à les imiter, serrés dans les bras l'un de l'autre, et seul un rêve dont elle ne conservera aucun souvenir viendra troubler le sommeil paisible de Laila cette nuit-là.

Le lendemain matin, après le thé, le pain frais, la confiture de coing et les œufs à la coque du petit déjeuner, Tariq hèle un taxi.

— Tu es sûre de vouloir y aller seule ? demande-t-il.

Aziza s'accroche à sa main. Zalmai s'y refuse encore, mais il se tient contre lui, une épaule appuyée contre sa hanche.

— J'en suis sûre.

— Je m'inquiète.

— Tout ira bien, le rassure Laila. Je te le promets. Emmène les enfants au marché et achète-leur quelque chose.

Zalmai se met à pleurer lorsque le taxi démarre. Laila se retourne et le voit alors tendre les bras vers Tariq. Que l'enfant de Rachid commence enfin à accepter Tariq est pour elle un soulagement et un crève-cœur.

— Vous n'êtes pas d'Herat, remarque le chauffeur.

L'homme a des cheveux noirs longs jusqu'aux épaules – un pied de nez aux talibans, très répandu après leur départ, comme l'a appris Laila – et une cicatrice qui interrompt sa moustache à gauche. Sur le pare-brise à côté de lui, il a scotché la photo d'une petite fille aux joues roses et aux cheveux séparés en deux nattes.

Laila lui explique qu'elle vient de passer un an au Pakistan et qu'elle retourne à Kaboul.

— À Deh-Mazang, précise-t-elle.

Par la vitre, elle aperçoit des chaudronniers occupés à fondre des poignées en cuivre pour en faire des pichets, et des selliers qui disposent des bandes de cuir brut à sécher au soleil.

— Vous vivez ici depuis longtemps ? demande-t-elle.

— Depuis toujours. Je suis né à Herat et j'ai été témoin de tout ce qui s'y est produit. Vous vous rappelez l'insurrection de 1979 ?

Laila acquiesce, mais il continue quand même.

— C'était au mois de mars, à peu près neuf mois avant que les Soviétiques envahissent le pays. La population s'est soulevée contre la présence de conseillers envoyés par Moscou. Plusieurs ont été assassinés, et les Soviétiques ont réagi en envoyant des tanks et des hélicoptères bombarder la ville. Pendant trois jours, *hamshira*, ils n'ont pas arrêté. Ils ont détruit des bâtiments, réduit en poussière l'un des minarets et tué des milliers de personnes. Des milliers. J'ai perdu deux sœurs durant ces trois jours. L'une d'elles avait douze ans. (Il tapote la photo scotchée près de lui.) C'est elle.

— Je suis désolée, dit Laila.

Elle est sidérée de voir combien le destin de chaque Afghan est marqué par la mort, le deuil et la douleur. Et pourtant, force lui est de constater que les gens réussissent à survivre. Elle songe soudain à sa propre vie, à tout ce qui lui est arrivé, et elle s'étonne d'avoir survécu elle aussi, d'être encore vivante et assise dans cette voiture, à écouter le récit de ce chauffeur de taxi.

À Gul Daman, quelques maisons clôturées se dressent au milieu de *kolbas* aux murs en torchis et aux toits en terrasse. Devant ces dernières, des femmes à la peau brûlée par le soleil préparent à manger, le visage ruisselant de sueur dans la vapeur qui s'élève de leurs grosses marmites noircies. Des hommes poussant des brouettes remplies de cailloux s'arrêtent pour regarder passer le taxi, tandis que des enfants abandonnent les poules qu'ils pourchassaient pour courir dans son sillage. Plus loin, après un virage, le chauffeur montre à Laila un cimetière au milieu duquel se détache un mausolée abîmé et lui explique qu'un maître soufi est enterré là.

Il y a un moulin aussi. À l'ombre de ses ailes rouillées et immobiles, trois petits garçons, accroupis par terre, jouent. Interrogé, le plus âgé leur désigne une maison à un étage un peu plus loin, entourée de murs par-dessus lesquels Laila aperçoit la cime de figuiers.

— Je n'en ai pas pour longtemps, annonce-t-elle au chauffeur.

Roux, mince et de petite taille, l'homme qui lui ouvre a une barbe striée de gris et porte un *chapan* par-dessus une tunique longue et un pantalon.

Tous deux échangent les saluts d'usage.

— Je suis bien chez le mollah Faizullah ? s'enquiert Laila.

— Oui, je suis son fils, Hamza. Que puis-je faire pour vous, *hamshireh* ?

— Je suis venue au sujet d'une vieille amie de votre père, Mariam.

— Mariam…, répète Hamza, perplexe.

— La fille de Jalil khan.

Le nom ne semble d'abord rien évoquer à Hamza, jusqu'à ce que son visage s'illumine d'un sourire qui révèle les trous entre ses dents gâtées.

— Ohhhhhh ! souffle-t-il en posant une main sur sa joue. Mariam ! Vous êtes sa fille ? Est-ce qu'elle est… (Ravi, il tend le cou et la cherche du regard derrière Laila.) Elle est là ? Cela fait si longtemps ! Est-ce que Mariam est avec vous ?

— Elle est morte, malheureusement.

Son sourire s'efface aussitôt.

Durant un instant, ils restent là, immobiles. Quelque part, le braiment d'un âne retentit.

— Entrez, dit enfin Hamza en ouvrant grande sa porte. Entrez, je vous en prie.

Ils prennent place par terre dans une pièce pauvre-ment meublée – tapis aux motifs en forme de rosette, coussins brodés de perles pour s'asseoir et photo enca-drée de La Mecque au mur. Tandis qu'ils s'installent près de la fenêtre, de part et d'autre d'une bande de soleil tombant à cet endroit, Laila entend des femmes chuchoter dans une pièce à côté. Puis un petit garçon pieds nus apparaît avec un plateau chargé de thé vert et de nougats aux pistaches qu'il dépose entre eux avant de sortir en silence.

— C'est mon fils, explique Hamza. Allez-y, je vous écoute.

Laila lui raconte donc tout. Cela lui prend plus de temps qu'elle ne s'y attendait et, vers la fin, elle doit lutter pour ne pas céder à l'émotion. Un an après, il lui est toujours difficile d'évoquer Mariam.

Hamza reste ensuite un long moment à tourner lentement sa tasse sur sa soucoupe, dans un sens puis dans l'autre, sans dire un mot.

— Mon père – qu'il repose en paix – aimait tant Mariam, déclare-t-il enfin. C'est lui qui a chanté l'*azan* à son oreille quand elle est née. Il lui rendait visite toutes les semaines, sans exception, et il m'emmenait parfois. Il était son ami au moins autant que son professeur, vous savez. Il a eu le cœur brisé quand Jalil khan l'a donnée en mariage.

— Je suis désolée pour lui. Que Dieu le bénisse.

Hamza la remercie d'un signe de tête.

— Il a vécu jusqu'à un âge très avancé. En fait, il a même vécu plus longtemps que Jalil khan. Nous l'avons enterré dans le cimetière du village, pas très loin de la mère de Mariam. C'était un homme si bon, si charitable. Je suis sûr qu'il a sa place au paradis maintenant.

Laila repose sa tasse.

— Puis-je vous demander quelque chose ?

— Bien sûr.

— Pouvez-vous me montrer où vivait Mariam ? Pouvez-vous m'y conduire ?

Le chauffeur ayant accepté de patienter encore, Hamza et Laila quittent le village à pied. Au bout d'un quart d'heure, ils parviennent à un étroit passage au milieu des herbes hautes qui poussent de chaque côté de la route.

— C'est par là, dit Hamza. Il y a un sentier.

Le sentier en question est rocailleux, sinueux et à moitié caché par la végétation. Les herbes fouettent les mollets de Laila tandis qu'Hamza et elle progressent sur le terrain en pente. Partout autour d'eux, des fleurs sauvages oscillent au gré du vent, certaines très hautes, avec des pétales incurvés, d'autres plus petites, avec des feuilles en éventail. Quelques boutons-d'or pointent çà et là au milieu des buissons.

Accompagnés par le chant des hirondelles au-dessus de leur tête et les stridulations frénétiques des sauterelles sous leurs pieds, ils continuent à monter durant deux cents mètres environ, jusqu'à déboucher sur un terrain plat où ils marquent une pause afin de reprendre leur souffle. Laila s'essuie le front de sa manche et chasse la nuée de moustiques qui volent devant elle. De là où elle est, elle aperçoit les montagnes basses à l'horizon, quelques pins et peupliers, et plusieurs espèces de buissons qui lui sont inconnues.

— Il y avait une rivière ici, avant, dit Hamza en haletant. Mais ça fait longtemps qu'elle est asséchée.

Il propose de l'attendre là après lui avoir expliqué qu'elle devait traverser le lit à sec et poursuivre ensuite tout droit.

— Je ne bouge pas d'ici, dit-il en s'asseyant sur un rocher à l'ombre d'un peuplier. Allez-y.

— Je…

— Ne vous inquiétez pas. Prenez votre temps, *hamshireh*.

Laila le remercie et suit le chemin qu'il lui a indiqué. En passant l'ancienne rivière, elle remarque parmi les rochers des bouteilles brisées, des canettes rouillées et une boîte métallique recouverte de moisissures, au couvercle en zinc à moitié enfoui dans le sol.

Elle se dirige vers les saules pleureurs dont elle distingue de plus en plus nettement les longues branches que chaque bourrasque fait frissonner. Son cœur lui martèle la poitrine. Les arbres sont bien disposés comme Mariam les lui a décrits, en cercle, avec une clairière au centre. Laila accélère le pas. Elle court presque, maintenant. Jetant un regard en arrière, elle voit qu'Hamza n'est plus qu'une petite silhouette avec son *chapan*, une tache de couleur qui tranche sur le brun des arbres. Un caillou sur le chemin manque la faire tomber au même moment, mais elle parvient à recouvrer son équilibre et retrousse les jambes de son pantalon pour parcourir les derniers mètres. Le temps d'atteindre les saules pleureurs, elle est hors d'haleine.

La *kolba* de Mariam est toujours là.

Laila constate en s'en approchant que la fenêtre n'est plus qu'un trou béant et que la porte a disparu. Mariam lui avait aussi parlé d'un poulailler, d'un *tandoor* et de latrines, mais il n'y en a aucune trace alentour. Laila s'immobilise alors sur le seuil de la cabane. De l'intérieur lui parvient le bourdonnement d'un essaim de mouches.

Elle doit faire un pas de côté pour éviter une grosse toile d'araignée et, une fois dans la *kolba*, attendre un instant que ses yeux s'habituent à la pénombre. La pièce est encore plus petite qu'elle ne l'imaginait. Il ne reste qu'une demi-planche pourrie par terre – les autres, suppose-t-elle, ont dû être arrachées pour fournir du bois de chauffage. Le sol n'est plus tapissé que de feuilles mortes, de bouteilles brisées, de papiers de chewing-gum, de champignons, de vieux mégots de cigarette jaunis, et surtout de mauvaises herbes qui, pour les plus tenaces, grimpent impudemment le long des murs.

Quinze ans, songe Laila. Quinze ans dans un endroit pareil.

Elle s'assoit le dos au mur et tend l'oreille au vent qui siffle à travers les saules pleureurs. Au plafond, où s'étendent d'autres toiles d'araignée, elle remarque un nid d'oiseau vide dans un coin, une chauve-souris suspendue dans un autre. Quelqu'un a dessiné des graffitis avec une bombe de peinture sur l'un des murs, mais presque tous les caractères se sont effacés, si bien qu'elle ne peut les déchiffrer. Tout juste si elle finit par se rendre compte qu'il s'agit de lettres russes.

Elle ferme les yeux.

Au Pakistan, il lui était parfois difficile de se rappeler précisément le visage de Mariam. Il y avait même des moments où ses traits lui échappaient, comme ces mots que l'on a sur le bout de la langue et dont on ne parvient pas à se souvenir. Mais ici, dans la *kolba*, l'image de Mariam surgit sans peine derrière ses paupières : le doux éclat de son regard, son menton allongé, la peau épaisse de son cou, son sourire contraint. Ici, Laila peut de nouveau appuyer la tête sur ses genoux, elle peut la sentir osciller du buste et l'écouter réciter des versets du Coran, elle peut percevoir les vibrations de ses paroles jusque dans ses oreilles à elle.

Et soudain, les mauvaises herbes rentrent peu à peu sous terre, comme tirées vers le bas par les racines. Elles reculent et reculent, tant et si bien que le sol de la *kolba* les a bientôt toutes englouties. Les toiles d'araignée se défont. Le nid se désassemble tout seul, ses brindilles se détachant une à une avant de s'envoler à l'extérieur. Une gomme invisible efface les graffitis sur le mur.

Le plancher est de retour maintenant. Laila voit deux lits de camp, une table en bois, deux chaises, un poêle en fonte, des étagères avec des pots de terre et des casseroles, une théière noircie, des tasses et des cuillères. Elle entend des poules caqueter au-dehors, et une rivière murmurer au loin.

Assise à la table, une Mariam enfant confectionne une poupée en fredonnant à la lueur d'une lampe à huile. Elle a le teint lisse et frais, des cheveux propres peignés en arrière. Il ne lui manque aucune dent.

Laila l'observe coller des bouts de laine sur la tête de sa poupée. Dans quelques années, cette petite fille sera une femme qui n'exigera presque rien de la vie, qui ne sera un fardeau pour personne et qui ne montrera jamais qu'elle aussi a connu des épreuves, éprouvé des déceptions, eu des rêves bafoués. Une femme qui, telle une pierre au fond d'une rivière, endurera tout sans se plaindre, et dont la grâce ne sera pas souillée mais façonnée par les remous du courant. Et déjà, Laila entrevoit quelque chose dans le regard de cette enfant, quelque chose de profondément enfoui, que ni Rachid ni les talibans ne réussiront à briser. Quelque chose d'aussi dur et inflexible qu'un bloc de calcaire. Quelque chose qui causera sa perte au bout du compte, mais qui la sauvera, elle, Laila.

La petite fille lève alors la tête. Pose sa poupée. Sourit.

Laila jo ?

Laila ouvre brusquement les yeux en poussant un cri. Effrayée, la chauve-souris quitte son perchoir et se met à voleter en tous sens dans la *kolba*, avant de s'enfuir par la fenêtre dans un battement d'ailes semblable au bruit des pages d'un livre que l'on tourne.

Laila se redresse, ôte les feuilles accrochées à son pantalon et sort. À l'extérieur, la lumière du jour a légèrement baissé. Le vent qui souffle fait onduler l'herbe et cliqueter les branches des saules pleureurs.

Avant de quitter la clairière, elle jette un dernier coup d'œil à la *kolba* où Mariam a dormi, mangé, rêvé et retenu son souffle en guettant Jalil. Sur les murs, les arbres jettent des ombres crochues et mouvantes. Un corbeau qui s'est posé sur le toit en terrasse y donne un coup de bec, puis croasse et s'envole.

— Au revoir, Mariam.

Et, sur ces mots, sans même se rendre compte qu'elle pleure, Laila se met à courir.

Toujours assis sur son rocher, Hamza se lève dès qu'il l'aperçoit.

— Rentrons, dit-il. J'ai quelque chose à vous remettre.

Laila l'attend dans le jardin, près de la porte. Debout sous l'un des figuiers, le petit garçon qui leur a servi le thé un peu plus tôt l'observe d'un air impassible, une poule sur les genoux – et Laila distingue derrière une fenêtre une vieille femme et une fille portant chacune un hidjab, qui la regardent de la même manière.

Hamza réapparaît avec une boîte.

— Jalil khan l'a donnée à mon père un mois environ avant sa mort, explique-t-il. Il lui a demandé de la conserver jusqu'à ce que Mariam vienne la réclamer. Mon père l'a gardée deux ans, et me l'a léguée juste avant de mourir en me demandant à moi aussi de la lui confier le jour où elle viendrait. Mais… enfin, vous connaissez la suite. Elle n'est jamais venue.

Laila contemple la boîte ovale en étain. Avec son couvercle à charnières, ses volutes dorées ternies par les années et sa couleur vert olive, on dirait une vieille boîte de chocolats. Elle est un peu rouillée sur les côtés, et deux petites marques sont visibles sur l'une de ses arêtes.

— Qu'y a-t-il dedans ? s'enquiert-elle après avoir essayé en vain de l'ouvrir.

Hamza lui tend alors une clé.

— Ni moi ni mon père n'avons jamais regardé ce qu'elle contenait. Je suppose que Dieu vous la destinait.

À l'hôtel, Tariq et les enfants ne sont pas encore rentrés.

Laila s'assoit sur le lit, la boîte sur les genoux. Une partie d'elle-même souhaite la laisser fermée et tenir à jamais secret tout ce que Jalil y a rangé. Mais la curiosité se révèle la plus forte, et après s'être débattue avec la serrure, elle finit par soulever le couvercle.

Elle découvre trois choses : une enveloppe, un sac de toile et une cassette vidéo.

Laila descend à la réception la cassette à la main. L'employé qui les a accueillis la veille lui apprend que seule la plus grande suite de l'hôtel dispose d'un magnétoscope, mais, parce qu'elle est libre, il accepte de l'y conduire, après avoir abandonné son poste à un jeune homme en costume plongé dans une conversation téléphonique.

La suite se trouve à l'extrémité d'un long couloir au premier étage. Sitôt entrée, Laila repère le téléviseur dans un coin de la pièce. Rien d'autre ne retient son attention.

Elle allume la télé, insère la cassette dans le magnétoscope et le met en marche. L'écran reste d'abord noir, mais alors qu'elle commence à se demander pourquoi Jalil a laissé une cassette vierge à Mariam, une musique s'élève soudain, et les premières images lui apparaissent.

Laila les fixe avec perplexité. Elle attend une minute, puis arrête la lecture et fait rapidement défiler la bande avant de presser de nouveau sur le bouton. Il s'agit toujours du même film.

Le réceptionniste la regarde d'un air intrigué.

La cassette est une copie du *Pinocchio* de Walt Disney. Laila ne comprend pas.

À leur retour, peu après 18 heures, les enfants s'empressent de montrer à Laila les cadeaux que leur a offerts Tariq : pour Aziza, des boucles d'oreilles en argent avec sur chacune un papillon en émail, et pour Zalmai un dauphin gonflable qui couine lorsqu'on lui presse le bec.

— Comment ça va ? demande Tariq à Laila en enroulant un bras autour de ses épaules.

— Bien, répond-elle. Je te raconterai tout à l'heure.

Ce soir-là, ils vont dîner dans un petit restaurant à proximité de l'hôtel. L'endroit est enfumé et bruyant, et les nappes en toile cirée ne paient pas de mine, mais les brochettes d'agneau et le pain chaud le leur font vite oublier. La journée s'achève par une promenade dans les rues. Tariq achète aux enfants des glaces à l'eau de rose qu'ils dégustent ensuite sur un banc, dans la douceur d'un crépuscule au parfum de cèdre, avec pour cadre les montagnes qui se détachent sur le rouge sombre du ciel.

Laila a ouvert l'enveloppe de Jalil un peu plus tôt, après avoir visionné la vidéo. Une lettre écrite à l'encre bleue sur une feuille de papier jaune était pliée à l'intérieur :

13 mai 1987

Ma chère Mariam,
Je prie pour que cette lettre te trouve en bonne santé.

Comme tu le sais, je suis venu à Kaboul il y a un mois afin de te parler. Tu as refusé de me voir et j'en ai été déçu, mais je ne t'en veux pas pour autant. À ta place, j'aurais peut-être agi de même. J'ai perdu ton estime il y a longtemps et je ne peux m'en prendre qu'à moi. Pourtant, si tu lis cette lettre, alors cela veut dire que tu as aussi lu celle que j'ai laissée à ta porte, et que tu es venue voir le mollah Faizullah, ainsi que je te le demandais. Je suis heureux que tu l'aies fait, Mariam jo. Je suis heureux de cette chance qui m'est donnée de t'adresser quelques mots.

Par où commencer ?

J'ai vécu tant de drames depuis la dernière fois que nous nous sommes vus. Ta belle-mère, Afsoon, a été tuée le premier jour de l'insurrection de 1979, tout comme ta sœur Niloufar, touchée par une balle perdue. Je la revois encore, ma petite Niloufar, en train de faire le poirier pour impressionner nos invités. Ton frère Farhad a rejoint le djihad en 1980, et les Soviétiques l'ont abattu en 1982, juste à la sortie d'Helmand. Je n'ai jamais pu me recueillir devant sa dépouille. J'ignore si tu as des enfants, Mariam jo, mais si c'est le cas, je prie pour que Dieu veille sur eux et t'évite de connaître les mêmes souffrances que moi. Je rêve encore d'eux, tu sais. Je rêve encore de mes enfants disparus.

Et je rêve aussi de toi, Mariam jo. Tu me manques tellement. Je regrette de ne plus entendre ta voix, ton rire. Je regrette de ne plus pouvoir te faire la lecture et aller pêcher avec toi. Te souviens-tu de toutes les fois où nous avons pêché ensemble ? Tu étais une bonne fille, Mariam jo, et j'éprouve toujours de la honte et des remords quand je pense à toi. Des remords... À ton égard, Mariam jo, j'en ai des milliers. Je m'en veux de ne pas t'avoir reçue le jour où tu es venue à Herat. Je m'en veux de ne pas t'avoir ouvert ma porte. Je m'en veux de ne pas t'avoir traitée comme ma fille et de t'avoir fait vivre des années durant dans un endroit si sordide. Et tout ça pour quoi ? Pour ne pas perdre la face ni salir ma réputation prétendument honorable ? Que cela me semble dérisoire aujourd'hui, après toutes les atrocités auxquelles j'ai assisté au cours de cette maudite guerre. Maintenant, bien sûr, il est trop tard. Peut-être est-ce un juste châtiment, pour ceux qui se sont montrés cruels, de ne prendre conscience de leurs torts que lorsqu'il est impossible de revenir en arrière. Je ne puis donc que te répéter que tu étais une bonne fille, Mariam jo, et que je n'ai jamais mérité d'être ton père. Je ne puis qu'implorer ton pardon. Pardonne-moi, Mariam jo. Pardonne-moi. Pardonne-moi. Pardonne-moi.

Je ne suis plus l'homme riche que tu as connu autrefois. Les communistes m'ont confisqué presque toutes mes terres, ainsi que mes boutiques. Mais je serais malvenu de me plaindre, car Dieu – pour des raisons que je ne m'explique pas – m'a laissé bien plus qu'à la plupart des gens. Depuis mon retour de Kaboul, j'ai réussi à vendre les terrains qui me restaient. J'ai joint à cette lettre ta part d'héritage. Tu verras que c'est loin d'être une fortune, mais ce n'est pas rien non plus. (J'ai pris la liberté d'échanger cet argent contre des dollars. Cela me paraît plus sage, car Dieu seul sait ce qu'il adviendra de notre monnaie nationale.)

Ne crois pas surtout que j'essaie d'acheter ton pardon. Je sais qu'il n'est pas à vendre – il ne l'a d'ailleurs jamais été – et j'espère que tu as encore assez foi en moi pour ne pas douter de ma sincérité. Je ne fais que te donner tardivement ce qui te revenait de droit depuis le début. Vivant, je n'ai pas été un père modèle pour toi, mais peut-être le serai-je une fois mort.

Ah, la mort. Je ne vais pas t'ennuyer avec des détails, mais elle approche à grands pas. J'ai le cœur faible, selon les médecins. Quelle fin plus appropriée pour un homme faible ?

Mariam jo, j'ose penser que, lorsque tu auras lu cette lettre, tu seras plus charitable envers moi que je ne l'ai jamais été envers toi. Que quelque chose dans ton cœur te poussera à venir voir ton père. Que tu frapperas de nouveau à ma porte afin que je puisse t'ouvrir cette fois, t'accueillir, et te serrer dans mes bras, ainsi que j'aurais dû le faire il y a des années. Comme mon cœur, cet espoir ne tient à presque rien. Ça, je le sais. Mais j'attendrai. Je guetterai ta venue. J'espérerai.

Puisse Dieu t'accorder une longue vie, ma fille. Puisse-t-Il te donner de beaux *enfants en bonne santé. Je te souhaite de trouver le bonheur, la paix et la reconnaissance que je t'ai refusée autrefois. Porte-toi bien. Je te laisse dans les mains aimantes de Dieu.*

Ton père indigne,
Jalil.

Cette nuit-là à l'hôtel, une fois les enfants couchés, Laila parle de la lettre à Tariq. Puis elle lui montre l'argent dans le sac en toile. Devant ses larmes, il l'embrasse et la serre fort contre lui.

51

Avril 2003

La sécheresse est terminée. Enfin il a neigé abondamment l'hiver dernier, et cela fait plusieurs jours déjà qu'il pleut sans discontinuer. La rivière de Kaboul coule de nouveau et ses crues printanières ont emporté Titanic City.

Il y a de la boue dans les rues désormais. Les chaussures couinent en s'y enfonçant. Les voitures s'embourbent. Les ânes chargés de pommes avancent péniblement en éclaboussant les passants. Mais personne ne se plaint ni ne pleure Titanic City. *Il faut que Kaboul reverdisse*, disent les gens.

Hier, Laila a regardé ses enfants jouer sous la pluie et sauter dans les flaques derrière chez eux. De la fenêtre de sa cuisine, dans la petite maison qu'ils louent à Deh-Mazang, elle a vue sur le jardin, sur le grenadier et les massifs d'églantiers, sur les murs dont Tariq a colmaté les trous, sur le toboggan et la balançoire qu'il a fabriqués, et sur le petit enclos réservé à la nouvelle chèvre de Zalmai. Les gouttes glissaient sur le crâne lisse de son fils – il a demandé à être rasé, comme Tariq, à qui revient désormais la charge de réciter les prières de Babalu tous les soirs. Quant à Aziza, elle aspergeait son frère de ses longs cheveux mouillés chaque fois qu'elle secouait la tête.

Zalmai a presque six ans. Aziza vient d'en avoir dix. Ils ont fêté son anniversaire la semaine dernière et l'ont emmenée pour l'occasion au cinéma Park où, enfin, *Titanic* passait au grand jour.

— Dépêchez-vous ! On va être en retard ! crie Laila en rangeant les casse-croûte de ses enfants dans un sac en papier.

Il est 8 heures. Comme d'habitude, Aziza l'a réveillée à 5 heures pour la prière du matin. Laila sait que ce rituel est un moyen pour sa fille de rester proche de Mariam, de la garder encore un peu près d'elle avant que le temps ne dicte sa loi en l'arrachant à sa mémoire.

Après la prière, Laila s'est rendormie et n'a eu que vaguement conscience du baiser que Tariq a déposé sur sa joue avant de partir au travail – il a trouvé un poste auprès d'une ONG française qui fournit des prothèses aux amputés et aux rescapés des mines antipersonnel.

Zalmai déboule dans la cuisine en courant après sa sœur.

— Vous avez vos cahiers ? Vos crayons ? Vos manuels ?

— Oui, tout est là, répond Aziza en montrant son sac à dos.

Une fois de plus, Laila constate que son bégaiement s'atténue considérablement.

— Allons-y, alors.

Elle les fait sortir de la maison, ferme la porte à clé et s'avance avec eux dans le matin frais. Il ne pleut pas aujourd'hui. Le ciel est bleu, sans le moindre nuage à l'horizon. Main dans la main, tous trois se dirigent vers l'arrêt de bus. Les rues grouillent déjà de rickshaws, de taxis, de camions des Nations unies, de bus et de jeeps de la FIAS. Des commerçants encore endormis lèvent le rideau de leur magasin. Des vendeurs patientent, assis entre des piles de chewing-gums et de paquets de cigarettes. Les veuves réduites à la mendicité ont repris leur place aux carrefours.

Laila trouve bizarre d'être de retour à Kaboul. La ville a changé. Tous les jours, elle voit des gens planter de jeunes arbres, repeindre de vieilles maisons, transporter des briques pour en construire de nouvelles, creuser des rigoles et des puits. Sur les rebords des fenêtres, des fleurs poussent dans des obus vides – les fleurs de roquettes, comme les surnomment les Kaboulis. Récemment, Tariq l'a emmenée découvrir les jardins rénovés de Babur avec Aziza et Zalmai. Pour la première fois depuis des années, de la musique résonne dans les rues. *Rubabs*, tablas, *dootars*, harmoniums et tambouras emplissent l'air de leurs notes, et l'on entend de nouveau les chansons d'Ahmad Zahir.

Laila regrette juste que ses parents ne soient plus là pour assister à ces transformations. Comme la lettre de Jalil, elles sont arrivées trop tard.

Toute à ses pensées, elle s'apprête à traverser la rue en face de l'arrêt de bus lorsqu'un Land Cruiser noir aux vitres teintées surgit soudain en fonçant droit sur elle. Il fait un écart au dernier moment, mais il s'en faut de très peu qu'elle ne soit renversée, et Aziza et Zalmai, eux, se retrouvent couverts d'éclaboussures.

Laila les pousse vivement en arrière sur le trottoir, le cœur au bord des lèvres, tandis que le Land Cruiser reprend sa course et klaxonne deux fois avant de virer brutalement à gauche au bout de la rue. Elle reste alors un moment immobile, à essayer de reprendre son souffle en serrant fort les poignets de ses enfants.

Elle enrage de voir que les seigneurs de guerre ont été autorisés à revenir à Kaboul. Elle enrage de voir les meurtriers de ses parents vivre dans de grandes et belles demeures aux jardins clôturés, être nommés ministres de ceci et secrétaires de cela, et rouler en toute impunité dans des 4 × 4 blindés flambant neufs dans les quartiers qu'ils ont détruits. Elle enrage.

Mais elle a décidé de ne pas se laisser empoisonner par la rancœur. Mariam n'aurait pas approuvé. *À quoi bon ?* aurait-elle dit avec son sourire à la fois sage et innocent. *À quoi est-ce que ça t'avancera, Laila* jo ? Laila s'est donc résignée à aller de l'avant. Pour elle, pour Tariq et pour ses enfants. Et aussi pour Mariam, qui lui rend visite dans ses rêves, et qui n'est jamais très loin de ses pensées lorsqu'elle est éveillée. Laila a tourné la page. Parce que, au bout du compte, il n'y a que ça à faire. Ça, et espérer.

Jambes pliées, Zaman fait rebondir un ballon de basket derrière la ligne de lancer franc tout en s'adressant à des garçons vêtus de maillots identiques et assis en demi-cercle sur le terrain. À la vue de Laila, il s'interrompt, cale le ballon sous son bras pour la saluer d'un signe de la main, puis lance quelques mots à ses élèves, qui l'imitent aussitôt.

— *Salaam, moalim sahib !* crient-ils.

Laila répond en les saluant elle aussi de la main.

Des jeunes pommiers s'alignent maintenant sur le côté est de la cour. Laila projette d'en planter d'autres le long du mur sud dès qu'il aura été reconstruit. En attendant, une nouvelle balançoire, un portique d'escalade et une cage d'écureuil ont déjà fait leur apparition.

Elle pousse la porte-moustiquaire de l'orphelinat.

L'extérieur et l'intérieur du bâtiment ont été repeints. Tariq et Zaman ont réparé les fuites du toit, comblé les trous dans les murs, remplacé les fenêtres, posé de la moquette dans les pièces où jouent et dorment les enfants. L'hiver dernier, Laila a acheté quelques lits pour le dortoir, ainsi que des oreillers et des couvertures de laine. Elle a également fait installer des poêles en fonte.

Anis, l'un des journaux de Kaboul, a effectué un reportage sur la rénovation de l'orphelinat un mois plus tôt. Une photo a été prise de Zaman, Tariq, Laila et l'un des employés debout derrière les enfants. En découvrant l'article, Laila a pensé à ses amies Giti et Hasina, et aux paroles de cette dernière : « À vingt ans, on aura quatre ou cinq enfants, Giti et moi. Mais toi, Laila, tu seras notre fierté à nous autres imbéciles. Tu deviendras quelqu'un. Je suis sûre qu'un jour je verrai ta photo en première page dans le journal. » La photo n'avait peut-être pas fait la une de l'*Anis*, mais elle était bien là, comme Hasina l'avait prédit.

Laila suit maintenant le couloir où, deux ans plus tôt, Mariam et elle ont confié Aziza à Zaman. Elle se souvient encore de la force avec laquelle sa fille s'était agrippée à elle et du mal qu'ils avaient eu à lui faire lâcher prise. Elle se revoit courir dans ce même couloir en étouffant un cri de désespoir, tandis qu'Aziza hurlait de panique derrière elle. À présent, les murs sont tapissés de posters représentant des dinosaures, des héros de BD ou encore les bouddhas de Bamiyan.

À côté sont affichés les dessins des pensionnaires de l'orphelinat. Presque tous montrent des huttes renversées par des tanks, des hommes armés de AK-47, des camps de réfugiés ou des scènes de djihad.

Avançant encore, Laila découvre les enfants qui l'attendent devant la salle de classe. Elle embrasse du regard leurs foulards, leurs crânes rasés coiffés de calottes, leurs petites silhouettes maigrichonnes, et toute la beauté que ne peut masquer leur triste apparence.

À peine l'ont-il aperçue qu'ils se précipitent vers elle. Bientôt, Laila est assaillie par des cris enthousiastes, par des voix haut perchées, par des mains qui s'accrochent à elle, qui la tirent, qui lui donnent de petites tapes. Les enfants cherchent à tout prix à attirer son attention et à grimper dans ses bras. Certains des orphelins l'appellent *Mère*, et Laila ne les corrige pas.

Il lui faut du temps ce matin pour les calmer et pour obtenir d'eux qu'ils se mettent en rang devant la porte.

Tariq et Zaman ont créé une salle de classe en abattant la cloison qui séparait deux pièces adjacentes. Le carrelage au sol est fissuré de partout et il en manque même à certains endroits, mais Tariq a promis de poser de nouveaux carreaux et de vite remplacer par de la moquette la bâche qui pour le moment le recouvre.

Au-dessus de la porte, il y a une planche que Zaman a poncée et peinte en blanc, et sur laquelle il a inscrit quatre vers au pinceau. Laila sait qu'il s'agit là de sa réponse à tous ceux qui se plaignent que les aides promises à l'Afghanistan n'arrivent pas, que la reconstruction des villes se fait trop lentement, que la corruption gangrène le pays, que les talibans sont déjà en train de se regrouper et de préparer leur vengeance, que le monde oubliera une fois de plus les Afghans. Ces quatre vers sont extraits du ghazal d'Hafez que Zaman préfère :

Joseph perdu retournera à Canaan
                    N'aie pas de peine,
Et la chaumière, un jour sera un Golestan
                    N'aie pas de peine
Si le déluge devait survenir, sous tes yeux
                              [impuissants,
Ton pilote est Noé : ne crains pas l'ouragan !
                    N'aie pas de peine [1].

Laila entre dans la classe et laisse les enfants s'installer et ouvrir leurs cahiers en discutant. Aziza bavarde avec une fillette à côté d'elle. Un avion en papier décrit un grand arc de cercle vers le plafond. Quelqu'un le ramasse et le relance.

— Sortez vos manuels de persan, ordonne Laila en posant ses livres sur son bureau.

Dans le froissement des pages tournées, elle s'approche des fenêtres dont les rideaux ont disparu. Les garçons dans la cour se mettent en ligne pour que chacun s'entraîne à son tour à faire des lancers francs. Au loin, le soleil se lève au-dessus des montagnes. Il illumine le bord métallique du panier de basket, les chaînes de la balançoire, le sifflet qui pend au cou de Zaman et ses nouvelles lunettes. Laila appuie ses paumes contre la vitre et ferme les yeux, savourant la chaleur des rayons qui tombent sur ses joues, ses paupières, son front.

Lors de son arrivée à Kaboul, elle a souffert de ne pas savoir où les talibans avaient enterré Mariam. Elle aurait aimé se rendre sur sa tombe, la fleurir, s'asseoir devant un moment. Mais elle comprend maintenant que cela n'a pas d'importance. Mariam n'est jamais

1. Hafez Shirazi, *L'Amour, l'amant, l'aimé.* Trad. du persan par Vincent-Mansour Monteil, en collaboration avec Akbar Tadjvidi. Actes Sud. *(N.d.T.)*

bien loin. Elle est ici même, dans les murs qu'ils ont repeints, dans les arbres qu'ils ont plantés, dans les couvertures qui tiennent chaud aux enfants, dans leurs oreillers, dans leurs livres, dans leurs crayons. Elle est présente dans leurs rires aussi, et dans les prières qu'Aziza murmure lorsqu'elle s'incline vers l'ouest. Mais surtout, Mariam est présente dans son cœur à elle, où elle brille avec la force et l'éclat de mille soleils splendides.

Quelqu'un l'appelle. Laila se tourne et incline instinctivement la tête du côté où elle entend le mieux.

— Maman, ça va ? demande Aziza.

Toute la classe l'observe en silence.

Laila est sur le point de répondre lorsque son souffle se bloque dans sa poitrine. Ses mains se portent aussitôt sur son ventre, à l'endroit où, une seconde plus tôt, elle a senti comme un frémissement. Elle attend. Mais plus rien ne se passe.

— Maman ?

— Oui, ma chérie. Je vais bien. Très bien, même.

Regagnant son bureau, Laila songe au jeu des prénoms auquel elle s'est livrée hier soir avec Tariq, Zalmai et Aziza. C'est devenu un rituel depuis qu'elle leur a annoncé la nouvelle. Chacun y va de ses arguments. Tariq aime bien Mohammed. Zalmai, qui a récemment découvert *Superman*, ne comprend pas que Clark ne soit pas un choix envisageable pour un Afghan. Aziza mène une campagne acharnée en faveur d'Aman. Laila, elle, penche pour Omar.

Mais le jeu ne concerne que des noms de garçons. Parce que si c'est une fille, Laila sait déjà comment elle s'appellera.

Postface

Depuis près de trente ans, la situation des réfugiés afghans est l'une des plus dramatiques qui soient. La guerre, la faim, l'anarchie et l'oppression ont contraint des millions de gens – comme Tariq et sa famille dans ce roman – à abandonner leur maison et à fuir l'Afghanistan pour s'installer au Pakistan et en Iran. Au plus fort de l'exode, huit millions d'Afghans vivaient hors de leur pays, et ils sont encore plus de deux millions aujourd'hui rien qu'au Pakistan.

Au cours de l'année écoulée, j'ai eu le privilège de travailler en tant qu'émissaire des États-Unis auprès du UNHCR, le Haut Commissariat des Nations unies pour les réfugiés, l'une des plus importantes organisations humanitaires au monde. Le HCR a pour mission de protéger les droits fondamentaux des réfugiés, de répondre à leurs besoins immédiats et de les aider à redémarrer une nouvelle vie dans un environnement sûr. Il aide plus de vingt millions de personnes déplacées à travers le monde, non seulement en Afghanistan mais aussi en Colombie, au Burundi, au Congo, au Tchad et au Darfour. Travailler avec le HCR a été l'une des expériences les plus gratifiantes et les plus riches de sens que j'aie vécues.

Pour soutenir le HCR, ou tout simplement pour en savoir plus sur son travail ou sur le sort des réfugiés en général, allez sur le site www.UNHCR.fr

Merci.

Khaled Hosseini
31 janvier 2007

Remerciements

Tout d'abord, quelques précisions : le village de Gul Daman est imaginaire – du moins à ma connaissance. Ceux qui connaissent bien Herat noteront que j'ai pris de petites libertés dans la description des alentours de la ville. Enfin, le titre de ce roman provient d'un poème composé par Saib-e-Tabrizi, un poète persan du XVIIᵉ siècle. Les personnes familiarisées avec la version originale remarqueront sans doute que la traduction anglaise, signée du Dr Josephine Davis, n'est pas une traduction littérale, mais c'est celle communément admise et je la trouve pour ma part charmante. J'aimerais lui exprimer ma gratitude.

Tous mes remerciements à Qayoum Sarwar, Hekmat Sadat, Elyse Hathaway, Rosemary Stasek, Lawrence Quill et Haleema Jazmin Quill pour leur aide et leur soutien.

Je remercie également mon père, Baba, pour avoir lu ce manuscrit, pour l'avoir commenté et, comme toujours, pour m'avoir témoigné un amour et un soutien indéfectibles ; ma mère, dont la gentillesse et la générosité imprègnent cette histoire – tu es toute ma raison, maman *jo* – ; mes beaux-parents, pour leurs nombreuses marques d'attention ; et tout le reste de ma merveilleuse famille.

Je n'oublie pas mon agent, Elaine Koster, pour n'avoir jamais, jamais douté, de même Jody Hotchkiss (En avant toute !), David Grossman, Helen Heller et l'infatigable Chandler Crawford. J'ai une dette envers tous les employés de Riverhead Books, en particulier Susan Petersen Kennedy et Geoffrey Kloske, qui ont toujours cru en ce roman. Merci aussi à Marilyn Ducksworth, Mih-Ho Cha, Catharine Lynch, Craig D. Burke, Leslie Schwartz, Honi Werner et Wendy Pearl. Une pensée spéciale pour mon correcteur, Tony Davis, à qui rien n'échappe, et enfin pour mon éditrice, Sarah McGrath, dont je loue la patience, l'intuition et les conseils.

Enfin, merci à toi, Roya, pour avoir lu et relu cette histoire, pour avoir supporté mes angoisses passagères (et quelques-unes plus importantes) et pour n'avoir jamais douté de moi. Ce livre n'aurait jamais pu voir le jour sans toi. Je t'aime.

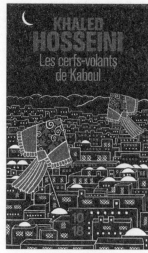

n° 3939 - 8,80 euros

Au début des années 70, Amir et Hassan, frères de lait, embrasent le ciel de Kaboul de leurs cerfs-volants. Jusqu'à ce jour, terrible, où Amir abandonne Hassan à un sort tragique et se réfugie aux États-Unis. Vingt ans plus tard, en quête de rédemption, il devra affronter l'Afghanistan ravagé sous le joug des talibans… et le poids de son propre passé.

« Portrait d'un homme en proie à son passé, ce premier roman de Khaled Hosseini dit aussi l'histoire d'un peuple. […] Le tableau qu'il dresse [de son pays], tout de contraste entre un passé idéalisé et la tourmente du présent, offre un très beau témoignage sur ce lien viscéral qu'entretient un homme avec sa terre natale. »
Pauline Perrignon - *Télérama*

10/18, une marque d'Univers Poche,
est un éditeur qui s'engage pour
la préservation de son environnement
et qui utilise du papier fabriqué à partir
de bois provenant de forêts gérées
de manière responsable.

Impression réalisée par

La Flèche (Sarthe), 70597
Dépôt légal : janvier 2009
Nouvelle édition : novembre 2012

Imprimé en France